魅丽文化
花火工作室

送你一块小桃酥

金里 —— 著

江苏凤凰文艺出版社
JIANGSU PHOENIX LITERATURE AND ART PUBLISHING, LTD

图书在版编目（CIP）数据

送你一块小桃酥 / 金里著. -- 南京 : 江苏凤凰文艺出版社, 2018.10

ISBN 978-7-5594-2763-2

Ⅰ. ①送… Ⅱ. ①金… Ⅲ. ①长篇小说－中国－当代 Ⅳ. ① I247.5

中国版本图书馆 CIP 数据核字 (2018) 第 190776 号

书　　名	送你一块小桃酥
作　　者	金　里
出版统筹	汪修荣 邹立勋
选题策划	黄　欢
责任编辑	胡小河 姚　丽
文字编辑	蒋戴泽
责任监制	刘　巍 江伟明
封面设计	黄　梅
出版发行	江苏凤凰文艺出版社
出版社地址	南京市中央路 165 号，邮编：210009
出版社网址	http://www.jswenyi.com
印　　刷	湖南关山美印有限公司
开　　本	880mm×1230mm　1/32
字　　数	292 千字
印　　张	10.5
版　　次	2018 年 10 月第 1 版，2018 年 10 月第 1 次印刷
标准书号	ISBN 978-7-5594-2763-2
定　　价	38.00 元

目　录

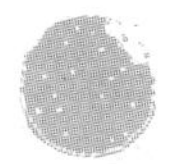

CONTENTS

目 录

CONTENTS

第一章 搬砖工

陶酥注意那个男人已经很久了。

他个子很高，目测绝对不会低于一米八五，身上的工作服有一层薄灰，戴着白色的安全帽，推着一车重重的砖块，挽起的袖子露出麦色手臂，那上面匍匐着充满力量且富有质感的肌肉。不难猜测，这层厚厚的工作服下，绝对是一个模特般的好身材。

很好，就是他了。

打定主意后，陶酥背着帆布包，一路小跑到他的面前，稍微做了几秒钟的心理建设，然后抬起头，目光执着而坚定地对他说道："先生，你好，请问跟我一天需要多少钱？"

闻言，站在她面前的男人突然就愣了，半天都没说出话来。

紧接着，他那双鹰隼般锐利的眼眸就落在了陶酥的身上，眉峰紧蹙，看起来心情有些微妙。

身边的工人一边窃窃私语，一边把试探性的目光投过来。

"你误会了，我不是那个意思，"陶酥突然意识到自己刚刚的话已经引起了误会，于是连忙解释道，"我真的不是想泡你。"

男人："……"

围观群众："？！"

大概是被她的话戳到了兴趣点，男人放下手中的活，拍了拍手掌上的灰尘，然后挑眉反问道：“那你是什么意思？”

“嗯……就是，我是附近美院的学生，素描选修课想找个写生模特，一个小时一千元，三个小时之内保证画完，你看行吗？”陶酥小心翼翼地报出了高于市场价数倍的价格，希望他能够好好考虑一下，然后双手合十，有些委屈地拜托着他，“你们经理那边，我可以帮你请假，可以吗？可以吗？”

“可以，那你去请假吧，我在这里等你。”他这样对她说。

听到这句肯定的回答后，陶酥简直要乐疯了，要知道，在这个鸡不生蛋、鸟不拉屎的地方，想找一个颜好、腿长、身材棒的写生模特，是一件多么困难的事情。

上一周的素描选修课，她因为生病错过了，没有完成随堂作业。

因为写生模特是老师找的，她错过了那节课，也就错过了写生模特，更不要说这个素描选修课的老师，是一个在全校都很出名的严格的老师，她少交一次作业，肯定会挂科。

作为一个搞艺术的学霸，陶酥怎么能容忍自己有挂科的污点。

因为下周一上课老师要录入成绩，她都快要放弃了，虽然她并不缺钱，但写生模特并不容易找到合适的。

她今天本来是帮哥哥送一张修改过一点的设计图纸，却没想到在这里找到了合适的人选。

这个施工地，是她哥哥的公司未来的办公楼。负责这个楼盘的项目经理，和她哥哥是好朋友，而且和她也比较熟悉，她去拜托一下，应该不成问题吧？

如陶酥所料，她开口拜托之后，对方很快就给了肯定的答复。

“谢谢赵姐！”陶酥欢快地向对方道谢。

“没事，平时我受你哥不少照顾，我照顾你也是应该的。”赵佳摸了摸陶酥的脑袋，然后对她说，“你带我去看看，你要借的模特是谁，我记录一下。”

陶酥满口答应，然后挽着赵佳的胳膊，往工地走去。

等重新回到工地中心，陶酥就看到，刚刚那个被她相中的男人，正蹲在地上吃盒饭。

“我已经跟你们经理说过了，你吃完午饭就可以跟我走了。”陶酥弯着腰，侧过头看着他，继而转过身，对赵佳说道，“赵姐，我想借的就是这个人！”

“老板……”赵佳的表情突然变了。

老板？

陶酥看了看赵佳，又转过头看了看这个男人，一头雾水。

“老板说他今天没时间，以后再来。”一旁的某个工人接过了赵佳的话，继续说道，“赵姐，别紧张了，反正老板今天也没在现场。”

“啊……哦，好，”赵佳似乎有些反应不过来，她看着陶酥，目光有些闪烁，“酥酥啊，这个人他……”

“经理，”他开口问道，“我下午能去吗？”

“这个……能去吗？”赵佳目光游移，向围观群众求助着。

“这个真的能去。”围观群众十分给力，将正确答案告诉了她。

“好，那就去吧。”赵佳大手一挥，准了假，然后对陶酥说，“酥酥，你……带他走吧，今儿下午活也不多，不用着急让他回来。”

“好的，好的，谢谢赵姐！”陶酥熊抱了她一下，然后就带着男人离开了。

“老板今天是怎么了？”赵佳连忙深入搬砖群众之中，努力寻找真相，“谁来给我解释一下，为什么老板变成了搬砖的？”

“是这样的，老板今天来视察的时候，正巧我腰扭了。”

“然后老板就帮他推了一把独轮车。”

“后来我看老板的西装沾上灰了，就借了一套工作服给他。”

“老板搬完砖之后，有个小姑娘过来说要泡他。”

“停、停、停！”赵佳连忙比出一个暂停的手势，“你说谁要泡谁？酥酥要泡老板？”

“哎哟，那都是误会，其实那小姑娘是想请老板做模特。”

“然后小姑娘去找你请假了，老板在她走了之后，跟我们说了一句话……”

“什么话？”赵佳问道。

在场的工人你看看我，我看看你，然后异口同声地答道：“别叫我老板，从今天开始，我和你们一样，都是搬砖的，记住没？”

“……咯，记住了。”大概是从这异口同声的气势中，身临其境地体会到大老板的坚持，赵佳轻声回应。

而与此同时，男人已经跟着小姑娘上了二路公交车。

虽然没有可以坐的位置，但车厢里很空旷，他们站着也很轻松。

“我刚才都忘记问你了，你叫什么名字啊？”陶酥抓着公交车上的吊环，娇小的身躯随着公交车的晃悠而轻微摇动着，大概是觉得不提前自报家门显得不够礼貌，于是补上了一句，“我叫陶酥。”

“蔺平和。”他似乎不太爱说话。

陶酥其实是有点话痨属性的，不找点话题谈谈，总觉得不舒服，于是她继续说道：“我要是叫你蔺先生的话，是不是显得有点太正式了啊？”

“是有点。”

“我看你跟我哥年纪差不多，不如，我叫你蔺哥吧？”陶酥眨了眨眼睛，看着那张没什么表情的俊脸，然后说道，“一会儿我要持续看着你三个小时，叫得太生分了也不太好。”

“你想叫什么都行。”

陶酥沉浸在“找到合适的模特了，不用挂科啦，哈哈”的愉悦的心情中无法自拔。

转眼间，公交车就停在了陶酥的学校门口。

虽然是周末，但仍然有三三两两的学生在校园里。

陶酥就读的这所高校，拥有全国范围内顶尖的油画专业教育资源，除此之外，作为一所权威的艺术院校，编导、播音、摄影等专业也不容小觑。

但搞艺术的人和正常人相比，总会有那么一些微妙的不同。

所以，当蔺平和穿着工作服，戴着安全帽，顶着一米八八的大高个儿，以及几近“炸裂”的荷尔蒙气息，让校园里的目光都聚集了过来。

他什么都不用做，只是一言不发地跟在陶酥的身边，就显得格外与众不同。

就算他的工作服上都是灰，看起来很穷，但他除了模特级的身材之外，还有模特级的脸，这两样加起来，足以让所有人忽略他的职业、他的背景，单纯地沉浸在欣赏颜值与肉体的情绪中无法自拔。

“完了，完了，你可能要上我们的校报了。”陶酥看到了新闻部的部长正蹲在草丛里疯狂地拍照，不着痕迹地感慨着，“果然颜值是第一生产力，长得帅的人，喘个气都能拉动GDP。”

“什么意思？”

“没什么，发自肺腑地夸你长得好看而已。”

陶酥摇了摇头，然后默默地压低了自己的帽子，想着这校报还是让他一个人上吧，自己低调地完成作业就好。

她一边这样想着，一边加快了步伐，终于进了教学楼。因为周末没有课，教学楼里空无一人。

陶酥带着蔺平和进了某间画室。

屋里弥漫着油画颜料的味道，教室里围成圈的小桌板上，摆着满满的石膏像，满屋子的艺术气息扑面而来。

陶酥从包里翻出手机，给室友打了个电话，询问了一下关于光线和角度的要求。

在听室友说要求时，她不着痕迹地皱了皱眉。

放下手机，陶酥长长地叹了一口气，然后看了看蔺平和。他正站在讲台上，盯着黑板报上的自由之翼花纹若有所思。

唉，都是为艺术献身，有什么不好意思的。

这样想着，陶酥算是想通了。

然后，她从书包里翻出钱夹，点了三十张红色的人民币，继而走到他的面前。

她伸出手，拉过蔺平和的胳膊，把钞票一股脑地塞到他的手里。

然后，在上帝的见证下，这个只有一米五八的小姑娘，对面前一米八八的男人说：“现在，你可以脱衣服了。”

陶酥以自己的人格起誓，她是一个很正经的姑娘。

只不过，那节素描课的作业，就是画男性的上半身。

其实，对于美术专业的学生来说，裸体画并不算是罕见的课程，因为涉及人体结构绘制的学习，这种事总是在所难免的。

再说了，古往今来的美术大师，大多画过裸女。人体美也是艺术美的重要来源之一嘛。

“你刚刚说什么？”蔺平和拿着那一沓钞票，看着面前的小姑娘，十分怀疑自己的耳朵出了问题。

他刚刚听到了什么？脱衣服？

“对啊，就是脱衣服。放心，不用脱裤子。”陶酥朝他眨了眨眼睛，看到他眸色渐深，就觉得他可能是个内敛的劳动人民，一时之间接受不了这个，于是，她有些不好意思地继续说道，“真的对不起，我刚才有点得意忘形，忘记跟你说了……但是，现在的阳光正好，明天我就要交作业了，实在不行的话……”

陶酥顿了顿，低下头翻着自己的书包，从钱夹里又翻出了一千块钱，然后将这些钱一股脑地塞到他的手里，有些委屈地对他说：“这已经是我身上所有的现金了，拜托你帮一下我呗，交不了作业，我会挂科的。”

“没事，我帮你，”蔺平和看着那张泫然欲泣的小脸，将她刚刚塞过来的一千块钱还给了她，继而说道，“你画吧。”

“真的太感谢你了！钱你还是拿着吧，我也挺不好意思的，一开始没跟你说好……”

“不用，你实在过意不去的话，一会儿画完了，就请我吃饭吧。”

闻言，陶酥站在画板前仔细地思考了起来，然后问道：“那你晚饭想吃什么啊？”

“不是要画三个小时吗，慢慢想。”

“嗯……也对。”陶酥点了点头，然后固定了一下画板，又从书包里掏出画笔。

等准备好一切之后，她抬起头，就看到站在讲台上的男人已经脱下了工作服，精壮的胸膛包裹在白色的衬衫里，那种力量感似乎可以透过薄薄的布料击中她的心脏。

“好像还要脱一件……”陶酥小心翼翼地说道。

听到她的话之后，蔺平和十分配合地脱掉了衬衫。

“还得脱……”脱掉衬衫后，仅剩一件工字背心，完全抵挡不住强烈的荷尔蒙气息，陶酥的声音比刚刚还要微弱。

然后，蔺平和继续配合她。

至此，男人精壮的上半身便彻底地暴露在空气中了。

他身上的肌肉线条并不夸张，却十分漂亮紧致，不仅露出来好看，被衣服遮住之后就是标准的衣架子。特别是腹肌两侧的人鱼线，随着他呼吸的频率起起伏伏，轮廓深浅不定，十分吸引人。

“阅男无数”的陶酥觉得，他搬砖真的是可惜了。

这样想着，她就这样问了出来：“蔺哥，你就没考虑换个职业吗？比如，做模特什么的……当然肯定要培训一段时间，但你的条件这么好，去做模特的话，肯定比在赵姐那里赚得多啊。”

“喜欢现在的工作，不想换。”

“那就不换！”陶酥重重地点点头，然后对他说，“我就很喜欢油画，虽然我姐总说让我以后继承公司什么的，可是，我对投资电影什么的完全不感兴趣。”

她似乎开启了话痨模式，一唠叨就停不下来。

“我知道我的专业就是个钞票焚烧炉，姐姐也挺宠着我的，但我真的只想画画，不想做别的，我是不是太任性了？”她试探性地询问着。

“不任性。”蔺平和答道。

“我姐姐要是能像你这样想就好了。”陶酥摇了摇头，然后继续说，“她说等我毕业了就要去公司实习……唉，要不然，我和你一起搬砖算了？”

“不行，”蔺平和对她说，“你搬不动。”

陶酥：“……”

她不是第一次画人体，却很庆幸自己骨子里的话痨属性，要知道，模特站在那里，一站就是几个小时，不仅疲劳，而且无聊。

在与蔺平和共处的这三个小时中，陶酥发现，他真的是一个非常不爱说话的人，基本上她说上十句，他才会说上几个字。

但无论如何，这三个小时总算顺顺利利地过去了。

至少，她脱离了挂科的危险。

陶酥神清气爽，愉悦感瞬间上涨十个百分点。

她将铅笔放回笔袋里，然后把画架和画纸收好，最后欣赏了一下刚刚竣工的奋斗成果，忍不住称赞了一句：“这绝对是我画过的最帅的人体素描了！”

赞美完了之后，她把画纸收好，放进书包里，然后抬起头，看着正在穿衬衫的男人说道：“当然，模特更好，我觉得自己这次作业能拿个A+。不过，说实话，有点想知道是什么手感欸……”

陶酥只是习惯性满嘴跑火车，毕竟在这个艺术气息浓郁的校园里，同学们都不会对各种巅峰级的行为艺术（比如裸奔）感到震惊。

所以，她根本就没放在心上，只是一边说着，一边收拾着书包。

“对了，你晚上想吃什么，想好……”她的话还没说完，就被眼前的场景深深地震撼到了。

男人距离她很近很近，只穿着衬衫，还没来得及系上扣子，从身体上散发出的热度不断地侵袭着她，让她有些脸红。

她一边向后退，一边抬起头，后腰撞到了桌子的边沿上，大概是撞上的力气有些大，连桌子上的石膏像都有所震动，发出细微的声响。

目光所及之处，就是一双黑色的眼眸，深不见底，似乎要将她吸进去。

“怎、怎么了？突然这样要干吗啊？”陶酥有些不好意思看他，只能瞬间将视线收了回来，不知道往哪里放的目光，四处飘着，但因为这堵人墙不断地欺近，她只能看到他未被衬衫遮掩住的腹肌与人鱼线。

八块形状漂亮的腹肌，与两条优美的人鱼线，不停地冲击着她的视觉，近距离的视觉盛宴让她有些缓不过来。

她是看过很多腹肌不假，但是，这么近距离地看，还是第一次。

更何况，这还是她看到过的、质量最高的腹肌，她怎么可能不发蒙。

他又往前靠了一步，然后伸出双臂，撑在她身后的桌子上，将她整个人圈在桌子与自己的胸膛之间。

被禁锢在狭小的空间里，陶酥觉得有些喘不过气，还没等她缓过神来，就听到头顶传来一个低沉而性感的声音：“可以摸。”

嗯？可以摸？摸什么？

大脑不停地被这三个问题刷屏，以至于陶酥在反应过来之前，已经把这个问题问了出来。

而对于这个类似于耍流氓的问题，蔺平和给出了回答：“你想摸什么都行。”

她想摸肱二头肌、肱三头肌、斜方肌、胸肌、腹肌等各种肌……才怪！

她现在只想快一点离他远些，要不然，估计心脏就要当场报废了。

陶酥眼珠一转，向后踮起脚试探了一下桌子下面的空隙。在心里有了谱之后，她连忙蹲下，从这个狭小的空间里溜出来，然后，钻到了桌子下面。

没错，她钻到了桌子下面。

这一瞬间，陶酥无比感谢自己一米五八的小身板，能够轻易地钻到桌子下面，然后再爬到另一张桌子下面，最后再从另一张桌子下面钻出来。

她的整个动作如行云流水，看得蔺平和发蒙了，你是属土拨鼠的吗？！

“蔺哥，刚才看你高冷的样子，还以为你是什么正经的劳动人民，没想到你居然是这样的人！”陶酥从桌子底下钻出来之后，带了几分痛心疾首的意味，对他说道，“不过，也对，你这么帅，经历肯定很丰富。”

“什么经历？”

“你还问我什么经历？我看你刚才撩妹的技巧非常熟练嘛。”

“我不懂你什么意思。”

“就是……”陶酥抬起头，将他上下打量了一番，然后撇撇嘴，说道，“唉，算了，不说了。反正你要记住，我是个正经人，我给你的钱是请你做模特的，没别的意思，OK？”

陶酥有些无奈，这世道真是太疯癫了，明明看起来是个高冷正直的人，怎么撩妹技能也如此熟练呢？

“你自己说的。”他看起来十分不解。

“我说什么？”

“想知道手感怎么样。”

“……”

陶酥被这句话怼得说不出话来。因为她没有瞬间失忆症，她清楚地记得那句话就是自己刚刚说过的。

但是……

“我那是满嘴跑火车，你不要信啊！”陶酥痛苦地揉了揉脑袋，想起每晚和室友插科打诨的光辉历史，突然觉得悔不当初，“我就习惯性……咯咯，我以后会注意的。”

不知道这个世界上的男性，为什么会对女生有很大的误会？

好像成群结队聚集在一起，讨论一些那方面的话题，都是男生的专利似的。事实上，女生私底下有时候也会讨论这些问题的好吗？！

“不说了，赶快换话题，换话题。”陶酥摆了摆手，小脸微红，想要赶快把这页揭过去。

蔺平和没说话，一直在等着她开口。

可陶酥转念一想，觉得自己还是应该说点什么，至少这个男人今天下午帮了自己。

于是，她语重心长地嘱咐道：“蔺哥，这次真的很感谢你，所以……”

陶酥看着他的眼睛，狠了狠心，还是把接下来的话统统说了出来：“如果以后你缺钱了，就跟我说，别再出去做那种事了行不行？”

与陶酥小心翼翼的样子不同，蔺平和现在十分郁闷。

他洁身自好这么多年，怎么就变成被富婆包养的人了？

他刚想开口反驳，就看到面前的小姑娘以一种“我懂，我都懂”的表情看着他。

“你放心，我不会跟别人说的。”陶酥摆摆手，然后语重心长地说，“知错能改就好嘛，以后别再犯就行了，我带你去吃好吃的吧！”

蔺平和在心里说道：……我真是跳进黄河也洗不清了。

陶酥倒是没把这件事放在心上。

“你想吃什么？”她将画室打扫完毕，临走时关了灯，带上了门，和蔺平和并肩走在教学楼的走廊里，询问着他的想法。

“什么都行。”蔺平和依然沉浸在某种不可言说的委屈里无法自拔。

“你能吃辣的东西吗？”

“还好。”

“那就水煮鱼吧！”陶酥兴冲冲地对他说。

蔺平和点点头：“你请，听你的。”

“哇，都这个时间了，看来刚刚浪费的时间有点多，他们家还有一个多小时就打烊了。”陶酥看了看手机上的时间，然后有些郁闷地说，“那家的菜特别好吃，所以也特别火，晚上七点钟之后就不开新桌了，现在已经六点五十分了……”

“应该来得及。”

“我们学校后门周末不开的，所以只能从前门绕过去，学校那么大，肯定来不及……”

“那就翻墙吧。”

“太高了，我翻不过去。”

陶酥无奈地叹了口气，然后伸出双手，看着自己软绵绵的胳膊和手腕，再一次羡慕起寝室里某个一米七多的室友。

“那是后门吗？”蔺平和抬起胳膊，指了指距离教学楼不远处的大门，那上面挂了把陈旧的大锁，看起来颇有一种生人勿近的气息。

“是的，我们美术学院的教学楼离后门最近，所以非常不方便。”陶酥摇了摇头，然后继续说，“不过也没办法，学校不开后门，只能绕远路了。”

“你恐高吗？”

“嗯？”陶酥被他问住了，稍加回忆了一下，并不觉得坐飞机有什么恐怖，于是回答道，“应该还好，不会很恐高。怎么了？”

“那就好，”蔺平和点点头，然后朝她伸出手，“把你的画板和书包给我。”

“画板？哦，好。”陶酥有些不太明白他的想法，不过还是将东西递了过去。

没想到，他刚拿到东西，就走到了后门的前面。

画板不算小，平时陶酥要用两只手才能抱住，没想到他只用单手就拎住了，同时还夹着她的书包。仅仅用一条胳膊的力量，他就撑着门上的钢条，轻轻一跃，翻出了学校。

包裹在衬衫中的手臂，似乎迎来了一瞬间的肌肉冲力，隔着那层薄薄的布料，陶酥甚至能感受到那喷薄而出的力量。

那在她看来宛如天堑般的铁门，就这样被他轻易地翻了过去。

陶酥目瞪口呆地看着男人的背影，再看到他的脸，就隔着铁门了。

她一路小跑过去，与他隔着铁门对视，投向他的目光中瞬间就多了一丝崇拜的意味。

“你看，就在你身后！”陶酥激动地指着他身后的招牌，对他说道，

“你先去开桌点菜，我从前门跑过去，十几分钟就到了，我把钱先给你。”

蔺平和看着她，刀削般的眉峰轻蹙，把她的画板和书包放在一旁，然后又翻了回来。

陶酥空旷的视野中，突然就出现了一堵人墙。

她诧异地抬起头，就看到那个比她高上三十厘米的男人，正用那双深邃而迷人的黑色眸子望着她。

“你怎么又回来了？啊……干吗！”

还没等她回过神来，她就感觉自己的腰上突然出现了一双大手，而双脚骤然腾空，失去了踩在地面上熟悉的安全感之后，她控制不住地呼出了声。

蔺平和没说话，只是把她放在了铁门旁边水泥柱的平台上。

平台上的面积很小，但陶酥坐上去绰绰有余。

“坐好，别摔了。”蔺平和嘱咐了一句，然后迅速翻到了校园外面。

他的腿那么长，胳膊那么有力，这扇平日里在她面前耀武扬威的铁门，在他面前瞬间变得不堪一击。

陶酥坐在高高的平台上，高处视野中，是她从未见到过的风景。

“下来。”蔺平和站在下面，抬起头看着她，夕阳的余晖映在她的发丝上，折射出漂亮的霞光。

“下来？”

陶酥小心翼翼地往下看了一眼，灰色的水泥地看起来有些令人眩晕，她下意识地抓紧了身后的平台边沿，有点不好意思。

她自己不敢往下跳。

“不敢？”蔺平和问道。

他刚刚已经问过她是不是恐高，而且她既然能经常坐飞机，怎么样都和恐高这毛病八竿子打不着吧。

“也不是完全不敢，你让我适应一下。”陶酥慢慢地解释着，“我以前也没翻过墙，再说了，我……腿又不长，这对我来说很高啊。”

蔺平和看着坐在上面的小姑娘，她似乎是有些畏惧这个高度，有些紧张地往后缩着脖子，小腿受引力而垂了下来，粉色的棉袜边和浅蓝色的牛仔裤之间，是一截白皙而柔嫩的皮肤。

纤细的脚踝和翻墙这件事，根本联系不到一起。

“那岂不是要打烊了？”藺平和抛出了这个关键的问题。

对啊。

听到他的话之后，陶酥才想起来，那家水煮鱼门店晚上七点就不开新桌的规矩。

可是，她现在该怎么办才好呢？

“闭眼直接跳下来，”藺平和对她说，“我会接住你。”

闻言，陶酥立刻将视线移到他的身上。

那双胳膊那么有力，可以支撑着他的身体翻越这道门，应该也可以稳稳地接住她吧。

可是……

她又抬起头，看了看距离自己不远处的那家水煮鱼门店的招牌，然后又低下头看了看朝她张开双臂的藺平和。

最终，她还是决定长痛不如短痛。

陶酥紧紧地闭上了眼睛，然后一狠心，直接松手跳了下去。

她知道对方会接住自己，但当她真的落入那个温热的怀抱时，心情和预想中的截然不同。

这一次，她算是真的摸到了想摸的地方。几个小时前被她细心临摹过的肌肉线条，此时此刻就在她的掌心之下。

温热的气息里，夹杂着淡淡的尘土气息，以及一丝不易察觉的冷松香气。

有生以来，她还是第一次被一个男人这样抱着。

“没事了。”她被男人安安稳稳地放了下来，再一次站在地面上后，就听到他这样对自己说，“现在去吃吗？”

“去、去、去，要不然就来不及了！”陶酥连忙答应他，然后弯下腰，想去拿画板和书包。

结果，一只大手先她一步将这两样东西拎了起来。

再直起身，陶酥就听见他对自己说：“那就走吧。”

陶酥两手空空地点了点头，然后跟在他的身后过马路。

很奇怪的是，她明明什么也没有做，也没有很剧烈地运动，但心脏跳动的频率逐步攀升。特别是当她回想起刚刚被男人接住的那一瞬间，他温热的怀抱，与看似冷淡实则关切的话语，都让她觉得，对方的一切似乎都与她曾经对这个世界的认知截然不同。

不过，还好，这种感觉在她到了拥挤而嘈杂的门店之后，便飞得无影无踪了。

陶酥的忘性一向很大，在看到菜单之后，很快便把这份青涩的悸动抛在了脑后。

小店里嘈杂的声音，也勾起了她沉寂了片刻的话痨属性。

点过菜后，在等待水煮鱼的时间里，陶酥小声地对蔺平和说道："其实，刚刚我一直都没好意思吐槽，"她顿了顿，似乎是在犹豫着，但最终还是说了出来，"我觉得你们老板太抠了，我看到你午餐的盒饭了，菜色一点都不好。"

蔺平和很想解释，今天菜色不好的原因，是采购人员中午睡过头，去饭店的时间比平时晚了二十分钟，所以只剩下素菜，平时并没有这么凄惨。

况且，赵佳做事，他一向很放心，想必采购人员也得到了应有的惩罚。

所以——他一点都不抠。

他刚想开口解释，服务员就端着一大碗色泽艳丽的水煮鱼过来了。

结果，这句解释蔺平和就没说出来。

"以后你要是觉得不好吃，可以来美术学院找我，这里离工地还蛮近的。"陶酥一边吃着水煮鱼，一边对他说，"就当作是报答你了，我们那个素描选修课的老师特别严，这次没有你帮忙，我就要挂科了。"

听到她这样说，蔺平和直接把嘴边的那句解释咽回了肚子里。

而此时正吃得开心的陶酥完全不知道，坐在自己对面的男人，内心经历了怎样的天人交战。

她只知道，对方听到了她的话之后，长叹一口气，并对她说："你说得对，我们老板是真的抠。"

第二章

插画师

他们吃过饭后，天色已经很晚了。

蔺平和将陶酥送到寝室的楼下，陶酥便和他挥手说了再见。

上楼的时候，她一直紧紧地抱着画板，想到今天一下午发生的事情，嘴角就忍不住勾起一丝浅浅的弧度。

她这点不易被人察觉的愉悦，在她进门之后没多久就被室友发现了。

三个姑娘一起上来盘问，外加各种“威逼利诱”，不到十分钟，陶酥便把事情的经过统统说了出来。

等她拿出那张素描之后，室友全都震惊了。

“这也太好看了吧。”

“不仅脸长得好啊，身材也是。”

……

室友一边看着她的画，一边议论纷纷。

陶酥听着她们这样议论着，不知道为什么，好像心底某个独享的小秘密被别人知道了，莫名觉得有些不高兴。

她不着痕迹地推开室友，然后将画收了回来。

“哎哟喂，小饼干还有小脾气了啊。”

“会不会是小饼干的小情人儿呀？”

“我不是小饼干！”陶酥气鼓鼓地反驳道，“我都二十岁了，你们这样叫我，真的让我很难为情啊！”

室友给她起的昵称，她并不反感，而室友也没有恶意，只不过二十岁的人被叫成“小饼干”，在外面被人听到总会觉得有些不好意思。

除了陶酥之外，其他三个女生都是北方人。

陶酥年幼时一直在南方生活，教她油画的老师在她初中毕业那年去日本做高级访问，她也就跟着去日本读了三年高中。

原本大学也想留在日本继续念，但她最喜欢的那位油画老师因为结婚，要回国工作，所以，她也跟着来北京念大学了。

北方人性情直爽，起初她还有些不适应，好在室友都是很好的姑娘，一学期交往下来，就混得很熟稔。

陶酥洗漱完毕之后，爬到了床铺上。

她的脑袋刚刚碰到枕头，微信的提示音就响了起来。

她点开信息，就看到在日本认识的房客给她发来了一大串信息。

“酥酥，江湖救急！帮我画张男生的插画呗，这期的画师临时有事，跑路了！”

房客叫曲戈，也是中国人。曲戈大学留学时去的日本，毕业后就留在了日本工作，就职于某家轻小说杂志做编辑，不到两年就升任了副主编，一个月的工资不菲。

陶酥在日本念中学时尚且年幼，颇受她的照顾。虽然房子是陶酥家的，但很多事都是她帮忙做的。

因为熟稔的关系，再加上曲戈刚刚入职时，手下的画手和写手数量都很少，曲戈看陶酥学油画，便怂恿她来给杂志画插画。

没想到，陶酥很容易就上手了，而且作品都颇受欢迎。

于是，陶酥就成了这家轻小说杂志的头牌画师之一，每个月也能赚到一笔可观的外快。

她并不缺钱，但因为这个兼职，她成了一个小小的网红，无论是在日本的推特上，还是在中国的微博上，她都有不少粉丝。

因为，陶酥笔下的每一个妹子，看起来都十分诱人。

画上的女生们穿着的衣服和脸上的神情都非常正经，不该露的地方一点都不露，但总是显得格外诱人，就像是将熟未熟的樱桃。

她使用的“马甲”，是“埃罗芒阿先生”。

这个名称来自一部日本动画，陶酥与动画中的女主角工作属性相似，再加上都是二次元领域中的工作，所以，她就取了这样的名字。

不过“埃罗芒阿先生”有一个致命的软肋——不会画男人。

这一次曲戈也是被逼得没办法，才来拜托陶酥，希望她能看在多年认识多年的面子上，尝试着画一个男生给自己，江湖救急。

曲戈在微信里说了一些要求之后，陶酥心里大概有了谱。

如果放在几个小时之前，陶酥肯定会拒绝。

她平时画这些插画，都是以自己为参照物，因为很了解自己的身体构造，所以将三次元的人体转化为二次元的形式之后，就不会显得很生硬、很奇怪。

她不画男人的原因，就是……她本身是女孩子。

不过，她并没有对外公布过自己的性别，估计她的粉丝们都以为“他”是一个宅男画手。

可是，这一次，她想尝试一下新的素材。

因为……她下午摸过了。

艺术灵感来得就是这样迅猛而出其不意呀！

于是，陶酥给曲戈回了消息，问了一下具体的要求。

对方只告诉她，按照她原有的风格来画就好。

没有了多余的条条框框的限制，陶酥的创作激情一下子就被激发出来。

虽然寝室已经熄灯了，但她仍然兴冲冲地爬下了床。

轻手轻脚地打开笔记本电脑，连上数位板，为表认真的态度，陶酥还特意戴上了眼镜。

她画了蔺平和没有系上衬衫扣子时的样子，不得不承认，他这个样子真的给了她非常强烈的视觉冲击与心灵冲击。

白衬衫这个单品虽然百搭，但十分挑人，大部分男人穿起来都显得像开学典礼上磨磨叽叽的老校长。

但蔺平和与大部分男人截然不同。

明明是文艺清新系的单品，配上他的腹肌，硬是显出了一种令人窒息的诱惑感，但白衬衫特有的禁欲气息又与这种感觉完美地融合在了一起。

这一画，陶酥就直接画到了半夜一点多。

完工后，她火速把图片用E-mail传给了曲戈，对方似乎正在加班，仍然在线，很快就收了文件，然后疯狂地赞美她。

陶酥被曲戈夸得都不好意思了。

这时，花式催稿的副主编终于露出了狐狸尾巴。

曲戈："小酥酥，再加班帮我画一张呗，还要这种感觉的男生！"

不是小饼干："……"

不是小饼干："那……衣服……"

曲戈："这腹肌太好看了！下张还这么画！"

陶酥就知道！

曲戈一定是看上了腹肌！

女人果然都是视觉动物！

陶酥看着自己刚刚画完的插画，那上面穿着白衬衫的男人有着相当好看的八块腹肌，虽然只是二次元的图画形象，但或许是因为她倾注了很多心血，竟然让人觉得那双眼睛深邃得不见底。

有时候，灵感就是一种一次性的东西，画完了一张之后，或许就再也画不出来这样的插画了。

陶酥犹豫了一会儿，最终决定还是拒绝这个单子。

她要为自己笔下的人物负责，不能随意接单。

但这些原则，在曲戈扔过来的一句话之后，被彻底打破。

曲戈："下张给你上封面！怎么样？！"

不是小饼干："……你等着，我下周末肯定交货。"

那可是封面，就算是她这种当家级别的画手，一年也轮不上几次，杂志每期封面的画都会印成巨幅海报，这对画手来说，是一种无上的荣耀。

怀揣着这样积极的心情，陶酥连上了三天的课，等到周四下午没有课了，她连午饭都没跟室友约，下了课就直奔公交车站，准备去工地找蔺平和激发灵感。

可是，她失策了，她并没有见到蔺平和。

于是，她跑去问赵佳，询问了半天，对方支支吾吾地说不出什么，中途还跑出去接了个电话，最终，给了她一个蔺平和请了病假的理由。

听到病假两个字之后，陶酥也没法再说什么了。

毕竟，天大地大，病人最大。

她上次忘记问蔺平和的联系方式，所以，现在也联系不上他。她本来想通过赵佳联系，但听到他生病了，她也不好意思多加询问。

倒是赵佳十分积极地跟她保证，明天蔺平和一定会来上班。

“那他的病没关系吗？”陶酥关切地问道。

“应该快好了吧，他都好几天没来了。”赵佳笑着，摸了摸她的头顶，然后嘱咐道，“明天中午稍微晚些来，他一定在这里。”

听了赵佳的话之后，陶酥点了点头，就坐公交车回学校了。

第二天中午，刚刚十二点过了几分钟，一辆纯黑色的保时捷停在了工地现场，那车看起来就和这里的环境格格不入。

从驾驶座下来的男人，穿着深灰色的西装，以及纯黑色的手工皮鞋，鼻梁高挺，眉若刀裁，眼似星辰，表情偏偏很冷淡，带了一丝不食人间烟火的高冷气息。

但这高冷的气息很快就被他自己打破了。

他到了工地后，十分熟练地换上了工作服，戴上了黄色的安全帽，然后撸起袖子，露出麦色的手臂，那上面的肌肉与工地看起来搭配极了。

他走到赵佳的面前，一本正经地对自己的下属说道：“赵佳，你跟采购人员说，盒饭给我留一份，要菜色最差的，一看就让人觉得吃饭的人过得特别艰辛、特别苦的那种。”

赵佳：“？”

“所以说，老板您到底想干吗？”赵佳嘱咐了采购人员，按照要求去拿盒饭，然后像是想到了什么关键的信息似的，好奇地问道，“老板，您不会是想泡，哦，不，是想追酥酥吧？”

蔺平和坐在工地的办公室里唯一的椅子上，抬起眼看了她一眼，然后冷淡地称赞了她一句：“眼光不错，这都被你发现了。”

赵佳心想：就算是瞎子，也看得出来你对那小姑娘动机不纯好不好！

“可是，老板，你就打算这么追她？”赵佳微微打量了他一眼，虽说仗着颜好、身材棒，工地的普通制服都能让他穿出走T台的感觉，但这终归不是什么潮流大牌，放弃阿玛尼西装改穿工作服搬砖，真的能追到妹子？

但蔺平和不以为然，他沉默了几秒钟，然后说道："其实，原本没打算以这种身份来追她，只不过那天刚好赶巧被她看到，就将错就错了。"

"但是，普通工人怎么会有多余的钱送喜欢的女生玫瑰、巧克力和钻石呢？"

"你想得太简单了。"蔺平和摇了摇头，继而说道，"我喜欢的女人才没有那么肤浅。"

闻言，赵佳只能讪讪地闭嘴。

蔺平和看着刚刚采购人员送过来的饭菜，仍然是三样"菜色感人"的素菜，只不过，这次采购人员十分会拍马屁，干脆直接来了盘不知道剩了多久的菜，连炒白菜的叶子都发黄了，一看就让人觉得惨不忍睹。

蔺总对此十分满意，决定把上次扣了他的奖金补回来一半。

顺着窗子向外面看去，在瞥见那道清丽的身影后，蔺平和连忙戴好安全帽，挽起袖子，端着"菜色感人"的盒饭去工地了。

陶酥刚进工地，就看到那个熟悉的男人正蹲在地上，刚刚打开盒饭的盖子。

她小心翼翼地接近他，然后特别想蒙住他的眼睛逗弄他一下，但在看到盒饭里那样让人倒胃口的菜色之后，她便没了开玩笑的心情。

"你中午就吃这个吗？"她慢慢地移动到他的面前，然后垂下头问道，"听赵姐说，你生病了，怎么还吃这么没营养的东西啊？"

"我今天来晚了，到这里之后，就只剩下这个了。"蔺平和面不改色心不跳地瞎掰。

"那也不能这样啊，你的工友没有给你留点好吃的？"陶酥试探性地问道。

"没，他们也很饿啊，毕竟这种工作会消耗很多体力，而且他们吃得也不是很好。"蔺平和回答道。

围观的搬砖群众：老板，你真会瞎说！我们今天中午明明有鸡腿！

"不能吃这个。"陶酥抢过他的筷子，大概是因为上一次和他混得有些熟了，所以这次就不再那么犹豫，直接对他说，"我带你出去吃，刚好今天还有点事情想麻烦你。"

“我可以跟你走？”

“可以，我昨天跟赵姐打过招呼，她同意了。”

陶酥带着蔺平和出了工地。

“这次需要我做什么？”

“先不着急。”陶酥对他说，“我先带你吃点东西，正好我中午也没吃饭。”

陶酥这个学期的课程排得比较紧，今天她中午又没有跟室友一起去食堂，放学之后就赶来了工地。

虽然赵佳告诉陶酥可以晚一些来，但陶酥觉得，终归是自己有求于人，早些去总没有坏处。

大概是因为，好看的皮囊她见过不少，但不知道为什么，她就是觉得蔺平和非常特别。

那大概是融合了粗犷与精致两种截然相反的特征的感觉，这种感觉令人着迷，也让她灵感爆棚。

考虑到他刚刚请过病假，肠胃还处在恢复期，不能吃一些辛辣油腻的食物，于是，陶酥便带着他去了庆丰。

在庆丰吃了包子套餐之后，陶酥便带着蔺平和回了学校。

还是原来的教学楼，还是熟悉的地方。

班级专属的教室不比上一次的公共课教室，桌椅少了许多，教室面积也小了一半，似乎无形之间就拉近了两个人之间的距离。

陶酥看着他，脑海中开始尝试着摆出各种各样的POSE，但每一个都被她PASS掉了。

最终，她决定让蔺平和自由发挥一下，说不定这样会有一些意外之喜。

当她准备拿钱的时候，手机突然响了。

陶酥有些不好意思地说了声“抱歉”，示意蔺平和稍等一下，然后就接起了电话。

打来电话的人是曲戈。

“酥酥，你画完了吗？”

她的声音听起来兴冲冲的，并不像往日里催稿的态度。

“还没，正在取材加构思，怎么了？”陶酥有些好奇地问道。

“是这样的，主编刚刚跟我讨论了一下，决定这次封面图要双人的，”曲戈低声说道，“也就是说，麻烦你画两个人物……一对CP。主编明确说了要壁咚的POSE，你行吗？”

“主编怎么突然就有了这么大胆的想法啊？”

“因为上次你画的那张插画，小说的原作者非常喜欢，觉得和男主角的人设很配，所以，想让你再画个女主角来着……”

闻言，陶酥挑了挑眉。

她就知道，那么好看的腹肌，无论哪个女人，只要瞧上一眼，都得开始惦记。

“酥酥，能画吗？”曲戈试探着问道。

“我能怎么办，”陶酥叹了口气，然后对她说，“都答应你了，必须能啊，要不然，你岂不是会很惨。”

“是啊，是啊！你要是画不了，我真的会很惨，谢谢酥酥，嗯嗯！”曲戈开始在电话里讨好陶酥。

陶酥在电话里跟曲戈又扯了两句，然后便挂了电话，将手机揣回口袋。她转过身想对蔺平和说话的时候，就看到对方已经把上衣都脱完了。精壮的上半身全部暴露在空气中，麦色的肌肉匍匐在结构完美的骨架上，彰显出一种力量——富有质感的美。

更要命的是，那双深邃的眼睛，直直地望着她，让她有一瞬间无法控制地看着他的眼睛，移不开视线。

“你、你怎么就脱衣服了啊……”陶酥觉得自己的脸颊有些发红，于是略显不好意思地、小小地抱怨了一句。

但蔺平和似乎显得很无辜，他反问道：“今天不用脱吗？”

“不是每次都要脱啊！”陶酥站在他的面前，抬起头看着他，连耳尖都红了，“学油画的只是偶尔要画裸体，不是只画裸体啊！”

“哦……”蔺平和淡淡地应了一句，那语气听起来好像还带了点失望，“那我今天做什么？”

“嗯……我想想，”陶酥坐在椅子上，胳膊支在桌子上，双手贴在脸上，一边打量着他，一边说道，“啊！我想到了！”

陶酥从钱包里翻出十张红色的钞票，然后走到蔺平和的面前，将钱全都给他。

拿着一千块钱，蔺平和的内心十分复杂。

不知道为什么，他总有一种被玩弄的感觉，而且两次都是。

但是，在陶酥的面前，再大的事也都变成了小事。

听到对方的话之后，蔺平和迅速将这种复杂的感觉抛在了脑后，将所有的精力都放在了面前这个小姑娘的身上。

因为她说“你过来，壁咚我”。

蔺平和：“？”

不知为什么，他突然有一种很强烈的预感，如果再这样，隐瞒着真实身份追她，或许事情会朝着不可预计的方向发展。

但是，他又不能轻易地将所有的事情和盘托出。

蔺平和还记得，在两年前，第一次见到她时的场景。

那天，她过生日，和同学一起来酒吧开派对庆祝成年，而蔺平和那天刚好因为公司资金周转不灵的问题，一个人在酒吧里喝闷酒。

或许是她喝得太醉了，又或许是她们在玩真心话大冒险，又或许是两个原因都有，他记得她那天对他说过的话：“其实我真的不喜欢有钱人，就算哥哥姐姐很穷，只要他们能多陪陪我，我可以不学油画，真的。”

当时蔺平和并不知道，油画对她来说是多么重要的事情，他只知道，这个小姑娘对于金钱的态度很微妙。

她不喜欢有钱的人，因为有钱的人会很忙，陪伴她的时间会很少。

“我这样想，是不是很任性啊？”她喝得醉醺醺的，带着一点婴儿肥的小脸上，染着一层艳丽的色彩，有些惆怅地开口问他。

“不是。”他下意识地伸出手，摸了摸她的脑袋，然后安慰道，“我觉得挺好。”

那天发生了很多事情，直到现在回想起来，蔺平和也不觉得一见钟情是一件很扯淡的事情。

她那么好，值得他为她做任何事。

大概是看他愣神了太久，陶酥连忙伸出手在他的面前晃了晃，于是，他的思绪一下子就从不算久远的记忆中抽了回来。

“怎么了？还是身体不舒服吗？”陶酥想到赵佳说他前一天请了病

假，突然就觉得有些担心。

“没事，”蔺平和摇了摇头，“就是在想你想要什么样的壁咚。”

“我……”陶酥顿了顿，似乎是陷入了沉思。

对啊，她还真没想过，到底要什么风格的壁咚。而且，曲戈也没有跟她详细地说一下那篇轻小说的主人公设定，一时之间还挺难下手的。

“要不，就用你理解的方式来吧，”陶酥最终给出了答案，“我配合你。”

话音刚落，陶酥就觉得他仿佛是在一瞬间之内，就到了自己的面前。因为快速移动带来的气流波动，似乎在空气中擦出了某种火花，他看起来像某种发现猎物后凭借着爆发力去捕猎的食肉动物。

陶酥隐隐有一种危险的感觉。

于是，她下意识地往后退，但最终只是退到了教室的墙边。

紧接着，耳边就传来了手掌拍在墙壁上的闷响，他身上的温度似乎比寻常人要高一些，陶酥被他圈在怀里，总觉得脸上的温度越来越高。

她控制不住地脸红了。

虽然她只是为了取材，但脸红是真的。

被那双眼睛紧紧地盯着，又与这个迷人而健美的身体靠得这么近，她的心脏怎么可能还是以寻常的速度跳动？

蔺平和垂下头，看着那双浅灰色的眼眸四处闪躲，微红的小脸看起来像某种熟透了的水果，可爱且诱人。

他看到她的呼吸频率越来越快，脸颊也越来越红，他慢慢地低下头，缓缓地靠近她，在距离那两片粉嫩柔软的唇瓣还有几厘米的时候，小姑娘又给了他一个措手不及的打击。

“我觉得这个角度不太好。”她仍然红着脸，气息因为害羞变得有些凌乱，但那只举着自拍杆的手却非常稳。

陶酥认真研究着镜头里的自拍角度，然后对他说：“你太高了，这样显得身高差有点大。”

蔺平和慢慢地转过头，视线落在手机屏幕上，那里面恰好框进了他的上半身，而陶酥只露出了肩膀。

三十厘米的身高差，在此刻彰显得淋漓尽致。

“也是因为我长得太矮了。”陶酥陷入某种反思中。

看到她郁闷的表情后，蔺平和不得不从刚刚的坑爹剧情中跳了出来。

他现在已经没有多余的时间去思考“说好的壁咚呢，怎么搞出个自拍杆来逗我玩儿”这种事情了。

陶酥低着头看着自己的脚尖，第N次发自肺腑地想再长高一些。但还没等她再多想些什么，她就感觉自己腰侧覆上了两片温热。

随后，她被人举起来，放在了墙边的课桌上。

这温度和力道，她都很熟悉，几天前，就是这双手，带着她翻越了学校后面那扇铁门。

她今天穿的是牛仔短裤，莲藕一样白嫩的双腿几乎都暴露在空气中。

或许是刚刚距离他太近了，他身上偏高的温度令陶酥回想起来都觉得有些面红心跳，所以，她裸露在外面的小腿，在触碰到那件薄薄的工作服之后，像是受了惊吓的小兔子一样，迅速收了回来。

陶酥蜷着双腿，伸出胳膊抱住自己的膝盖，整个人缩成一个小球，靠着墙坐在课桌上。

蔺平和慢慢地靠近她，有力的胳膊横在她的脸颊旁边，手掌依然撑在墙壁上。然后，他距离她越来越近。

男人灼热的气息似乎离她很近很近，她想退后一点，却发现，自己早已被他堵在这个小小的空间里，再也没有退缩的余地。

因为整个人都蜷缩在课桌上，这样的姿势让她觉得比刚刚更加危险，因为她的空间比站立的时候缩小了一半。

在这个小小的空间里，除了为数不多的、供她维持生存需求的最少量的氧气之外，好像余下的只有面前这个不断逼近自己的男人了。

这一次，她连举着自拍杆的手都有些抖了。

不过，幸好拍出的照片还算不错，用来参考绰绰有余。

只是，她刚一拍完，手腕就被他空闲的那只手抓住，力道并不大，但令她无法挣脱。

蔺平和将她手里的自拍杆和手机放在旁边的桌子上，然后抓着她纤细白皙的手腕，细嫩的皮肤如婴儿的肌肤般顺滑柔软，令他爱不释手。

浅灰色的眼眸中仿佛盛着一汪水，潋滟着迷人的光泽。她今天没有梳马尾，黑色的长发如数披散在身后，为她平添了一抹动人的妩媚。

似乎一切都向着他期待着的那个方向顺利地发展着。

但有时候，上帝就是喜欢跟你开个玩笑。

此时，画室的门突然被人从外面推开。

闻声，蔺平和迅速转过身，就看到一个衣着精致的男生，正怒气冲冲地往这边快步走了过来。

男生背着画板，看起来似乎也是学美术的大学生，他的皮肤偏白、五官精致，十分漂亮。而他的衣着打扮不难让人看出，他是一个家境十分宽裕的小少爷。

“封景？”陶酥小心翼翼地说出了这个名字。

封景算是她的竹马，他们在油画启蒙班就认识了，后来师从同一个老师，一起去日本念高中，又一起回国念大学。

她和封景的关系一直都不错，小少爷虽说有点少爷脾气，但人品不错，除了在艺术上的追求略显清高之外，平时对长辈都是恭恭敬敬的，对朋友也很仗义。

“陶酥，你太过分了！”名为封景的男孩子一下子冲到两个人中间，然后用力地将比他高上一截的蔺平和推开，继而站在陶酥的面前，气得连呼吸都不稳了。

“我……怎么了？”陶酥被他突如其来的气恼样子弄蒙了。

“我这么有钱，到底哪里配不上你？！”

陶酥：“？”

蔺平和：“！”

封景似乎有些接受不了，面前这个陌生男人比他高上了一截这个事实。

想当年，他在日本念高中时，凭借一米八的身高，足以傲视全班。

如果陶酥和她的室友泡在一起，他倒可以理解，毕竟都是女生。

可他最近听闻，她居然天天和一个搬砖的家伙鬼混在一起，这他怎么能忍？！

他一定要亲自出马，让这个搬砖的家伙认清自我，主动离开她。

于是，他趁着两个人都被他上一句话弄蒙了的时候，又补了一句话：“你居然为了这个又穷又粗糙的男人抛弃我，我到底哪里不如他？！”

第三章

小竹马

封景是陶酥为数不多的朋友之一。

只不过，上了大学之后，陶酥便习惯了中国高校里以寝室为单位的活动形式，而封景迷恋上了网络游戏，从此和室友沉迷于网络游戏无法自拔。

于是，两个人就不像中学在日本念书的时候那样形影不离了。

封景的少爷脾气对熟人很严重，但对陶酥不会摆架子，因为他一直都非常欣赏陶酥的艺术天分。

虽说成功是百分之九十九的汗水加上百分之一的天分，但对于画油画的人来说，天分这个东西，比另外的百分之九十九重要多了。

他无法容忍，自己天赋超高的好朋友，成天跟着一个搬砖的家伙鬼混在一起。

要知道，艺术天分这个东西是会被消耗的，就像一个特级厨师，每天都在街边吃大排档，一段时间之后，做的菜里绝对会融入一股大排档的风味儿。

但他这种老父亲一样的想法，陶酥是无法体会到的。

“小景，你在说什么啊？”陶酥好奇地询问着他，似乎被他生气的样子吓到了。

封景其实心里也有数。

他对陶酥并没有那个意思，只是不忍看到从小一起长大的好朋友，就这样插在了一块粗糙的建筑砖块上——那简直比插在牛粪上还让他难以接受。

但他从来都没有谈过恋爱，起初听到陶酥被一个搬砖的男人迷得找不到北的消息时，他是非常蒙的。

于是，他只能找那个从小到大一直欺负他的姐姐求助。

从小到大，封景一直都活在姐姐的统治的阴影之下，也正因如此，他才一直十分珍视着比自己小几个月的陶酥。

像妹妹一样软萌的小姑娘激发了他的保护欲，也让他重拾在姐姐面前碎成了渣的尊严。

为了保护陶酥，封景小少爷决定开始学习恋爱这个课题。

听到这个消息后，封蜜二话没说，直接扔给他一本言情小说，让他自己多学习学习。

因为这本名为《霸道总裁爱上我》的言情小说，他经常看到有女性在看，上到八十岁，下到八岁，童叟无欺，老少皆宜，于是，他一边感慨着“我姐终于有人性一回了”，一边通宵翻看了三分之一。

在三分之一的地方，他终于找到了解决那个搬砖的家伙的好办法。

在《霸道总裁爱上我》这个故事当中，女二号意气风发地指着女主角的鼻子，对男主角说道：“我这么漂亮，而你居然为了这个又胖又丑的女人抛弃我，我到底哪里不如她！”

然后，穷得家徒四壁的女主角，就嘤嘤地哭着跑开了。

看到这里，封景眼睛一亮，决定如法炮制。

看了看时间，已经很晚了，于是，他将小说放在桌子上，就进入了梦乡。

第二天，他还根据自己的人设，和那个搬砖的家伙的人设，修改了一下台词。

他觉得自己实在是太聪明了，只用了一个晚上就找到了好办法，而且还会举一反三、触类旁通，简直就是个小天才！

只不过，让他没想到的是，那个男人在听到“又穷又粗糙”的形容词之后，非但没有暴跳如雷地扬长而去，反倒镇定自若地看着他，显得歇斯底里的自己像个搞笑角色。

就连陶酥也开始护着那个男人："我不知道你和蔺哥之前是不是认识，还是有什么样的误会，不过，蔺哥帮了我很大的忙，你不要这样说他啊。"

"那都不重要！"封景指着蔺平和，转过头来问陶酥，"我问你，他和你是什么关系？"

"嗯……我想想该怎么说。"陶酥陷入了沉思。

"那需要我来说吗？"蔺平和问道。

"你闭嘴！"封景说。

"总结起来说呢，就是我给他钱，他帮我做事的关系吧。"陶酥最终总结陈词。

"做什么事？"

"没什么事啦，总之，你不要再说这种话了好不！"

"姓陶的，你还有没有人性！"封景气呼呼地说道，"我们认识了十二年！十二年欸！你今天怎么胳膊肘朝外拐？还是刚才那句话，我到底哪里不如他？！"

陶酥吭哧了半天，最终说了一句话："你腹肌没他多！"

"我腹肌……我晕！"封景气得不轻，"八块腹肌会引发观者密集恐惧症的，你知道不？四块腹肌才刚刚好！"

"……"

"而且，他穷，他太穷了！你知道我爹是谁吧？我比他有钱啊！"

"我今天也告诉你，我陶酥交朋友从来不看他有没有钱，反正都没有我有钱。"

"你……你……"封景指着她"你"了半天，最终只能憋出这样一句话，"你等着，我回家让我姐告诉你姐，你欺负我！"

封景说完，陶酥就听见砰的一声巨响，封景摔了门跑出去了。

陶酥看着那扇被他摔得发颤的教室门，然后转过头，看着蔺平和，有些不好意思地对他说："不好意思，让你见笑了，我这朋友平时就是走搞笑路线的，你别在意。"

"没事。"蔺平和摇了摇头。

"那我们走吧？反正照片也拍完了。"陶酥把照好照片的手机揣回裤袋里，然后这样对他说道。

“他是你朋友吧？你刚刚跟他吵得那么厉害，没事吗？”蔺平和试探性地问道。

虽然蔺平和知道，陶酥从来都没有谈过恋爱，和这个人应该不是男女朋友的关系，但他还是想更加仔细地探听一下，陶酥的说法是不是也是如此。

“谁让他一来就无理取闹。再说了，你也是我的朋友啊，”陶酥一边关上教室的门，一边对他说，“我怎么可能看着你被他欺负却无动于衷。”

听到“朋友”两个字，蔺平和的心弦如同被一只柔软的小手轻轻撩拨了一下似的，总觉得有些发痒。

因为，他想要的可不仅仅是“朋友”这么简单。

“你觉得我是你的朋友？”

“是啊。”陶酥点点头，然后反问道，“难道不是吗？我们一起吃过水煮鱼，一起翻过墙，你还帮过我。你对我这么好，我再不把你当朋友，就太没良心了。”

蔺平和看着她，小姑娘浅灰色的杏眸亮晶晶的，那里闪烁着的光芒十分单纯，也十分友善，似乎满脑子有乱七八糟想法的自己，在她面前显得格外无地自容。

“那你不要给我钱了，”蔺平和顺着她的话，将那一千块钱从裤袋里掏了出来，然后递了过去，“朋友之间互相帮忙是很正常的，不需要钱。”

“不，这些钱你一定要拿着。”陶酥义正词严地拒绝了，然后说道，“你为了做我的模特，已经两个下午没有去上班了，我听赵姐说，你们的薪水并不高。再说了，我只有钱，别的也帮不了你。”

听着那句“我只有钱”，蔺平和再一次庆幸，自己没有以平常的身份认识她。

她有钱，所以不需要鲜花，不需要豪车，不需要钻石，也不需要飞机、别墅、大游艇，她只希望得到一个人陪伴的时间，能够长长久久地陪着她。

正常追女生的套路，放在她的身上，真的完全没有作用。

见他半天都没有回应，陶酥以为他有了一些不高兴的情绪，于是连忙解释道：“蔺哥，你别误会，我给你钱，也是为了帮助我自己。八块腹肌很难保持的，你不能每天吃黄了的白菜叶子，那样没有营养。你没有腹肌了，以后我画什么啊……”

听到她这样说之后，蔺平和连忙将视线移到她的身上，看着那张委屈巴巴的小脸，于心不忍，满口答应道：“好，那我用你的钱，多吃点有营养的东西。”

闻言，陶酥立刻就笑了。

阑珊的路灯光下，暖色的光晕和那夜酒吧里的光影渐渐重叠，小姑娘略显稚嫩的面孔竟也染上了一丝动人的妩媚，让他一瞬间有了一丝心猿意马。

“挺晚了，我送你回寝室吧。”他看着她，这样说道。

陶酥点了点头，然后跟在他的身边，往寝室的方向走去。

蔺平和侧着垂下眼睛，看了看走在自己身边的小姑娘，努力将那份想要将她紧紧抱在怀里的冲动压了下去。

不能着急，太着急的话，一定会吓坏她的。

陶酥回到寝室之后，开始勾画草图。上色期间，陶酥收到了曲戈发来的催稿信息。

陶酥把半成品的预览截图发给了她，收获了曲大编辑的疯狂赞美。

起初，陶酥是有些谦虚的，但后来她越上色，越觉得这幅画值得的赞美绝对不止曲戈的几句话，因为……稍稍瞥一眼，就令人心动。

或许是她的代入感比较强而已，所以才有如此强烈的心理感受。

但是，当她回想起下午被男人堵在角落里，抱着膝盖，心脏不停加速跳动的那个瞬间，她总会控制不住脸颊微红。

原来壁咚是这么神奇的东西，难怪所有的女性向轻小说插画师，都会被原作者点名要求画这样的插画。

比起暗自心动的陶酥，蔺平和这边也不算平静。

将陶酥送回寝室后，蔺平和打电话给助理，十分钟后，一辆黑色的保时捷就停在了美术学院门口。

回到公司后，蔺平和换下了工地的工作服，然后回到自己的办公室，开始处理堆积了一下午的工作。

他陪自己暗恋的女生一个下午的代价，就是加班到深夜。

半夜零点，蔺平和终于处理好了所有的工作，然后起身抻了下胳膊，去茶水间给自己热了杯牛奶。

他以前很讨厌这种偏甜的东西，但自从两年前，在酒吧里遇到了陶酥之后，这个习惯就怎么也戒不掉了。

蔺平和第一次遇见陶酥的时候，他正处于人生中的最低谷。双亲遭遇车祸身亡，平日里在董事会中和他父亲一条心的董事们纷纷倒戈，父亲耗尽一生心血经营的建设公司面临着易主的危机。

他一个人去酒吧喝闷酒，点了一杯又一杯龙舌兰，却不料刚刚喝得上了劲儿，想再续一杯，就被人制止了。

那是一只很好看的手，又白又软，十指纤细漂亮，看起来就很有艺术性的美感。

后来他才知道，那双手很擅长画油画。

“先生，别喝了，这酒我姐姐以前喝过，很伤身体的。”她软言相劝。

蔺平和转过头，就看到一张略带稚嫩的面孔，特别是她身上还穿着日式的学生制服，看起来与这酒吧的气氛格格不入。

深蓝色的马甲，里面是白色的衬衫，领结是偏深的酒红色，黑色的长发垂在腰际，深蓝色的百褶裙下面是两条莲藕般白嫩纤细的腿。腿不算长，因为个子不高，但身材比例极好。

“你不让我喝酒，那我喝什么？”蔺平和当时就觉得眼前一亮，难得拿出耐心，没像对待其他搭讪的人一样，采用置之不理的态度，反而接了她的话。

小姑娘沉默了几秒钟，然后从书包里掏出一盒牛奶，顺着吧台大理石推到他的面前，对他说：“那你喝这个吧，牛奶对身体很好，晚上喝，还可以安眠。”

“我又不是小孩，烦心的事情那么多，喝牛奶有什么用。”

“那你有什么烦心事？”陶酥一边问，一边小心翼翼地打量着他。

男人穿着的黑色西装看起来就价格不菲，但上面的褶皱不少，想必已经很多天没有熨烫过了。他的唇边已经隐隐泛青，看起来有不少胡茬，整个人看起来精神十分萎靡，就像……东京都里因为金融危机，失业之后计划着自杀的职员一样。

“我快破产了，”蔺平和顿了顿，然后继续说，“而且，我弟弟今年要去美国留学，虽然是公费的，但是……”

他说的也算是真话，如果他没有把公司打理好，那么，不仅父亲一生的心血要拱手让人，就连家里的开销都会大幅度削减。

说到底，一切都是因为他不够成熟，在投资项目的时候把一切想得太简单，盲目自信，导致手里的一个项目失利了。

“原来是这样啊，那我应该可以帮你。”陶酥点点头，然后从包里翻出一沓空白支票，“我哥说，读书是最重要的事情了，所以，你一定要让你的弟弟去读书才行。”

蔺平和看着她拿出那沓空白支票的时候，虽然面上没什么表情，但内心的感觉十分微妙。

感受着这种微妙的感觉，他就忘了说话，只能看着小姑娘从书包里掏出签字笔，一边自言自语，一边准备在支票上填数字。

“我想想，去美国公费留学的话，一年一百万够吗？”她抬起头，天真地问道。

蔺平和：“……”

“看来是不够，我在日本一年的学费和生活费也要七百多万，美国应该需要花费更多吧。”陶酥想了想，然后一锤定音，“那就写一千万吧。”

于是，蔺平和整个人都蒙了。

等他回过神来的时候，自己面前的吧台上，已经放了一张一千万人民币额度的支票。

蔺平和活了二十三年，还是第一次遇见这样的女人，居然开支票给他。

而且，她不仅会开支票，还会讲道理。

“你答应我，一定要好好地活着。”陶酥义正词严地对他说，“只要活下去，总会有希望的，人死了，就什么都没有了。”

明明她看起来年纪不大，说起大道理来还一套一套的。

最重要的是，蔺平和觉得，她说得对。

蔺平和默默地收好了那张支票，然后又和她聊了一会儿。通过简短的对话，他知道她在日本念书，刚回国，马上就要上大学了，学的专业是油画。

今天是她的十八岁生日，和朋友在这里开派对，刚好抽到了大冒险，要来跟他搭讪。

他能看出来，她是一个偏内向的女孩子，大概真的是醉糊涂了，才会毫无芥蒂地跟他聊天，而且还给他这种陌生人开了一千万的支票……

蔺平和没有取支票里的钱，而是根据支票上留下的企业信息，查到了她的身份。

当时他还很费解，她为什么会觉得留学需要一千万，直到他查到她在日本念高中的信息，才恍然大悟。

她应该是喝多了，把日元和人民币弄混了。

也因为喝多了，陶酥睡了一觉之后，就把头一天晚上开了一千万的支票这件事，忘得一干二净。

思绪重新回到现在，蔺平和坐在办公室里，从抽屉里翻出一个不算大的塑料夹子，翻开后，就看到了那张熟悉的支票。

因为已经过去七百多个日日夜夜，就算他很用心地保存它，它的纸张也已经有些发黄。

其实，蔺平和也不知道，自己为什么会对她这么执着。明明……她早就不记得他了，甚至到现在还把他误认为是工地里的搬砖工。

可是，他实在是太喜欢她了。但是，他也说不明白到底为什么会这么喜欢她。

或许是因为，她递过来的那盒牛奶；又或许是因为，她递过来的那张支票。

不过，归根结底，还是因为递过来牛奶和支票的人，都是她吧。

按照小说的逻辑，总裁应该喜欢一个又穷又天真的姑娘；按照现实的逻辑，总裁应该喜欢一个有钱有心计的名媛。

可无论是小说，还是现实，所有的逻辑，都被陶酥的存在打破了。

而他所有的心绪，也被她的一举一动牵绊着，再也腾不出一丝一毫去牵挂别的人。

正当他盯着那张支票出神时，助理敲门了。

“进来。”蔺平和收起塑料夹子，然后让助理进来。

“蔺总，很抱歉这么晚来打扰您，因为您的私人手机响了，还是陌生号码打来的，所以……”助理小心翼翼地试探着他的情绪。

“没事，”蔺平和说道，“手机给我。”

接过一直在不停地响着铃声的手机，蔺平和看了看那上面陌生的电话号码，想到今天把手机号码给了陶酥，就抱着期待的心情按下了接听键。

“蔺平和是吧？我是封景。”这一次，小少爷的语气听起来十分镇定，比白天的时候成熟许多。

只不过，想起他白天被陶酥气得哑口无言的样子，蔺平和总是想象不出他严肃起来的样子。

“有事？”蔺平和挑眉，疑问的语气中带了一丝不耐烦。

大半夜的，他可没闲工夫陪“准情敌”聊天。

“当然有事。”封景说道，“下周六是陶酥的画展，不知道她有没有跟你说，反正我警告你，别去了。”

这种小学生钩心斗角的戏份，能不能不演了？

蔺平和有些哭笑不得，不知道该跟他说些什么才好。

听电话那边的人没说话，封景以为自己的威胁起到了作用，于是骄傲地说道：“我这都是为你着想，你说你一个搬砖的，又没有西装，去那里就是自取其辱。再说了，你和我们不是一个世界的人，她不会喜欢你的，你死心吧。”

蔺平和皱眉，虽然这台词听起来非常脑残，但他就是听着不舒服。

于是，蔺大总裁毫不犹豫地挂断了电话。

助理看着自己上司的脸色变了又变，猜测不出他是什么心思，就没敢说话，也没敢动弹。

“你先出去吧。”蔺平和对助理说。

宛如得到了特赦令，助理如同踩了风火轮一样，飞快地跑了出去。

蔺平和看着已经黑下去的手机屏幕，皱了皱眉。

思考了一会儿，他决定给陶酥发条短信。

“我可以去你的画展吗？”

蔺平和犹豫了一下，又发过去一条短信。

“但是，你的朋友说我没有西装，我还是不去了。”

周六，陶酥难得睡了个懒觉，直到上午九点多，她才从床上爬起来。

坐在被窝里，困倦地揉了揉眼睛，昨晚她画到了后半夜，就算现在已经上午九点多了，仍然觉得疲劳。

习惯性地从枕头旁边拿过手机，她就看到屏幕上显示着有两条未读短信，都是来自藺平和。

“我可以去你的画展吗？”

“但是，你的朋友说我没有西装，我还是不去了。”

朋友？

混沌的大脑慢慢恢复清醒，她总算想起了昨天晚上的事情。

午夜的时候，封景来询问她关于下周六画展的事情。封景还说，想和藺平和好好谈谈，顺便对自己白天的态度表示道歉，还能跟他说一下画展的事情。

于是，陶酥就把藺平和的电话号码发给了封景。

看来，这家伙完全没有好好跟藺平和说这件事嘛。

她并不在意一个人的工作是什么，她只知道，认识藺平和的这段时间以来，他一直都在帮助自己，并且，还能给她提供丰富的灵感。

封景平日里的脾气她是了解的，给别人委屈受简直是家常便饭。

思及此，陶酥翻出藺平和的电话号码，想给他打个电话安慰一下他，但想到对方现在应该还在工作，搬砖那么忙，可能没时间接电话吧。

这样想着，陶酥干脆给他发了短信。

“必须去！等你下班了，我陪你去买西装！你几点下班？”

其实，她原本没想办画展，只不过，老师说她已经二十岁了，是时候开一个小型的画展了。后来，这消息不知怎的就被姐姐和哥哥听到，“无脑妹控”的两个家伙表示，必须办，肯定办，还得好好办。

于是，画展就这样敲定了日期。

遗憾的是，姐姐和哥哥工作很忙，没有时间来画展。

因为是年轻人的画展，所以，被邀请的人年纪也都不大，除了教过陶酥的几个老师来帮忙镇场子之外，其他受邀人都是陶酥的同学，或者是姐姐和哥哥认识的朋友家的孩子。

本来不是什么正式活动，但人有钱了就喜欢讲究这个、讲究那个，养尊处优、不缺钱花的小少爷小公主们，要么穿着西装，要么穿着礼服，好像穿一身普通的衣服就不好意思进门似的。

陶酥非常不喜欢这种感觉，但无奈她平时就是生活在这个有钱人的圈子里，既然不能跳出这个圈子，那么，只能努力地去适应。

叹了口气，然后她顺着床铺旁边的梯子爬了下去，去浴室洗漱完毕后，再回屋，就看到蔺平和给她回复了短信。

“晚上八点。”

居然这么晚。

陶酥在内心感慨了一下劳动人民的不易，然后回复给他一条短信。

“知道了，下班后我去工地接你，加油工作！”

之后，蔺平和那边就再也没了动静。

陶酥想，他应该是工作很忙吧，而且搬砖这工作看起来那么累。

而实际上，蔺平和确实很忙，不过并不是为了搬砖。

最近公司新接了两个购物商场的项目，都是投资很大的楼盘，为了处理与这相关的各种事情，他不得不天天加班。

还好他今天处理得已经差不多了，大概晚上就能搞定。

搞定工作之后，他还能和她一起逛商场约会，想想就觉得充满了干劲儿。

晚上七点半，蔺平和终于完成了所有的工作。他让助理做一下收尾工作，然后便急急忙忙地开着黑色的保时捷去工地了。

去之前，他特意给赵佳打了个电话，让她帮忙准备一套工作服。到了地方之后，他迅速换装，找准角色定位，融入搬砖工人的灵魂。

“老板，您今天又……”又想作什么妖？

赵佳欲言又止，为了自己的工作，忍了半天，没敢把后面的半句话补全。

蔺平和换好了工作服之后，从赵佳的手里接过安全帽，一本正经地戴好，然后对她说：“如你所见，追人。”

赵佳：“……”

外面突然嘈杂了起来，工地门口被工人们堵得严严实实，连门外的一只苍蝇都看不到。

到底发生了什么？

结果，刚到工地门口，赵佳就觉得自己的心脏病都要犯了——谁来告诉她，为什么有钱人都这么爱作妖？

“我晕，这车真是带劲儿，啥牌子的啊？”

“你这个土包子，兰博基尼都不认识！”

“还有脸说别人土包子？这明明是凯迪拉克。”

“你别说，这大红色还挺好看的欸。”

……

赵佳：……那是法拉利好不好，一群土包子！

不过，她记得老板的车全是黑色的，这种闪瞎人眼睛的亮红色，肯定不是老板的喜好，但是，开到工地的豪车，除了是老板的之外，还会是谁的？

正当赵佳疑惑的时候，驾驶座的车门被打开了，下来了一个熟悉的人。

米色的小衬衫，七分长的牛仔背带裤，印着小草莓的帆布鞋和裤脚之间露出一截白皙的脚腕。黑色的长发梳成马尾，浅灰色的眼眸在夜色中竟然显得亮晶晶的。

这、这……豪车是她开来的？

正当在场所有人都不敢相信这个具有强烈反差的事实时，小姑娘走了两步，然后像是突然想起了什么似的，从背带裤前胸的口袋里掏出车钥匙，按了一下，红色的法拉利就上了锁。

是她，是她，就是她，我们的朋友，小土豪。

“赵姐！”小姑娘兴冲冲地跑了过来，然后问道，“我来接蔺哥去商场，他下班了吗？”

“他……下班了，下班了。”赵姐连连点头，然后示意周围的人闪开一点点，给老板一个帅气亮相的机会，“你看，他就在这里。”

蔺平和顶着下属们微妙的视线，从后面一步一步地走到她的面前。

他刚想开口说些什么，就被陶酥扯住了袖子往前走。

“快点啊，明天我要回家里，我哥找我有点事，所以，只能今晚陪你去买衣服了。”陶酥一边说，一边拉着他往车那边走，“不过，你别紧张，你身材那么好，肯定穿什么都好看。”

蔺平和的车基本都是黑色的，他很少开其他颜色的车，并且一向不喜欢鲜亮的颜色，不过，他现在竟然觉得，夜色中的红色跑车，看起来也非常好看。

面上不动声色、内心美滋滋的蔺大总裁听话地坐在了副驾驶座上，然后侧过头看着正在系安全带的陶酥。

余光瞥见外面排排站的下属，蔺平和不着痕迹地皱了皱眉，思考着下次再和她约见面的地点时，一定要找一个没什么人的地方。

陶酥系好安全带后，刚想转身给蔺平和也系上，就发现他早就自己系好了。不知道是不是因为自带高冷气场，他的神色似乎非常平淡，好像对这种车司空见惯了一样。

她转过头，看向车窗外面的围观群众，就连赵佳都是目瞪口呆的样子，她这才确认自己开的车确实很招摇。

他真的和普通人不一样，面对这样的车，居然一点都不惊讶，还是这么淡定。

陶酥在内心深处，对蔺平和的兴趣指数又上升了几个百分点。

难怪封景对他说了那么多难听的话，后来他还会关心封景和她的朋友关系会不会出什么问题，果然，心胸开阔的人，就是不一样！

蔺平和坐在副驾驶座上发着呆，完全没有想到，自己在无形中又提升了一些好感值。

此时此刻，在工地门口深藏功与名的赵佳，正抱着胳膊，听自己的下属们探讨“老板今天又没吃药，该怎么办”这个严肃的问题。

“老板这是被小富婆包养了吗？”

“关键是，老板他自己也不缺钱啊……”

“两个有钱人谈恋爱就是这种风格？”

“我现在只想知道小姑娘带咱老板去哪儿，夜店？酒店？”

“有点童真，去游乐园不行吗？”

……

赵佳揉了揉太阳穴，暗自感慨着“有其兄必有其妹”，本来看着挺软萌的小姑娘，怎么作起妖来，就直逼她哥当年的风范了呢？

“收起你们泡了黄油漆的脑细胞吧，老板说，只是去商场。”赵佳解决了围观群众的疑惑。

“去商场？干吗？”

“买、买、买？”

“老板仿佛拿了女主角的剧本……”

……

赵佳摇了摇头，不敢再理会下属们的脑洞。

事实证明，人民群众的眼睛总是雪亮的。

蔺平和站在空旷的购物商场里，打量着这个地方。

灯火通明、服务优质、产品齐全，只不过，整个商场望过去，除了他们两个之外，剩下的都是穿着工作服的商场工作人员。

如果他没记错的话，今天是周六，而且是晚上八点，是商场客流量高峰的时间段才对。

“我们直接坐电梯去三楼吧，一楼、二楼都是女装。”陶酥看了看手上的商场导购图，然后对他说道。

“这里只有我们两个？”

“还有工作人员啊。”

“我是说顾客。”

“哦，对啊。”陶酥点了点头，然后对他说道，“我跟姐姐说，今天想包场跟朋友逛商店，她就同意了。”

蔺平和：“……”

蔺平和心情复杂地跟着陶酥上了三楼，然后就看到值班经理小跑着过来，恭恭敬敬地站在她的面前，用甜美的声音询问道：“二小姐，请问是给这位先生挑衣服吗？”

“是的。”陶酥轻车熟路地走进一家专卖店，然后随手指了三件西装，对经理说道，“这件、这件，还有这件。”

“好，我马上就去找这三件衣服的合适尺码。”

“经理姐姐，我不是这个意思，”陶酥扯了扯经理的袖子，然后对她说道，“我的意思是，除了这三件之外，其他的我都要买。”

第四章 买买买

陶酥一开始是打算和他一起坐公交车去商场的，只不过她准备今晚回家，要是哥哥明天看到自己没有开这辆法拉利回家，估计会很伤心。

毕竟，这辆红色的法拉利是哥哥送给她的十八岁生日礼物。

至于包场，也是陶酥思虑了很久，才做出的决定。

虽然蔺平和看起来并不在乎封景的冷嘲热讽，但陶酥觉得，还是要好好尊重他才行，她不希望他觉得难受。

这家商场的最大股权人是她的姐姐，经营的服装都是国际一线的大牌，价格贵得吓人，来这里逛商场的人大多是非富即贵，从来没有人会穿着工地的工作服逛这里的商店。

但她也不好意思在逛商场之前，对蔺平和说让他换上别的衣服。这样的话，和封景的做法便没了区别。

陶酥不希望蔺平和觉得难堪，所以，才拜托姐姐让她暂时把商场封一晚上。

其实，男装的款式不会差太多，特别是西装，好像看起来都一样。陶酥把店里那几件特别花哨的西装踢出了候选名单，然后等着值班经理把适合蔺平和尺码的西装一一找齐。

选衣服和画油画很像，讲究的都是搭配。无论是色彩、材质，抑或是款式，贴合穿衣人的自身风格，才是最好的选择。

蔺平和的个子很高，身材比例又很好，该有的肌肉一块不少，所以不需要带纹路的西装来掩盖身材上的不足，纯色系的西装就可以了，显得简洁又潇洒。

而他的气场偏冷淡，如果不是熟悉他的人，或许都要误认为他是个又冷又凶的男人了，所以，他比较适合暗色系的颜色。

一连换了二十多套西装，要是放在其他人身上，再好的耐心都被消磨干净了，对别人，他可没有这样好的脾气。

可蔺平和偏偏甘之如饴，就算面上仍旧没什么表情，心里有多开心只有他自己知道。

至于陶酥……她忙着拍照拍得不亦乐乎。

他完全是衣架子般的身材，无论穿哪件西装，看起来都特别吸引眼球。难怪有人说，西装和白衬衫是检验一个男人身材与气质的最佳工具。

他身上穿着西装，却没有坐在办公室里吹空调的宅男感，也没有那种一心扑在电脑前的 IT 感。

明明西装是和绅士相搭配的，但不知道为什么，陶酥就是从穿着西装的蔺平和身上读出了三个字：荷尔蒙。

他宛如行走的荷尔蒙，举手投足之间都是难以掩盖的男人魅力。

蔺平和最后试穿的这套西装的底色是纯黑色的，西装里面是白色的衬衫，同色系的领带，西装的扣子一粒都没有系，显得整个人帅气而潇洒。

“都不行吗？”蔺平和接过值班经理递过来的第二十四套西装，有些好奇地问她，“是不是感觉我穿西装很奇怪？”

“不、不、不！”陶酥将头摇得跟拨浪鼓一样，然后毫不犹豫地赞美道，“都非常好看！不过，这套黑的尤其好看，下周六就穿这套好不好？”

“好，都听你的。”蔺平和点头。

拍了一堆照片，陶酥觉得，自己现在可以随便接画男人的单子了。衣服的样式和模特都是现成的，她照着画就行。

正当她准备跟蔺平和说些什么的时候，手机突然响了。

“稍等我一下。”她略带歉意地对蔺平和说了一句，然后看了看手机的来电显示为“曲戈”之后，就接起了电话。

“酥酥！江湖救急啊！”曲戈的语气听起来十分焦急。

“不要每次救急都找我啊，我虽然从来不拖稿，但是也不是万能的嘛。”陶酥皱了皱眉，然后继续无奈地说，“说吧，这次又让我帮忙补什么？”

不知道是不是因为上次她画了男人，效果还不错，这个月曲戈找她救急的次数比以前多了好几次。

“这次是咱们组的单子，所以，比前两天你画的那幅插图，风格要更加色一点，”曲戈小心翼翼地问，“而且还是画双人的，OK 吗？”

“……我可以拒绝吗？”

“别啊，你不能抛弃你可怜兮兮的小姐姐啊！你难道忘了是谁把你拉扯到今天这个地位的吗？呜呜……”于是，曲戈当场开启假哭模式。

陶酥再一次皱眉，她不是不想帮曲戈这个忙，只是曲戈做副主编的那本杂志，尺度可不是一般的大……

“哎呀，你烦死了，别哭了！”陶酥听到她的假哭声就头疼，然后连忙问道，“那两个人物穿衣服可以吗？比如男方就……”陶酥侧过头，打量了一下蔺平和，然后对着听筒说道，“西装行不行？”

“行、行、行，你说什么都行，反正动作草图我已经发到你的邮箱里了。”曲戈一本正经道。

“好吧……”陶酥点了点头，“我试试，争取周一之前发给你。”

“嗷！爱你，宝贝儿！么……”

那边“么么哒”三个字还没说完，陶酥就挂断了电话。

她现在心情十分复杂。

陶酥悄悄地叹了口气，却不料这个小动作被蔺平和发现了。

他关切地问道：“怎么了？”

“啊？哦……没什么大事，”陶酥揉了揉太阳穴，然后翻着手机邮箱，看着曲戈给她发过来的草图，“就是……有一件小、小、小事情，你可以帮我个忙吗？”陶酥有些不好意思地开口。

这次原本是带他出来逛街的，没想到，她又要麻烦他了。

“没关系。”蔺平和点头，然后对她说，“你说，什么忙？”

“是这样的，我想画幅画，但是，没有具体的参考，现在只有这张草图。你看，”陶酥将手机递给蔺平和，“可能还要让你帮我拍张照。”

曲戈发来的草图，是杂志社美编粗略画出来的预览图，有点类似于火柴人，只是为了提示插画师，大致应该画什么样的动作，具体细节还是由插画师来构思。

“大致上我了解了，但有一个问题……”蔺平和将手机举到她的面前，然后问道，“谁在上面？”

陶酥：“……”

草图里的两个火柴人身高一样，只不过一个半仰，一个弯腰，下面的火柴人的膝盖呈接近九十度数的钝角，似乎是坐在沙发之类的座椅上；上面的火柴人的一只手撑在前者的脸颊一侧，另一只手……没画，应该是想让插画师自由发挥。

“应该是……你在上面吧？”陶酥想了想，准备采取最原始的思维模式，浅灰色的眼珠转了两圈，然后视线就落在了换衣间旁边的小沙发上，“我们到这里试试。”

陶酥小跑几步，就跑到了沙发前面，然后转身坐在上面，蹭了两下，垫子还挺软的，于是美滋滋地靠在沙发靠背上，朝蔺平和招手道：“你看，这里感觉就很不错！”

“现在就来？”蔺平和挑眉。

她似乎根本就没把这种事情当回事，反而兴冲冲地去找值班经理帮忙拍照了，因为她今天没有带自拍杆。

“好了，我让经理姐姐帮忙拍照，快来吧！”浅灰色的眼眸亮晶晶的，看起来十分积极，完全没有即将被壁咚的羞涩感。

作为男人，蔺平和觉得自己应该有所表示。

本就偏黑的眼眸越发地暗了下来，直直地盯着她，如同一匹正在锁定猎物的狼。

陶酥坐在沙发上，没有来由地抖了一下。

怎么突然感觉有点怕怕的？

陶酥抬起头，就看到那双黑色的眼眸正一眨不眨地盯着自己。他穿着纯黑色的西装，肩宽腿长，只是迈了两步，就走到了她的面前。

陶酥下意识地往后缩了缩，眼眸向下看，视线就扫过他轻微滚动的喉结。那一瞬间，她似乎感觉到，连空气中都散发着荷尔蒙的气息。

只是一秒钟，她就感觉自己被夹杂着荷尔蒙气息的温热感包围了。

他离她太近了，温热的气息喷洒在她的头顶，灼热的温度顺着发丝融进皮肤，让她的脸颊渐渐升温。

“你看着我啊，”低沉而富有磁性的声音从她的头顶传入耳中，“不是要按照那张图来吗？”

“嗯……”陶酥回答的气息都弱得不行，她似乎已经有些喘不过气来，心脏跳动的速度越来越快。

她白嫩的手指揪着柔软的沙发垫，或许是因为紧张，力度偏大，连指节都有些发白。

她慢慢地抬起头，然后就看到那双黑沉沉的眼眸，正一眨不眨地望着她。

骨骼分明的大手抚在了她的脸颊上，他掌心的温度比她的脸颊更高，源源不断的热感侵袭着她的大脑。

他们的距离越来越近，近到她能清晰地感受到他的呼吸。

陶酥屏住呼吸，一丝一毫都不敢动，似乎只有这样，才能让她在这个热辣的气氛中维持着镇定。

可这镇定太脆弱了，他每靠近一厘米，似乎都能打破她脆弱的保护膜。他的气息从残破的缺口里涌入，将她紧紧地包围住。

温热的指腹抚摸她粉嫩柔软的唇瓣，男人的目光也越发深邃了起来。

空气中弥漫着静谧的气息，商场的整层楼都鸦雀无声。

直到咔嚓一声，打破了这份宁静。

那是陶酥手机拍照的声音。

拍照声提醒着陶酥，这一切都只是为了拍照。但刚刚那种怦然心动的感觉，让她无法将这次的事情，仅仅当作是拍照而已。

她没敢碰他，只是借着身量娇小的优势，侧过身，从沙发的另一侧爬了下来，然后一路小跑到值班经理面前，拿过手机，装作看照片的模样。

陶酥一边看着照片，一边小心翼翼地深吸了两口空气。不知道为什么，她下意识地背过身去，不想让被蔺平和看到呼吸急促的她。

握着手机的小手不着痕迹地收紧，然后，她慢慢地侧过身，望着刚刚那个让她面红心跳的男人。他看起来好像和平时没有什么不一样，面色如常，穿着西装笔挺地站在原地，侧过头看着她。

只是，那双黑色的眼眸仿佛蓄着灼热的温度，明明是黑色，却隐隐透着某种光芒。

“照片怎么样？”他开口问道。

“啊？哦……照片……好像不太行。”听到他的话，陶酥才想起照片，垂下头扫了一眼，就发现了问题，“果然，问题还是出在我的身上。”

她拿着手机，慢慢地走到他的身边，揉着头，不好意思地说道：“也可能是沙发的问题，有些矮，构图看起来有点不协调。”

蔺平和接过手机，看着里面的照片，果然如她所言，因为沙发的位置偏低，而陶酥的个子也不高，导致整个画面的重心偏下，看起来不是很协调。

“那就重新拍吧。”蔺平和将手机塞到她的手里，然后转身走到沙发的位置，直接坐好，继而抬起头对她说道，“这次换你在上面。”

陶酥看着坐在沙发上的蔺平和，刚刚平复下来的心跳，再一次开始加速。

他刚刚说什么？

要她在上面？

陶酥眨了眨眼睛，然后垂下眼睛，看着坐在沙发上的男人。

他的气场似乎和他的动作无关，一切都是浑然天成的，即便他现在坐着，比她矮了一截，可仍然让人觉得他不是普通人，那是一种由内而外散发出的男人魅力。

值班经理非常懂得人情世故，不需要陶酥多说什么，就仍然站在原地，然后用甜美的声音告诉陶酥，她已经准备好拍摄了。

而最紧张的人，自然就是陶酥了。

她站在蔺平和的面前，被那双鹰隼一样锐利而深邃的眼眸盯着，都不敢往他所在的方向多看一眼。但是，既然提出拍照的人是她，她也不能一味地躲闪。

于是，她只能暗自平复一下自己小鹿乱撞的心，然后走到他的面前，弯下腰，“沙发咚”。

但是，这个“沙发咚”感觉有点奇怪。

因为，两个人之间的距离……太近了。

陶酥的个子不高，相对应的，她的胳膊也不长，手掌撑在沙发上之后，再抬起头，她就发现自己与蔺平和之间的距离，近在咫尺。

近到她能感受到他的呼吸。

蔺平和没想到她会直接贴上来。

那么近的距离，他能清晰地看到她卷翘纤长的睫毛，浅灰色的眼眸，以及两片柔软粉嫩的唇瓣，引诱着他吻上去。

“好像……稍微有点近？”陶酥小心翼翼地说道。

说完，她连忙直起身，然后红着脸认真地思考着，到底什么样的姿势，拍出来会比较好看。

蔺平和也不着急，似乎还对她接下来要做的事情颇有期待。

于是，伴随着围观群众倒吸一口凉气的声音，陶酥左脚踩在沙发上，然后右手插兜，左手拽着男人刚刚系好的领带，然后慢慢地弯下腰，缓缓靠近他。

蔺平和顺着领带上微弱的力道往前移动，后背便离开了沙发，然后距离她越来越近。

要不是看着她绯红一片的小脸，他还真以为这个小姑娘突然转了属性。

原来，她只是扮虎而已，本质上还是只小兔子。

随着咔嚓一声，陶酥连忙放开了蔺平和的领带，然后一边替他松了松刚刚被拽得有些变形的领带结，一边对他道歉：“抱歉，刚刚突然觉得这个姿势会比较合适，没有提前跟你说……对不起！”

白嫩的小手似乎是因为愧疚，也可能是因为紧张，所以一直都在细微地抖着，柔软的手指无意间擦过他的喉结，让他有些心猿意马。

“没关系。”他连忙握住了那双在他领口处停留的小手，然后将它们拿了下来，最后自己一边整理着领带，一边说，“我自己来就好。”

他不敢再让小姑娘离自己太近，害怕自己会因为那些沉寂在心底七百多个日日夜夜的情绪，做出一些让现在的她还不能顺利接受的事情。

据说，大自然中某些肉食动物在捕猎时，会匍匐在猎物附近很久，最终找到最合适的那一瞬间，将猎物捕获。

或许，暗恋就是这样一个漫长的过程吧。

蔺平和抬起头，看着那个正在跟值班经理道谢的小姑娘，眼眸极有深意地沉了一下，然后将深沉的目光从她的身上收回来，从沙发上起身，走到她的身后。

感受到高大的影子将自己笼罩后，陶酥迅速转过身，就看到那张与平日里一样冷淡而英俊的面孔。

这时，手机突然响了。

“我接下我哥的电话。”她这样对蔺平和说道，然后就接起了电话。

“哥？”

“陶！小！酥！”大到震耳的声音从听筒中传来，“长大了，翅膀硬了是不是？这都几点了？还不回家，跟男人在外面鬼混？”

“我在跟朋友逛商场……没有鬼混，我有跟姐姐说啊。”陶酥小心翼翼地解释道。

“少废话，限你一个小时之内回家，”他还关切地提醒了她一句，“对了，开车小心点。”

说完，他就撂下了电话。

陶酥看了看手机上的时间，也难怪哥哥着急，这都晚上九点多了。

她收好手机，然后抬起头，对蔺平和说道：“蔺哥，挺晚了，我哥催我回家，我先送你回去吧。”

“不用，你快回家吧，”蔺平和婉拒道，“我自己回去就行。”

助理还开着他的车在外面等着他，再说，让她送自己回家……哪有住得起别墅的搬砖工，还是带喷泉的那种别墅。

“可是，都这么晚了，又是我把你带出来的……”陶酥有些不好意思。

“没事，商场附近有地铁站，我可以坐地铁回家。”蔺平和解释道。

见他态度坚定，陶酥也不好意思强求，只能跟着经理去刷卡结账，然后和他一起出了商场。

他真有力气，二十多个装着西装的袋子，居然都是他一个人提着，一个袋子都没有让她帮忙提。

陶酥坐到驾驶座上，打开车篷，有些担心地问道：“蔺哥，你自己真的能拎动吗？”

“当然能，”蔺平和淡淡地说道，“快回去吧，要不然你的家人该着急了。”

“好，我这就回去。啊，对了，”陶酥似乎是想起了某件非常重要的事情，然后从包里翻出了什么东西，又下了车，站在他的面前说道，“下周六画展的门票，给你。”

她将门票递了过去，却发现对方已经没有空闲的手来接东西了。

“还是我帮你放吧。”陶酥将他上下打量了一番，然后将门票塞到了他的西装口袋里。

轻柔的气息拂过他的胸口，像一尾柔软的羽毛，在他的心尖处一点一点地挑逗着。

虽然知道她并不是故意的，但蔺平和有一种想把所有的东西都扔掉，然后将她紧紧抱在怀里的冲动。

但还没等他有所行动，陶酥就拉开了两个人之间的距离。

“好了，回家记得收好，地址和时间都在门票上，下周六见啦。”

说完，陶酥便朝他摆摆手，然后开车离开了。

助理很快便驱车到他的面前，接过他手里的一大堆袋子，放在了车里。

看着那一堆崭新的西装，助理憋了一肚子的疑惑，但最终还是忍住，一个字都没问，只能透过后视镜，隐约看到蔺平和看向车窗外飞驰而过的夜景……发呆。

发呆？

他们公司高冷严肃的蔺总居然在发呆？

他还记得那辆在夜色中无比吸引眼球的红色法拉利，如果他没记错的话，刚刚从法拉利驾驶座上下来的那个女孩子，好像往他的老板的西装口袋里塞了什么东西。

不会是钱吧？

这怎么看着越来越像某种不可描述的肮脏交易了呢？！

不知道，那个女孩子到底是谁……

陶酥还不知道，自己已经成了蔺平和的助理眼中，和蔺平和有着“某种不可描述的肮脏交易”关系的人了。

她驱车回到家，第二天一个人在别墅里待了一个下午，把要交给曲戈的画稿完成，然后自己在家里吃了晚饭，就回学校了。

因为一直都在准备画展，再加上还要上课，陶酥这几天也很忙，以至于感觉一周的时间过得很快，转眼又到了周末。

画展的位置在别墅区附近，陶酥把地址发给了蔺平和，到了上午九点整，她穿着小礼服，等待着画展揭幕。

画展从上午九点半正式开始，封景提前到场，帮她打理一些流程上的小事情。

上午十点，蔺平和还没有到。

陶酥心里有点焦灼，她也不知道自己现在的心情因何而来。

明明自己也有几个同学因为一些事情抽不开身，所以会迟到一会儿，但她不会这样焦灼。

好像只有蔺平和才是特殊的。

她的目光总会不经意地扫过入口处，期盼着他快点出现。似乎是听见了她的期盼，几分钟后，展厅门口就出现了一个熟悉而高大的身影。

“蔺哥！”陶酥喊了他一声，然后兴冲冲地小跑过去。

她今天穿着白色的小礼服，纤细白皙的小腿和泛着浅粉色的膝盖，全部暴露在空气中，脚上是一双七厘米的白色高跟鞋，鞋尖上镶了好几颗价值不菲的珍珠。

或许是因为太开心了，她跑向蔺平和的速度有些快，她又穿着高跟鞋，一下子没站稳。

蔺平和迈开长腿，三两步就走到了她的面前，然后伸出胳膊，接住了她。

于是，陶酥就直接扑进了他的怀里。

对于主动扑过来的温香软玉，蔺平和自然没有拒绝的道理。

他用长臂揽着她纤瘦的腰。穿着束腰款式的白色小礼服，让她本就纤细的腰肢显得不盈一握。她那么轻，他只需稍一用力，不仅让她免于摔到，还能将她整个人都圈进怀里。柔软的胳膊贴在她的腰上，让人有一种想要好好保护着她的冲动。

她今天似乎用了香水，身上除了往日里常有的那丝不易察觉的牛奶味道之外，还带着清爽的柠檬香。

在应酬的场合下，蔺平和对于香水的味道并不敏感，似乎都是各种各样妖娆的花香，但这种甜甜的水果味儿，除了陶酥之外，他还真的没有在别的女人身上闻到过。

“抱歉……稍微跑得有点急。”陶酥稳了稳步子，然后将身体的重心从他的身上移开，“看到你这么晚才来，就有点着急……”

她大概是刚刚那一下摔得有点迷糊，没有意识到现在的自己，正被他抱在怀里，从外人的角度来看，这样的姿势暧昧极了。

“工作有点忙，刚处理完。”蔺平和看着那双浅灰色的眼眸，继续说道，“让你久等了。”

“不、不、不，没关系，”陶酥摇头，“我忘记你周六也要上班了，毕竟我们第一次见面就是在周六，那天你明明在工作，我却没记住……我带你去看画吧！”

陶酥把那些负面的小情绪都收好，然后牵着他的袖子，沿着画架的顺序一幅一幅地给他讲解。

考虑到对方的工作，应该是和美术这东西八竿子打不着，所以，陶酥也没有多说一些专业术语，努力以最简洁易懂的方式为他介绍。

蔺平和其实对这些东西只是略懂皮毛，不过，既然这些是陶酥喜欢的东西，他也想试着去了解一下。

画展上的作品不算多，因为陶酥的年龄并不大，虽然她学习油画已经有十多年的时间，但真正被老师挑出来可以作为展览的作品并不多。

所以，没过多久，陶酥就带着蔺平和转完一圈，停在了角落里最后一幅画的前面。

“验收教学成果的时间到啦！”陶酥兴致勃勃地对他说，“来猜猜我画的是什么？”

蔺平和看着她期待的表情，那双浅灰色的眼眸闪烁着某种光芒，似乎对他接下来的话颇为期待。

可是……他真的看不懂这幅画上乱七八糟的东西到底是什么。

陶酥似乎非常喜欢偏于意识流的油画，这种油画有一个十分统一的特点：正常人都看不懂作者画的是什么东西。

比如，毕加索的《格尔尼卡》。

总结起来就是：我知道这画很棒，可我就是看不懂。

可是，面对陶酥的期待，蔺平和觉得自己不能一直保持沉默。

所以，他决定瞎编。

为了编得比较像样，他决定用疑问的方式来回答她的问题。

“我能知道，这画的是马，还是驴吗？”他一脸严肃地问道。

听到这个问题之后，陶酥先是一愣，然后笑意瞬间就从嘴角扩散到了眉梢。

她先小声地笑，继而实在是控制不住笑意，捂着肚子笑弯了腰，想蹲在地上继续放声大笑，但无奈现在穿着小礼服，于是她只能用另一只空闲的手，攥着蔺平和的袖子，笑得十分吃力。

致力于刷好感值的蔺平和，现在觉得自己过于自信。

看她这个样子，虽然没有讨厌自己，但……她会不会觉得，自己变得和封景一样，成了一个搞笑的角色？

陶酥不知道他心里在想什么，好不容易笑够了，她再抬起头，看到的仍旧是那张英俊而严肃的面孔。

“噗。”她没控制住，然后又笑了一声，但还是告诉了他答案，“其实，这是我的自画像。”

蔺平和：“……”

搞艺术的人，真的是一群很神奇的生物。

而陶酥说完这句话之后，笑得更开心了。从小到大，她周围的同学几乎都会画油画，哥哥姐姐因为是“无脑妹控”，对于西方油画流派也颇有了解，她还是第一次遇到蔺平和这样的人。

他有一种很奇妙的魅力，让陶酥不自觉地被他吸引。

不过，认识他这段时间以来，陶酥觉得自己已经能理解一个搬砖的男人到底是什么样的性格了。

陶酥想，接下来他再做什么、说什么，自己也不会感到惊讶了吧。

“喂！”

陶酥刚想继续说些什么，话头就被一个男声打断。

紧接着，她就感觉手腕被覆上一丝力道，继而被人拉开。

好奇地偏过头，她就看到封景正黑着一张帅脸，敌意十足地盯着蔺平和。

“你还真敢来啊。”封景扬起下巴，挑衅地看着蔺平和。

“让我来看看你，”封景保护性地把陶酥挡在身后，然后继续挑衅道，“看起来是不错，穿着阿玛尼的衣服还真把你身上的砖头味儿掩盖住了，但是，你为什么要说话呢？都能把自画像看成驴，你到底哪里来的自信出现在我的面前？”

蔺平和没说话，只是眼眸深邃地望着封景身后的陶酥。

封景大概是觉得蔺平和被自己戳到了痛点，无从辩驳，于是态度上就更加傲慢了：“我再警告你，离她远一点，否则，我……”

“小景！”陶酥拽了拽封景的袖子，然后说道，“你在说什么啊，蔺哥是我请来的客人，你不要这么对他。”

“我拜托你清醒一点好不好？”封景转过身，握住她的肩膀摇晃着，“你看看这展厅里，哪个不比他懂艺术？哪个能把你的自画像看成驴？你是脑子里进了水吧，居然看上这么个家伙！”

“哎呀，你不要总是晃我，我要被你晃晕了。”陶酥用力地挣脱开封景的钳制，然后转身，挡在蔺平和的面前，以一种母鸡护小鸡的姿态，对封景说道，“总之，我不准你这么说他，我就觉得他好！再说了，你不觉得他说的话都很可爱吗？”

蔺平和看着自己面前这两个二十岁的小家伙吵架，再一次找到了听现场相声的感觉。

不过，“可爱”这个形容词，在蔺平和的记忆中，好像还是第一次被用到自己的身上。

但是，比起心情微妙的蔺平和，此刻封景则更加抓狂。

“你少来！别以为我不知道你心里是怎么想的！”封景指着她的鼻子，恨铁不成钢地说道，“你就是看他长得帅！跟你姐一模一样的，长得帅的人，说什么都对！我现在必须要拯救你的三观！”

“我才不是只看脸的那种肤浅的人呢！”陶酥红着脸反驳。

“放屁！你不光看脸，还看身材，实在是太……太肤浅了！”

彻底被戳穿了心事的陶酥瞬间连耳尖都红了，封景说得句句在理，她连吵架都吵不过，于是急得眼眶都红了——怎么办啊，他会不会真的以为，自己是这么肤浅的女孩子？

陶酥心里急得不行，但找不到合理的解释来反驳封景。

因为吵架的声音越来越大，分散在展厅里欣赏油画的人，没过多久就纷纷围了上来。因为都是熟人，陶酥就觉得更加不好意思了。

浅灰色的眼眸蒙上了一层水汽，然后她认输般地垂下了头。

就在陶酥觉得不得不接受现在这个局面的时候，身后突然传来一个低沉而富有磁性的声音。

“我会向你证明，我不是空有外表的人。”蔺平和将她拉进怀里，然后安抚性地揉了揉她的头顶，继而抬起头，对封景说道，“而你，要向她道歉，你刚刚说的话是错的。”

人群中的议论声开始嘈杂了起来，大家似乎对画展上额外出现的这场好戏，非常感兴趣。

油画在中国本来就很小众，学习油画颇有小成的年轻人，大多是有钱人家的孩子，所以，互相也都面熟，偶然在画展上看到蔺平和这样的陌生面孔，自然非常好奇他的身份。

“先说好，我也是学油画的。”封景挑眉，“意识流绘画和瞎画有着本质的区别，别想着蒙我。”

“而且，这里没有多余的颜料和画布……”陶酥靠在蔺平和的身上，小声对他说。

蔺平和借着身高的优势，看到人群外面的东西，目光锁定在展厅角落里台上的那架黑色钢琴。

“别担心，”蔺平和凑在她的耳边，小声说道，“我去去就回。”

温热的气流夹杂着诱惑人心的荷尔蒙气息，落在她的耳边，声音落入耳朵里，而那气息拂过她裸露在空气中的脖颈和肩膀上。

他刚刚松开手，离开她往钢琴的方向走去，陶酥就感觉笼罩在自己周围的温度瞬间降了下来。只是几秒钟，她就开始眷恋那个温度了。

本着看热闹不嫌事儿大的态度，围观群众也纷纷走到钢琴附近，开始看戏。而陶酥则担忧地看着蔺平和的背影。

钢琴这乐器，可不是一天两天就能学好的东西，不仅费力费神，而且费钱，他真的没问题吗？

虽然，他为了她挺身而出，让她觉得很感动，但若是连累他丢人，那她欠的这份情也太大了点。

说到底，她也没有为他付出过什么，好像除了给他钱，以及给他花钱之外，就再也没有什么了。

听起来就是非常敷衍的方式，真的值得他这么帮自己吗？

陶酥看着蔺平和慢步走上台子，然后坐在那架黑色的钢琴前，十指落在黑白分明的琴键上，空气中仍然是静谧的气息。

他闭上眼睛，似乎在脑海中寻找着什么，并没有着急开始。

几秒钟后，流畅而优美的音乐流淌在展厅内。

陶酥从来没有想过，蔺平和居然会弹钢琴，而且，还弹得那么好。

贝多芬的《月光奏鸣曲》是钢琴曲中比较有技术难度的一首曲子，同时，还需要非常丰沛的内心感情，才能演绎得很好。

明明从事的是那样机械而硬气的工作，但他坐在钢琴前，真的像一个自信而优雅的钢琴演奏家。

陶酥本以为自己已经足够了解他了，可直到现在，她才发现，他似乎每一次与她见面，都会带给她不一样的惊喜。

蔺平和曾经很讨厌音乐、美术这些东西，或许是因为他志不在此，所以，年幼时被母亲逼着学钢琴的经历，一直都是他的童年阴影。

他跟父亲比较像，比起这些虚无缥缈的东西，他对建筑的生意更感兴趣。但无奈母亲是音乐学院的钢琴老师，父亲在家里一直秉承着“母亲说得都对，如果说得不对请看上一句”的理念。无论他坐在钢琴前有多么痛苦，父亲一直装作看不到的样子。

不感兴趣的东西自然学起来很难，小他两岁的弟弟早早就过了钢琴八级的评级考试，而他只会弹这一首《月光奏鸣曲》。

用母亲的话说，至少有一首好曲子拿得出手，也不算太给她丢人。

时至今日，他突然无比感谢年幼时那些痛苦的经历，至少现在，能够让他在面对心爱的姑娘时，显得不那么被动。

一曲终了，展厅里陷入沉默，大家似乎都沉浸在这份难得的音乐享受中。

几秒钟之后，围观群众不约而同地为他鼓掌。

蔺平和抬起头，视线从琴键上移动到陶酥的眼眸。她一直都在看着他，那种期待而惊喜的目光，让他觉得受用极了。

他站起来，然后慢慢走下台子，站在封景的面前，鹰隼一样锐利的眼眸直视着封景，一言不发。

封景皱着眉，不服输地哼了一声，转身走到陶酥的面前。他信守承诺，如约向陶酥道歉。

“其实，我真的没关系啦。”陶酥有些不好意思地摆摆手，“不如，你跟蔺哥好好谈谈，我不希望你们有什么误会……”

“别做梦了，我才不要和搬砖的家伙有什么共同语言。”封景傲娇地扭头，虽然话是这样说，但这首《月光奏鸣曲》，实在是让他惊艳。

封景虽然主攻油画，但艺术理论都是相通的，对其他艺术种类的了解也十分必要。所以，他很好奇，这家伙到底从哪里学的钢琴。

于是，他走到蔺平和的面前，不甘心地压低声音问道：“喂，你的钢琴是跟谁学的？”

蔺平和垂下眼眸，看着他那张桀骜不驯的脸。

蔺平和原本不屑于和这样年轻的男生过招，只不过，他又想起了刚刚红了眼眶的小姑娘，于是，决定这次一定要反击一下。

听到封景这样问，陶酥也来了兴致，于是走到蔺平和的旁边，好奇地问道：“对啊，蔺哥，你钢琴弹得这么好，在哪里学的？”

在场的其他人似乎也对这个答案十分感兴趣，集体竖起耳朵等待着蔺平和的答复。

黑色的眼眸扫视过周围的人，最终将目光定在封景的眼睛上，以一种颇为淡然的语气说道：“村口弹棉花的大妈教的。”

封景：“……”

陶酥：“……”

围观群众：“……”

第五章

素描本

“你、你、你，太过分了！”封景气得脖子都红了，“我这么认真地问你，你居然这么敷衍我！”

说完，封景便冲出了展厅。

“小景……”陶酥喊了他一声，但他没有理她，仍是自顾自地跑开了。

“抱歉，把你的朋友气哭了。”蔺平和十分不走心地表达着自己的歉意，而且，在“气哭”这两个字上面，特意加重了语气。

“没事啦……”陶酥说道，“本来就是小景先找你麻烦，你怼他也没得说，只不过明天看电影就不能找他陪我了，看他气得那么厉害，估计没个十天半个月是不会理我的……”

“看电影？”蔺平和挑眉，他没想到这两个人的关系已经好到这样的地步了。

“是，在我家里看，碟片我都买好了，昨天刚刚收到快递。”

蔺平和落在她身上的目光，一下子就变得复杂起来了。

自从第一次见到封景，他就让助理去查了一下对方的资料。

封景的父亲封林海是蔺平和在生意上的熟人，就连封氏现在使用的新办公楼，都是蔺平和承包建设的。

唯一值得在意的，就是封景与陶酥是青梅竹马，但如果有男女之情的话，又怎么会过了这么久都没有产生什么火花？

总结来讲，这并不是一个值得费心思的情敌，甚至，根本就不算情敌，因为陶酥对他根本就没有那方面的感情。

至于他隔三岔五出来找碴的举动，蔺平和依然很费解。

而这一次，陶酥不经意间透露出来的看电影事件，更给蔺平和敲响了警钟。

“我可以陪你。”他连忙接过陶酥的话，然后十分积极地对她说，“这周末工地不上班，我陪你看。”

“真的吗？！那太好了！”陶酥突然就开心了起来，脸上郁闷的表情瞬间一扫而光，“是这样的，我要看的片子是《孤堡惊情》，因为想参考一下哥特式的风格，画下个月的插画，但是……我其实不太擅长看恐怖片。”

陶酥顿了顿，然后轻轻地拽了拽他的袖子，凑近他，小声地继续说道：“没有人陪我看的话，我就不敢看……”

她知道这种事情麻烦别人不好，可是，她的朋友很少，曲戈远在日本，室友们周末都要跟男朋友出去玩，哥哥姐姐那么忙，半个月都见不到人影，而封景又生气了……

所以，当蔺平和说，能陪她一起看电影的时候，她就像抓住了救命稻草一样，开心得不行。

困难被解决后的开心，在一定程度上遮掩住了她内心深处的那份小雀跃。

她从来都没有谈过恋爱，也没有喜欢上过某个人，自然察觉不到，自己现在心底的那份小雀跃，究竟是为了谁。

画展结束之后，陶酥把别墅的地址给了蔺平和，并再三询问，他是不是真的不需要自己开车去接他。

别墅区空旷、安静，自然也较为偏僻，没有地铁口，也很难打到出租车。

而蔺平和给她的答案是，可以骑摩托车。

其实，这个问题他早就思考过了，总不能每次和她见面都没有交通工具，所以在咨询了奋战在建筑工地一线的下属们之后，他就想到了摩托车。

摩托车是又便宜又有型的“撩妹战斗机”，舍它其谁。

于是，到了第二天下午，陶酥接到蔺平和的电话后，迅速从卧室里跑出去给他开门。

推开门，她就看到别墅院子外，停了一辆拉风又帅气的摩托车，而旁边站了一个比摩托车还要帅气的男人。

他戴着安全帽，穿着深色系偏紧身的运动装，腿长而直，肩宽腰窄，整个人在摩托车前照灯的衬托下，显得比姐姐公司里的职业车模还好看。

她不禁有些看呆了，直到蔺平和按了两下车笛，陶酥才回过神来，加快了手上开锁的速度，让他进屋。

陶酥跟蔺平和约好的时间是下午三点，他非常准时地到了，只不过，陶酥昨晚熬夜打游戏到很晚，一直睡到下午两点多才起床。洗漱完毕之后，她就接到了他的电话，连饭都没来得及吃。

所以，在给蔺平和倒茶水的时候，陶酥的肚子咕噜咕噜地响了几声。

“你没吃午饭？”蔺平和问道。

“嗯……今早起得有些晚了，所以还没吃饭。”陶酥把端茶的小盘子放到自己肚子的前面，有些不好意思地说，“没关系，我们先看电影吧，边看边吃。”

虽然，她觉得自己看这种电影的时候，什么都吃不下。

蔺平和似乎是看出了她心中所想，于是连忙说：“看恐怖片怎么吃得下东西，你先吃一点，吃完了再看，我今天没事。”

出门前，他已经处理好了全部工作。

但是，陶酥仍然有些犹豫，然后对他说：“可是，家政阿姨今天不在，我也不会做饭……”

蔺平和看着她，然后从沙发上站起来，关心地问道：“那你想吃什么？我做。”

“嗯？蔺哥，你会做饭吗？”陶酥瞬间睁大了眼睛，然后补上一句，“可是我家里只有泡面。”

“除了泡面，我还会做很多东西，你想吃什么？”蔺平和皱了皱眉，没想到她居然以为他只会做泡面而已。

“想吃什么都行吗？”

“嗯，想吃什么都行。”

“那我……想吃生滚鸡蛋粥。可以吗？”陶酥试探性地问道。

“可以，厨房在哪里？”

“我、我带你去！”浅灰色的眼眸瞬间亮了起来，陶酥开心地带着蔺平和往厨房走去，“就在这里，鸡蛋、调料、大米，都在这里，需要我帮忙做什么？”

“不用，你在餐厅等着就好了。”蔺平和对她说。

生滚粥属于粤菜系，蔺平和是北方人，原本是不会做的，只不过两年前遇到了陶酥之后，特意查到了她喜欢的食物，生滚鸡蛋粥就是其中之一，所以他特意去学了这些东西的做法。

陶酥出生在北欧，后来跟母亲回国，一直在南方生活，并且因为姥姥是广东人，做得一手好吃的粤菜，也就养刁了她的胃口。

自从姥姥去世后，她就再也没有吃过生滚鸡蛋粥了。

不知道为什么，在被人那样关切地询问之后，她就报出了这五个字。

厨房的装修是开放式的，和餐厅是连在一起的。所以，就算陶酥听话地坐在餐桌前，也仍然可以清楚地看到蔺平和在厨房里忙碌的背影。

他系着围裙，上身穿着白色的衬衫，做饭时的样子很专注。空气里只有水流的声音，以及切葱花的清脆声响。

陶酥有些无聊，干脆去卧室取了自己的素描本和铅笔，然后坐在餐桌前，看着他忙碌的背影，开始画素描。

陶酥一下笔，突然就冒出了一个大胆的想法。

她悄悄地比量了一下男人的身材比例，然后在白纸上点好构图点，继而埋首在餐桌上，专心致志地画了起来。

就在她快画完的时候，耳边突然传来了瓷碗触碰到餐桌玻璃板的声音，吓得她赶紧合上素描本，迅速将其藏在身后。

可她还是慢了一步。因为当她藏好后，抬起头，面前只有一碗还冒着热气的生滚鸡蛋粥，完全没有蔺平和的身影。

正当她好奇的时候，藏在身后的素描本突然就被人抽走了。

紧随其后，是一个熟悉的声音。

“你刚刚在画我吗？”是蔺平和。

闻言，陶酥连忙站起来，转过身，就看到男人的手里握着她的素描本，正要翻开来一看究竟。

“别、别看！”陶酥连忙制止他，然后伸手就要去把素描本抢回来，“把它还给我！”

蔺平和手疾眼快地躲过了她的小手，然后将那个本子举过头顶。

这对于一米五八的陶酥来说，实在是太高了。

她似乎快要急哭了，眼眶红了一圈，浅灰色的眼眸蒙上了一层水汽，而且不知道为什么，脸颊比眼眶还要红。

这让蔺平和看不出，她究竟是害羞，还是生气。

事实上，她还是害羞多一些，因为她实在不想让他看到，自己刚刚画了什么。

丢死人了。

蔺平和倒是不懂了，她到底在着急什么？

他只是看她一直都在认真地勾勾画画，想逗她开心一下，没想到居然让她反应这么强烈。

男人将薄薄的素描本举过自己的头顶，然后看着她红着脸，着急地举起胳膊、踮着脚尖，努力向上的模样，想要欺负她的心情，第一次这么强烈。

蔺平和看着她够了半天，也没有碰到一页纸，忍不住在心底笑了。他仍旧举着素描本，没有还给她，看着她气鼓鼓的样子，特别想戳戳她鼓起来的小脸。

陶酥向后退了一步，深深地吸了一口气，然后像是做足了某种准备似的，瞬间就再一次扑了上来。

他看着她一只手紧紧地攥着他心脏部位的衬衫，白色的衣料被她捏出了一道又一道的褶皱，她娇小的身体几乎都挂在了自己身上。

而对于陶酥来说，她已经没有多余的心情去关心自己现在所处的位置是什么样，也没有多余的心情去关心两个人之间的距离是不是近得过分了。

她只知道，如果自己刚刚的画被蔺平和看见了，她真的没有脸再面对他了。

陶酥一边努力地伸长胳膊，去拿那个距离自己还有很长一段距离的素描本，一边反思着自己刚刚是不是脑子里进了油漆，还是黄色的油漆。

好好写生不好吗？好好画素描不好吗？好好活着不好吗？

一个又一个问题，如同弹幕般在她的脑海中飘过。

她也不知道自己刚刚为什么就是猪油蒙了心，非要异想天开地画什么“围裙男”。

因为前段时间，她只是看过蔺平和赤裸的上半身的正面，下半身没有看到过，所以画里的蔺平和，仍然穿了裤子，只不过，上半身什么都没有穿，只系了围裙。

可即便是这样，她也不想让本尊看到那幅画！

他看到之后，会不会觉得她是一个喜欢耍流氓的人？虽说她以前也画过男人或者女人的裸体，但那都是老师布置的作业！

换句话说，那是搞艺术，不是耍流氓。

可是……这一次她确实是自己动了歪心思。

理论上讲，这一次真的是她实打实地耍流氓。

不过，到底为什么会动了这样的心思呢？明明是一个值得深入思考的问题，可陶酥现在已经忙得没时间来思考了。

她现在只想快点抢回自己的素描本。

可是，蔺平和似乎就是不想让她如愿。

他被她扑得节节后退，或许是怕自己力气太大弄疼她，他索性就站在那里，任由她折腾。可无论她如何扑腾，他就是不把东西还给她。

陶酥扑腾了半天，估计是有点累了，于是，暂时松开了攥着他衬衫的手，也离他远了一点，小口小口地喘着气。

“你这么着急，我对这里面的东西就更感兴趣了。”蔺平和被她放开后，看着她着急的模样，突然就来了兴致。他一边说，一边将素描本放下来，准备翻到最新的一页，一看究竟。

见他已经翻开了本子，陶酥连气都没喘匀，就直接又扑了过来。

或许，这次是因为她看到他已经翻开本子，所以更加着急。她扑过来的力气比刚刚大了许多。

而蔺平和这一次没有丝毫准备，就这样被她扑倒了。

万幸的是，餐厅中桌子的里侧，是一张沙发。

蔺平和被她扑倒在沙发上后，下意识地再一次将本子举过头顶。小姑娘红着脸、伸长了胳膊，努力往上凑。虽然，她距离素描本越来越近了，可与他之间的距离，也越来越近。

她一点也不重，又那么软，趴在他的身上不停地蹭来蹭去，让他忍不住伸出手揽住了她的腰。

然后，他稍一用力，就侧过身去，两个人上下的位置就颠倒了过来。小姑娘就这样被他压在了身下。

薄薄的素描本从沙发扶手上滑下去，掉落在地板上，发出啪的一声脆响。

听到这个声音，陶酥想要起身去把本子捡回来，却不料无论她怎样挣扎，都动弹不得。

蔺平和垂下眼眸，直直地望着身下的小姑娘，她散着的长发落在深褐色的皮质沙发上，浅灰色的眼睛大而明亮，还蒙上了一层水汽，睫毛长而卷翘，漂亮的粉红色从她的脸颊开始浮现，修长的脖颈下是白皙精致的锁骨，胸口因为刚刚的动作幅度过大，至今仍然剧烈地起伏着。

他情不自禁地俯下身，想要吻住那两片柔软的唇瓣。

可是，当刚想这样做的时候，他就看到那双明亮的眼眸中蓄着的水汽渐渐凝结成水滴，在她眨眼的瞬间，顺着眼角的泪窝流下，然后慢慢落入鬓发间，不见了踪影，只剩下白皙的皮肤上那道明显的水痕。

看到她的眼泪之后，蔺平和瞬间就慌了。

他只是想逗她一下而已，没想到居然过了头。

蔺平和手忙脚乱地放开她，然后从沙发上站起来，又伸出手握住她的肩膀，将她从沙发上扶起来，让她靠着沙发的靠背坐好。

“抱歉，平时在工地里跟男人开玩笑习惯了，下手没轻没重的，弄疼你了。”蔺平和连忙赔礼道歉，然后焦急地去检查她的手腕，以为自己刚刚力气太大，伤到了她。

陶酥吸了吸鼻子，然后毫不犹豫地甩开了他的手，从沙发上站起来，转身坐在了餐桌前的椅子上。她那双含着眼泪的浅灰色眼睛瞪着他，绯红的两颊气鼓鼓的。

她一言不发，让蔺平和急得不行。

他真的很害怕伤到她。

因为，陶酥和工地里的那些钢条、砖块不一样，她看起来那么柔弱，手腕细得仿佛拿不起比画笔更重的东西。

她躲着他，不让他看她的手腕，他也不敢轻举妄动，怕自己一着急反而又弄疼她。

于是，蔺平和只能眼巴巴地看着小姑娘气呼呼地瞪着他。

陶酥揉了揉被他按得有些发红的手腕。

其实她刚刚起身时，手腕上就有些酸麻的感觉，但现在已经好多了。

只不过，她是那种缺乏血小板的体质，不仅伤口愈合得慢，而且某些因为外力而留在皮肤上的红印，也会比正常人存续的时间更久。

她晃了晃手腕，然后抬起头，看着那么高大的男人，此刻正一脸不安地站在自己的面前，关切地看着自己。

联想到刚刚，陶酥简直是气得不行。

虽说偷偷地画别人裸着上半身这种事，确实有些不够厚道，可是他怎么可以仗着自己的身高比她高那么多欺负她！

以为她是工地的砖块吗？手劲儿还那么大！

“你没事吧？”蔺平和实在是不放心，再次询问道。

“有事，”陶酥气呼呼地说道，“我以后再也不要跟比我高的人做朋友了。”

蔺平和：……现在锯腿还来得及吗？

他被她这句气话弄得有些哭笑不得，却自知理亏，也没再多说什么。于是，他只能转身，走到沙发旁边拾起那个素描本。这一次他没有翻，而是直接将本子放在餐桌上，然后推到了陶酥的面前。

“给你，别哭了。”他哄着她说道。

“我才没哭！”陶酥吸吸鼻子，然后用手背抹了一下眼睛，在触及眼角的湿意后，继续不服输地睁眼说瞎话，“我没有！”

“是的，没有，没人看见你哭。”蔺平和点头，配合着说道。

见他没有拆穿自己，又把素描本送了回来，陶酥决定这一次就不再计较了。于是，她把素描本拿过来，放到餐桌的另一边，防止又被他抢走。

安顿好自己的小秘密之后，她才开始喝粥。

蔺平和的手艺很好，这让陶酥非常惊讶。她一开始以为只是食物的卖相好，没想到味道比卖相更好。

正所谓吃人家的嘴软，拿人家的手短。

一碗粥下了肚之后，陶酥看着坐在餐桌旁的蔺平和，然后问他："你不吃吗？"

"我吃过午餐了，"蔺平和答道，"你吃吧。"

"哦……"陶酥应了一声。

她大概是觉得自己刚才的反应太大了，有些不好意思。

毕竟，他今天会来这里，就是为了陪她看恐怖片，又因为自己没吃饭，特意下厨给自己做了生滚鸡蛋粥，更不必说，粥还这么好吃。

于是，陶酥有些不好意思地开口问他："你真的很想看吗？"

"不想看了。"蔺平和连忙摇头。

"可是，你刚才明明那么想看……"她不明白，为什么他突然就变了想法。

陶酥用好奇的目光望过去，就看到坐在自己旁边的男人正望着她。他纯黑色的眼眸中，有一种她看不懂的情愫，多得都要溢出来了。

"我怕你哭。"

蔺平和活到二十五岁，纵横商界这么多年，从来就没有怕过什么。就连父亲一生的心血濒临易主的时候，他也没有怵过，想着大不了从头再来。

直到他喜欢上了陶酥，他才知道，原来自己也会顾虑那么多事情。

"那你到底想不想看啊？"陶酥继续问他，"你先别管我，就说你自己的想法。"

虽然手腕刚刚被他攥得有点疼，而且在身高上被俯视的感觉也不太舒服。

但是，想到蔺平和终究还是在周末的公休日里，来到别墅区，只是为了陪胆小的她看恐怖片，又给她做饭……

陶酥觉得，做人应该多记得别人的好处才行。

如果他一定要看的话……

“你画的是我吗？”蔺平和反问道。

陶酥被他问住了，停了一会儿，然后十分诚实地承认了：“是的。”

“那我怎么可能不在意，”蔺平和语重心长地说道，“我当然想看。”

实际上，他真的在意得不得了。虽然，他不是第一次被陶酥画。只不过，以前要么是摆拍，要么是写生。总之，她一直都是在自己明晰的情况下来画自己。

但这一次，他一直都在厨房里忙东忙西，完全不知道她画的自己是什么样子。

事实证明，就算是在商场上叱咤风云的霸道总裁，也十分在意自己在暗恋的姑娘眼中，是否一直保持着高大帅气的形象。

“那……好吧。”陶酥艰难地点了点头，然后放下勺子，十分严肃地对他说道，“但是，你要答应我，看过之后不能讨厌我。”

“我为什么会讨厌你？”蔺平和疑惑地问道。

他喜欢她还来不及，怎么可能讨厌她。

说实话，就算她这一次用那个能把人脸画成驴脸的风格来画他，他都不会讨厌她。

他不喜欢艺术，但他喜欢她。

“你先答应我啊。”陶酥有些着急地对他说道。

“好，我答应你。”蔺平和点头。

陶酥看着他的眼睛，在得到肯定的答案之后，才小心翼翼地把本子打开，慢慢地往那页翻着。

她现在的心情其实有点微妙。

一方面，在感情上，她想让他看到，因为他说他想看，所以不想让他失望；另一方面，在理智上，她又不想让他看到。

裸着上身的“围裙男”什么的，好像真的有点……

蔺平和看着她纠结的表情，心情突然就愉悦了起来。

她的双颊微红，看起来像某种熟透了的水果，两弯柳叶眉轻轻地蹙起，手上翻页的动作也维持着正常人类最慢的幅度。

可是，这个素描本原本就不厚，无论她翻得多慢，总会有翻到那一页的时候。

终于，她还是翻到了该翻到的那一页。

目光刚刚落在素描本上时，蔺平和有些紧张。

紧张的心情，在他看到素描本上那双长而直的腿之后，稍微松了一口气。看来，他刚刚做饭时的侧影还不算难看，而且她也没有玩什么意识流艺术。

只不过，再往上看，这画就不对了。

裤子还是裤子，但上半身的衬衫不翼而飞，只剩下那条围裙。

没错，画上的男人没有穿上衣，健美的上半身全部裸露在空气中。画纸上描绘着男人的肌肉的线条，优美而流畅。

手臂上的肌肉在打鸡蛋时，会有着细微的力量感，这个人体上的小细节，陶酥非常精确地捕捉到，并且十分传神地画了出来。

肩膀上的肌肉偏厚，但是，这个地方的肌肉，穿上衣服之后就不明显了。蔺平和没想到，她连这个都知道，明明……他只在她面前脱过一次上衣而已。

除此之外，他的上半身每一个细节，陶酥似乎都记得很清楚，这确实让他意想不到，并且感觉十分欣喜。

原来，自己在她的眼里和笔下，就是这个样子的啊。

只不过……她画这个是什么意思？

他抬起头，用复杂的目光望向捂着脸、趴在餐桌桌子上的小姑娘。

她像某种小动物一样，将自己的脸全都藏了起来，然后只留给他一个毛茸茸的后脑勺。

蔺平和甚至担心，她会因此喘不过气来。

陶酥觉得，自己以后应该是没脸再见蔺平和了，这种画让当事人看到，她可能会被当成变态吧？

不，应该是她一定会被当成变态！

“对不起，我不是故意的……”陶酥将自己的手从下巴下抽出来，然后双手合十，放在脑袋前的桌子上，以此来表示自己的歉意。

但是，她不敢抬起头看他，只能用委屈巴巴的声音对他说：“你原谅我吧，以后我再也不敢了，呜呜呜……”

蔺平和看着她，不由得暗自感慨，女人真是一种神奇的生物。

她明明刚才还气呼呼地瞪着他，因为各种原因掉眼泪，看得他那么心疼，现在居然迅速变成小可怜，请求他的原谅。

可是，看到她现在这个样子，蔺平和心里所有与她无关的情绪，统统压了下去。

“我没有生气，所以，你也不需要向我道歉。”蔺平和十分坦然地对她说道。

闻言，陶酥停止了晃着手求饶的动作。

就这样僵了几秒之后，陶酥迅速地抬起头，细碎的黑色发丝粘在她染上了绯红色的小脸上，浅灰色的眼眸无比认真地看着蔺平和，并且认真地向他询问道：“你真的没生气吗？”

“真的。”蔺平和点了点头，然后抛出了自己的问题，“我只是想知道，你画这张画的原因。”

“我……”陶酥欲言又止，浅灰色的眼珠来回乱转，不敢直视他。

因为，他这个问题问得太过尖锐，让陶酥不知道该怎么回答。

难道她要直接说“因为我是一个变态”吗？

可她真的不是变态啊！

她真的……只是……非常喜欢……画他……而已啊……

陶酥垂着头，然后不着痕迹地把自己整个人往椅子外面挪了挪，似乎这样可以离他远一点。

蔺平和看着她慢慢地挪着自己的样子，那些细微的距离其实根本就没什么差别。但是，他在看到她想要距离自己远一些时，觉得不能接受。

他只是问她一个问题，又没有要吃了她，她干吗努力地远离他？

思及此，蔺平和就伸出胳膊，用手拽住了她坐着的那张椅子，稍一用力，就将她连人带椅子拽到了自己的身边。

紧接着，两张椅子就这样靠在了一起。

陶酥着实是被他吓到了，身边源源不断传来的不属于自己的热度，提醒着她，此刻，她距离这个男人很近很近，近到隔着两层衣料，也能感受到他身上的温度。

这一刻，她才发觉自己最近一段时间的生活中，似乎到处都是蔺平和的影子和气息。

她手上拿着的是这个男人的素描画，胃里是这个男人做的生滚鸡蛋粥，客厅里放着的碟片是准备一会儿和这个男人一起看的电影，而现在，这个男人就在她的身边，距离她只有几厘米。

现在的状况，看起来真的不太妙。

具体怎么不妙，她也形容不上来。但她知道，这个距离近得有些危险。所以，她就下意识地想从椅子上站起来，企图稍微离他远一点。

她还没有完全站起来，就感觉自己的腰侧覆上来一条胳膊，那力道她很熟悉，因为这个力量刚刚还把她按在沙发上让她动弹不得。

而这一次，他似乎比刚刚显得更加游刃有余，不仅没有让她感觉到疼痛，还无法挣脱他的桎梏。

当她再一次被拽回椅子上时，她就发现，两个人之间的距离连刚刚的几厘米之差都没有了。温柔而有力的大手揽着她的细腰，让她紧紧地贴在那个充斥着迷人荷尔蒙气息的男人身上。

她的小臂撑在他的胸肌的一侧，努力借着反作用力从他的怀里挣脱出来，却不料，反而是自己被抱得更紧了。

这也难怪，毕竟他们在第一次见面的那天，他就能单手拎着她的书包和画板，特别是画板，她两只手一起抱着都觉得沉得不行，而他看起来那么从容不迫，一副毫不费力的悠闲样子。

甚至，他还能轻易地将她整个人举过学校后门。

“说吧，别想着逃了。”蔺平和垂下眼眸，看着她不断挣扎的样子，有些无奈地问道，“是你画的我，难道连个理由都不能让我知道？”

他说得好像还挺有道理的。

陶酥听到他的话之后，突然就被他说服了。

好像确实是这样，她画的人是他，而且这一次他们之间并不属于商业关系，因为她没有给他钱。所以，他是以朋友兼模特的身份问她原因，无论于情，还是于理，她都应该告诉他才对。

“那好吧……”陶酥撇了撇嘴，然后低着头，靠在他的身上，小声地对他说，“其实是因为，我喜欢你……”

声音虽然越来越低，但这句话的最后四个字，如同在蔺平和的心里扔下一颗比一颗响的炸弹。

他不敢相信自己听到的这句话，就是自己理解中的那个意思。于是，他震惊得连手都松了下来。

感觉到他手上的力道渐消，陶酥便稍微往旁边挪了两下，与他拉开了一些距离，然后继续小声地把刚刚那句话补全：“喜欢你的身材。”

蔺平和的动作僵了一下，心底波澜万丈，但面色依旧如常。

他收回自己的手，然后眯着眼睛，看着面前这个说话大喘气的小姑娘。

她可真有本事，竟然在不经意间，就让他的心绪宛如坐了好几次过山车一样起伏不定。

看着他渐渐冷下来的表情，陶酥便觉得他是生气了。

毕竟，自从她认识蔺平和的那天起，他就一心一意地帮她，不仅给她做模特，帮她找灵感，还让当面给她难堪的封景向她道歉，把她当成朋友……

可她觊觎他的身体这么久，而且，还从来都没有跟他说过。

这么一对比，她觉得自己还有那么一点人渣的感觉。

事到如今，这个秘密终于被他发现了。

陶酥觉得，“坦白从宽，抗拒从严”这句话说得在理。于是，她决定彻底向蔺平和坦白。

她酝酿了一下情绪，又拍了拍自己的脸，然后垂着头，低声跟他坦白：“好吧，我承认，我第一次在工地见到你，就看上了你……的身材，然后我把你带到教室，你脱了上衣，我看到你有八块腹肌，就更喜欢你的身材了。”

“……”

陶酥顿了顿，见蔺平和仍是一言不发的样子，心里七上八下的。

她心里挺没底的，不知道他现在在想什么，害怕他知道的东西比自己刚刚说过的更多，于是，只能继续坦白：“因为我从来都没有见过你这样的人啊，小景有四块腹肌、我哥有六块腹肌，虽然我姐公司里的模特有很多都是八块腹肌，但是，他们都没有你长得帅……还有啊，你第一次跟我说‘可以摸’的时候，我确实很心动，但是，我不想让你觉得我是那么不正经的人……不，应该说，我本来就是一个很正经的人，但是……”

“……”

“但是，我真的很想摸啊，做梦都想！”陶酥踌躇了一会儿，最终还是把这句心里话说了出来，而且说得挺大声。

陶酥甚至都有点语无伦次了。

她已经不知道，自己现在在说些什么。她只知道，越坦白，埋在内心的那些话就都蹦了出来，争先恐后地想要刷一下存在感。

而在她说完最后一句话之后，餐厅里突然就陷入了一种令人窒息的沉默。

陶酥不敢抬头看他，也不敢说话。

几秒钟后，她就感觉自己的手腕被人轻轻地握住。然后，她的胳膊就被这只手的力道向前带着，直到手掌触摸到了一片温热而紧致的肌肉时，她才回过神来。

陶酥不可置信地眨了眨眼睛，手背上是男人身上衬衫布料的柔软触感，而手掌中则是属于人类肌肉的触感与温度。

她的目光顺着自己的胳膊看过去，就看到自己的手此时此刻正摸着他的腹肌……

什、什么情况？！

看到这个画面后，陶酥被吓了一跳，想收回手，可是手腕被他紧紧地握着，根本收不回来。

她的手很小，手腕也很细，就算他没有解开衬衫的扣子，她也能沿着两枚扣子之间的缝隙，轻易地将手伸进去。

男人腰腹上肌肉的触感，跟自己身上的那些肉一点都不一样。

紧致的腹肌摸起来明明很硬，却又带着人体特有的柔软。而且，他身上的温度比她手心的温度还高，应该平均体温都比她高一些，冬天要是能拿来暖手就好了……

他的腹肌，无论是触感，还是温度，对于陶酥来说，都是一种很新奇的体验。

她摸了半天，都没有把手收回来，于是，就有些忍不住，在他的腹肌上轻轻地捏了两下。

蔺平和忍不住低着头看她。

虽然，她稍微抬了一点头，但他仍然看不到她的脸，也不知道她是什么样的表情。

他只能用身体感受有一只柔软微凉的小手正放在他的腰腹上，手里握着她白嫩绵软的手腕，微凉的触感跟腰腹上的感觉一模一样。

只不过，她的指尖好像特别凉，柔软的指尖滑过皮肤时，会有一种触电般的感觉，从身上一直渗透到骨髓中。

蔺平和松开了她的手腕，任由她的手慢慢地往自己衬衫里面探进去，喉结不自觉地微微动了一下，然后低沉着嗓子问她："感觉怎么样？"

闻言，在男人的衬衫里摸来摸去的小手停了下来，然后好像是在确认着什么似的，她又轻轻地摸了两下，最终她抬起头，对他说道："有点硬……"

陶酥对中国的互联网文化不算特别了解。

她虽然是个小众圈的网红，但只是为了编辑的要求，才会定时在微博和推特上发一些自己的动态。她偶尔会做绘图直播，不过，从来都没有露过脸，也没有露过手，更没有暴露过声音。

互联网上那些被称作网友的老司机们没有机会对她科普，再加上她一直都被家人保护得很好，她哥哥和姐姐那"护妹狂魔"的名号不是说着玩儿的，所以，她也从来都没有谈过恋爱。

这就导致……她对有些事情，一点都不了解。

比如，她一点都意识不到，自己现在对一个成年男人说出的这句话，是多么糟糕。

这就让蔺平和觉得非常无奈。

他被那双单纯而认真的眼睛看着，觉得自己不应该起任何歪心思，可她说出口的那三个字，让他忍不住多想。

他并不想让两个人之间的进展速度这么快，虽然他喜欢她的时间已经很久了，可是不愿意急于一时。

但是，当看到她天真的脸庞，以及说出那三个字的嘴，他总是觉得有些抓狂。

况且，她的小手现在还在他的腰腹上摸来摸去，连呼吸中似乎都掺杂了些旖旎的气息。

蔺平和落在她身上的目光变得越来越深沉，纯黑的眼眸里隐约闪着某种火光。

似乎是因为残存在潜意识中的某种危机感，陶酥在看到他眼神的变化后，有些不自觉地缩了缩脖子，然后迅速收回了手。

她将手藏在自己的背后，然后在他看不到的角落里，活动了一下手指，那上面似乎还残存着专属于男人腹肌的那种独特而令人着迷的触感。

陶酥稍微向后撤了一点，然后连忙从椅子上站起来，低头向他道歉："对不起，对不起，我不是故意摸你的……我以后再也不会这样了！"

"不用道歉，"蔺平和顿了顿，看着她低下来的小脑袋，然后轻咳了一声，有些不自然地对她说道，"以后你可以随便摸，不用给我钱。"

第六章

看电影

“吃完了就去看电影吧。”留下这句话，蔺平和便站起身，往客厅的方向走去。

陶酥任凭他路过自己时擦过自己的肩膀，然后坐回椅子上，抬起自己的右手，活动了一下手指，指尖上似乎还残存着那种本不属于她的灼热温度。

不行，不行，不行！怎么可以这样啊！

陶酥用力地晃了晃自己的脑袋，想把那些从未出现在脑海中的旖旎情绪统统晃出去，但她无论怎么努力地晃，刚刚的那个画面，现在还是无比清晰地刻在她的脑子里。

她伸出另一只手摸了摸自己的脸颊，那上面的温度高得吓人。

他刚刚说，不用给钱。

不、不、不，给不给钱都不是重点，重点是……可以随便摸。

不、不、不，这也不应该是重点。

重点应该是，她刚刚好像做了一件特别不要脸的事情。

陶酥捂着自己的脸，欲哭无泪，她也不知道为什么事情会变成这样？客厅里已经传来电影片头曲的声音，陶酥从椅子上站起来，然后坚强地给自己打气。

做足了心理建设之后，她终于慢腾腾地走向了客厅。

客厅里正对着液晶电视的沙发是长沙发，蔺平和坐在中间偏右一点的位置，左边的空位一看就是他特意为她留的。

这种情况下，如果她去坐茶几两侧的小沙发，好像会有一种很强烈的违和感。

于是，陶酥狠了狠心，直接坐在了他的旁边。

她有一个习惯，就是当她觉得不安时，会下意识地抱着双膝，将自己缩成一个球。这一次，自然也不例外。

陶酥小心翼翼地坐到他的旁边，然后维持着不近也不远的距离。

只不过，这个距离随着电影播放时长的增加，也变得越来越近。

更要命的是，为了更好地体验恐怖电影的气氛，陶酥还特意拉上了窗帘。

她以前也有过为了找灵感去看恐怖片的经历，只不过，那时候她在日本，曲戈可以陪她。

虽然两个人都被吓得不轻，但是两个人抱在一起相互安慰，也就没有那么恐怖了。这一次，她之所以想让封景陪她，就是因为封景和她都是话痨。

陶酥本想着，两个话痨一起看恐怖电影，唠着唠着，电影也就看完了。

可是，这一次陪她看电影的人，偏偏是不太爱说话的蔺平和。

蔺平和知道她一定是害羞了，所以自打坐在沙发上开始，她就一直绷着身体，一副紧张兮兮的样子。

但是，他一点都不着急，因为，这部电影他提前了解过，不是一般吓人。

正如他所料，电影播了不到二十分钟，身边的小姑娘就下意识地、慢慢地往他所在的方向靠了过来，而且距离越来越近。

不一会儿，他就感觉自己的胳膊被一双微凉的小手握住了。

“稍微……让我靠一会儿？”陶酥小心翼翼地对他说道。

她的视线没有离开电影的画面，但双颊微红，明明是不好意思看他，却偏偏装作认真看电影的样子。

蔺平和面色如常，没有任何主动的迹象，只是任由她抱着自己的胳膊，不停地往自己身边凑。

她似乎真的不太擅长看恐怖片，但是为了找灵感，不得不强迫自己看这种吓人的电影。

蔺平和越来越庆幸，今天来这里陪她看电影的人是自己，而不是封景。

因为，电影的播放过程中，两个人一直都维持这个暧昧的姿势。

她蜷着小小的身体，缩在自己的身边，像一个软绵绵的球。

他上一次嗅到的那种清爽的柠檬香，好像并不是香水，而是她的洗发露。

因为，她现在完全没有化妆，穿的是居家服，竟然也能嗅到这种淡淡的香味儿。

他忍了好久，才没有把她狠狠地抱进自己的怀里，只是任由她靠在自己的身上，看着她毛茸茸的小脑袋，心里软成了一片。

电影结束后，蔺平和不着痕迹地收回了自己的胳膊，然后穿好外套，准备离开。

临出门时，他乌黑的眼眸深意十足地看了她一眼。

如他所料，十秒钟后，小姑娘推开门，从别墅里冲了出来。

她的气息有些起伏不定，双颊微红，两弯柳叶眉微微蹙起，似乎是下定了某种决心似的。

“你能再陪我一会儿吗？”

听到她这样说，男人拿着摩托车头盔的手一顿，然后将头盔往把手上一挂，转过身，迈开长腿，只走了几步，就回到了她的面前。

他纯黑色的眼眸向下看，就看到她正略有不安地看着自己。

“走，进屋吧。”他伸出手揉了揉她的脑袋，然后推着她的肩膀往屋里走去。

陶酥眨了眨眼睛，有些吃惊。

她没想到，蔺平和这么容易就答应了她的请求。

她本以为，自己刚刚放飞自我说出了那样的话，会被他讨厌。

现在看来，他真的没有讨厌自己。

意识到这个事实之后，陶酥一直悬着的那颗心就放了下来。

她的朋友很少，从小到大，真正来往密切的朋友一只手都能数得过来。

曾经，她也不理解，哥哥和姐姐为什么会对她的朋友这么苛刻，但是随着年龄的增长，她才渐渐地发现，在这个商业社会里，一个人永远也摆脱不了金钱的背景。

在这个世界上，很少有人不是因为钱才对她好。

哥哥和姐姐对她的朋友圈管得很严，应该也是怕她被那些唯利是图的人伤害到吧。

可是，陶酥觉得，蔺平和似乎就是一个例外。

他从来都没有主动要求过她为他花钱，也没有主动向她要钱，并且在她给他钱的时候，他的表情总会变得复杂而微妙，甚至还有一丝忧郁。

而且，那些原本就是他应得的钱，他好像拿得也不是很开心。

他对她的态度一直都是如此，并没有因为她坐公交车而轻视她，也没有因为她开着法拉利而巴结她。

这个男人似乎永远都是一副波澜不惊的成熟模样。

屋里的窗帘还是拉着的，陶酥进屋后，先把窗帘拉开，已经渐渐向橘色过渡的阳光从透明的窗子照射进来。

“不看电影了吗？”蔺平和装作好奇的样子，这样询问她。

虽然他心里知道，她肯定是因为刚刚看了恐怖片而害怕，才叫自己留下来陪她一会儿，但是，他不能将这些事明说出来。

“不看了，不看了。”陶酥连忙摇头，“刚才看了一部，我都要吓死了，再也不看了，以后有这种类型的单子，我就不接了吧。”

“工作还是要认真完成的。”蔺平和皱了皱眉，一本正经道，“如果你不敢看的话，任何时候都可以找我陪你。”

“可是，你也要工作啊……”

“那就周末看，周末你叫我，我就有时间。”

听到蔺平和这样说，陶酥也觉得，自己刚刚的想法有些不对。

怎么能因为有困难就逃避工作呢？这也太没韧性了！

陶酥抬起头，看着男人宽宽的肩膀和有力的胳膊，决定向他学习。

她坚信着，在蔺平和这种刮风不摇、下雨不倒、永远坚持工作在建筑行业第一线的劳动精神的感染下，自己也能克服这些困难，认真完成自己应该做的工作。

更何况，真的害怕的话，她还可以叫他来陪自己呀。

她这样想着，似乎也不是那么害怕了。

“但是，那些救急的单子，可以少接一点，”蔺平和思考了一下，然后对她说，“免得别的同行误会你抢风头。当然，我知道你不是这样的人。”

“我只是觉得，自己也不是很忙嘛……”陶酥歪了歪头，“不过，既然你这样说了，我下次一定注意。我也没进过职场，对这些确实不是很了解。”

她对这些事情确实考虑不周。但是，既然蔺平和提出来了，那么，她还是要好好思考一下这个问题。

因为，他说得好像真的有道理。

“不看电影的话，我陪你做什么？”蔺平和站在客厅，好奇地问道。

“嗯……你别笑我啊。”陶酥有些不好意思地对他说，“我其实还是害怕，不敢一个人在家，等到傍晚六点半，我哥就回来了。”

“原来是这样。”蔺平和点头，“还有一个小时，你要画画吗？”

“画什么？”陶酥疑惑道。

“你把刚刚那幅画画完吧。”蔺平和挑了挑眉，然后对她说，“这次我可以配合你，要画正面吗？”

闻言，陶酥刚刚散去了一些温度的小脸，瞬间又染上两抹漂亮的红色。

配合？怎么配合？

还要她画正面……

“可、可是，你不会觉得很奇怪吗？”陶酥垂着头，连耳尖都红了，她用轻得不能再轻的声音小声问他，“毕竟裸体画什么的……”

她轻得近乎微弱的软糯声音，像一根柔软的羽毛，扫在了他的心上。

蔺平和慢慢走到她的身边，低头看着她微红的耳尖，白嫩的皮肤上染着绯色，看起来有些美味的样子。

“画画其实就是艺术吧，”蔺平和对她说，“艺术应该不能用平常的眼光来看待，而且欧洲也有很多裸女画，是世界名画对不对？”

“是的，比如《泉》和《大宫女》什么的都是……”陶酥点头。

“我虽然不懂艺术，但是，并不觉得这些东西有什么不对，只能说艺术思维和普通思维不一样，既然不了解，就不应该戴着有色眼镜看别人。”他说得一本正经，而且头头是道，让陶酥不得不服。

“对啊，对啊，每次有人说我们画那种……画，就摆出一副那样的表情，让人超不爽的。”陶酥小鸡啄米般地点头，委屈地说着。

虽然这个圈子里，确实存在天性猥琐的人，也正因为这些人，导致普通人对这个圈子里所有的人都有所误解。

但是，陶酥没想到，蔺平和居然会把这种事情看得这么透彻。

他明明对那些艺术理论一点都不懂，只是跟村口弹棉花的大妈学过《月光奏鸣曲》，竟然能有这样的觉悟。

他不仅没有觉得她是一个变态，而且还表示理解她。

只不过，陶酥觉得自己有愧于他这种正直的理解。

她终于成了自己曾经最讨厌的那种人，打着“为了艺术”的口号，去做一些乱七八糟的事情。

而且……

陶酥抬起头，看着站在自己面前的男人，他正慢慢地解着衬衫的扣子，白色的布料慢慢褪下，麦色的肌肉就映入了她的眼帘。

麦色的八块腹肌真的是太好看了，好看得不要不要的！

他把衬衫脱了下来，然后面色如常地对她说：“你开始画吧。”

“我……我去拿画板和笔，还有那个，还有纸，你等我一下！”陶酥语无伦次地扔下了这句话，就转身小跑回卧室去拿画画需要用的东西了。

小跑的过程中，她忍不住回头看了一眼蔺平和，线条优美的肌肉匍匐在他的宽肩窄腰上，简直让人想把眼睛都贴在他的身上。

她这样想着，没有仔细地看自己前面的路，结果在跑到楼梯旁边时，差点被绊倒。

幸好她很快地反应过来了，连忙伸出手抓住了楼梯的扶手。

看来，古话说得很有道理，真的是色令智昏。

陶酥甩了甩头，将那些见不得人的想法统统甩出去，小心翼翼地往楼上的卧室跑去。

蔺平和站在客厅里，看着她踉跄的样子，心也跟着揪了一下，还好她没有真的摔倒。

男人反思了一下自己刚刚的行为，似乎这个行为对二十岁的小姑娘来说，还是过于“超纲”。

于是，蔺平和决定，以后再露的时候，一定要让她待在自己手臂可以触摸到的范围内，这样她就不会被绊倒或是摔倒了。

等她红着脸跑出来的时候，蔺平和十分迅速地收起了思考且犹豫的表情，再一次恢复成“今天我配合你，我的目的就是让你好好搞艺术”的正经样子。

陶酥还是有些心绪不稳定，这一次他们在家里的客厅，比上一次的小教室空间还要小，无形当中又拉近了两个人之间的距离。

一想到不久前的那个瞬间，陶酥连手都抖了，夹在画架上的白纸哗哗地掉了满地。

蔺平和走过来，弯下腰，想帮她一起拾起，被她制止了。

“不用，不用，我自己拾起来就行。”陶酥连忙摆手，示意他站在距离自己两米多的地方，“很快的，没事。”

虽然这是对他说的话，但陶酥在说话时仍然不敢看他，而是低着头手忙脚乱地拾画纸。

蔺平和看着她蹲在地上，本就娇小的姑娘现在就更小了。

她的头发很长，平时扎成高马尾都垂在腰间，今天散在身后，随着她的动作，有几缕头发垂在光滑的米色地砖上，拼凑成的形状，像某种漂亮的花朵。

一分钟后，她终于把所有的画纸都捡起来了。

陶酥有些不自然地轻咳了一声，然后夹好画纸，从工具匣里翻出素描专用的铅笔。白嫩的小手拿好笔，她抬头看了一眼蔺平和，就收到对方鼓励的眼神。

对着这张帅脸，陶酥觉得，画素描好像也不是什么痛苦的事情了。

素描是每一个美术生的必修课，不过，陶酥一直都觉得素描很枯燥，没有鲜艳的色彩，也没有大胆的色差，更没有创造性的构图，跟她的美术追求截然相反。

但是，自从认识蔺平和之后，她好像画素描的积极性提高了好几倍，而且也不会觉得时间过得很慢。

一个多小时的时间，就在她的目光流连于男人的身体与白纸上的画的过程中，悄然地流逝了。

从窗子外面照进来的璀璨而美丽的霞光，洒在男人麦色的皮肤上，折射出淡淡的光晕。

陶酥收了画笔之后，目光仍然粘在他身上，不愿意移开。

直到蔺平和走到她的面前，她才回过神来。

“画完了？”他轻声问道。

“嗯嗯！”陶酥点头如捣蒜，“你看怎么样？”

然后，她积极地把画架转了一点角度，让他看成品。

“很好看。”蔺平和称赞道。

陶酥美滋滋地把画收好，然后抬起头看了看客厅里的时钟，在看到时间后，有些郁闷地说：“这都六点四十分了，你快回去吧。”

“你哥还没回来。”

“可能是公司里有什么事耽搁了吧。”陶酥想了想，然后一脸担忧地对他说，“你骑摩托车来的，天黑了，不安全，这里离市区也不近，早些走吧。”

“那你不害怕吗？”蔺平和一针见血地问出了这个问题。

听到对方的话之后，陶酥便没话说了。

她确实害怕，一想到自己要一个人待在这么大的房间里，刚刚电影里那些恐怖的画面，便再一次在脑子里浮现。

可是，她不能因为自己的恐惧，让他那么晚离开。

晚上骑摩托车，真的很危险。

“我、我不怕啊，”陶酥强撑着精神对他说，“我没事的。”

蔺平和看着她强撑的样子，也不想揭穿她。

她这种善意的温柔，也是他最喜欢她的原因之一。

“你这里有蓝牙耳机吗？”蔺平和问道。

“有啊……你要这个干吗？”陶酥有些好奇地反问道。

“你去拿来给我。”

“好……你等一下哦。”

虽然不知道他在想些什么，但陶酥还是听话地去拿了他要的东西。

蔺平和接过耳机之后，就拿出手机，然后拨通了陶酥的电话。

口袋里的手机震动了几下，陶酥拿出手机，看到屏幕上显示“蔺平和”三个字，抬起头，疑惑地看着他。

“我们一直通着电话，你如果觉得害怕，可以跟我说话，直到你哥回家。”

“可是，骑摩托车打着电话不安全啊。”

“你刚刚不是说不怕吗？不怕的话，就不用跟我打电话了。”

“……”

陶酥被他这句话堵了回来。

确实如此，正如他所说，自己一点都不害怕的话，就不需要跟他打电话了。

不过，就算是害怕，能听到电话另一边细微的声音，哪怕不和他说话，她也不会那么害怕了吧。

于是，陶酥点了点头，把处于通话状态的手机放回口袋里，然后送蔺平和出门了。

蔺平和离开后，陶酥也没有挂断电话，但她怕影响对方骑摩托车，所以也没有说话。

她戴上耳机，听筒中传来细微的风声和男人的呼吸声，让她觉得安心。

闲得没事做，她索性早早就关灯，在床上躺着，开始玩手机。

耳机里传来的呼吸声，甚至让她觉得，那个男人似乎躺在自己的身边……

想到此，陶酥操纵着贪吃蛇的手指一顿，长长的小蛇就一头撞死在了墙上。

她退出程序后，又过了一阵，哥哥也没有回来。

不玩手机的话，躺在床上就很容易犯困。

“蔺哥……我想睡了。”陶酥软绵绵地对他说。

蔺平和刚到公司楼下，蓝牙耳机里就传来了软糖一样的声音。

“那你睡吧。”他轻声对她说，然后进了办公室。

“可是，我哥还没回来……”

“那我不挂电话，行吗？”

“嗯……”

她似乎是真的困了，软软地“嗯”了一声之后，就没了声音，只剩下轻轻的、不易察觉的呼吸声。

几个小时后，蔺平和终于处理好堆积了一下午的工作。

他从椅子上站起来，走到窗边，望着北京城里繁华的夜景，想着电话另一端的小姑娘。

这时，轻轻的呼吸声被一段杂音取代，然后就是关门的声音，手机似乎被人拿走了。

紧接着，一个男人的声音从电话里响起。

“说吧，多少钱你才肯离开我妹？”

“……”

方十四原本还有很多工作没有处理完，但是，他已经答应妹妹晚上六点多回家，忙到一半，抬起头看时间，竟然已经超过说好的时间很久了。于是，他连忙打电话给陶酥，怕她担心。

但他没想到，自家妹妹的电话居然一直都是“正在通话”的状态，他打家里的座机，也无人接听。

因为这个时候陶酥已经回了卧室，别墅很大，她又住在三楼，还戴着耳机，自然听不到电话铃声。

“妹控狂魔”心里急得不行，于是放下工作，连忙开车往家里赶。

结果，他刚一进屋，就发现客厅里漆黑一片。

进了卧室，他就看到自家妹妹睡得正香。

只不过，他在看到妹妹耳朵里的耳机和手机上亮着的呼吸灯时，觉得有些不对劲。

陶酥从来都没有听歌睡觉的习惯，怎么会突然戴着耳机睡觉？

方十四小心翼翼地拿起手机，拔掉耳机线，看到亮着的屏幕上显示着“蔺平和”三个字之后，心中突然就明白了。

原来封景那小崽子说的话是真的，他家妹妹真的被一个又穷又粗糙的搬砖工迷得找不着北！

方十四气得不轻。

他虽然和陶酥只是同母异父的兄妹，但是，比起父亲那边乱七八糟的关系，他还是更喜欢母亲这边的妹妹。

所以，比起在商界叱咤风云、拿了全世界霸道总裁的剧本的姐姐，方十四把作为兄长所有的溺爱，都给了自己的妹妹。

越长越漂亮的妹妹，本来身后就天天跟着一大堆纨绔子弟属性的大尾巴狼，他严防死守，却没想到，还是堵不住烂桃花猛如虎。

他竟然一不小心，让一个搬砖工上位了。

这能忍吗？

这当然不能忍！

于是，方十四拿着手机出门后，站在客厅里，十分严肃地对着手机说出了那句话。

这种人，方十四见得多了，不就是钱吗，看他能要多少？

可是，当他满心自信地等待着电话另一端那个又穷又粗糙的搬砖工报价时，手机里传来了一阵忙音。

这个搬砖工居然挂电话了！

方十四觉得，自己的肺都快被气炸了。

真是太不要脸了！自己主动让他报价还不行？他还想干吗？想要人吗？做梦！

于是，生了一宿闷气的方十四，第二天一大早就去公司的建筑工地找赵佳了。

他听封景说，陶酥是在他公司的办公楼施工现场认识的那个搬砖工。

而且，陶酥是因为他那天让她帮忙送图纸给赵佳，才遇到那个姓蔺的。

所以，那个姓蔺的应该是赵佳手下的工人。

有钱有势怕什么？

这样想着，方十四开着价值几百万的迈巴赫到了工地现场。

在见识过了保时捷和法拉利之后，围观群众再一次看到了新牌子的豪车，于是纷纷表示：这地方风水不错，这是要发啊！

方十四下车后，看着尘土飞扬的工地，不着痕迹地皱了皱眉。

他刚进工地，身边就跑过来一个非常朴实的老大爷，十分亲切地递给他一顶黄色的安全帽，然后兴致勃勃地问他：“这位面生的老总，你今天也是来搬砖的吗？”

方十四：“？”

还没等方十四想明白这个奇妙的问题该怎么回答，身边围过来的一大堆人，就开始无视他的存在，开始认真地交流着。

“话说，这年头有钱人为什么要来跟咱们抢饭碗？”

“大鱼大肉吃多了上火，想来锻炼身体吧。”

“放屁，咱老板明明是为了泡……啊，不对，为了追妹子才来的。”

“我就想看看兰博基尼长啥样，下次能不能来个开兰博基尼的老总呀？”

……

方十四不得不打断他们的话：“请问你们知道赵佳在哪里吗？我是她的朋友，找她有点事。”

“哦，你找我们经理呀，”老大爷亲切地对他说，“她平时都在工地边上那间小砖房里办公，你直接进去就行了。对了，你得把安全帽戴上，这里是施工现场，不戴安全帽不安全。”

“好的，谢谢您。”方十四点头，接过安全帽戴好，“那我去找她了，谢谢你们。”

虽然这群人在讨论什么，他不懂，但是，戴安全帽这件事总是为了自己好，于是他跟他们道过谢之后才去找赵佳。

他只是想让赵佳警告一下那个姓藺的，离他妹妹远一点，要不然，就开除那个姓藺的。

当然，并不是真的让他丢了饭碗，毕竟出门在外讨生活，肯定都不容易。

但是如果涉及他妹妹，这件事就没得商量了。

只不过，赵佳的态度非常微妙，让方十四有些看不懂。

但她最终还是点头了。

既然她点头了，那么，方十四也不想去考虑她微妙的表情，再加上他也很忙，所以得到肯定的答案后，就离开了。

目送着那辆拉风的迈巴赫远离工地之后，赵佳连忙翻出手机，给自己的衣食父母藺大老板打电话，汇报情况。

“答应了就答应了吧。”藺平和揉了揉眉心，有些无奈地说，“正好我最近也很忙，过一阵子还要去新加坡，我应该没时间再去那边的工地了。”

“那……酥酥那边怎么说啊？”赵佳小心翼翼地问。

“就按她哥说的来转述吧，等我忙过这半个月，时间就能松一点了。”蔺平和嘱咐道。

挂断电话后，蔺平和似乎已经能充分了解陶酥不喜欢有钱人的原因了。

有钱人实在是太忙。

从他了解到的信息，再加上他这一阵子和陶酥走得也比较近，他能清晰地感觉到，他喜欢的小姑娘非常缺乏安全感。

比起钱，她更希望有一个人可以长长久久地陪着她，或许是因为家庭特殊，她没有父亲，母亲早亡，哥哥姐姐工作又很忙。

陶酥出生在北欧，回国时还要重新学习母语，融入中国的校园生活。等她好不容易适应了中国的生活，高中时，她又孤身一人去了日本留学。

短短的二十年生命中，她似乎一直都在漂泊着。

她会有这样的想法，蔺平和觉得，还真的是一件无比正常的事情。

所以，自从喜欢上她的那一瞬间起，蔺平和就决定，除了必要的工作时间外，自己所有的时间都要给她。

只是，刚刚遇到她的时候，他还没有彻底在父亲的公司里站稳，不能腾出时间去陪伴她。所以，这两年来，他只能一直默默地关注着她。

直到现在，父亲的公司已经被他彻底掌控，他才能用更多的时间去追她。

但他还是怕自己的真实身份会让她有一种先入为主的印象，令她从一开始就把自己排除在喜欢的范畴之外。

所以，上次在工地被陶酥误会后，蔺平和就决定干脆将错就错。

而对于陶酥来说，自从上次在家里和蔺平和发生了那么多事情之后，一连半个月，她都没有主动联系蔺平和。

因为……她真的有些不好意思！

十多天以来，陶酥每次想到在那天下午，她居然说出“我超想摸你腹肌，做梦都想”这种话的时候，就觉得无地自容。

可是，每次坐公交车路过那片工地的时候，陶酥总会情不自禁地望着那个方向，希望在尘土飞扬的某个瞬间，看到那个男人的身影。

虽然他上一次对她说，理解搞艺术的人会有某些特殊的行为，但是，她仍然觉得，他是讨厌自己了。

要不然，他为什么这么久都没有联系她？

明明工地的盒饭那么难吃，他为什么不来找她一起出去吃好吃的？

陶酥的忧伤与日俱增。

她也不明白，为什么自己现在会这么在意那个男人，好像见不到他的时间越长，心里就越难受。

又一个周末，陶酥背着书包回家。

刚进家门，他就听见哥哥姐姐在争执。

“她出去谈恋爱，你管个什么劲啊，幼稚。”这是她姐——陶梓。

陶酥站在玄关处，伸着小脑袋往客厅里探，看到陶梓正躺在沙发上吐着烟圈儿，十分不屑地说出了那句话。

而她哥在听到那句话之后，当场就奓毛了，说出的话像连珠炮一样：“你以为咱妹跟你一样啊？你是跆拳道黑带，土匪见了你，都得绕着走，那脑子转得跟罗盘似的，比谁都聪明，谁敢算计你啊？可咱妹呢，你看看她的小模样，还没成年的时候身后就跟了一串大尾巴狼，现在成年了……”

“可是，你干的这事儿实在太幼稚了，而且要是让咱妹知道了，她肯定不高兴。”陶梓幽幽地说。

“我怎么了？我是她哥！我还不如一个搬砖的外人？！”方十四要气炸了，“我可是先礼后兵，我问他要多少钱才肯离开咱妹，那个搬砖的居然挂断我的电话。我让赵佳警告一下他，他应该是自己犟，赵佳才把他开除了，这能怪我？”

听到这句话，站在玄关处偷听的陶酥突然就惊得瞪大了眼睛。

难怪，他这么久都没来找她……

他肯定很委屈吧，明明一直在认真工作，却因为她被开除了。

那他现在怎么生活？找到新工作了吗？

陶酥越想越担心，越想越生气。

曾经，哥哥插手她的朋友圈，她都没有这么强烈的感觉，因为她觉得他做的事情都是对的。

可是，这一次，陶酥认为，一定是哥哥误会了蔺平和。

蔺平和明明是那么好的人，从来都没有跟她计较过什么，帮了她那么多。

而且，他也没有向她要钱。

他对她好，帮助她，根本就不是为了钱。

思及此，陶酥便鼓足了勇气，走进客厅，站在方十四的身后，深呼一口气。

陶梓看到自家妹妹的表情后，朝方十四翻了个轻蔑的白眼。

莫名被翻白眼的方十四，还没回过神来，就听到身后传来了自家妹妹的声音。

“哥，你太过分了，你怎么能这样对他？！”

方十四听到陶酥的声音后，瞬间就慌了。

他这个从小就软绵绵的妹妹，这一次居然这么大声地对他喊。

“你听我说，哥都是为了你好。”方十四连忙解释道，“那种人，哥见得多了，都是图你的钱，对你不是真心的。”

陶酥挣脱开他的手，然后对他说，“你们都误会他了，他不是那样的人，他很好的！”

陶梓：这男人好像“有毒”。

方十四：这男人真的“有毒”。

陶酥的这些话，瞬间就把方十四怼得没话说了。

陶梓见陶酥这么激动，才发现这件事和她想象中的好像不一样，于是连忙从沙发上起来，走到陶酥的身边，认真地对陶酥说道：“小妹啊，不管他是哪种人，你都不应该当真，泡男人最忌讳真情实感。”

“我没泡他！”陶酥连忙否认道。

她也不知道，为什么自己在听到“泡”这个字的时候，立马就急着否认，她总觉得，这个字好像戳中了她内心深处最真实的某个想法。

只不过，似乎又有哪里不太一样。

“我不想跟你们说话了，我回学校了！”

她心里乱极了，只能扔下这句话，就跑了出去，只留下别墅里的两个人，你高冷地看着我，我呆傻地看着你。

“姐……”

“别叫我姐，我没你这么愚蠢的弟弟。”

“……”

陶酥坐上公交车，去了与蔺平和初遇的那个工地。

虽然是周六，但是工地里的工人仍然在勤勤恳恳地工作着。

陶酥下车后就进了工地，望着飞扬的尘土，似乎空气中还有蔺平和的残影和声音。

好可怜啊。

就因为哥哥的一句话，他就被赵姐开除了。

归根结底，还是因为自己，他才丢了这份薪水微薄的工作。

“欸欸，你看，那个开红色法拉利的小姑娘又来了。”

“讲真的，我还是想看兰博基尼。”

“最近突然喜欢上了玛莎拉蒂，会有大佬开过来让我开开眼吗？”

……

陶酥听到众人的小声议论，于是小跑过来，想问问他们，知不知道蔺平和的事情。

结果，这群人对关于蔺平和的事情的态度，只能用“守口如瓶”四个字来形容。

陶酥接过工人递过来的安全帽，然后说了声“谢谢”，就去找赵佳了。

“赵姐！”陶酥推开门，急匆匆地跑到她的面前，额头上浮出一层薄薄的汗珠，看来真的跑得挺急。

“怎么了？”

“我哥前一阵子是不是来找过你？”

“是啊。”

“他说什么了？”

“酥酥啊，你今天怎么了，看起来神色不太对。”

陶酥听到她的话，就知道她一定也是不想告诉自己。

这种桥段，陶酥在电视剧里看得多了。

陶酥才不会像那些傻兮兮的男主角一样，真的就信了他们的鬼话。

于是，陶酥直接开门见山地问道：“赵姐，蔺哥他在哪里啊？我想找他，有点事……”

“哦，他啊……”赵佳装作苦恼的样子，欲言又止，最终还是给了她一个模棱两可的答案，“他今天请假了，病假，对，就是病假，你先回家吧。”

听了赵佳的话，陶酥就知道，一定是哥哥让赵佳帮忙瞒着她。

还好她足够聪明，已经识破了他们的阴谋。

“我就在工地外面等他吧，等不到他，我就不走。”陶酥目光坚定地对她说道。

赵佳看了看她的神色，感觉她也不像是在开玩笑，突然就有些着急。

先不说事实如何，蔺平和今天是真的来不了啊！她在这里等，也是白等。

因为，她要等的男人，现在还在新加坡谈生意，就算长着翅膀往回飞，也得飞六个小时才能到北京啊。

要是平时，赵佳倒不急，大不了陪她一起等，反正自己在家里待着也无聊。

可是，赵佳现在手边有很多特别着急的工作等着她去完成，她没有多余的时间陪着陶酥，这小姑娘要是在工地等到后半夜……

自己一定会被老板炒鱿鱼吧？

赵佳看着陶酥离开的背影，急得不行。

实在没办法，赵佳只能给蔺平和的助理打电话。

她将这件事全部跟助理讲明白，拜托他转达给蔺平和，好让他下了飞机之后，赶快来这边见陶酥。

赵佳算了算航班的时间，如果飞机不晚点的话，蔺平和应该在晚上七点之前就能回北京。

于是，赵佳一整个下午都在祈祷，蔺平和坐的航班千万别晚点。

事实证明，祈祷还是有效的。

航班真的没晚点。

但是，北京入夜后就下雨了，而且还是瓢泼大雨。

陶酥来的时候心情不好，就没开车，也没带雨伞。

现在已经是晚上七八点钟了，附近的小店也都关门了，哪还有什么可以遮风挡雨的地方。

陶酥从下午开始就一直在给蔺平和打电话，可是，他的电话一直打不通。

她觉得，蔺平和现在一定很生气。

她一直在这里等他，万一他哪个瞬间心软了，就会来找她了。

只有两个人见了面，她才能替哥哥向他道歉，请他别生气。

所以，她不敢离开。

雨越下越大。

陶酥找了一个有些窄小的房檐，抱着膝盖蹲在地上，蜷缩成一个小球，这样还能暖和一些。

刚刚她在寻找遮雨的地方时，大雨已经把她身上的衣服全部淋湿了。

北京算是昼夜温差比较大的城市，十月的北京，白天仍然热得不行，需要穿短袖，而到了晚上，有时温度会降到十摄氏度以下。

今天还下了大雨，温度就更低了。

她给蔺平和打了几十次电话，对方都没有接，她也就放弃再打电话了。

她侧着头抵在墙上，等着那个不知道什么时候才会来的男人。

晚上八点左右的时候，陶酥的手机开始响了。

她看了看来电显示，是哥哥。

她实在是生气，又很冷，想到这些都是哥哥造成的，她就不想接他的电话。

但是，她又怕哥哥会担心，于是就给姐姐发了短信，告诉他们不用担心自己，自己在外面很好。

理论上来讲，说自己很好的人，通常都不太好。

事实证明，理论上讲的是真的。

蔺平和下了飞机之后，打开手机，瞬间就蹦出来好几十个未接来电。

他看了一下，竟然都是来自陶酥。

还没等他回拨过去，问她到底发生了什么，他就接到了助理的电话。

大致了解了事情的经过后，蔺平和便疯了似的飙车前往工地。

一路上，他都皱着眉。

等到了工地，在看到满脸苍白的小姑娘之后，他的眉都拧在了一起。

她真的被冻惨了，往日里粉嫩的唇瓣都透着病态的深紫色，红润的脸颊现在也苍白一片，半丝血色也没有，湿漉漉的长发贴在脸颊两侧，让巴掌大的小脸看起来更小了。

陶酥本来迷迷糊糊地蹲在房檐下，在听到汽车的轰鸣声之后，就抬起头想看看到底是谁来了。

她揉了揉眼睛，模糊的视线里，出现了一个高大的身影，正举着雨伞，朝她走了过来。

她将视线慢慢上移，就看到了那张熟悉而帅气的面孔。

啊……他果然在生气，眉头是皱着的。

看到他的表情之后，陶酥心里就冒出了这样的想法。

这样想着，陶酥晃晃悠悠地站起身来，刚想向他走过去，就看到男人急匆匆地朝她走了过来。

他的腿真长，没几步就走到了她的身边。

“对、对不起……”陶酥委屈地抬起头，软糯的声音里带了浓重的鼻音，“你别生气，我哥他误会你了，我知道你跟我做朋友不是为了钱……”

听到她这样说，在生意场上铁腕无情的男人，胸腔中那颗为她悸动的心，瞬间就软成了水。

他扔掉雨伞，然后伸出手揽住她的腰，将她抱进怀里。

她身上真的太凉了，像一块冰，他刚刚听她说话的声音，她应该是被雨淋得感冒了。

想到这个，他情不自禁地伸出手摸了摸她的后颈，果然，裸露在外面的皮肤，比身上的温度还低。

陶酥埋在他温暖的胸膛，像溺水的人紧紧抓住了身边的稻草那样，不自觉地抱紧他，用他身上的灼热温暖着自己。

几秒钟后，她似乎意识到了自己现在是什么样子，于是伸出手想推开他。

“你快放开我啊，我身上都是雨水，把你的衣服弄湿了。”她有些焦急地对他说。

陶酥用力地推着他，但是，这点小小的力量，对他来说根本不算什么。

蔺平和仍旧不放开她，见她不再挣扎，才长叹一口气，准备带她上车，去一个温暖一点的地方，再好好跟她说。

蔺平和这样想着，也正准备这么做。

然而下一秒，他感觉到怀里的小姑娘突然就失去了重心，整个人彻底倒在他的身上，晕了过去。

蔺平和脱掉外套，裹在她的身上，然后一只手拎着雨伞，另一条胳膊抱着她，把她放在了副驾驶座上。

小姑娘整个人又凉又轻，像飘在水中的羽毛。

她的个子不高，这件穿在男人身上剪裁合适的西装外套，裹在她的身上之后，竟然能把牛仔短裤都盖住，只剩下两条莲藕一样白嫩的腿露在外面。

蔺平和细心地帮她系好安全带，车里开了暖风之后，她那张惨白的小脸才慢慢红润起来。

他伸出手，摸了摸她的额头，温度是正常的，应该是在外面又累又冷，体力已经濒临极限，所以才晕过去了。

春冻骨头秋冻肉，还好这是秋雨。

只不过，启动车子的引擎之后，蔺平和突然就犹豫了起来。

他应该把她带去哪里？

理论上来说，应该是酒店，可是，他们两个人现在的关系并不适合去那种地方，特别还是在陶酥意识不清醒的情况下。

况且，就算真的是男女朋友的关系，在女生意识不清醒的前提下，男方也不应该擅自将女方带到酒店或是宾馆过夜。

这既是出于对他人的尊重，也是出于对自己的负责。

带到自己家里这个选项，就更不合适了。

最理想的选择，就是把她送回她自己的家里。

蔺平和知道她在学校附近有自己的房子，只是普通的住宅房，面积不大，是刚上大学那年买的。

只不过，她一直都跟寝室里的同学关系很好，所以也很少去那里住。

不知道她身上会不会带着那个房子的钥匙呢？

算了，他还是去试试吧，如果实在打不开房门，就把她送回别墅区好了。

打定主意，蔺平和便驱车往那个方向去了。

熄火后，蔺平和转过头，看着躺在副驾驶座上的小姑娘有点犯难。

他不知道她将钥匙放在哪个口袋里，难道真的要一个一个口袋翻吗？

犹豫了一会儿，在听到闭着眼睛的小姑娘不自觉地打了个喷嚏之后，蔺平和还是掀开了她身上的西装。

他总不能让她一直这样凉着。

他给助理打了个电话，说了地址，让助理找家政阿姨过来帮她换衣服和洗澡。

然后，他伸出手摸进她裤子的口袋里，翻找钥匙。

陶酥今天没背书包，北京白天的温度不低，她穿得很单薄，身上都是湿的。她虽然个子不高，但身材很好，该有肉的地方，肉一点都不少，反而还挺多。

翻到钥匙后，蔺平和就抱着她下车了。

找到资料中的门牌号之后，他试了好几把钥匙，才把门打开。

陶酥应该是累极了，这么折腾了一圈，居然也没有醒。

蔺平和把她放在沙发上，然后替她盖好了被子。

她身上软绵绵的，渐渐回温的身体已经不像刚刚那么凉了。

他将她的胳膊放进被子时，手掌贴着她手臂上的皮肤，柔软的触感仿佛有一种魔力，让他不愿意放手。

最后，蔺平和看着她湿漉漉的发丝，还是不舍地放开了她，然后转身，去厨房里给她煮姜水了。

虽然她不经常在这里住，但估计这里有家政阿姨过来打扫，屋子里不仅干净，而且冰箱里的蔬菜、水果也一应俱全。

助理叫的家政阿姨很快就按门铃了，蔺平和嘱咐了两句，然后家政阿姨就带着陶酥去浴室洗澡换衣服了。

他煮好姜水之后，完成了工作的家政阿姨也离开了，屋子里只剩下陶酥和他两个人。

他把换好了睡衣的陶酥安置在卧室的床上，然后轻声喊醒她，让她把姜水喝掉，防止第二天感冒。

陶酥迷迷糊糊着，就听到有人在喊她的名字，那个声音低沉而暗哑，尾音偏轻，带了一丝宠溺的味道。

她觉得自己眼皮很沉，但想看看这样温柔地叫着自己名字的人到底是谁。

于是，她费力地睁开眼睛，就看到了那张熟悉的面孔。

“蔺哥？”她眨了眨眼睛，有些不敢相信自己看到的。

他真的来找她了，他不生气了吗？

“先把姜水喝了。”蔺平和盛了一勺姜水，递到她的嘴边，然后对她说，“你今天淋雨了，不喝容易感冒。”

“嗯……好的。”陶酥点了点头，然后坐在床上，张嘴把勺子里颜色诡异的东西喝了下去。

姜水刚刚滑过舌尖，略微辛辣的感觉就让她皱了眉，但她强忍着，咽了下去。

然后，她就看到对方又递过来一勺姜水。

“这个不好喝……”陶酥皱着眉，摇了摇头，然后委屈巴巴地对他说，“我可以不喝吗？”

看着那双蒙着水汽的眼睛，蔺平和恨不得当场把碗摔了，然后抱着她说：不喝了，不喝了，你说不喝就不喝。

但是，她不喝的话，感冒的概率一定很大。

最近刚好是换季的时候，她又淋了雨，他实在不想看到她感冒的样子。

所以，蔺平和只能违逆着自己的本心，板起了脸，态度强硬地对她说：“不行，必须喝。”

“呜……”陶酥垂下头，小心翼翼地跟他讲条件，“那能加点糖吗？现在这样太难喝了。”

“已经加过了。”

“那再加点呗。”

“好，我现在去加，加完了，你一定要都喝完。”

“嗯……”

陶酥点了点头，然后目送着男人高大的背影离开了自己的卧室。

她被雨水淋得发胀发晕的脑子还在慢慢恢复中，男人离开后，卧室里只剩下她一个人，思维也变得比刚刚清晰了一些。

陶酥摸了摸身下熟悉而柔软的床铺，又看了看周围熟悉的陈设，才意识到这里是自己在学校旁边的房子。

但是，当她的手摸到自己身上的睡衣之后，苍白的小脸瞬间就染上了一抹漂亮的红色。

这里好像也没有其他人，湿衣服……不会是蔺平和帮她换的吧？

而且，她感觉自己的头发也很清爽，没有雨水那种腥涩的感觉，应该是洗过了。

那洗澡不会也是……

想到这里，陶酥的脸更红了。

她钻回被里，然后用棉被将自己包起来。

躲在漆黑而封闭的被窝里，似乎能让她减轻一些害羞的感觉。

蔺平和端着碗，回了厨房，在调料柜里翻出了红糖的袋子。

加糖之前，他特意尝了一下姜水，明明已经是甜的了，为什么她还说难喝？

也对，她那么爱吃甜的，这点糖对他的舌头来说已经足够了，可对她来说，应该是差很多的。

蔺平和盛了一勺糖，刚想往里加，想到自己的舌头跟她的舌头的不同，干脆把糖袋子和姜水一起拿回了卧室，想着让她自己加。

但是，当回到卧室后，他就看到床上那个被被子包成的“大虫子”。

“我把糖拿来了，你自己加吧。”蔺平和坐在床边，然后把姜水和糖袋子都放在床头柜上，轻声对她说。

“那、那你先出去吧，我自己喝。”

“不行，我要看着你喝完，我再走。”

“呜呜呜……你别看我了，千万别看我了。”

听到她这句话，蔺平和突然有些不理解她的想法。

刚刚她还能跟他卖萌、讲条件、耍赖皮，怎么突然就钻进被窝里了？

原本，他惯着她也没什么，只不过再过一会儿，姜水就凉了。

蔺平和害怕她真的感冒，所以，只能伸出手去扯她的被子。

陶酥一想到自己身上的睡衣，就觉得羞得不行，她现在完全不敢看他，于是只能拼命地扯着自己的被子。

她一边扯，一边说：“你快走吧，你走了，我就喝！”

蔺平和以为她是不想喝姜水，所以也没有多想，直接用力地将她整个人都拽到了自己的怀里，然后伸出手，像剥洋葱一样，把被子一层一层剥开，直到她从被子里露出小脑袋。

被人从被窝里“挖”出来的感觉一点都不好。

特别是，刚刚重见天日的一瞬间，她就看到了那张让她羞得躲进被窝里的脸。

此刻，男人长而有力的胳膊正隔着被子抱着她。

那张毫无波澜的面孔上，是一双深邃而漆黑的眼睛，现在，正一眨不眨地盯着她，让她觉得面红心跳。

于是，陶酥用力捶他：“你放开我，你耍流氓，你不要脸！”

莫名其妙被小拳头捶了一顿，蔺平和表示非常不解。

他对灯发誓，虽然他的脑子里有时候确实会想东想西，但是，他一直都在忍耐着，等着她真的喜欢上他的那一天……

不要脸，他承认。

但是，耍流氓是从何而来？

不管怎么样，她既然让他放开，他也只好很快就放开她。

离开了男人的怀抱之后，陶酥迅速从被窝里钻了出来，然后爬到床头，努力拉开与他之间的距离，又把枕头抱在身前，做出一副防御的姿势。

她伸出手，指着他的鼻子，红着脸，气急败坏地问道：“你说！你脱我衣服干什么？！”

第七章
红糖水

听到她这句话，蔺平和的内心是崩溃的。

他要是真的做了什么见不得人的事情，被骂了一顿也就算了，但他偏偏什么都没做。

一时之间，他都不知道自己应该遗憾什么也没做，还是应该委屈自己被冤枉了。

蔺平和抬起头望着她，只见她微红的小脸一副气鼓鼓的样子，看起来可爱极了。

他不着痕迹地皱了皱眉，然后认真地对她说：“你误会了，我没……”

“那我的衣服是怎么回事？”陶酥打断了他的话，气急败坏地问道。

“我叫了家政阿姨来这里。”

“那家政阿姨呢？”

“给你洗完澡，换完衣服就走了。”

“……”

“你不信的话，我叫她回来。”

“……”

陶酥眨了眨眼睛，盯着男人那双眼睛，试图从那里看出什么多余的情绪。

可是，那双眼睛似乎永远都让她找不到一丝一毫的破绽。

他说的这些都是真的吗？

“那好吧……这一次相信你，”陶酥撇撇嘴，然后扔开枕头，跪坐在床上，向前探了探身，对他说道，“就不给家政阿姨打电话了。”

听到她这样说，蔺平和才松了口气。

然后，他把糖袋子递给她，示意她自己加糖。

紧接着，陶酥在蔺平和震惊的目光的注视下，硬生生把一碗褐色的姜水，改造成了一碗红色的姜糖水。

陶酥想拿着勺子自己喝，因为她感觉自己的脑袋虽然还是有些晕，但已经没有刚刚那么严重了，这些事完全可以自己做，但是，被蔺平和拦下了。

于是，她只能乖乖地靠着枕头坐着，看着蔺平和端着碗，坐在床边，一勺一勺地喂给她喝。

她也喝得很快，几分钟，姜糖水就见了底。

蔺平和将碗放在床头柜上，然后伸出手摸了摸她的额头。

男人温热而宽大的手掌贴在她的皮肤上，好像有一种电流顺着她的毛细血管直接流到了心脏深处，令她心脏跳动的速度开始慢慢加快。

“现在还不烧。”蔺平和摸过她的额头后，松了口气，“今晚好好睡，明天就没事了。”

陶酥小心翼翼地看着他，看他脸上仍旧没什么表情，心里就觉得七上八下。

刚刚那个小插曲过去之后，陶酥才想起自己在工地门口等他的原因是什么。

因为自己，哥哥让赵姐把他开除了。

可是，现在看来，他对她的态度仍然和以前一样，虽然看起来很冷淡，但实际上又细心又温柔。

只不过，他现在会以什么样的心情来想自己呢？

他一定会觉得有钱人很讨厌吧。

毕竟，她也不喜欢那种自己有钱就瞧不起别人，甚至想要改变别人生命轨迹的家伙。

于是，她在看到蔺平和拿着碗，从床边站起来的一瞬间，连忙扯住了他的袖子。

蔺平和原本在确认她没有发烧后，准备去刷碗，却不料在起身的那一刻，衣袖就被一双小手抓住了。

她柔软的指尖甚至在不经意间擦过了他手背上的皮肤，他感觉像是被一根羽毛拂过似的。

他疑惑地转过身，就看到陶酥正低着头，慢吞吞地对他说："你先别走……我有事想跟你说。"

"那你说吧。"蔺平和说道。

陶酥沉默了好几秒，一句话也没说出来。

她低着头，觉得自己真的是糟糕透了。

她明明想好好地替哥哥向他道歉，为什么她的语言组织能力会这么差，她想了好久都不知道第一句话该怎么开口。

而他也不恼，也不着急，就这样任由她扯着他的衣袖，站在她的面前，等着她开口。

不管怎么样，这件事终究是哥哥做得不对，所以，她还是先道歉吧。

于是，陶酥开口说道："对不……"

咕……

她的话还没说完，就传来了一个极其富有存在感的声音。

是她的肚子响了。

这一整天，陶酥只吃了早饭，午饭和晚饭都没吃。

晕着的时候，她倒是没什么感觉，但现在，她的意识在逐渐清醒，饥饿的感觉也就越来越强烈了。

蔺平和收回自己的胳膊，伸出手揉了揉她泛着浅淡的柠檬味道的头顶，然后对她说："先吃饭吧，你想吃什么？我给你做。你家冰箱里的东西还挺全的。"

"我想吃……蛋包饭。"陶酥想了想，然后报出了这个菜名。

"好，那你稍等一下，十五分钟后来客厅。"蔺平和这样对他说。

煮姜水的时候，他特意开了电饭煲，想着她没有感冒，又在雨里等了那么久，肯定饿坏了，清醒过来之后如果没发烧，一定会想吃东西。

所以，他就提前把米饭焖上了。

"蔺哥……你就没什么重要的事想跟我说？"陶酥反问道，然后想着心里的那些事情，就继续对他说，“其实，我有事想对你说……我……”

“吃饭的时候说吧。”蔺平和打断了她的话，“你不饿吗？”

“饿……”陶酥点头。

“那就一会儿再说。”说完，蔺平和就离开了她的卧室。

帮她关上卧室的门之后，蔺平和才松了一口气。

他似乎已经隐隐察觉到，陶酥想要对他说些什么了。

他接到消息的时候心里很急，他太担心小姑娘一个人在工地门口会出危险。

而且，今天晚上北京还下了这么大的雨，他一想到心爱的姑娘在大雨里等着他，就什么都顾不得了。

下了飞机之后，他没来得及换上工人的工作服，直接开着自己的车去找她了。

怎么会有搬砖的工人穿着五位数价格的西装呢？

要不是她刚醒过来，脑子不清楚，再加上发现自己身上的衣服被人换了，或许早就要质问他，为什么要骗人了吧。

一开始自己的身份是被她误解了，可后来，他确实也在一步一步地误导着她的认识，并且还让赵佳一起帮自己瞒着她。

怎么想都是自己不对，他每天都在想怎么跟她说实话。

但是，那些实话到了嘴边之后，看到那张脸，他就怎么也说不出来了。

喜欢上了陶酥之后，蔺平和有生以来第一次觉得金钱是一个痛苦的负担。

他真的害怕，她现在对自己这些微弱的好感，会因为自己的真实身份而瞬间消失。

所以，他迟迟不敢将自己的真实身份告诉陶酥。

他希望在她真的喜欢上自己之后，再告诉她。

不过，看样子今天她应该已经知道真相了吧。

无论他的衣着，还是他的车，都足以暴露他的身份。

蔺平和一边这样想着，一边在蛋包饭上面挤出番茄酱。

与他此刻的心情截然不同，卧室里的陶酥已经开启了“福尔摩斯”的模式。

蔺平和刚刚离开卧室时，陶酥只是以为他心里很生气。

虽然他脸上并没有什么太强烈的情绪，但等他离开卧室之后，陶酥再思考了一下，发现这件事情似乎并没有这么简单。

首先，他的衣着。

陶酥虽然不喜欢这些几块布料动辄五位数的奢侈品，但因为家庭背景，她对这些也非常了解。蔺平和身上的这套西装，绝对不是一个普通的搬砖工人可以承受的价格。

其次，他的车钥匙。

他好像是故意让她看到似的，保时捷的车钥匙就被扔在了她的床头柜上。这种车……就连赵佳这种白领阶层的人都买不起，何况是工人。

她记得，他上次去她家里，骑的还是摩托车。

别的暂且不谈，就这两点，绝对有问题。

陶酥认真思考了很久，直到蔺平和敲门叫她出去吃饭，她的脑子也没有停止思考和转动。

将这些奇怪的事情组合在一起之后，陶酥的大脑中就渐渐出现了一个清晰的结论。

人在思考的时候，总会不自觉地露出凝重的表情。

而陶酥脸上的这份凝重，就让蔺平和的心瞬间悬了起来。

因为，他刚刚在开门时，看到自己的车钥匙，就在陶酥卧室的床头柜上……

他想，这一次自己无论如何都抵赖不了了。

于是，蔺平和坐在桌子对面，看着小姑娘凝重的表情，试探性地开口：“我有话想对你说。”

他觉得，这一次还是将一切都和盘托出比较好，哪怕她真的会因此而讨厌他，或是不想再见到他。

他都应该接受，毕竟，这才是他的真实身份。

他是一个有钱的男人，这是事实，无从抵赖，无从辩解。

“我先去拿一盒牛奶……”陶酥无视了他的话，然后自顾自地去厨房里翻出来一盒牛奶。

她紧张的时候，就喜欢喝牛奶。

蔺平和看着她一边喝牛奶，一边吃蛋包饭，默默地等待着，像等待着最终的审判到来的犯罪者。

“蔺哥，我问你一个问题哦。”陶酥放下牛奶，然后一本正经地看着他，问道，“你是不是见过我哥了？”

“没，怎么了？”蔺平和否认道。

听到他给的否定答案后，陶酥不着痕迹地皱了皱眉。

好奇怪，他怎么会没见过哥哥？

还是说……是哥哥威胁他，不准他说出去？

因为电视里都是这样演的啊！

善良但贫穷的女主角，总是被恶婆婆苦苦相逼，然后被迫装成或者是变成男主角最讨厌的那种类型的女人。

从她知道哥哥去找赵姐，让赵姐把蔺平和开除的那一瞬间起，方十四在她的心中，已经和恶婆婆的角色画上了等号。

“那……你的车，还有你这衣服……”陶酥小心翼翼地问道。

“这是我自己的东西啊。”蔺平和答道，“其实我……”

“不，你别说了，”陶酥打断了他想要坦白的话，然后对他说，“我都知道。”

她都知道？

她知道了什么？

蔺平和坐在桌子的另一边，看着小姑娘一本正经地分析着“案情”。他听着话痨的她还在磨叽着一些事情，总觉得她的思路像脱缰的野马，跑得挺快，但就是离真相越来越远。

“蔺哥，你知道我不喜欢什么样的人吗？”

“……有钱人？”

“对啦！答对啦！”陶酥兴冲冲地拍了下桌子，然后继续对他说，“是不是我哥让你伪装成有钱人的样子来骗我，然后让我讨厌你啊？”

蔺平和：“……”

“其实，事情的经过大致上我已经猜到了，你看我说得对不对。”陶酥揉了揉脸颊，然后又喝了两口牛奶给自己补充能量，继续说道，“最开始，我哥威胁你，如果你不远离我，就开除你。但是，他没想到我会去工地找你，所以在赵姐告诉我哥我在工地的事情之后，他又让你伪装成有钱人来骗我，让我主动离开你。你说，我分析得对不对？！”

蔺平和：……你可真是个小天才。

“虽然，你一开始宁愿被开除也不愿意接受金钱，但是，我哥应该在你家人身上做手脚了吧？他是不是为难你的家人了，还是你的家人有需要钱的地方？你可以跟我说呀，我虽然没有我哥有钱，但是，我也可以帮你。”陶酥十分认真地对他说道。

蔺平和看着她，内心十分平静，不过，就是有点想笑。

陶酥见他不说话，以为自己说中了男人的心事，于是对他说：“你有困难，一定要告诉我，别去找别人……我真的有钱。”

她也不知道自己为什么会突然冒出这样一句话，大概是因为对他的那份愧疚感，又或许是因为某种突如其来的占有欲？

陶酥不知道原因，但她知道，她不希望蔺平和去找别人。

“好，那我以后有事一定只找你。”蔺平和点头，然后答应了她。

“嗯嗯！”得到了肯定的答案之后，陶酥的心情好极了，便继续开心地吃着蔺平和给她做的蛋包饭。

陶酥现在觉得自己聪明极了，果然电视剧里那些霸道总裁男主角都是废物，这么点简单的套路都看不明白，还不如她一个画画的大学生聪明。

最后真相大白的时候，那霸道总裁男主角还不是要冒着大雨站在女主角的家门口哭天喊地？

太笨了！就不能像她一样仔细分析问题吗？明明是很简单的事情。

只是，蔺哥似乎不愿意告诉她，到底是他家里人生了什么重病，抑或者是有什么突如其来的高利贷。

算了，他又不是软弱的女主角，既然是男人，一定会更偏向于自己硬扛。

有机会她得让姐姐帮忙查一下他的家庭状况，如果真的需要帮助的话，她再悄悄地帮助他好了……

虽然这样决定了，但陶酥依然害怕他会去找别人。

所以，吃完饭之后，陶酥看着蔺平和在她家里的厨房刷碗的背影，思考了一会儿，就踩着兔子头的拖鞋，噔噔地跑回卧室，想拿点东西给他。

蔺平和听到动静，停下了刷碗的动作，擦干了手，刚想转过头去看看她到底在干什么，就发现小姑娘正站在他的身后。

“这、这个给你……”陶酥神色紧张地递给他一张银行卡，然后小心翼翼地说，“这里的钱都是我自己画插画赚到的，不是我家人的，是我的，虽然不是很多，但是现在我都给你，你能不能……不要因为钱的问题去找别人啊？”

“你为什么给我这个？”蔺平和有些不解地问道。

刚刚不是说，等需要钱的时候，他再去找她就可以吗？怎么突然又给他塞钱了？

“你就收下嘛，别问了行不……”陶酥低着头，声音越来越低，也越来越轻。

她不好意思把自己真正的想法说出来。

“你不说清楚，我怎么收？”蔺平和看着她毛茸茸的脑袋，就想这么逗着她，让她把实话说出来。

曾经默默地在远处看着她的时候，蔺平和只知道她是一个很单纯很漂亮的姑娘，但是通过这段时间和她近距离地接触，他发现，这个姑娘的想法似乎和普通人不太一样。

她的脑子里总会冒出一些稀奇古怪的想法。

那些想法很有趣，也很新奇，就像在繁忙而光怪陆离的都市生活中，突然跃入的一抹彩虹色，生动、活泼、富有生机，又格外吸引人。

“那……你不收就算了，当我没说过。”陶酥本来就犹豫着要不要说，被他这一追问，心脏的跳动速度就越来越快，这本来就是一件很难以启齿的事情，她有一些不想被别人知道的小心思。

现在，被当事人这么问，她当然不好意思再说出口。

陶酥拿着银行卡的小手垂在了身侧，然后慢慢地转过身，决定放弃这个想法了。

可就在她决定放弃的那一瞬间，还没等她彻底转过身，她的手腕就被面前的男人捉住，然后整个人被一股力道带了过去。

此刻，她距离他很近很近，似乎都嗅到他衬衫上淡淡的冷松味儿了。

“干吗啊……”陶酥有些不解地晃了晃手腕，尝试着挣脱了好几次，仍旧被他牢牢地攥着，然后只能抬起头，有些委屈地问他。

陶酥抬着头，撞进男人那双纯黑色的眼眸中，那里面仿佛蓄着某种火焰，一旦真的燃烧起来，足以将她吞噬殆尽。

蔺平和没有说话，只是一直看着她。

她好像对恋爱的事情一点都不了解，小脸明明已经红成了苹果，却仍然倔强地望着他，也不肯回答他的问题。

被心爱的姑娘塞钱这种事，发生一次两次倒也没什么，次数多了，作为男人的尊严真的不允许他再毫无作为地收她的钱。

于是，蔺平和将手放在她的腰上，稍一用力，就将她举起来放在料理台上，不让她离开。

对于陶酥来说，腾空的感觉不是很好。

特别是，身后对着的位置还是洗碗槽，总让她有一种快要掉下去的感觉。

紧接着，男人的手从她的腰上移开，然后分别抓住了她两只手腕，让她觉得非常没有安全感。

还没等她回过神来，她就看到男人那张轮廓深邃的帅脸，渐渐地逼近自己。

或许是因为刚刚在刷碗的关系，他穿着的白色衬衫袖口挽了上去，露出一截结实的麦色手臂，领口的扣子松开了两粒，露出性感的喉结。

陶酥吞了吞口水，没敢说话，又试着挣脱了两下，结果手腕仍然被他死死地扣着，半分都动不了。

然后，那个让她心跳变速的低沉嗓音，贴在她的耳边，对她说道："上次给我钱之后，让我脱衣服，这次给我钱，想让我做什么？"

灼热的气息洒在她的耳郭上，甚至还落在了她的脖颈上，男人身上诱人的荷尔蒙气息，和挑逗性的话语，让她白嫩的耳垂瞬间就染上了粉红色。

"我、我真的没想让你做什么……"陶酥小声地对他说，"你别误会……啊！"

她的话还没说完，就下意识地喊了一声。

因为，她感受到自己的耳垂被轻轻地舔了一下，热得发烫的气息洒在她的颈侧，让她瞬间就软了腰，娇小而柔软的身体往后倒，马上就要掉进洗碗槽里了。

蔺平和伸出手，环住了她的腰，让她靠在自己的胳膊上，解除了她掉进洗碗槽里的危机。

但也因此，两个人之间的距离就更近了。

她失去束缚的胳膊，软绵绵地垂了下来，直接搭在了男人宽宽的肩膀上。

“我错了……我说实话还不行吗？”

陶酥的脖子似乎非常敏感，就算只是一些气流吹过去，都会觉得发痒，再加上，这次他还轻轻地含住了她粉红色的耳垂。温热的气息洒在颈间和耳侧，让她整个人都软在他的怀里，爬不起来。

她好像是把男人的这种做法，当成了某种惩罚，以为他在逼自己说出真话。她完全没想到，他只是看到她染上绯红的耳垂，一时之间情难自禁，才有了这样的举动。

“我就是不想让你拿别人的钱，我哥的钱也不行！”陶酥趴在男人的怀里，话里染上了一层软软的鼻音，“我知道我现在有的钱很少，但是，我毕业之后会进我姐的公司，我会努力当总裁，以后我把赚到的钱都给你花好不好……”

蔺平和抱着娇软的小姑娘，任凭她窝在自己的怀里，蹭着自己的衬衫，慢悠悠地对自己这样说。

只不过，他现在的心情有点复杂。

他非常开心，自己在小姑娘心里的分量变得重了一些，但是，总觉得哪里不太对的样子。

紧接着，陶酥就印证了他的猜测，又说了一句让他哭笑不得的话。

“所以，你不要让别的人摸你的腹肌行不行啊……”

在听到她这句话的时候，蔺平和突然想把自己的健身卡拿剪刀剪碎。

他这么一个大活人，居然比不上八块腹肌？

蔺平和握着她的肩膀，将她从自己的怀里向前推，然后伸出手抬起她的下巴，让她抬起头看着自己。

她的脸颊仍然很红，像熟透了的某种水果，眼珠有些不安地转着，浅灰色的眸子上蒙了一层薄薄的水汽。

看着这张脸，蔺平和突然就什么脾气都没有了。

他伸出手，揉了揉她泛着清爽的柠檬味儿的头顶，然后对她说：“可以。”

“真的吗？”陶酥小心翼翼地确定着。

“真的。”蔺平和点头。

听到了肯定的答案之后，陶酥美滋滋地从料理台上跳下来，然后牵过男人的手，将那张银行卡放在他的手心里，最终满意地点了点头，对他说：“那你收好这个吧。”

蔺平和握着那张银行卡，努力把微妙的情绪全部压下去，然后庄重地将卡揣进了大衣口袋里。

“不过，还有件事，你要注意哦。”陶酥扯了扯他的袖子，红通通的小脸露出了严肃的表情，对他说道，“以后我不去工地找你了，你也不要来学校找我，我们通过手机联系好不好？”

听了她的话，蔺平和突然有些疑惑。

这算什么？

特务接头？金屋藏娇？

“因为你现在已经被我哥盯上了呀！”陶酥拍了一下他的肩膀，然后对他说，“以后我们出去玩，不能让我哥知道，要不然，你又要被别的工地开除了……如果有人问你，你就说‘不知道，我没有，别瞎说’，懂吗？”

蔺平和：“……”

“有钱人真的很讨厌，他们就知道串通一气欺负人。”陶酥气愤地抨击着自己的哥哥。

蔺平和顿了顿，看着她气鼓鼓的样子，然后说了一句：“你说得对，有钱人真的很讨厌。”

陶酥又安慰了他几句，然后一边看着他刷碗，一边跟他随意地聊天。

让陶酥没有想到的是，蔺平和虽然对具体的美术流派不甚了解，但对音乐流派如数家珍。

陶酥学过一阵子大提琴，偶尔在油画上遭遇瓶颈时，会从音乐里寻找灵感。所以，她对音乐流派也比较了解。

她发现，蔺平和真的和其他的搬砖工不一样。

刷完碗后，陶酥送蔺平和离开。临走的时候，她还特意把车钥匙从床头柜上拿过来，递给他，嘱咐他千万别在方十四面前露馅。

其实，陶酥明显高估了她哥的智商。

送走蔺平和之后，陶酥拿起手机，给方十四打了电话。

接起电话，听到是妹妹的声音之后，方十四差一点就喜极而泣。

“我的亲妹儿啊，你这是干啥啊，要吓死你哥？”电话另一边的方十四都要急疯了。

“我跟姐姐发短信，说了我没事，不用担心啊……”陶酥弱弱地说。

闻言，方十四怒发冲冠地瞪向陶梓，然后在后者的白眼中，选择默默承受这份委屈。

“那好吧，不怪你，都是我的错。”习惯性“背锅”的哥哥，就这样哑巴吃黄连，然后关切地问道，“那你现在怎么样？在哪里？淋雨了吗？今晚回家吗？”

一连串的问题砸过来，让陶酥有些手忙脚乱。

她一一回答了哥哥的问题，临挂断电话时，才想起自己打这个电话的目的是什么。

然后，陶酥轻咳了一声，郑重其事地对方十四说：“哥，我这次彻底想明白了，我不应该再和搬砖的野男人鬼混在一起，我以后认真画画，好好做人，绝对不去工地了。”

“这就对了！”方十四连忙兴奋地肯定着，“我家小妹儿真乖，今年过生日想要什么礼物啊？玛莎拉蒂，还是大游艇啊？”

陶酥：？

陶梓：此人多半有病。

“哥……我不要礼物，我就是想让你放心，因为你也是为了我好，才去找赵姐的。”陶酥解释着。

她一边解释，一边在心底自发地给自己颁了个“小金人”奖杯。

把哥哥哄得开开心心了之后，陶酥放下手机，被雨淋了的疲劳劲儿一上来，她就不自觉地打了个哈欠。

然后，她就上床睡觉了。

远在城郊别墅区的方十四兴奋了一晚上，通宵直播打游戏，第二天早上美滋滋地坐在客厅喝牛奶、吃早饭。

几分钟后，陶梓下楼吃饭，坐在他的对面，一边看报纸，一边吐着烟圈。

“大白天就抽烟，你这肺可怎么办啊？”方十四担忧地说。

陶梓看了他一眼，然后满不在乎地说：“比起担心我，你还是担心一下小妹吧。”

“她不是挺好的？昨儿还说要好好画画，不跟野男人鬼混了呢。”

“这种骗‘脑残’的话，你居然相信？”

“……”

“小妹长大了啊，知道为了外面的男人骗家里的哥哥姐姐了。”

“……我去找赵佳。”

“你是智障吗？”

“我不是智障！”方十四一拍桌子，然后腾地一下站起来，气冲冲地对她说。

“你跟我喊什么啊，”陶梓揉了揉太阳穴，“你这么一折腾，小妹再找那个男人肯定不会去工地了，咱们就失去了一个最重要的线索。”

“那你说咋办？”想了想，觉得姐姐说得在理，方十四居然也默认了“智障”这个称呼。

“你让助理还是下属什么的，去她们学校安插眼线。”陶梓分析着，“主要就是她的室友，反正她平时都是跟室友在一起的，有什么问题，室友肯定会发现。”

“好，那我现在就让许南去她们学校搞定。”得到高智商盟友的建议，方十四决定说干就干。

他一口气把牛奶喝得见了底，然后随便套了件外套就出门了。

依照陶梓的预想，方十四成功地在陶酥的寝室里安插了眼线。

一天过去了，眼线没有任何消息；两天过去了，眼线没有任何消息……

一个月过去了，眼线依然没有任何消息。

日子到了十月末，北京的天气又凉了好几分。

方十四差点都要把陶酥这件事忘了。

结果，在步入十一月的第一天，进赛场前的三分钟，许南神秘兮兮地凑过来，对他说：“你派人盯着的蛇快要出洞了。”

当时方十四正抱着鼠标和键盘，准备上场比赛，听到这句话，直接打电话给了封景。

电话接通后，方十四对他说："咱不虚，找人上去直接干他。"

彼时，蔺平和还不知道，自己已经被"恶婆婆"盯上了。

他站在陶酥的大学的后门，今天是周末，后门依然是锁着的。

他低头看了看腕上的手表，时间显示为他们约定好了的那个数字。

十几秒后，蔺平和就听到一串急促而轻巧的脚步声。

陶酥穿着米色的薄风衣，里面是浅蓝色的衬衫，下身是深蓝色的百褶裙，脚上是米色的小皮靴。白皙细嫩的皮肤从百褶裙下面，一直延伸到膝盖下方的靴子边沿。

她站在学校的后门前，朝铁门外面的蔺平和张开手臂，对他说道："你抱我过去呀。"

蔺平和揉了揉眉心，站在原地没动，然后对她说："你去把裤子穿上，再来见我。"

"可是，我今天想穿裙子啊……"陶酥放下手臂，然后低下头，看了看自己身上的小裙子，继而委屈地望着他，对他说，"你觉得不好看吗？"

"我觉得冷。"

"……"

蔺平和看着她露在外面的腿，他当然必须承认，裙子好看，人更好看，但是，已经进入十一月，在北方这么穿，万一冻感冒了可怎么办。

他上一次见她，还是十月，那天晚上还下了雨，他穿着长衣长裤都觉得冷，可奇怪的是，她淋了那么久的雨，竟然没有感冒。

"可是，我在日本念书的时候，下雪也要穿裙子，一点都不冷的。"陶酥试探性地解释着，希望他能网开一面。

她真的不觉得冷，这条裙子是她前一阵子和室友逛街时特意买的。

宅女很少积极地给自己买衣服，除非，她要约会了。

陶酥并没有意识到"约会"的含义是什么，她只是希望，今天和蔺平和在一起时，自己可以打扮得美美的。

但她不了解，这个世界上，有一种冷叫作"总有人觉得你冷"。

所以，在蔺平和的强烈要求下，陶酥回寝室换了长裤。

换好之后，她再一次跑到后门，这下终于如愿地被举了起来。

坐在铁门边上的台子上时，陶酥突然有些庆幸没有穿裙子。

要不然的话，估计下面都要被人看到了。

陶酥这样想着，然后低下头看着站在下面的蔺平和，看到对方张开双臂之后，她就轻车熟路地跳进了他的怀里。

男人的怀抱很温暖，在凉风阵阵的十一月里，带着火炉般的热意。

他的胳膊很有力，可以轻易将她举起来，也可以轻易地接住她。

一时之间，她竟然就想一直被他抱着，不想离开。

可这终归也只能想想，离开之前，陶酥还留恋地隔着风衣摸了摸他的胸肌。

虽然隔了两层布料，已经没什么手感可言了，但她就是不想放弃这次机会。

她忍了一个月没有见蔺平和，哪怕隔着十层布料，她也得摸。

她好不容易等到现在，哥哥在日本打比赛抽不开身，她才敢把蔺平和约出来。

虽然有时会给蔺平和打电话，每天也会发短信，但见不到真正的人，触摸不到真实的温度，思念就像生根在富氧环境中的磷藻一样，疯狂地生长着。

“想去哪里？”蔺平和问她。

“嗯……我想去艺术广场，行吗？”陶酥反问道。

闻言，蔺平和点了点头，然后往公交车站的方向走去。

陶酥跟在他的后面，小跑了两步，然后和他并肩，朝着同一个方向走。

阴影处，封景举着手机，看着这对有着三十厘米身高差的男女，然后，对着电话另一边说道：“喂，兄弟们，一会儿到了艺术广场，等他落单，叫好救护车就开干。”

第八章 艺术家

因为不是上班下班时的高峰期，也不是公休日，所以，公交车上的人很少。

陶酥牵着蔺平和的袖子，往车厢最后面走，两个人并肩坐在了最后一排靠窗的位子上。

一切都如她预料的那样完美，美中不足的就是，她没有穿上那条特别好看的裙子。

陶酥坐在蔺平和的身边，心里有些遗憾，抬起头向窗外望出去。

外面虽然秋风萧瑟，但依然有不少女生穿着短裙。

于是，陶酥心不甘情不愿地扯了扯蔺平和的袖子，然后指着窗外对他说：“你看，外面有很多人都这么穿啊。”

“夏天穿吧。”

“可是，距离夏天还有好几个月！”

“在家里穿。”

“那你就看不到了啊！”

不小心把心里话全都说了出来，陶酥觉得自己现在应该是没脸再面对他了。

说好只是去采风呢？干吗要让他看裙子？

昨天晚上，陶酥在寝室里美滋滋地试裙子的时候，另外三个室友难得没有看剧、看综艺节目、聊微信，而是不约而同地将头伸出来往下看，一边看，一边调侃她。

任凭她如何解释“我是去采风找灵感的，不是谈恋爱，不是男朋友”，室友们就是不相信。

可就连她自己，也不敢完全相信，这一次去艺术广场只是单纯地找灵感。

她想看到他，想和他一起并肩走在马路上。

这份期待的心情，随着见不到他的时间越来越长，也变得越来越急躁。

只不过，陶酥的恋爱经验趋近于零，她没办法在短时间内，依靠自己的力量，来察觉到她现在的心情就是一种名为“恋爱”的感觉。

但是，她不把这些话挑明了说出来，蔺平和也不敢轻举妄动。

太过在意一个人的后遗症，就是做事时会变得踌躇不定。

蔺平和看着她慢慢垂下去的小脑袋，就刚才她的话，提出了自己的建议：“那是我去你家，还是你来我家？”

陶酥：……

听了他的话，陶酥默默捂脸。

而蔺平和似乎对这种事情没有很在意，说完这句话之后，看她低头捂脸的样子，还特意伸出手，握住了她纤细柔软的手腕，让她看着自己。

“说吧，我都能配合你，”他这样对她说，“看裙子。”

陶酥张了张嘴，不知道自己现在说什么比较好。

她看着男人那张英俊的面孔，不由得心跳停了一拍，紧接着，跳动的速度就开始加快。

他的五官轮廓很深邃，眼窝深陷，那双纯黑色的眼眸，在平日里明明都是冷淡而冰凉的样子，但陶酥每一次从他的眼睛里看到自己的倒影时，总会觉得这双眼眸里闪着宠溺而温柔的光芒。

她眼睁睁地看着他那双宽阔而温热的手掌贴上她纤瘦的腰，自己距离他越来越近，整个人都被他圈进了怀里……

突然，唰的一声，随着公交车的急刹车，坐在最后排的座位上的陶酥就直接撞进了他的胸膛上，隔着两层布料的胸肌，把她的鼻尖都撞红了。

这肌肉摸着手感应该是不错的，但是真的撞上，也挺要人命的。

陶酥趴在他的怀里，揉了揉发红发酸的鼻尖，心里这样想着。

紧接着，空荡荡的车厢里就传来了司机师傅抓狂的呐喊声："一群山炮，拎着擀面杖在道上瞎晃悠什么啊？"

蔺平和此时的心情，跟抓狂的司机师傅不相上下。

尽管他没有表现出来，但心里已经惋惜到不行了。

蔺平和眼睁睁地看着她在刹车的作用力下，整个人撞进他的怀里，温香软玉在怀的感觉虽然也很好，但肖想已久的柔软唇瓣从嘴边溜走了，只剩下泛着清爽柠檬味儿的发丝，擦过了他的唇和鼻尖。

然而，还没等他从这份失望中回过神来，怀里的女孩就开始不安分了。

她试探性地伸着胳膊，想从他的怀里坐起来，然而在司机师傅又一脚急刹车的助攻下，她再一次扑进了男人温热的怀抱里。

又软又小的姑娘，让蔺平和想起了赵佳经常抱在怀里的那只小猫。

等车子终于开始平稳了，蔺平和就听到自己的怀里传出了一个委屈的声音。

"好硬啊……"陶酥揉了揉自己发红的鼻尖，然后从他的怀里爬起来，重新坐好，小声地埋怨着，"都把我弄疼了。"

她说话的声音很小，只有坐在她身边的蔺平和才听得见。

幸好别人没听见，要不然，这大白天的，一定会被人误会。

蔺平和低下头，看着她，大概是因为被撞得很痛，她连眼眶都红了，浅灰色的眼眸上蒙了一层水汽，随着她眨眼的动作，有些许水珠晕染在了她卷翘的睫毛上。

看到她这个样子，蔺平和恨不得把她整个人都塞进自己家里，不让别人看到。

"干吗不说话啊？"陶酥伸出手，戳了一下他的肩膀。

见他没什么反应，也仍旧不说话，陶酥索性红着眼眶捶了他几下。

突然，蔺平和伸出手，攥住她的双腕。

他那双如同蓄了某种火焰的黑色眼眸，直勾勾地望了过来。

他距离她越来越近，气息也越来越灼热，越来越危险。

陶酥下意识地抖了一下肩膀，向后靠，可是男人欺身过来的幅度更大，将她整个人都圈死在车窗与车座位之间这一小块方寸之地。

她缩着脖子，慢慢地闭上了眼睛，睫毛细微地抖动着。

一秒钟后，司机师傅又是一脚急刹车。

蔺平和连忙伸出另一只手，垫在她脑袋后面的玻璃上，防止她被撞疼。

“尊敬的各位乘客你们好，本站为 798 艺术广场，请下车的乘客及时……”

听到广播的提示音之后，陶酥迅速睁开眼睛，她看到那张英俊的面孔，与自己只有咫尺之遥。

猫一样灵巧的小姑娘从座椅上滑了下来，顺着座位边沿的缝隙站起来，对他说道：“到站了，我们下车吧。”

听到她这样说，蔺平和只能无奈地收回手，从车座位上站起来，眼睛略有深意地在她的身上转了一圈。

他走在她的前面，下车了。

陶酥隐隐觉得，蔺平和似乎跟封景、曲戈都不一样。

一边想着，她一边低着头跟在他的后面走，却不料前面的男人不知怎的，竟然停住了脚步。

于是，她直接撞上了他的后背，但这一次她记得护着自己的鼻子。

他为什么突然站在这里？

陶酥好奇地眨了眨眼睛，侧过身，就看到蔺平和正站在一个废旧的老式火车头前面，一动不动地认真观察着。

这个老式火车头，算是艺术广场上一个别致的街景，生了锈的铁皮车头，以及杂乱的铁轨，还有陈旧的深色油漆，无一不透露着一种工业感的艺术美。

“艺术广场为什么要放一个报废的火车头？”蔺平和好奇地问她。

他觉得，自从跟陶酥熟稔之后，自己的世界观几乎时常被刷新。

比如，他现在竟然已经接受了，那些看起来跟人类特征没有半毛钱关系的画，可以称之为人类的自画像。

“啊……这个是人类工业时代的艺术象征，”陶酥站在他的身边，给他解释，“而且，现代艺术跟传统艺术完全不一样，所以，不要想博物馆里那些名画了。”

“你的意思是，这个火车头算是艺术品？”

“当然。”陶酥点头，“因为在后现代艺术的理论中，任何事物都可以成为艺术，哪怕是一个报废的火车头。”

“任何事物？”

“没错，比如你现在站在原地转三圈给我看，也可以说自己是在搞艺术。”

“？”

“行为艺术嘛。”

陶酥笑了笑，然后看着他震惊的样子，不着痕迹地往后退了一步，对他说：“感觉怎么样？有意思吗？”

“有意思。”蔺平和点头，然后反问道，“那你愿意教我搞艺术吗？”

“可以啊。”陶酥眯着眼睛笑得开心，“不过，油画肯定是不行的，需要很多年的基本功，但如果你想学的是这个，很简单，因为在现在的艺术环境下，人人都是艺术家。”

得到了肯定的答复之后，蔺平和转过身。

他伸出手，握住了陶酥的双肩，让她面对着自己。

这一次，在宽敞而安全的广场上，绝对不会出现公交车上的乌龙。

蔺平和弯腰，慢慢地靠近她，此刻，他距离她很近很近，近到可以感受到她清浅的呼吸。

她每眨一次眼睛，卷翘纤长的睫毛就像两把小刷子一样，刷过他的心脏，让他觉得痒痒的。

陶酥看着男人的眼睛，那里面似乎有即将翻滚的巨浪。

他的目光，深邃而温柔，令自己沉溺于其中。

秋末，北京萧瑟的风在她的耳中渐渐失去了声响。

整个世界，只剩下她的心跳声。

她闭上眼睛，似乎在等待着某件期待已久却又陌生无比的事情发生。

夹杂着凉意的秋风，拂过她长长的黑发。

蔺平和伸出手，将她脸上的几缕发丝别到耳后，然后慢慢地凑近她。

柳叶一样的细眉微蹙，双眸微闭，纤长卷翘的睫毛微微颤动着，像两只振翅欲飞的蝴蝶。

她在……不安？

蔺平和停下了自己的动作，他能感受到，陶酥现在对他是有好感的。

她是因为第一次恋爱，所以，一时之间没办法接受这样亲密的举动吗？

嘴边的美味虽然很诱人，可是，他不希望她觉得不安。

陶酥觉得，自己的心脏就要跳出来了。

她能感受到男人灼热的气息距离自己很近很近，可是，某件预想之中的事情，迟迟都没有发生。

她有些害怕，但同时十分期待。

于是，陶酥缓缓地睁开了眼睛，就看到了咫尺之间的那张轮廓深邃的英俊面孔。

陶酥眨了眨眼睛，有些好奇地看着男人深沉的眼眸。

两个人都默契地没有出声，静谧的空气中，弥漫着令人心跳加速的暧昧气息。

蔺平和看着她浅灰色的眼睛，那里面写满了好奇与单纯。

握着女孩柔软肩膀的双手微微收紧，他似乎下定了某种决心。

他缓缓垂下头，将如花瓣般轻柔的唇，印在了她的睫毛上。

男人灼热的气息洒在她的额头上，拂过额角的皮肤，从太阳穴传来了阵阵酥麻的感觉。

眼睑上是男人薄而灼热的唇，一种奇妙的电流，从她的睫毛，一直延伸到心脏的最深处。

陶酥屏住了呼吸，然后抬起头看着他。

男人往日里没什么笑意的嘴角，此刻细微地上扬了几分。

“行为艺术？”蔺平和没有放开她，只是稍微拉开了两个人之间的距离，平淡的语气中似乎透露着某种窃喜。

“嗯……算是行为艺术。”陶酥点头，然后反问道，“你是在让我教你吗？”

“是的。”蔺平和瞎掰，顺便卖惨，“上次你在画展上帮我解围，我希望以后不会让你那么难做人。”

“我没事啊……”陶酥有些哭笑不得地揉了揉脑袋，然后对他说，“而且，像小景那样的脾气的人也不多，你别往心里去。”

蔺平和没说话，只是目光深沉地看着她。

陶酥叹了口气，想着那天的情景，确实很容易让人觉得伤心，所以，也没有怀疑蔺平和话里的真实性。

最终，陶酥看着他的眼睛，对他说道：“那你要亲另一边的眼睛试试吗？”

“可以换吗？”

“什……”

“么”字还没说出口，陶酥就感受到男人灼热而轻柔的唇印在了自己的额头上。

和落在睫毛上的吻有些不一样，这一次似乎更轻、更快，只是蜻蜓点水般地碰了一下，就很快离开了。

男人灼热的气息只是在额头上停留了很短暂的时间，却让她觉得，自己的脸颊比刚刚更加热了。

某种热切的爱意，包裹着珍惜而温柔的外衣，向她袭来，在不经意之间将她笼罩，让她渐渐沉溺其中，无法逃离。

不远处，躲在角落里的封景拿着擀面杖，开启抓狂模式。

“那个老色鬼在耍流氓！耍流氓啊！”封景撸起袖子，然后抓着擀面杖就想往前冲，“我要上去揍死他！”

刚迈出去一步，他就被家里的保镖们拦住了。

小少爷看着细胳膊、细腿儿的，没什么力气，结果同时上来了四个身强体壮的大汉，才把他按住。

“少爷，咱们要冷静啊！”

“就是，你看，陶小姐还在呢，咱还不能动手！”

“擀面杖也收起来，别让少爷看着！”

“话说有人能来给我解释一下行为艺术到底是什么东西吗？”

……

胳膊被两个人扣着，双腿被两个人抱着，封景挣脱无果后，看着前方两个相对而立的身影，也渐渐冷静了一些。

听到自家保镖的问题后，封景沉思了一会儿，然后看着他们好奇的样子，叹了口气，为他们解释。

“硬要说的话，那当然算是行为艺术，不过，本质上就是耍流氓。”封景冷着脸说道。

“那陶小姐怎么不报警啊？”保镖A举手提问。

封景翻了个白眼，不想回答这个无情、无耻、无理取闹的问题。

然后，保镖B冷冷地斜了保镖A一眼，对他说：“那玩意儿是看脸的，长得帅叫‘行为艺术’，长得丑叫‘耍流氓’。”

与此同时，蔺平和第一次感受到，行为艺术真是个好东西，以后没事的时候，一定要多搞几次才行。

“行为艺术只是这样就行了吗？”蔺平和放开她的肩膀，然后反问道。

陶酥眨了眨眼睛，下意识地伸出手摸了摸自己的额头，那上面似乎还残存着男人嘴唇的温度。

她不禁红了脸，连话都说得吞吞吐吐：“其实，还是差了一点点……”

“怎么说？”蔺平和一本正经地问她。

陶酥抬起头，脸颊红红的，望着男人平静而深沉的眼眸，继续给他解释：“行为艺术的本质是通过某种行为，引起别人的注目，或是向别人传达某种信息，所以……”

“所以，刚刚那些还不算完整的行为艺术？”

“是的……”陶酥点了点头。

她总觉得，自己好像挖了一个特别大的坑，然后毫不犹豫地就跳了进去。

蔺平和就蹲在坑外面，看着她。

可是，这坑到底在哪里，她也察觉不出来。

“‘情侣’这个主题怎么样？”

“……什么？”

“就是向别人传达‘我们是情侣’这个信息，这样就算是完整的行为艺术了吧？”

“理论上来讲，是这样没错。”

陶酥依据着大脑里存在的知识理论，肯定了他的说法。

可是，她总觉得哪里不对。

“那要牵手吗？”蔺平和朝她伸出手，耐心地询问着。

陶酥看着男人递到自己面前的手，他的掌心很宽，五指长而直，骨节分明，看起来就很有力量。

她慢慢地伸出手，但是，在她将自己的小手放进他的手掌之前，她再一次抬起头，看着他的眼睛。

那双眼睛深沉而平静，像晴空下寂静无波澜的海平面。

可是，这双平静的眼睛下，拥有怎样一颗不安的心，只有蔺平和自己知道。

他看着陶酥举起来继而又停顿在半空中的小手，连呼吸都屏住了。

他不知道，陶酥现在在想些什么。

但是，事情既然已经发展到了这一步，他又怎么能再退缩。

蔺平和轻咳了一声，然后对她说：“你愿意教我吗？”

听到他这样说，陶酥才如梦初醒。

原来，他只是想体验一下，什么是行为艺术。

思及此，陶酥不由得暗自在心里默默地批评着自己，思想太复杂。

然后，她毫不犹豫地把自己的手，放进男人宽大的手掌中，最后一本正经地点头，表示自己愿意教他。

蔺平和终于如愿以偿地握住了她柔软的小手，白嫩的手指缩在他的掌心里，指尖有些不安地蹭着他的掌心，好像一根羽毛拂过心尖，让他觉得心脏发痒。

陶酥今天穿了平底鞋，以至于两个人的身高差太过瞩目。

再加上，身边的男人颜好、身材棒，自从两个人牵手开始，就收获了一群路人的注视。

艺术广场这个地方，从来不缺俊男美女。

但是，像蔺平和这种类型的男人，倒真的不多见。

他身上没有那种过于文艺的气息，反倒是那种内敛而沉郁的成熟气质，令他在这个广场上显得格外引人注目，粘在蔺平和身上的目光就越来越多了。

陶酥皱了皱眉，有些郁闷地望着周围颜好、腿长的女生们。

自从认识蔺平和之后，陶酥不止一次希望自己能长高一点。

而她这份对于长高的执念，在此时此刻，达到了顶峰。

陶酥不着痕迹地往男人身边凑了凑，想距离他更近一点。

她像一只护食的小动物，一边往男人身边靠，一边四处打量着那些将目光粘在身边的男人身上的女生。

明明他们只是假扮的情侣，她为什么要这么在意？

陶酥不停地询问自己，可是找不到答案。

蔺平和看着她离自己越来越近，心里的窃喜渐渐增加。

他乐于见到陶酥对他的态度的改变。

他放开了她的手，握着她的腰，将她整个人往自己的怀里带，抱住了她。

他们走得不算快，但也不算慢。

两个人沿着艺术广场一侧的石子路，不一会儿就走到了小路尽头。

被他揽着的时间久了，陶酥才意识到这是一个多么暧昧的姿势。

她从男人的怀抱中挣脱出来，红着脸，低着头，闷闷地扔下一句“我去买棉花糖”，然后就跑开了，只留下蔺平和一个人，站在人影稀疏的巷子口。

男人望着小姑娘匆忙跑开的背影，清冷的面孔上不由得浮现出一丝笑意。

但是，这丝笑意只停留了短暂的几秒钟。

紧接着，这张轮廓深邃的英俊面孔上的那丝笑意，瞬间就消失不见，取而代之的是在商界令人闻风丧胆的杀伐气息。

蔺平和转过身，盯着身侧阴暗的小巷深处，神色严肃，语气冰冷地说道：“藏得够久了，出来吧。”

“还挺灵敏的，”封景从阴影处走到他的面前，然后对他说，“看到我手里这根擀面杖没有，允许你先跑半根擀面杖的距离。”

蔺平和：“……”

“我告诉你，今天你叫破喉咙，都不会有人来救你。”封景撸起袖子，“最后告诉你一遍，离开我们家酥酥，听到没？”

蔺平和居高临下地看了他一眼。

封景带来的人是挺多的，可没有一个个子比蔺平和高，蔺平和在身高上先是碾压了一轮。

其实，蔺平和一点都不想跟封景动手，毕竟他和封景的父亲封林海在商场上颇有来往，算得上是忘年之交，肯定不能把封林海的儿子弄得太惨。

但是……

纯黑色的眸子盯着面前的青年，然后蔺平和慢慢向后退了两步，走到马路边的一个公交站牌旁边，伸出手握住公交站牌下面的空心柱子，手臂上的肌肉慢慢地发力，竟然将插在草丛中的公交站牌拔了出来。

蔺平和举着公交站牌，用上面黄色三角标志的尖角指着封景的鼻子，对他说：“你们是单挑，还是群殴？”

拎着擀面杖的封景：“……”

拎着擀面杖的保镖们：“……”

在压倒性的力量面前，所有人都惊呆了。

其中一个保镖瞬间扔掉手里的擀面杖，然后捂着耳朵，转身逃走，一边跑，还一边喊：“我这是在和一般人类打架吗？太吓人了！”

“吓人个屁，都给我上！”封景伸出手，抓住那个人的领子，把他拖了回来，然后看着蔺平和，挑衅般地说道，“我就不信，他一个人能打得过咱们十多个人。”

事实证明，蔺平和还真就打得过。

陶酥买完棉花糖回来的时候，蔺平和手里还握着一根擀面杖。

他身上的大衣不知道去了哪里，衬衫上半部分的扣子全部被扯开，麦色的胸膛裸露在秋风萧瑟的空气中，胸膛上紧致而漂亮的肌肉让陶酥眼睛都看直了。

男人的发丝有些凌乱，但气息还是稳的，脸上没什么多余的表情，好像衣冠不整的人不是自己似的。

看到他露在外面的皮肤上没有任何伤痕，陶酥也就自动忽略了他手上的擀面杖，松了口气。

视线下移，她才看到趴在男人脚边的那一堆……人。

“发生了什么？”陶酥一路小跑到蔺平和的身边，有些担忧地望着他，“这些人是谁啊？”

“不知道。”蔺平和摇头，“不过，一上来就要打架，应该不是什么好人吧。”

地上的男人们有的捂着肚子，有的捂着胳膊，还有的抱着腿，哼哼唧唧的，疼得不行。

混乱当中，他没有注意到封景，等他把这些人都撂倒之后，也没有找到封景。

“跟你打架？”陶酥好奇地问。

“嗯。”蔺平和点头。

“那你怎么样了？没事吧？”陶酥将棉花糖的竹签塞到左手里，空下来的右手焦急地往他身上摸，一边摸，一边问，“你伤到哪里了？要去医院吗？腹肌没事吧？”

蔺平和：……你就只关心我的腹肌？

“哎呀，你的扣子太紧了，”陶酥右手不停地扯着他的衬衫，扯了半天都没把扣子扯开，然后把棉花糖塞到他的手里，对他说，“你帮我拿着。”

蔺平和平时总是习惯性地满足她的一切要求，这一次当然也不例外。

他十分自然地接过小姑娘手里的棉花糖，然后任由她空着两只小手，上来扒他的衣服。

趴在地上的保镖们，捂着被蔺总裁揍得直泛酸水的肚子，差点笑得胃下垂。

一个能以一对十的男人，现在居然就老老实实地站在那里，一只手举着棉花糖，一只手拎着擀面杖，任凭一个不足一米六的小姑娘扒他的衣服。

要知道，他们十个人费了半天的力气，还挨了一顿胖揍，顶多扯开了他三粒扣子，都没能让他脱下来一件衣服。

他的那件风衣是打架前，他嫌袖子碍手碍脚，自己脱下的。

“呼……吓死我了，”陶酥从锁骨处开始查看，视线顺着他麦色的胸肌，一直看到了八块形状优美的腹肌，然后长舒一口气，“还好腹肌没事。”

蔺平和：“……”

趴在地上的保镖们：“……”。

“对不起啊，我忘了现在天气很凉。”将自己最关心的地方查看完毕之后，陶酥才想起现在的温度，然后不好意思地对蔺平和说，“我帮你扣上，你别动。”

说完，陶酥便伸出手，一粒一粒地将他衬衫上的纽扣系好。

柔软的指尖会不经意间擦过男人身上的肌肉，像蜻蜓点水，在他的心底泛起了层层的涟漪。

只不过，他被那双小手碰到的次数，好像稍微多了点。

难道她是故意的？

正如蔺平和猜测的那样，陶酥还真就是故意的。

自从上一次在自家别墅里摸到了他的腹肌，这件事几乎成了陶酥的心病。

虽然她对意识流画派更加青睐，但自从遇到蔺平和之后，她突然觉得，现实主义风格似乎也格外令人心动。

艺术对美的追求是永无止境的。

优美的人体，正是油画这门艺术最重要的灵感源泉之一。

系上最后一粒扣子的时候，陶酥最后揩了一下油，美滋滋地偷笑了一会儿，然后才抬起头对他说：“扣好啦！”

蔺平和看了她一眼，小姑娘微微泛着粉色的耳尖显得可爱极了。

虽然极力板着脸，但她眼角眉梢的笑意藏不住。

看着她偷偷高兴着，然后拿回了棉花糖，蔺平和暗自摇了摇头，然后去巷子的角落里拾起风衣穿好。

再回来，他就看到小姑娘正大发慈悲地帮地上的这群人叫救护车。

蔺平和伸出手，挂断了她的电话，然后拿过她的手机，对她说：“你不问清楚，就叫救护车？”

莫名其妙被小少爷找人堵了，虽然碍于封林海的面子，蔺平和没办法对他怎样，但也不能轻易放过这群人。

“也对哦。”陶酥歪了歪头，赞同地说道，“不能因为你没受伤就不了了之，这算是违法行为吧？”

“是的，”蔺平和点头，“不如报警吧。”

“哎哟，陶小姐，您就饶了我们吧。”为首的黑衣男子求饶道，“陶小姐，您把我的墨镜摘了，您应该认识我的啊，您大人不记小人过，就放了我们吧！”

听到他的话，陶酥有些好奇，于是蹲在他的身边，把他的墨镜摘了。

这一摘，陶酥就吓了一跳——这不是封景身边的王叔吗？！

“你认识？”蔺平和挑眉。

“嗯……”陶酥面色复杂地点了点头，然后对蔺平和说，“是小景家的……他们刚刚跟你动手前，有说些什么吗？”

蔺平和扫了一眼地上的人，然后幽幽地说：“他们让我离开你。我没答应，他们就一起上了。”

“果然是小景那边的问题。”陶酥无奈地揉了揉太阳穴，她现在两边犯难，“那……”

“别报警了。”蔺平和说，“既然是你的朋友，就算了吧。”

“可是……”陶酥的情感和理智在互相争执着。

“我也没受伤，反倒是封景那边的人受伤了。”蔺平和对她说，“快叫救护车吧，我们去前面逛逛，你今天出来不是要找灵感的吗？”

“嗯……好吧。”陶酥点头，然后叫了救护车，就跟着蔺平和离开了这里。

走在人烟稀少的密林小路中，陶酥总觉得刚刚的事情有些不对劲，于是准备问问他。

“他们让你离开我，你怎么说的呀？”陶酥走在他的身边，有些好奇地问道。

“没说什么。”蔺平和不想把这件事说得太细，怕她担心。

“那……”听到他冷淡的回答，陶酥心里的某块大石头突然就悬了起来。

她欲言又止，也停下了脚步。

她抬起头，目光落在前方的男人的背影上，突然觉得鼻子有些酸酸的。

她不知道这个人到底是怎么想的。

明明他被小景找了这么多次麻烦，也被哥哥找了麻烦，却依然随叫随到，也没有对她多说什么，更没有抱怨什么。

“你会离开我吗？”陶酥停在原地，轻轻地问他。

风声将她微弱的声音传到男人的耳中，走在她前面的男人也停下了脚步。

然后，他转过身，黑色的衣摆在空气中飘扬。

紧接着，陶酥就听到男人神色复杂地反问她：“如果会呢？”

听到他这样说，陶酥有点蒙，她从来没想过，他真的会离开她。

她柔软的双手放在身前，焦躁不安地来回翻转着，掌心甚至冒出一层细密的冷汗。

“如果会的话，我可能……会哭吧？抱歉啊，不是想给你压力，只不过，我属于那种泪腺比较发达的人，你别在意……”她抬起头，蓄着水汽的眼睛柔柔地望着面前的男人，然后这样对他说道。

“刚刚只是假设。”蔺平和看着她，一字一问道，“我以前就说过，我怕你哭。”

听到他的话之后，陶酥瞬间就笑了，娇俏的小脸漾起甜甜的笑意，让萧瑟的秋风都变得动人了起来。

她站在他的面前，一本正经地保证着：“那我以后一定要好好保护你和你的腹肌！”

蔺平和看着她的样子，无奈地笑了笑，然后伸出手掐了一下她白嫩柔软的脸颊，好奇地问她：“腹肌就这么重要吗？”

“当然啊！经过这次的意外，我终于下定决心了！”

“什么决心？”

“明天我就给你的腹肌买保险，高达八位数的保险！”

“……”

两个人离开后，封景从小巷子里缓缓地走了出来。

他似乎是被刚刚的场面吓得不轻，一边等着救护车的到来，一边问道："王叔……咱们这么多人都打不过他？"

封景完全没想到，王叔会被人打得毫无还手之力，他曾经可是全国散打冠军。

"少爷……他……咯咯。"趴在地上的男人剧烈地咳嗽了两声，然后严肃地对封景说，"刚看到他时，我还有些怀疑，不过，和他交手之后，我已经可以确定他的身份了。"

"身份？"封景疑惑，"他不是搬砖的吗？"

"搬砖的？"王叔皱了皱眉，"他怎么可能是搬砖的，他是蔺总啊……"

"蔺总？"

"就是蔺平和。少爷，回家可以问问你的父亲，他们在生意上应该有很多合作才对，难道你没见过他？"

"没见过……"封景摇头，然后继续追问道，"那你的意思是，这个姓蔺的不是搬砖工，是个总裁？特别有钱的那种？比我还有钱？"

"理论上来讲，肯定不会比少爷穷。"

封景："……"

浑浑噩噩地把王叔等人送上了救护车，封景留在原地，大脑放空。

吹了好几分钟的冷风，直到救护车的铃声渐渐变小，封景才缓过神来。

他开车回家，准备到了晚饭时，问问父亲关于那个"蔺平和"的事情。

父亲的相册里有他们两个人的合照，似乎是因为某笔生意，让两个人有了交集，成了忘年之交。

封景看着照片，心情复杂。

照片里的男人比现在年轻一些，刚刚二十岁出头的样子，眉宇间少了一丝成熟稳重，却多了一丝桀骜不驯。

唯一不变的是那张轮廓深邃的英俊面孔和高得让人吐血的身高。

封景犹豫了半天，最终还是决定，把这个消息告诉方十四。

作为朋友，他不愿意看到艺术天赋过人的陶酥每天和一个搬砖工鬼混在一起。

所以，他拼命搅局。

虽然他发现了搬砖工的真实身份是个总裁，陶酥有钱，那个男人也有钱，那个男人不是因为想骗她的钱，才和她在一起。可是，这终归是个谎言。

封景很清楚，陶酥到现在都不知道蔺平和的真实身份。

蔺平和想做什么，封景不知道，但他觉得，这个真相陶酥有权知道。

接到封景的电话时，方十四刚刚打赢了第二轮的小组赛。

“啥？你说啥？”方十四对着手机，似乎接受不了这个事实。

电话另一端的封景很无奈，只能又给他解释了一遍。

“你先别说话，我要冷静一下。”方十四对封景说，“我去问问我姐，你等我的消息。”

说完，方十四挂断电话，去找“恶婆婆”集团的智商担当——陶梓。

方十四将封景拍的照片用手机传给陶梓，并且焦急地询问她，到底认不认识这个人。

他们的圈子说小不小，说大也不大，城里做买卖做得风生水起的人物，翻来覆去就那么几个，怎么说也该混了个脸熟。

所以，陶梓在看到那张照片时，一眼就认出了蔺平和。

“这王八蛋，居然敢骗我妹！”方十四义愤填膺，当场就爆了粗口，“我这就给小妹打电话！”

“欸！你等等，”陶梓连忙叫住他，“你冷静一下好不好。”

“这是能冷静的问题吗？我以前以为，他只是想‘嫁入豪门’，现在看来，他根本是处心积虑策划多年的王八蛋！”方十四表示，这绝对不能忍。

“我让你冷静。”陶梓揉了揉突突跳着的太阳穴，语重心长地对他说，“你现在跟小妹说这些，她会相信你吗？”

“她不信我，还不信你吗？咱们要是早知道那搬砖工的全名，哪至于到现在这个地步。”方十四惋惜着。

“要是一个多月前，倒也没什么，现在，就不行了。”陶梓认真地给他分析，“我能感觉到，小妹现在是真心喜欢他，你现在把这些实话告诉她，无异于在伤害她。”

“又不是我骗他……”

“我知道啊。所以，你要等小妹自己发现，她被那个男人骗了。这样，她才会彻底对那个男人死心。”

“……这是什么鬼逻辑？”方十四表示不能理解。

“不好意思，这是我的逻辑。”陶梓凉凉地对他说。

“对不起，姐，我错了！”方十四求饶。

“纸是包不住火的，他的真实身份，小妹迟早会发现。”陶梓顿了顿，然后对他说，“我们就按兵不动，等小妹发现之后，我们负责安慰她就可以了。恋爱的疼痛也是成长的一部分啊。”

方十四：……

撂了电话，唯姐姐的智商马首是瞻的方十四，迅速领会了领导阶级的精神，然后把这个精神传递给了封景。

满心忐忑不安的封景得到了这个“鬼逻辑”的解决方案之后，表示无法理解。

于是，他在心里一边默默地吐槽方十四的狗屁逻辑，一边开始预谋新的计划。

不把蔺平和这层伪装的皮扒下来，他封景这名字就倒过来念！

年轻人总是容易一头热血。

所以，在封景下定决心，要把蔺平和这层伪装扒下来之后，迅速开启了一级作战模式。

他和陶酥不仅是同一个大学、同一个学院，还学的是一样的专业，每天上课都能打着照面。

“近水楼台先得月”这句话说得在理。

他虽然脾气不好，但对待老师和同学没有眼高于顶的毛病。他对女生十分绅士，再加上，脸好看这个万能的外挂，趁着陶酥不注意的空当，他直接去找了她的室友，只是询问了几句，对方就将她最近的行程告诉他了。

这个周末，寝室长过生日，同寝的四个姑娘准备去学校附近最贵的那家酒吧奢侈一下。

那地方封景很熟，酒吧的老板恰好是他的朋友。

他提前问了老板陶酥她们预订的包间号，然后预订了相邻的包间。

一切准备就绪之后，封景拨通了蔺平和的电话。

“姓蔺的是吧？”电话接通后，封景难得忍住了揭穿他的冲动，然后对他说，“我告诉你，我马上就要跟陶酥订婚了，敢不敢来参加我们的订婚宴？”

蔺平和皱了皱眉，放下手机，招来助理，在电脑上打字，示意助理帮他查行程。

因为蔺平和的沉默，封景以为他已经上钩了，于是继续刺激他：“当然了，像你这种穷人，来了也是自取其辱，我把地址发给你，来不来，你自己考虑吧。”

说完，封景就挂断了电话。

他把手机揣进兜里，然后在寝室里疯狂地转圈，以示庆祝。

自从他认识蔺平和以来，这还是他第一次把这个男人怼得说不出话。

成就感溢于言表。

室友们插科打诨，封景听着没由来地觉得有点闹心。

因为，他现在已经知道了蔺平和的真实身份。

他用钱是砸不死蔺平和了，那家伙如果真的跟老爸说的似的，他被钱砸死还差不多。

封景将订好的包间号和酒吧的地址发给蔺平和，然后躺在床上，关掉了手机。

与此同时，蔺平和刚刚从助理处确认，陶家和封家并没有要订婚的消息。

对陶家，他不是很熟，所以不好说。

但是，他跟封林海的关系不错，如果封林海唯一的儿子封景要订婚的话，怎么可能不通知他。

订婚的消息应该是假的。

这件事棘手的地方，恰恰就是这个假消息。

蔺平和想了很久，都猜不到封景葫芦里到底卖的是什么药。

很奇怪，封景的智商什么时候提高了？

现在，蔺平和居然已经猜不透他到底在想些什么了。

可事关陶酥，蔺平和决定还是亲自去一趟。

大不了又被人堵，反正，只要对方没有枪，他都打得过。

于是，三天后，周六的晚上七点整，蔺平和如约来到了那家酒吧。

他走到封景发给他的包间号的门口，敲了敲门，里面并没有声音。

等了三分钟，他也没有得到回应。

然后，蔺平和推开了门。

封景坐在小沙发上，一边倒着红酒，一边对他说："来了？坐吧。"

蔺平和扫了一眼屋子，确认并没有什么异样，然后就进了屋。

"订婚宴？就你一个人？"蔺平和反问道。

"订婚宴当然不是在今天。"封景不着痕迹地接过了他的话，然后先礼后兵般地递给他一杯红酒，对他说道，"不过，也快了。我今天找你来，主要是想告诉你一声，离她远点儿，毕竟，订过婚之后，我们就算是正式在一起了。"

看到男人的冰块脸上渐渐裂出了一丝缝隙，封景心底不由得愉悦起来。

怎么样，就算人民币砸不死你，我今天也要吓死你。

第九章 修罗场

封景小心翼翼地盯着蔺平和。

面前这个男人像深不见底的海洋，不知道里面蓄积着什么样的急流。

封景就是要顺着蔺平和的谎言，不断地刺激他，让他忍不住卸掉伪装。

这样的话，陶酥就能看清他的真面目了。

“可是，她不喜欢你。”

“那又有什么关系呢，我跟她门当户对，就应该在一起。”

“你喜欢她？”

“这和你没关系。”

……

浓烈的火药味儿在空气中渐渐蔓延开来。

蔺平和晃了晃手中的酒杯，高档而昂贵的红酒在高脚杯里显得色泽极为艳丽。

男人鹰隼一样锐利的黑眸微微眯起，他慢慢地将那杯酒放回茶几上，一滴都没有喝。

“据我所知，封家似乎没有要举办订婚宴的消息。”蔺平和这样对他说。

“真是奇怪了，我们家有什么消息，用得着通知一个搬砖的家伙吗？”封景装作嘲讽的样子，轻蔑地对蔺平和说道。

“当然要通知我，”蔺平和靠在沙发靠背上，抬起下巴，尖锐的目光直接对向了封景，他一字一句道，“你最好回家问问你的父亲，我到底是谁。”

“蔺平和，是吧？”封景一点吃惊的表情都没有，似乎对方的突然摊牌，就在自己的意料之中。

蔺平和没说话，只是用那双鹰一样锐利的眼睛看着他。

“少拿这种眼神吓唬我。”封景扬了扬下巴，冷哼一声，“只要我把你的真实身份告诉陶酥，她一定会毫不犹豫地离开你。我认识她这么多年，我特别了解她，她最讨厌你这种有钱人了。”

“你确定她会相信你？”蔺平和毫不在意地靠在沙发靠背上，有些同情地望着他，“自从上次你找人来堵我，她应该已经不会再相信你了吧。”

“那不一样！”封景生气地说，“我都是为了她好！”

“那你就试试看，她会相信谁。”蔺平和说道。

听到他这句话，封景气得一下子从沙发上站起来，瞪了他半天，然后，一丝轻蔑的笑意浮现在封景的脸上。

“你以为我不敢试吗？实话告诉你，陶酥现在就在隔壁的包间里。”

与此同时，陶酥正在隔壁和室友喝得兴起。

她原本不是喜欢喝酒的人，只不过，这家酒吧的调酒师手艺特别高超，调出好几样鸡尾酒都是甜甜的味道。甘甜的液体加上酒精的味道，滑过味蕾形成一种别样的风味，让人欲罢不能。

陶酥很少喝醉，成年后的醉酒经历，也只有十八岁生日那天的一次而已，巧的是，也在这家酒吧。

那天晚上具体发生了什么，她的脑子里只剩下一点点模糊的印象，但说过什么话、见过什么人，她已经彻彻底底地忘干净了。

寝室里只有四个人，除了陶酥之外，另外三个北方室友喝起酒来一点都不含糊，特别是今天的寿星寝室长，更是号称“千杯不倒”。

陶酥其实没喝多少，加起来也就五杯鸡尾酒。

但是，她特别容易醉，上次喝完三杯就晕乎乎地跑出去跟陌生男人搭讪，完全摆脱了平日里怕生的个性。

这一次，五杯鸡尾酒下肚之后，连人都掉到桌子底下了。

女生在外面喝醉其实是一件很危险的事情，所以四个姑娘中，特意留了一个人只喝了一杯，保持清醒。

醉倒之后，陶酥被室友们扶起来在沙发上趴了半天，之后她突然像是回过神来似的站了起来，非要给寝室长唱首《生日快乐歌》。

另外三个人拧不过这个醉鬼，也只能随她去了。

封景推门进来的时候，陶酥正站在茶几上用日语唱《生日快乐歌》。

喝醉了之后的软妹，疯起来简直没法看了。

封景本来是想把陶酥叫到隔壁，当着她的面，彻彻底底地公开蔺平和的身份，让这个男人无处遁形，可是她现在这个样子，把他的一切计划都打乱了。

“你们进来才多久啊，怎么就成这样了？！”封景痛苦地揉着自己的脑袋，恨铁不成钢地瞪着陶酥。

偏偏这个醉鬼一点自我意识都没有，看到他进屋了，就直接从茶几上跳下来，要不是室友帮忙拦着，估计早就摔得进医院了。

“哎呀，小景……你今天怎么来了啊？嗝……”一边说，陶酥一边打了个酒嗝，她晃晃悠悠地走到封景的面前，然后继续问，“你前一阵子不是说，气得不想和我说话了吗？消气了？唉，消气了就好，其实蔺哥他人很好的，你多跟他熟悉一下，肯定不会讨厌他的……”

看到她都醉得没人样了，居然还想着替蔺平和说话，封景的气就更大了。

他抓住陶酥的手腕，然后一边拽着她往隔壁的房间走，一边对她说：“把你的眼睛擦亮看看，你嘴里的‘好人’究竟是个什么东西！”

室友们跟陶酥很熟，都知道封景与陶酥是从小到大就认识的朋友，也没有多心，以为他们之间有什么重要的事情要单独谈，所以也就没有跟上去，而是留在包间里继续聊天。

于是，陶酥就被封景硬生生地拽到了隔壁的包间里。

“你要干吗啊……”陶酥刚一进屋，就听到砰的一声，是封景把门摔上的声音。

心思细腻的陶酥察觉到他现在的心情很不好，就算是醉了，也不忘关心他：“你怎么了？”

“我要被你气死了啊！”封景握住她的肩膀，来回晃了好几次，然后把她推到自己的前面，一边拍着她的肩膀，一边指着前面对她说，“你自己看，这屋里坐着的是谁？”

“嗯？”陶酥晃了晃被他摇得发晕的脑袋，然后伸出手揉了揉自己的眼睛，最终将视线定在坐在沙发上的男人的脸上，惊呼道，“蔺、蔺哥？他怎么在这里呀？”

“我约他来这里的。”封景放开她，然后走到蔺平和的旁边，对她说道，“今天，我……”

“嗝！”

封景的话还没说完，就被陶酥的一个酒嗝打断了。

他皱了皱眉，酝酿好被打断的情绪，继续说：“今天我就是想……”

“嗝！”

“我想跟你说……”

“嗝！”

“你有完没完？！”

“呜呜呜，我也不是故意的啊……”陶酥委屈地撇撇嘴，给他解释着，“好像刚刚有一杯鸡尾酒里加了碳酸气，所以才这样……我忍一下，你继续说。”

“咯，我继续说了，你给我憋着。”封景轻咳了一声，顿了顿，突然就泄了气，只能对她说，“算了，算了，被你搞得没心情了，你让他自己跟你坦白吧，我不想说话了。”

陶酥看着封景垂头丧气地站在窗边的样子，觉得有些不对劲。

她揉了揉太阳穴，努力让自己的意识清醒一些，不过，好像没什么太大的用处。

陶酥走到蔺平和的旁边，然后也坐在沙发上，泛着水汽的大眼睛望着他，看了半天都没说话。

她在思考着一个很严肃、很重要的问题。

时间已经很晚了，一个男人约另一个男人来酒吧喝红酒，而且还是包间……

这意味着什么？

陶酥晃了晃脑袋，想把那个渐渐浮现出来的恐怖想法甩出去。

可是，她越仔细想，越觉得那个看似恐怖而无厘头的猜测是真的。

难怪，封景那么讨厌自己和蔺平和走得很近。

难怪，封景几乎每次都要在自己面前提到蔺平和。

原来……一切都是有原因的！

可是，这样的话，她该怎么办？

她的心意该怎么办？

她有生以来的第一次心动，就要这样一直深埋在心底了吗？

这一刻，陶酥才发现，自己不想把蔺平和让给任何人的心愿有多么强烈。

可是，介入朋友的恋情，万一被雷劈了怎么办？

陶酥现在的心情复杂极了。

她一方面不想和封景抢男人；另一方面，不想对蔺平和放手。

那么……给她一个问清楚的机会，应该也不算过分吧？

陶酥想，只要蔺平和亲口说出，他喜欢的人不是自己，那么，她也愿意试着慢慢地放手。

她一边这样想着，一边忧伤地抬起头，浅灰色的杏眸含着一层薄薄的水汽，看起来格外惹人怜惜。

陶酥委屈地吸了吸鼻子，然后一本正经地向蔺平和问道："蔺哥，你真的喜欢小景吗？"

蔺平和："？"

封景："？"

蔺平和被这一问砸得有点蒙。

倒是封景十分迅速地反应过来了，他连忙跑过来，皱着眉，怀疑人生地问她："你刚才问他什么问题？你疯了？喝多了影响智商，这理论原来是真的吗？"

"你今天把我叫来，不就是想告诉我，你喜欢蔺哥吗？"陶酥没理会他的问题，反而抛出了自己的想法，"其实，我刚刚仔细想过了，是我神经太粗，没有察觉到这个问题……如果你们是真心相爱的，我……”

我愿意默默地放弃。

陶酥在心底补上了这句话。

“什么真心相爱？！我看你是脑子有问题！”封景被她这一番驴唇不对马嘴的说辞气得直拍沙发的扶手，然后指着蔺平和说道，“我让你看看这个男人的真面目啊！你看，一个搬砖工怎么可能买得起这么贵的衣服？”

“哦……我知道买不起啊，”陶酥撇过头，看了看蔺平和身上的西装，看布料就知道这衣服一定贵得吓人，然后对封景说，“这身西装是我给他买的，画展那次他也穿过，你忘了吗？”

封景：“……”

他此刻的心情非常抓狂，他不知道自己应该先跟陶酥解释自己不是同性恋这个问题，还是应该先跟陶酥揭穿蔺平和的真实身份。

不过，陶酥很明显对于“你俩是不是背着我勾搭到一起了”这个问题更感兴趣。

“这种小事就先别在意了，我比较关心你们两个人的感情问题。”陶酥叹了口气，忧伤地向封景询问，“你们真的在一起了吗？”

“你是不是傻啊？！”封景气得不轻，他抓着陶酥的肩膀，使劲地晃她，希望能把那些影响人类正常思维的酒精从她的脑子里甩出去，“你清醒一下，清醒一下好不好？你看看蔺平和这个人，他从头到脚、从里到外，哪里和搬砖有半毛钱关系？他是一个彻头彻尾的大骗子，一个隐藏在无产阶级群体里的吸血资本家！你擦亮眼睛好好看一看啊！他就是你最讨厌的那种有钱人啊！”

“……哎哟，你别晃我了，我真的头晕。”陶酥被他晃得想吐，再一次发挥个子不高的优势，灵巧地躲开了他，跑到沙发后面，和他保持着安全的距离，并对他说，“小景，我知道你想让我讨厌蔺哥，可是，这招我哥早就用过了，我是不会相信你的。”

封景扶额，然后幽幽地叹了口气，最后挣扎着说道：“那你想怎么办……”

“其实，我刚刚想过了，如果你也喜欢蔺哥的话，我们可以公平竞争。”陶酥从沙发的另一侧绕过来，走到蔺平和与封景之间，对封景说道，“蔺哥喜欢你的话，我就退出，否则，我是不会轻易把他让给你的。”

封景看着她，突然觉得这女人没救了。

一个人喝多了耍酒疯不可怕，可怕的是，耍酒疯的同时把智商也给耍没了。

认真地跟封景说完这些“修罗场宣言”之后，陶酥慢慢地转过身，垂下眼睛，看着坐在沙发上一言不发的男人，再一次抛出了刚刚的问题：“蔺哥，你喜欢小景吗？”

蔺平和不着痕迹地皱了皱眉，慢慢地摇了摇头。

这一瞬间，陶酥似乎听到了自己心里的某块大石头落地的声音。

最初，她只是觉得蔺平和对于自己来说，是一个很特殊的存在。

只不过到底如何特殊，她完全意识不到。

直到刚刚，她察觉到会有其他人和自己抱有同样的想法来看待蔺平和，她才发现自己原来是接受不了这种事情的。

这种浓烈的独占欲，陶酥从未对任何人有过。

到这一刻，她才发现，自己是真的喜欢上了这个男人。

想和他永远在一起的心情，不想和别人分享他的心情，竟然这么强烈。

“既然这样的话，那我就要努力地和他在一起。”陶酥转过头，看着封景，坚定而执着地对他说。

或许是因为喝醉了的关系，陶酥比平日里大胆了很多。

这样露骨而直白的话语，她从来都没有说过。

“不行，不行，不行！绝对不行！”封景冲上来抓着她的手腕，想让她离蔺平和远一点，然后对她说，“你不能和他在一起！”

借着酒劲儿，陶酥突然就大胆了起来，连说话的声音都大了很多。

她甩开封景的手，然后走到蔺平和的身边，扭头对封景说道：“我就要和他在一起，你管不着！”

“陶小酥，你别太过分！我告诉你哥和你姐，你信不信？”封景最后拿出了撒手锏。

陶酥一直都是个听话的孩子，从小到大，永远都顺着家里人的意思，从未跟长姐和长兄有过相左的意见。

可是，现在，她迟到了多年的叛逆期，似乎终于来了。

陶酥瞪了一眼封景，跪坐在沙发上，直起上半身，伸手拽过蔺平和的领带，让他转身和自己四目相对，醉眼朦胧地叨咕着："好奇怪……你的脸为什么有好多重影啊……"

但她现在已经管不了重影的问题了。

她跪在沙发上，视线几乎与坐在沙发上的男人持平，一只手拽着男人的领带，让他靠近自己，另一只手摸着他的脸，似乎在确定着他的位置。

然后，陶酥慢慢地靠近他，在男人薄薄的唇上印下一个带着鸡尾酒味道的吻。

这一刻，整个世界都寂静了。

十秒钟后，封景打破了这份寂静。

他颤抖着抬起手，指着陶酥的鼻子，往日里白皙的俊脸现在气得发红，他对她说："你真的是疯了，我要是再看到你，能被你气死！"

说完，封景就跑了出去。

他已经懒得再管陶酥这个女人的死活了。

她喜欢搬砖工也好，喜欢总裁也罢，他都不管了。

但尽管被陶酥气得够呛，封景还是本着人道主义精神，去隔壁的包间喊了一下她的室友，让她们盯着点儿，免得醉得跟一摊软泥一样的小姑娘，真的被狼叼走了。

而现如今，身处狼窝而不自知的陶酥，郁闷地从蔺平和的身边爬起来，下了沙发，晃晃悠悠地去把大敞的包间门关上，然后还不知死活地反锁上。

锁好门后，陶酥再一次回到沙发处。

"我给你倒点水。"

蔺平和看着她醉得不轻，想给她倒点热水醒醒酒，却不料还没完全站起来，就被小姑娘推了回去。

"你别动，坐好了。"陶酥想把他推回沙发上。

可是，她的力气太小了，根本就推不动蔺平和。

怕他跑了，陶酥干脆分开双腿，直接跨坐在男人的大腿上，膝盖贴着柔软的沙发海绵，整个人压在他的身上，直接用身体把他压了回去。

可即便坐在他的腿上，陶酥也仍然没有他高，只能仰着头看着他。

她伸出软绵绵的胳膊，环住男人的脖子，然后仰着头，努力地向上凑，想继续吻他。

大概是因为醉得太厉害了，无论她怎么努力，都够不到他，反而慢慢地往下滑，眼看着就要从他的身上滑下去了。

怕她真的掉下去，蔺平和干脆直接伸出手，想揽住她纤瘦的腰。

柔嫩而微凉的皮肤触感，让蔺平和有些心猿意马。

蔺平和揽着她的腰，将她整个人往上提，娇软的身子严丝合缝地贴在他的身上，带着微甜气息的鸡尾酒味儿萦绕在他的鼻尖。

好不容易把她扶稳了，蔺平和想告诉她多穿一点，但还没来得及开口，所有的话都被两片柔软馨香的唇瓣堵了回去。

只可惜，她好像真的不会接吻。

刚刚封景在时，她只是单纯地碰了一下，像春日里随风飘落的樱花花瓣拂过嘴角一样，轻不可察。

而到了现在，就算她已经不满足单纯的触碰，也只能像刚出生的猫儿一样，小心翼翼地探出柔嫩的舌尖，慢慢地舔了舔他的唇。

一直以来，蔺平和都害怕自己会吓到她，所以，一直都不敢对她吐露任何实情。

这实情不仅仅是自己的真实身份，还有自己真正的感情。

他知道，这段时间以来，足以让陶酥的心里有了自己的存在，可是他没料到，自己的存在已经这样深刻了。

她依然像幼猫一样，轻轻地用舌尖蹭着他的唇，不知道下一步该做些什么。

蔺平和情不自禁地伸出手，捧住了她的后脑，想要加深这个吻。

然而，只是一秒钟的时间差，陶酥就放开了他的唇。

她似乎吻得有些累了，干脆整个人都趴在男人的身上，然后侧过头，下巴靠在男人宽阔的肩膀上，毛茸茸的头蹭着他的脖颈。

“对不起……我喝多了。”她的话听起来有些委屈，甚至都带了哭腔，“我也不知道自己怎么会控制不住自己，真的对不起，我不是故意强吻你的。”

蔺平和伸出手摸了摸她的脑袋，做出安慰的动作，没有说话，耐心地听着她一点一点地唠叨。

“我想把你当成好朋友，可是……可是我没办法用对待小景的态度来对待你。我一想到还有别的人喜欢你，我就好难过，呜呜呜……”陶酥吸了吸鼻子，然后继续说，“蔺哥，我最近看到你，就觉得自己特别不对劲，心跳的速度会变得越来越快。见不到你的时候，我特别想见你。可是，真的见到你了，我还经常不敢直接看着你。你会不会觉得我很奇怪？”

“不会，”蔺平和摸了摸她的长发，然后轻声对她说，“我觉得你很可爱。”

“可是，你也只是觉得我很可爱啊。我听日本的老师说，一个男人夸一个女人可爱，是因为她不够漂亮，也不够性感，所以只能用‘可爱’来形容她了……”陶酥委屈地抱怨着。

在陶酥的认知里，她个子矮，又不喜欢化妆，就算身材比例好，腿也不会比一米六八的姑娘长。

“没有，我觉得你又性感又漂亮又可爱。”蔺平和顿了顿，最终还是把这些词说了出来。

“真的吗？”陶酥小心翼翼地问。

“真的。”蔺平和笑着点了点头。

“那、那我可以拜托你一件小小的、小小的事情吗？”陶酥继续问。

“你说吧。”蔺平和满口答应。

“嗯……就是……”陶酥欲言又止，然后再一次坐直身子，趁着酒劲儿，大胆地对他说，“你可以亲我一下吗？”

陶酥看着男人渐渐沉下去的眼眸，她以为，自己的无理请求被这个男人讨厌了。

也对，毕竟正常人都没办法忍受被刚刚强吻过自己的女生索吻吧？

这样想着，陶酥觉得更难过了。

可是，她不想就这么放手。

她湿漉漉的眼睛委屈地望过来，蔺平和看着这双眼睛，伸出手，握住了她的肩膀。

他垂下眼眸，看着小姑娘。

白嫩的小脸因为酒气染上了艳丽的粉红色，那双漂亮的浅灰色眼睛在灯光的照射下显得亮晶晶的，挺翘的鼻尖下是微张的小嘴，粉色的唇瓣像樱花一样，长而直的黑色发丝铺在皮质的沙发上，像某种绽放的花朵。

他慢慢地低下头，距离她越来越近，然后含住那两片唇，带着鸡尾酒味道的唇瓣柔软而香甜，像泡在洋酒里的车厘子。

陶酥没想到他真的吻了她。

男人灼热的气息洒在她的脸颊上，虽然手腕被他死死地扣在沙发上，但唇瓣上感受到的力道那么温柔，像春天里洒落在田中细苗上的雨滴，若即若离，每隔几秒都会给她留下喘息的余地。

人脑子里的氧气充足，就容易想东想西。

陶酥甚至还有闲工夫，转动着灵活的手腕，用柔嫩的指尖摸了摸男人的手背，那种细腻的触感，像被猫儿轻轻地挠过一样。

蔺平和被她这细微的小动作，弄得有些哭笑不得。

于是，他加重了唇上的力道，并且不再怜惜，不给她留一丝喘息的机会。

不一会儿，小姑娘的手上也渐渐没了力气，只能躺在沙发上，轻轻地回应着男人暴风骤雨般的深吻。

几分钟后，蔺平和才舍得放开她。

他低头，看着胸口不断剧烈起伏着的小姑娘，她眯着眼睛，慵懒地躺在那里，杏眼眯成一条缝，含着的水光好像下一秒就要从眼角滑落，像月初的新月一样漂亮，而且还带着一丝不易察觉的媚意。

他忍不住伸出手，摸了摸她的头发，男人修长的手指拂过她的空气刘海，掠过她泛着粉色的眼角，最后停在被吻得红肿不堪的唇瓣上。

继而，蔺平和再一次俯下上半身，贴在她的耳边，轻声问道："亲完了，还想让我做什么？"

热气侵袭着她的耳朵和颈侧的皮肤，这种感觉陌生得让她觉得有些害怕，但又有一种难以言喻的享受感。

陶酥舒服地眯着眼睛，然后伸出胳膊环住男人的脖子，用很小很小的声音对他说："我想去学校的后门，你再把我举上去好不好？"她小心翼翼地说，"不过，这样会不会很幼稚啊？还是不要了吧……嗯……我好困，脑子好晕，想睡一会儿……"

听到她越来越微弱的声音，蔺平和连忙将她从沙发上抱起来。

他将娇软的小姑娘抱在怀里，低下头看她的脸，果然，刚刚还眯着的眼睛现在已经彻底闭上了，纤长卷翘的睫毛，在她的下眼睑上投下一小片阴影。

她居然睡着了。

虽然她没有撩完就跑，但是撩完就倒，也真是要人命。

蔺平和摇了摇头，思绪又回到了两年前。

他们两个人第一次见面，就是在这家酒吧的吧台处。

她把他当成了破产失业的男人，还给他开了张支票，结果，也是因为喝多了，第二天转头就把他给忘了。

可是，他一直记了这么多年，甚至连那张她随便开出来的支票，都一直保存得完好无损。

最近的几个月里，他慢慢地接近她，发现她的脑回路好像和普通人的不太一样，做的每一件事都不按套路出牌。

就比如今天，他到了现在也想不明白，她是怎么把自己和封景给胡乱配到了一起的。

蔺平和不着痕迹地皱了皱眉，然后低头看着怀中的女孩，被酒精晕染得红扑扑的脸颊，看起来诱人极了。

他从沙发上站起来，抱着她，准备把她送回她在学校附近的公寓。

然而，他撑在她膝盖下方的手臂在碰到她露在外面的腿的皮肤后，他只能用一只胳膊撑着她，空出另一只手去拿自己的西装，围在了她的腰上。

男人那件比她的身量大了好几码的西装，连她的膝盖都盖住了。

之后，蔺平和再一次抱起她，准备往外面走。

蔺平和刚一开门，趴在外面听墙脚的三个妹子，连忙立正站好，向前看齐。

她们听到封景的话之后，放心不下，也顾不上喝酒了，干脆集体来隔壁包间的门口站岗。

“先生，您好？”寝室长看着眼前这个高大的男人，有点胆怯。

“您好。”蔺平和点头。

看到对方似乎并不是封景形容的那种完全不讲道理的人，寝室长的心才稍微放宽了些。

她伸出手，去扯男人怀里的女孩，然后对他说：“我是陶酥的室友，我们学校每周日晚上都要查寝，让我带她回去呗？”

其实她在说谎，每周都要被查寝的只有大一的学生而已。

寝室长小心翼翼地打量着这个男人的表情，可是什么也看不出来，于是，只能掏出自己和陶酥两个人的学生证，递给他：“你看，这是我们的学生证，我真的是她室友。”

作为室友兼同学，就算封景没有提前跟她们打招呼，她们也不可能放任一个陌生的男人在深夜带走一个姑娘。

这种事听起来都有点吓人。

蔺平和看着眼前的人，想了想，觉得她说得在理。

更何况，自己对于这些女生来说，只是陌生人而已，她们这样做还能让陶酥更安全一些。

于是，蔺平和才不舍地把怀里的小姑娘交了出去。

他想嘱咐两句，但想到自己现在的身份，还是忍了回去。

然后，他穿上风衣，准备离开了。

临走时，陶酥的室友叫住了他：“先生！您的西装……”

“给她围着，”蔺平和转过头，看着趴在室友身上的小姑娘，然后说，“我和她是认识的，等她明天醒了，让她自己还给我就行了。”

说完，蔺平和就离开了。

陶酥的个子不高，也不重，三个女生轮流扶着她，终于顺利地回到寝室了。

这一夜，陶酥睡得安稳极了，甚至把第二天的第一节课都睡过去了。

周一的第一节课是无关痛痒的选修，室友们看她睡得香，也没叫她起来。

等到了日上三竿，陶酥才揉着眼睛从床上爬起来。

她刚起来，就看到寝室长正趴在她床边的护栏上，眼睛一眨一眨的，好奇地问她："酥酥啊，跟我们解释一下，昨晚那个帅哥是你什么人呀？"

"昨、昨晚怎么了？"陶酥捶了捶混沌不清的大脑，宿醉带来的后遗症简直是要命。

"哟哟，在我们面前还装什么啊？就是那个长得特别帅、身材特别好的男人啊。昨儿要不是我们拦着，都不知道他会把你带到哪里去。"隔壁床的室友也凑了过来。

"昨晚喝得太多了，头晕，已经记不起来了……"陶酥委屈巴巴地说道。

"哎呀，就是这个，你看！"寝室长举着那件西装，然后对她说，"阿玛尼欸，老贵了吧，怎么酥酥身边的男人都是有钱人啊？"

"而且还那么帅。"

"而且身材还那么好。"

"不过，你们一说身材，我怎么感觉昨晚那个男人有点眼熟呢……"

三个人你看看我，我看看你，然后，寝室长像是想起了什么似的，拍了一下脑袋，大声地说："啊！我想起来了！这学期刚开学那阵，小饼干不是画过一个人体素描吗，好像就是昨晚那个男人欸！"

听了她的话，陶酥迅速扯过那件西装。

衣服的样式和颜色，她都很熟悉，就是她亲自给蔺平和挑的西装的其中之一。

她捏着那件西装，捂着脑袋想了好久，终于都想起来了。

虽然当时她是醉着的，但现在清醒过来之后，她才发觉昨晚自己做的那些事，当真是没法看。

早知如此，她就不要想起来了。

一回想起昨晚，陶酥恨不得挖个坑把自己埋起来。

男人那个带着荷尔蒙气息的热吻，她至今回想起来，仍然觉得心里小鹿乱撞。

手腕上似乎还残存着男人手掌上的温度与力道，白皙的腕部皮肤，似乎还留着被男人扣着的浅红色印记。

她皮肤上的红痕不易消除，虽然现在已经很浅了，但仔细查看还是有所残留，所以她知道，她回想起来的那些记忆，都是真的。

陶酥捂着迅速升温的脸，然后抱着男人的西装，从上铺爬了下来。

不想理会室友们叽叽喳喳探讨的“是霸道总裁，还是模特”这种话题，陶酥迅速洗漱完毕之后，说了一声“我去趟干洗店”，就跑出了寝室。

她抱着蔺平和的西装，往学校附近的干洗店走，西装上似乎还残存着男人身上的气息，灼热而温柔，让她沉溺其中。

从干洗店出来之后，陶酥坐在学校的小广场上发呆。

虽然表面上看起来是在发呆，但是，陶酥的内心已经开始疯狂地打滚了。

她试着给封景打了电话，结果，封景没有接她的电话，微信、短信都不回复。

看来，他是真的生气了。

陶酥揉了揉太阳穴，第一次设身处地感受到电视剧里跟闺密抢男人的女主角的痛苦。

可是，既然蔺平和不喜欢封景，那么，她也没有放手的必要了。

就算是朋友，在恋爱上也需要公平竞争吧。

再加上……昨天她借着酒劲儿不要脸地耍流氓，亲都亲过了。

他们越过了表白、牵手、拥抱，直接亲吻了好不好。

这样想着，陶酥似乎对自己更有信心了。

可是，她对恋爱也没什么经验，没了酒壮怂人胆的“外挂”，现在的她，甚至不敢直视蔺平和的眼睛超过十秒钟。

陶酥皱了皱眉，最终决定找亲友团求助。

封景不接她的电话，曲戈白天工作忙，她也不好意思打扰曲戈。

所以，陶酥在手机通信录里翻了好几圈，最终还是拨通了一个名为“封蜜”的人的电话号码。

封蜜是封景的姐姐，也在同一所学校念书，只不过不在同一个学院，因为封景的关系，她和封蜜也比较熟悉。

絮叨了半天，陶酥总算把事情讲完了。

“所以，你是想问我关于恋爱的问题吗？”封蜜总结着问她。

“是的。”陶酥答道。

“唉，怎么一个两个都问我这个问题……”封蜜叹了口气，然后继续说，“算了，看在你这么可爱的分儿上，我就给你指条明路吧。”

“嗯嗯！”陶酥点头。

“有本恋爱万能教材，我前一阵子借给我弟了，我现在找他要，然后送到你的寝室啊。”封蜜说完这句话，就挂断了电话。

陶酥回到寝室后，没过几分钟，就听到了敲门声。

她拉开门，就看到封蜜站在门口，一边大口地喘着气，一边把一本包了黑色塑料纸的书递给她：“好好参考啊，恋爱万能教材，特有用。”

“谢谢封蜜姐！”陶酥愉快地接过书，向她道谢。

封蜜大概还有些别的急事，所以把书给了陶酥之后，就离开了。

室友都出去吃午饭了，也没在寝室，陶酥坐在自己的座位上，小心翼翼地剪开了塑料纸。

封面上“霸道总裁爱上我”七个大字豁然映入了她的眼帘。

第十章

烛光宴

他举着一束扎有九十九朵红玫瑰的花束，递到她的面前，女人激动地红了眼眶。她接过玫瑰花束，扑进了他的怀里，然后，就听到男人用低沉而性感的嗓音在她的耳边轻轻地说：“我爱你。”

……

陶酥看着这本名为《霸道总裁爱上我》的小说，越来越感激封蜜。

这本小说里的主角人设，简直跟她和蔺平和太像了。一个主角巨有钱又用情专一，另一个主角特别穷，但是努力工作。

陶酥觉得，小说里那个又有钱又专情的男主角，和自己简直太像了。

如果自己也送玫瑰花的话，蔺平和会感动吗？会高兴吗？会喜欢上自己吗？

陶酥陷入了沉思。

思考了半天，陶酥也没有想到好的解决方法，于是，她决定求助广大人民群众。

她翻出手机，登录了几乎长草的微博，发了条动态。

埃罗芒阿先生V：想知道怎么追喜欢的人……有人可以帮忙出个主意吗？

虽然好几个月不更新，但是，陶酥好歹也算个网红画手。

所以，她将微博发出去没多久，还是有一大群人跳出来看热闹不嫌事儿大。

比如——

“土豪，你那么有钱，还要啥主意，直接撒钞票啊！”

“咱们小老师恋爱了呀，不知道是什么样的妹子能入了土豪的眼？”

“送花、送表、送钻戒！土豪上吧，别控制！”

“讲道理，我觉得汽车、别墅、大游艇比较实在，土豪，你觉得呢？”

……

因为前一阵曲戈催过她发动态，向粉丝证明自己还活着，所以她就拍了一下当时自己身处的星巴克。

但是，意外地把那把法拉利车钥匙拍了进去。

结果，粉丝都知道她是一个土豪。再加上她平时画的画都是男性向的，所以，大部分粉丝都以为她是一个直男二世祖……

陶酥看着那些评论，刚想回复自己的粉丝，她喜欢的人不是那种喜欢钱的人，却不料又刷到一条新的回复，引起了她的注意。

顾穿云饲养员V：小老师，我跟你说，你如果想追人，一定要看《霸道总裁爱上我》这本书，超级棒，肯定能让你抱得美人归！

陶酥眨了眨眼睛，盯着手机屏幕里的这条微博评论发呆。

原来，这本书这么火吗？！

她被深深地震惊到了，对自己刚刚质疑封蜜姐的行为，进行了强烈的反省。

她看着这条大V粉丝的评论，又翻到她的微博个人认证信息，发现是她哥哥公司里的执行长。

虽然不知道这个人为什么会关注自己的微博，但既然是哥哥的下属，肯定都是靠谱的人吧。

再加上，封蜜姐也推荐了这本书，那就一定错不了了。

室友们回屋，就看到寝室里最迷你的姑娘，抱着膝盖坐在椅子上，捧着一本封面画风甜腻的言情小说，认认真真地读着。她一边读，还一边拿笔在上面勾勾画画做批注，从书籍侧面还能看到里面贴了好多荧光便笺……

这是昨晚喝多了还没醒酒？

还是今天早上忘记吃药了？

“酥酥啊……”寝室长神色微妙地走近她，拍了拍她的肩膀，然后问道，“你在干什么呢？”

要知道，她们期末考试临近前拼命抱佛脚的时候，陶酥都没有现在的表情认真。

这认真的表情，搭配上这本看名字就很扯的言情小说，简直太吓人了。

“也没什么，就是感觉这本书很有深度，”陶酥推了推眼镜，一本正经道，“我研究一下。”

室友们：“……”

一个小时之后，陶酥伏在桌子上，拿出白纸和笔，开始写《约会策划案》。

既然要追人，那就一定要认认真真的才行。

她昨天都强吻人家了，怎么说也要负责，而且一定要弄一个大一点的场面。

这样想着，土豪酥决定重金追人。

可是，送玫瑰的契机是什么呢？

自从认识蔺平和以来，这个男人对她的态度一直都很包容，也很温柔，几乎达到了有求必应的程度。也许他是为了迁就她这个醉鬼，所以才吻了她吧？

这样想想，陶酥觉得越发地忧伤了。

这花必须找个恰当的理由送出去才行。

教材上怎么写的？

对！生日礼物！

于是，陶酥翻出手机，想给蔺平和打电话。

可是，在按下绿色的拨出按钮之前，陶酥没由来地就想起了昨晚，男人伏在她的耳边，那句低沉而微哑的“还想让我做什么”。

她思及此，白嫩的双颊迅速染上了一层淡淡的粉红色。

还、还是不要打电话了吧……

手机贴在耳边的感觉，就像他伏在自己脸颊一侧说话一样。

陶酥甚至能在幻想中感受到男人灼热的气息洒在皮肤上时那种令人怦然心动的感觉。

对了，有了西装这个话题，这样就显得很正常了。

她退出了拨号页面，选择了发短信。

“蔺哥，最近有时间吗？要不要出来吃好吃的？顺便把洗好的西装还给你……”

她以前就跟蔺平和抱怨过，他们老板特别抠，中午订的盒饭菜色太差。

理由很充分，但在等待男人回复她的每一秒钟，她都紧张极了。

幸好，蔺平和没有让她等太久，几分钟之后，他就回了短信。

“周末？平时要上班。”

看到这条短信之后，陶酥心里悬着的那块大石头终于落了下来。

谢天谢地，他还愿意理她。

想了想那本小说里，因为强吻被女主角抽了耳光的男主角，陶酥觉得自己真的是太幸运了。

她不仅没有被抽耳光，而且蔺平和也没有对她不理不睬。

她喜欢的人，真的超级好。

陶酥在心里夸赞了蔺平和一番，然后捧着手机，迅速回了他短信。

“好的，好的，这周末我去工地接你？你还在赵姐那里工作吗？我想给你过生日行不行呀？”

“我今年的生日已经过了。”

“那就提前把明年的生日过了呗！”

收到小姑娘这条回复的时候，蔺平和正在公司开会。

会议结束后，蔺平和回到办公室给陶酥拨了电话。

等了半天短信，也没见他回信，陶酥以为自己哪里说得不对，正担心着呢，没想到手机就突然响了起来，吓得她差点把手机扔出去。

她是应该接电话的，可是……一想到会从听筒里听见男人低沉而性感的声音，她就觉得整颗心脏都麻麻的。

最终，她还是接起了电话。

“怎么才接？有事忙？”男人关切的话语从听筒里传来。

陶酥连忙解释道："没、没、没，没事忙，就是……想请你吃饭……道、道歉……顺便把衣服给你……"

"道歉？"

疑惑的话语，尾音微微上扬，带着性感的气声和鼻音，让陶酥觉得心跳有加速的趋势。

"就、就是我昨天晚上不是……"陶酥捂着脸，然后放下手里的笔，想到室友们都在，不好意思地红着耳尖跑出寝室，靠着墙蹲在走廊里，小声地继续说，"昨天晚上不是把你……那什么了吗……"

"什么？"

"就……强吻啊……"

"哦。"

"好了，我承认，过生日什么的都是借口，我主要是想补偿你，你愿意出来吃饭吗？"

电话里的蔺平和沉默了。

他这一沉默，陶酥的心就又悬了起来。

几秒钟后，电话另一端的男人终于说话了："那还是周末吧，你把地址发给我，我去找你，就不用你特意跑一趟接我了。"

其实，蔺平和刚刚一直都在查自己的行程，他周日上午有一份很重要的合同要签，大概要临近中午才能签完，基本上没有多余的时间再赶去工地了。

所以，他才直接向陶酥要饭店的地址。

可是，让蔺平和没有想到的是，小姑娘在这方面特别执着。

"不行，不行，不行！"陶酥在电话里对他说，"做事情必须要有始有终，这次是我请你吃饭，肯定是我把你亲自送到饭店才行啊。"

电话另一端的男人没有说话。

陶酥想了想，然后才想到了关键的地方："蔺哥，你是不是已经不在赵姐那里工作了？"

她记得上一次因为哥哥，赵姐已经把蔺平和开除了。

虽然她最近与蔺平和见面时已经尽量避开哥哥，但既然封景已经知道了，想必哥哥也肯定知道了吧。

“是，我换了工作，所以就不在工地那里了。”蔺平和对她说道，“那我把新的工作地址告诉你。如果你想来的话，周末中午来之前，给我打电话。”

“好的！”陶酥满口答应。

几天后，为了签这个合同，不得不跟老板一起加班的高管们，就看着自家老板，把自己的车钥匙扔在办公室，然后上了公司门口停着的那辆法拉利。

法拉利是红色的，看着特别拉风，特别帅气，特别贵。

这画面真的太熟悉了。

蔺平和的公司对面，就是一家影视公司，几乎每天都会有人帅、身材棒的男人，抑或者是人美、身材靓的女人，被公司门口的各种豪车接走。

就算用眉毛想，都能知道，这应该是怎样的情况。

“我说……蔺总这是被哪家的富婆包养了吗？”财务部部长神色严肃地推了推眼镜，然后提出了这个疑问。

“吃水煮鱼吗？”上车之后，蔺平和便开始询问陶酥关于晚餐的问题。

“水煮鱼是用来道谢的，道歉的话，肯定要吃得高级一点呀。”陶酥幽幽地说，开车的空当，还瞥了一眼蔺平和身上的衣着，“正好你今天穿了西装，我们去吃西餐吧。”

“吃什么都行。”蔺平和答道，然后反问她，“为什么道歉？”

“……唉，你干吗总让我提这个话题嘛。”陶酥烦躁地拍了一下方向盘，然后委屈地说，“就、就前几天晚上在酒吧那事儿啊，我室友都跟我说了。对了，那件西装在我包里，一会儿你记得拿一下。”

“真的不需要道歉，我……”蔺平和刚想对她说，自己也很喜欢她，却不料被正在开车的小姑娘打断了。

她说：“你不用安慰我，我知道自己做得很过分，你还愿意陪我出来，我真的很开心。你那天晚上没有当场抽我耳光，我也很开心。”

蔺平和：“……”

陶酥顿了顿，然后继续说：“所以，我现在决定重新很认真地追你，这段时间，你可以考察我，然后告诉我答案，行吗？”

“不用追，我其实……”

“不行，这种事真的很重要。要不然，你同意我追你；要不然，你现在就直接拒绝我，我肯定不会再来烦你了。”

蔺平和：“……”

男人侧过身子，望着认真握着方向盘开车的小姑娘。

“那你追吧。”蔺平和最终还是顺着她的话，接了下去。

算了，她想追就追吧，反正结果早晚都是一样的。

停车后，他一言不发地跟在小姑娘的身后，进了一家高档的西餐厅，落座、点单、就餐。

一切的顺序和礼仪，蔺平和都没有出现任何问题。

这让陶酥觉得非常诧异。

他果然和一般的搬砖工不一样。

虽然从来没来过高档西餐厅吃饭，但是为了不给她添麻烦，他一定是私下里认真学习过这些事情了吧。

其实，她一早有考虑过这个问题，害怕蔺平和真的出现什么问题，会让这个男人感到难堪，所以今天她特意包了场。整个餐厅里，除了他们两个人之外，就只有服务生和特聘的钢琴手了。

陶酥一边切着牛排，一边小心翼翼地看着坐在自己对面的男人。

他的动作优雅而简练，没有什么多余的动作，刀叉也没有在盘子上发出过什么刺耳的声音，切牛排的动作完美得不行。

男人挽起的衬衫袖子下，是一双有力的麦色手腕，随着移动刀叉的动作，凸起的腕部骨节显得特别性感。

耳边是职业钢琴手弹奏出的《小夜曲》，眼前是男人秀色可餐的脸和手腕，陶酥突然觉得，自己餐盘里上好的牛排，都变得索然无味了。

她按亮了手机的屏幕，看了下时间，估摸着自己准备好的东西就快送来了。

想到这个，陶酥就有些紧张。

不一会儿，一名服务生便推着餐车过来了。

只不过，这一次餐车上的东西不是食物，而是一束扎有九十九朵红玫瑰的巨大花束。

看到这个东西被服务生缓缓地推过来，蔺平和正在切牛排的动作突然就停下了。

男人深沉的目光在小姑娘的脸上扫了过去，然后，直接落在了放在餐车上的花束。

蔺平和粗略估计了一下，应该是九十九朵。

他以前也想过给小姑娘送花，去花店参考过，九十九朵大概就是这么大的花束。

但是，弟弟说送花这种追妹子的方法实在是太老套了，他就放弃了。

只不过，他没想到，九十九朵红玫瑰还是与他有着不解之缘。

陶酥看到早早准备好的东西被推了过来，于是给了服务员一个眼神，示意他可以离开了。

然后，陶酥放下刀叉，从椅子上站起来，伸出手去拿那束花。

不过，大概是因为九十九朵红玫瑰太重了，她一只手完全拿不起来。

她俏丽的小脸上闪过一丝委屈。

随后，陶酥离开了座位，直接走到餐车的旁边，然后撸起袖子，双手一起用力，将那一大把比她的腰还粗的花束抱了起来。

九十九朵红玫瑰很多了，这么一抱，虽然花束是抱起来了，但是，花束的包装纸连她的小脸都遮住了。

蔺平和只能看到一大束红玫瑰跟成了精一样，慢悠悠地朝他的方向飘了过来。

蔺平和神色复杂地望着这束花。

“蔺、蔺哥，给你……花！”陶酥抱着的花不停地往下滑，大概是因为实在是拿不稳，她连说话的气息都有些不稳了。

还没等小姑娘走到他的身边，他连忙伸出胳膊，将花从她的手里接了过来。

男人的胳膊很有力，曾经能轻易地将她举过学校的后门，一束花的重量，他自然不放在眼里。

解放了双手之后，陶酥抬起头，就发现男人不知道什么时候站在了自己的面前。

他一只手拎着那束花，另一只手垂在身侧，深邃而温柔的目光，自上而下地朝她望了过来。

陶酥有些好奇地回望了过去，然后视线慢慢下移，滑过他凸起的喉结，被包裹在衬衫里平坦而结实的胸膛，最后将目光落在了他身侧的玫瑰花上。

他的腿真的很长，那么大的一束花，他一只手朝下拎着，花束距离地面居然还有一段不算短的距离。

陶酥眨了眨眼睛，回想起那本小说里的细节——他揽过她的肩膀，让她趴在自己的怀里，垂下眼眸，看着她抱着花束，露出羞涩而幸福的表情，然后问道："喜欢吗？"

怀里的女人靠在他的肩膀上，心满意足地点了点头。

……

可是，小说里描写的情况，对陶酥来说，做起来好像有点困难。

她比蔺平和矮了那么多，让他靠在自己的肩膀上，除非……他把腿锯了。

陶酥有些烦躁地皱了皱眉，思考着解决方案。

视线在餐厅里来回飘啊飘，因为她提前嘱咐过，所以这束花被推上来之后，无论是服务生，还是钢琴手，都离开了这层楼，整个顶层只剩下她和蔺平和两个人。

"蔺哥，你等我一下，"陶酥像是想到了什么好主意似的，有些开心地对他说，"一小下下！"

说完这句话，她就跑到另一张桌子的旁边，伸出手拽着椅子，一路拖到了蔺平和的旁边。

然后，蔺平和就眼睁睁地看着她扶着椅子站了上去。

大概是因为对两个人之间的距离不太满意，她站上去又下来，为了调好椅子的距离，折腾了好几次。

三分钟后，陶酥总算是折腾完了。

她站在椅子上，难得比他高出一点点，可以直视着男人的眼睛。

陶酥看着他，第一次站在这样的角度看到他那双纯黑色的眸子，让她觉得有些新奇。

不过，她并没有忘记，她站上来是有正经事要做的。

于是，陶酥小心翼翼地问他：“我能抱你一下吗？”

对于这种送到嘴边的美餐，蔺平和哪有拒绝的道理，于是，他毫不犹豫地点了点头。

然后，他就看到小姑娘小心翼翼地伸出软绵绵的胳膊，慢慢地圈在他的肩膀上。

她娇软的身子缓缓地贴了上来，下巴抵在他宽阔的肩膀上，毛茸茸的脑袋蹭着他的脸颊，浅淡的柠檬香味儿钻入了他的鼻腔。

下一秒，他就听到一个像棉花糖一样甜美而软糯的声音，贴在他的耳边，轻轻地问：“喜欢吗？”

“喜欢。”蔺平和飞速地回答了她的问题，然后忍不住伸出手回抱住了她。

男人有力的胳膊圈在她纤瘦的腰上，稍一用力，就让站在椅子上、本就重心不稳的她控制不住地往后倒。

她的脚踝没有控制好重心，直接就坐在了椅子靠背上，受重力的影响，椅子眼看着就要倒下去了。

蔺平和连忙把花扔到桌子上，然后迅速伸出手，按在了椅子靠背上，另一只手依然揽着她的腰，防止她真的倒下去。

这么一折腾，两个人之间的距离就更近了。

因为害怕自己真的倒下去，陶酥吓得腿都软了。

她伸出手，死死地抓着男人的衬衫。

陶酥觉得，自己刚刚以身试法，亲自演绎了一下什么叫作“耍帅不成反出糗”的戏码。

完了，完了，完了，这样就一点都不帅气了。

他肯定就不会喜欢她了……

陶酥这样想着，突然就觉得心痛极了。

“你、你喜欢就好……”内心哭唧唧的小姑娘接过了他的话，然后继续道，“你放我下来吧，我继续吃饭。”

“嗯。”蔺平和应了一声，然后放开握着椅子靠背的手。

这么一放手，椅子自然就向后倒了，陶酥又被吓了一跳。

她连忙伸出手死死地抱住了蔺平和，恨不得整个人都挂在他的身上。

没过几秒，蔺平和就把她从椅子上抱了下来。

双脚同时落在地面上的感觉，让陶酥长舒一口气。

花送完了，台词说完了，安全感也归位了，于是，陶酥突然就觉得饿了。

她心情颇好地把椅子放回去，然后重新回到自己的位子上，继续吃牛排。

只是，蔺平和的心情就有些复杂了。

如果他没猜错的话，她刚刚问的“喜欢吗”，应该是询问他是否喜欢玫瑰才对。

难道……这就没了吗？

蔺平和坐到她的对面，把花束放到桌子空着的地方，然后看着对面的小姑娘，吃得开心的样子，总觉得这事情不对劲。

烛光晚餐吃了，玫瑰花送了，那么……表白呢？

“啊，对了，我差点忘记一件重要的事情，”牛排吃了一半，陶酥擦了擦嘴，然后对他说道，“关于你的事。”

这是要表白了吗？

蔺平和握着刀叉，没有一点动作，期待地等着她。

可惜，她没有表白。

“你的新工作是什么呀？我今天去接你的地方，离我姐的公司蛮近的，那里应该没有工地……”陶酥有些好奇地问道，“是不是帮着做室内装修什么的，还是……安保工作？”

蔺平和：……你可真是个小天才。

“新工作是保安吗？”陶酥问他。

蔺平和看着她，没说话，她就当他是默认了。

果然是保安、保镖一类的工作，他身手那么好，以一对十都不在话下，就算被工地辞退了，也能找到工作。

既然他找到了新的工作，陶酥心里的大石头也算是放下了。

要不然，她会一直都心有愧疚。

一顿饭就这样顺顺利利地吃完了。

陶酥本想送他回去，可是被他婉言谢绝了。

她回想了一下，好像那本“教材”里也没有总裁一定要送女主角回家这种剧情，于是，她也就自己开车回寝室了。

她回到寝室后，大概是因为时间尚早，室友们跟男朋友出去玩还没有回来，寝室里只有她一个人。

于是，她从抽屉里翻出那本《霸道总裁爱上我》，开始继续研究。

她觉得很奇怪，她明明送了蔺平和九十九朵红玫瑰，也带他去吃了特别浪漫的烛光晚餐，甚至还很懂得变通地把小说里的提琴曲，换成了他擅长的钢琴曲。

可是，他怎么就没有像小说里的女主角那样，一边哭，一边对她表白呢？

太奇怪了。

难道，是性别不同的原因，他和小说里的女主角不一样吗？

或者说，是因为钱花得太少了？

陶酥又往后翻看了两页，发现自己的想法是对的。

原来，九十九朵红玫瑰根本没什么用，后面还有更多的。

——翌日，她刚刚走进办公室，就发现自己的格子间里堆满了红色的玫瑰，空气中弥漫着玫瑰花馥郁的香气，感受到同事们羡慕的眼神，她有些如坐针毡。她伸出手，拿起桌子上那束花里的卡牌，落款赫然是那个男人的名字……

……

能铺满整个办公室的玫瑰花，应该算是玫瑰花海了吧。

那肯定要远远超过九十九朵。

如果玫瑰花多了的话，蔺哥就会心动了吧？

其实，她原本的打算是送完花之后就表白。

可重点是，她在开始追求蔺平和之前，已经把对方强吻了……

他对她那么好，如果她主动说“请你跟我交往”，那么，依照他平时对她的态度，就算不是真的喜欢她，应该也会答应吧。

可是，她不想这样，所以她一直在努力，等着他主动来表白。

于是，为了追喜欢的人，学霸陶酥在周一又逃课了。

她去了蔺平和新就职的那家公司，像特务接头一样，在大厦的玻璃门外面趴了半个多小时，观察着里面的人。

很奇怪，门口的那些保安都不是蔺平和，难道是换班时间吗？

而隔着玻璃被一个小姑娘死盯了半个多小时的保安们，此时此刻心里特别虚。

虽然昨天晚上蔺总嘱咐过他们，无论这个小姑娘看什么、做什么，他们只需要闭嘴配合就可以了。

可是，被这么直勾勾地盯了半个多小时，正常人哪里受得了啊！

于是，众人纷纷将求助的目光抛向队长。

四十多岁的保安队长大叔，接收到下属们发来的求救信号，拍了拍衣服上并不存在的灰尘，走出了玻璃旋转门，来到了陶酥的身边。

“请问，您有事吗？”因为蔺平和特意交代过，所以，队长大叔的态度显得理智而冷静，不攀附，也不蔑视，完全一副公事公办的态度，非常正常。

“保安叔叔，我叫陶酥。”为表礼貌，陶酥首先自报家门，然后抛出了自己来这里的目的，“请问您知道蔺平和在哪里吗？”

“啊……他今天倒班。”队长大叔开启忽悠模式，然后对她说，“你找他有事吗？用不用我帮你转达？”

“不用，不用，他不在最好了。”陶酥连忙摇头，“我有件事想拜托您帮忙，可以吗？”

“你先说，我看看行不行。”

虽然话是这么说，但既然老板已经下了指令，只要小姑娘提出来的不是“我要天上的星星”这种无情、无耻、无理取闹的问题，他肯定都会帮忙的。

“您能带我去他的办公室吗？”

保安队长：……我现在就去给您摘星星行不行？

开什么玩笑！

蔺总的办公室在这栋楼的顶层，除了秘书和蔺平和本人之外，任何人都进不去。

要进蔺总的办公室，简直比上天还费劲。

“小妹妹，进他的办公室好像……”保安队长讪讪地揉了揉鼻子，然后继续道，“好像真的有点困难，因为有门禁。”

“咦？你们公司这么先进吗？”陶酥好奇地问道，“连安保人员的办公室都要刷门禁卡？”

她记得姐姐的公司里，只有姐姐的办公室才需要门禁卡。

听了她的话之后，队长大叔当时就蒙了。

“你说啥？”他不可置信地询问道。

“就是安保人员的办公室呀，”陶酥继续重复了一遍，“蔺哥不是这里的保安吗？安保人员的办公室，您应该也能进去吧。”

她刚刚说了什么？蔺总是保安？

小妹妹，你好像哪里搞错了。

不对！你好像就没有搞对的地方。

队长大叔觉得，自己剩下的另一半黑头发，在这一瞬间里，可能都被眼前这个小姑娘吓得变白了。

“他昨天跟我说，他是你们这里的保安啊，难道不是吗？”陶酥问道。

“是、是、是！他是新来的，我给忘了。你跟我来吧，我带你去办公室。”队长大叔满口答应，然后连忙把她放了进来。

“嗯嗯！谢谢您！”陶酥连忙道谢。

队长大叔在前面领路，余光不经意间瞥向衣着普通的小姑娘。

她看起来年纪很小，是高中生？

不，星期一还有时间出来玩的，肯定不可能是高中生，那就是大学生。

好奇怪，明明昨天大家都在疯传，蔺总被一辆红色的法拉利带走了，怎么今天又换人了？

难道说，前些年以禁欲著称的蔺总，现在突然开荤了，想把以前的都补回来，所以什么样的女人都要试一试？

思及此，队长大叔连忙甩了甩头，想把这个恐怖的想法从脑子里甩出去。

陶酥看着他纠结的表情，刚想开口询问，结果就到达目的地了。

“这就是他的办公室吗？”陶酥看着简陋的小房间，不着痕迹地皱了皱眉。

“嗯……算是吧。”队长大叔顾左右而言其他，“反正这里就是公司里的保安们的休息室。”

房间在大厦二楼的某个小角落里，不太起眼，被前面的高楼挡住，也见不到什么阳光。

陶酥顺着窗口往外望，记了一下外面的位置，从书包里掏出卷尺，开始量这个房间的尺寸。

量完之后，陶酥把房间的尺寸发给了花店。

而后，她询问道：“保安叔叔，我和蔺哥是朋友，我想送他一点东西，可以放在这个房间里吗？”

“可以，当然可以。”队长大叔满口答应。

“可是，东西有点多……如果不方便的话，我再找其他的方法也行。”陶酥有些不好意思地说道。

虽然小说里的做法很浪漫，也很让人感动，但是，用玫瑰花铺满整个办公室，肯定会对办公室里的其他人造成困扰吧。

她很害怕自己的行为会给别人添麻烦。

“没关系，你把整个房间都堆满了也没事，这个房间很偏，平时我们都在大厅那边休息，这里其实很少来，你想怎么弄都行。”

队长大叔表示，请尽情弄，反正蔺总都发话了。

“真的吗？谢谢保安叔叔！”听到对方肯定的答复，陶酥高兴坏了。

一个小时后，公司门口停了好几辆面包车，成群结队的壮汉搬着装满了红玫瑰花的箱子，往公司里面走。

“保安叔叔，蔺哥什么时候来上班呀？”陶酥站在门口，看着满屋子的红玫瑰，满意地点了点头，然后转过头问道，“你说，他看到了会不会很高兴啊？”

“他……我给他打个电话，让他来上班。”保安大叔掏出手机，拨通了秘书处的电话号码，在等待电话接通的同时，对陶酥说，“我觉得他应该会高兴吧，毕竟这么多花，哈哈。”

说完，他还干笑了三声。

“那拜托保安叔叔，你一定要告诉蔺哥，让他看门口那束花里面的卡片哦。我先回学校了，下午还有必修课要上。”陶酥嘱咐道。

“没问题，我肯定告诉他。”

“那我先走了，保安叔叔再见！”说完，陶酥就背着帆布包离开了公司。

几分钟后，经常占线的秘书处，终于接通了电话。

“喂，宋秘书吗？我是老郭，”队长大叔激动地说道，“你要不要跟蔺总说一声……他让我们照顾的那个小姑娘，她……”

“她怎么了？你快说啊！”秘书自然知道他说的小姑娘是谁。

“她、她、她、她……”

“她怎么了？”

队长大叔的话还没说完，就被一个清冷而低沉的声音打断。

只不过，这一次，往日里都听不出什么情绪的男声，带了一丝焦急。

“蔺总吗？”队长大叔试探性地问道。

“我是。”蔺平和答道，“你快说，怎么了。”

“蔺总……跟我没关系，我一直按照你的安排，她让我干啥，我就干啥，我都配合了，可是……她非要送你礼物，我拦不住，已经放在二楼了，你要不要自己来看看……”

“我马上去。”

说完，手机里就传来了一阵挂断后的忙音。

三分钟后，蔺平和出现在了二楼。

他的呼吸有些不稳，应该是快速跑动造成的。

“她送的东西呢？”蔺平和问道。

他神色如常，似乎没什么变化，只不过从他的语气中可以听出，他现在有些期待。

“蔺总……”保安大叔把办公室的钥匙递了过去，然后说道，“您还是自己开门看吧。”

狐疑地推开门，蔺平和就被满满一屋子的玫瑰花深深地震撼到了。

“郭叔，这是怎么回事啊？”紧跟着老板的步伐跑过来的秘书，在看到这样壮观的场面之后，也吓得不轻，于是连忙问道。

然而，队长大叔也不知道具体是什么情况，只能说：“我哪知道，就是那个小姑娘找人搬进来的，说……”

“说什么？快说啊！”秘书焦急地催着。

“说是送给蔺总的……对了，”队长大叔十分负责地帮忙传话，“她说有束花上面有张卡片，让您看一下，说是有重要的信息。”

闻言，蔺平和眯了眯眼睛，在红得刺眼的房间里四处搜寻，终于找到了那张卡片。

修长的手指夹起那张薄薄的卡片，一看，一行娟秀的字体便映入眼帘。

蔺哥：我是陶酥，你今晚八点值班的时候，记得往窗户外面看一下哦！

好几车的玫瑰花需要花费不少钱，就连香味儿也很有存在感。

蔺平和刚把这张卡片揣到西装口袋里，就听到走廊里传来叽叽喳喳的声音。他转头一看，一大堆员工聚在外面。

他对工地一线的工人态度很和善，是因为他们迫于生计，不得不做着最艰苦的工作、拿着最微薄的薪水，而且在工地里环境的艰苦，不是公司里能比的。

一线员工和职场员工对蔺平和的认知截然不同。

蔺平和不着痕迹地皱了皱眉，视线轻轻地飘了过去，周围便瞬间噤了声。

秘书十分知趣地跑到他的面前，等着他安排任务。

“把花都搬到我办公室去。”蔺平和对他说，然后又补了一句，“多找几个花瓶，加上水插上，一朵都不许扔。”

留下这句话，蔺平和就去会议室继续工作了。

领到任务之后，秘书迅速开启执行模式，二话不说直接跑到商场买花瓶了。

而素日里不受众人待见的老郭，此时此刻竟然成了公司里的焦点人物。

被众人围堵得实在是受不了了，队长大叔只能吐出实话：“好了，我说，我说！”他烦躁地摆了摆手，然后继续道，“不过，我只是稍微扫了一眼，那个小姑娘写在卡片上的话，好像是让蔺总晚上八点的时候往窗户外面看，具体看什么，我就不知道了。”

八卦永远都是自带飞翔技能，短短几个小时，这件事已经尽人皆知了。

虽然大家都不明白，那花是谁送给谁的，为什么送的，但是，人类对于八卦的热爱是无止境的。

下午五点，公司里所有的员工都在打卡完毕之后，再一次回到了办公室。

甚至，还有一小撮热衷看热闹的家伙，去公司对面的咖啡厅里提前占上了位置。

陶酥下课之后，直接就背着书包坐地铁来到了这里。

距离晚上八点还有很长一段时间，陶酥决定再看看"教材"复习一下。

于是，她在花坛附近找到一处干净的石阶，坐在上面，翻开那本《霸道总裁爱上我》继续研究。

书上说，在楼下把蜡烛摆成心形，再铺满玫瑰花瓣，然后就可以送"鸽子蛋"求婚了。

可是，她不想先表白，该怎么叫蔺平和下来呢？

陶酥伸出手，隔着书包摸了摸那里面放着"鸽子蛋"的首饰盒，有些苦恼。

"鸽子蛋"太小了，在二楼应该看不清吧，况且，都要天黑了。

虽然她是参考了求婚的剧情，可是，她还不想那么早就求婚，毕竟两个人现在还没有正式交往。

所以，"鸽子蛋"不是戒指，只是单纯的一颗钻石而已。

但是，她是抱着以结婚为前提的心情来求交往的！

她希望蔺平和能够感受到。

可她困扰着，不知道该怎么把男人从楼上喊下来。

于是，她坐在原地，开始回忆起自己学生时代的那些记忆。

初中的时候……对了！

她记得，她初中的同桌是一个脾气超级大的男孩子，只要别人一跟他说"放学别走，天台见"，他都不会等到放学，直接就冲出去找人了。

把"放学"改成"下班"的话，应该效果不会差太多吧？

想到合适的台词之后，陶酥整个人都愉悦了起来。

她把“教材”塞回书包里，然后给花店的服务人员打电话，让他们来开始布置现场。

晚上七点五十，一切准备就绪。

陶酥送走了帮忙布置的工作人员，然后背着书包站在空地上。

她举起双手，握成喇叭的形状，贴在嘴边，试了一下，总感觉声音不够大。

她虽然是话痨，但不代表她嗓门够大。

这时，一个特别接地气的喇叭声，传入陶酥的耳中。

“大碴粥……黄米饭……茶蛋……大碴粥……”不断地循环着。

“阿姨！”陶酥一下子蹦到那辆小推车前，然后对卖主说，“跟您商量件事儿呗，您的东西，我都买了，可不可以把这个喇叭借我用一下？”

有钱能使鬼推磨，何况只是借个喇叭。

五分钟后，陶酥举着喇叭站在楼下。

这时，刚好晚上八点。

蔺平和如约出现在窗户旁边。

他开了屋里的灯，所以外面的人可以看得很清楚。

此刻，附近不知道有多少双眼睛，在看着这场年度大戏。

陶酥站在被摆成心形的蜡烛的中间，举着喇叭，朝蔺平和所在的二楼大喊了一句：“蔺平和，下班别走，后门见！”

第十一章 鸽子蛋

听到她这样喊，蔺平和很快就从楼上下来了。

男人身着黑色的长风衣，他肩宽腿长，走起路来，风衣下摆会扬起一道漂亮的弧度。

路灯都亮着，微弱的烛光就显得暗淡了不少，不过，映衬着红色的玫瑰花瓣，倒也显得十分有朦胧美。

但是，实话实说，这场面真的是太尴尬了。

事实上，蔺平和此时确实是有点蒙。

于是，他开口问道："你叫我下来干什么？"

"我白天送你的东西……你喜欢吗？"陶酥抬起头，小心翼翼地问他，"你会不会觉得有点浪费啊？没关系，我很有钱的，你别担心。"

蔺平和："……"

"挺喜欢的。"蔺平和不着痕迹地轻咳了一声，然后继续问她，"那现在你还有东西要送给我吗？"

他仔细地打量着面前的小姑娘，她娇俏的小脸上泛着淡淡的粉色，眼神有些飘忽不定，看起来有点紧张。

果真如他所料，她还有东西要送给他。

"有呀，"陶酥点点头，然后慢吞吞地从包里掏出那个小盒子，递给他，“这个送给你。”

小盒子的面料是红色的天鹅绒，看起来十分昂贵。

蔺平和接过这个盒子，犹豫着要不要打开看看。

见他拿了半天，都没打开，陶酥有些着急地催着他：“你看一下喜不喜欢。”

说完，蔺平和就打开了。

这里面的钻石，居然比他早早准备好向陶酥求婚的那枚戒指上的钻石还大……

“这个，太大了吧。”

“还好吧，只是国内市面上最大的而已。最近也没时间去国外，你先将就着用一下，等以后我买到更大的，再送给你。”陶酥一本正经道。

听到她的话，蔺平和决定，以后要亲自跑一趟南非买求婚戒指了。

他早就准备好的那颗，在她面前，已经完全败下阵来。

“你就没什么想跟我说的？”比如告白之类的？

陶酥在心里默默地补充了后一句。

蔺平和垂下眼眸，手里握着那个小盒子，目光落在小姑娘单纯而期待的眼睛上，满肚子的话被这颗“鸽子蛋”卡在喉咙里，想说，说不出来。

见他沉默着，陶酥有些失落地垂下了头。几秒钟后，她再一次兴致勃勃地抬起头，看着他的眼睛，对他说道：“那你就没什么想对我做的？”比如告白之类的？

心情复杂的蔺总，抬起胳膊，轻轻地将面前的小姑娘揽进怀里，揉了揉她毛茸茸的小脑袋，在内心深处无奈地叹了口气。

陶酥伸出手，回抱住了面前的男人，小脸埋在他的胸膛，撒娇性地蹭了两下，像一只不安分的小猫。

十几秒后，陶酥从他的怀抱中挣脱出来，然后再一次抬起头，看着他的眼睛问道：“就没了吗？”

然后，陶酥就看到男人突然低下头，距离她很近很近。

突然拉近的距离，让她的心跳顿时就加速了。

她屏住呼吸，不敢有太大幅度的动作，生怕打破了这份怦然心动。

可是，蔺平和没有继续下去，而是再一次直起身。

陶酥好奇地皱了皱眉，不知道他为什么会这样。

怀着一肚子的疑问，陶酥好奇地望了过去。

随后，男人伸出手，握住了她的腰，稍一用力，就将她整个人提了起来，然后把她放在了花坛上。

花坛的边沿有些高度，陶酥站上去之后，虽然还是没有蔺平和高，但大大地缩短了两个人之间的距离。

紧接着，她就感觉到唇被他吻住了。

灼热而令人缺氧的吻铺天盖地而来，胸腔里的氧气也统统被他掠夺，陶酥喘不过气来，膝盖都发软了，不出几分钟，就被他吻得站不住了。

蔺平和及时地伸出一条胳膊，揽住了她的腰，将她整个人捞了起来，然后继续加深这个吻。

赵佳躲在咖啡厅里，看着同事们快要贴在玻璃窗上的脸，一边摇头，一边无奈地喝着咖啡。

“蔺总居然被攻下了……”

“原来，他喜欢这种侏罗纪时期的追人套路吗？”

“可怕，可怕。”

……

“我觉得他应该是喜欢腿短的。”洞悉一切的赵佳给出了标准答案。

与此同时，陶酥终于重新呼吸到了氧气。

她软绵绵地靠在男人的怀里，小口小口地喘着气，双颊红得不行，不知道是因为害羞，还是因为缺氧。

缓了一会儿，陶酥才回过神来。

她从花坛上跳下来，然后伸出手，牵着他的袖子，毫不停顿地走到了停车场。

“上车吧。”陶酥对他说。

这声音虽然软软糯糯的，但不知道为什么，就是带了一丝不容拒绝的味道。

蔺平和虽然没想明白，她为什么会这样，但还是十分配合地上了车。

风衣的口袋里揣着那枚“鸽子蛋”，他默默无言地看着陶酥给花店的工作人员打电话，让他们过来清理现场。

陶酥挂断了电话，启动了车子。

他认真地思考着南非哪里的钻石大一点，完全没注意到，小姑娘开车带他去了哪里。

车子停下后，蔺平和才意识到，自己被她带到了她在学校附近的那套公寓里。

锁好车子，陶酥伸出手，牵着他的袖子，带着他进了屋。

然后，她把蔺平和推到客卧，自己则往后退了一步，关门、锁门、拔钥匙，整套动作干净利落，毫不拖泥带水。

莫名其妙被锁在屋子里的蔺平和，试探性地敲了敲门，然后稍稍用力地推了两下，才发现自己被她锁在卧室里面了。

这算什么？

金屋藏娇？巧取豪夺？强买强卖？

“你……把我关起来了？”蔺平和有些不相信地问道。

“蔺哥，我有话想对你说。”陶酥跪坐在门前，一本正经地对他说，“请允许我说句心里话，如果看不到你，我会觉得很难受，所以想把你一直都锁在我的身边……嗯，稍等，我忘记台词了。”

陶酥揉了揉脑袋，然后从书包里翻出那本万能的“恋爱教材”，翻到贴着绿色的荧光便笺那页，对着书开始念了起来：“我没办法离开你，你已经成了我生命中不可或缺的一部分，请你一直待在这个房间里吧。”

她念完之后，空气中就只剩下诡异的安静。

蔺平和不说话，陶酥念完了台词之后，也不知道该说些什么。

最终，蔺平和还是开口了：“我……”

“你别说了，”陶酥按照“恋爱教材”上的指导，恰到好处地打断了他的话，“我是不会放你出去的。”

蔺平和：……我刚刚是想表白的。

正当蔺平和准备再一次开口时，门铃突然响了。

陶酥噔噔地跑去开门了。

蔺平和待在屋子里，竖起耳朵，听着外面的动静。

“妹儿啊，我听说你今天又跟那个姓蔺的出去玩儿了？”方十四进门之后就提到了这件事，然后痛心疾首地对她说，“你怎么就不长记性啊？我不是让你离他远点儿吗？！”

“哥……你们怎么都不喜欢他？”陶酥无奈地摇头，“你多和他相处一阵子，肯定会发现他的好！”

“不，别说相处，我都不想看到他。”方十四揉着眉心，无可奈何地说道。

“那我现在就要让你看到他。”

陶酥赌气般地走到客卧的门口，掏出钥匙开了锁，然后打开了卧室的门。

紧接着，站在客厅里的男人，与站在卧室里的男人，就这样隔着一个小姑娘对视着。

方十四的脸顿时僵了。

他面无表情地翻出手机，拨通了一个电话号码，在电话通了之后，对着手机说道：“警察吗？您好，有个变态私闯民宅！”

“哥！你怎么真的报警了啊？！”陶酥被吓了一跳，她没想到方十四动作这么快。

“那当然啊。”方十四坐在沙发上，跷着腿，一脸淡定从容，“他今天敢来，就别想全身而退。”

陶酥知道，自家哥哥在高中时的光辉历史。想当年，整个城里，哪有不知道他名字的高中生？

虽然，她也见过蔺平和以一对十，但两个人真动起手来，蔺平和是否能够全身而退，她心里也没什么底。

更何况，一边是哥哥，一边是喜欢的人，她不希望看到任何一个人受伤。

只不过……哥哥真的是太欺负人了！

陶酥有点生气，于是鼓着脸颊，从沙发上拿起一个沙发垫子，直接就扔到了方十四的脸上。

方十四没想到，向来听话的妹妹，居然敢跟自己动手：“陶小酥！你居然为了这个男人打你哥？”

陶酥翻了个白眼，然后朝方十四吐了吐舌头，做了个鬼脸，看到对方拎着沙发垫冲过来的样子，没来由地有点害怕，连忙转身跑回了蔺平和所在的卧室里，手疾眼快地把卧室的门反锁上了。

方十四在外面疯狂地捶门：“姓蔺的！你给我开门！你要是敢碰我妹，我跟你没完！”

陶酥听着卧室的门被砸得砰砰响，不由得开始心疼起自家的门板。

门的质量虽然不错，但以哥哥的力气，他真想进来的话，也就是一脚或者几拳头的事情。

他现在还没冲进来……应该是因为还没用全力吧。

“蔺哥，你快走吧。”陶酥小心翼翼地从床底下翻出一把钥匙，递给他，然后说道，“这是开窗子防护栏的钥匙，还好当初买房子的时候选了一楼，要不然，你真的要被警察叔叔抓走了。”

蔺平和神色复杂地看了她一眼，不着痕迹地皱了皱眉。

毕竟，在这短短的几个小时之内，他先后经历了玫瑰花海、心形蜡烛、被送“鸽子蛋”、被金屋藏娇、“恶婆婆”来袭这些看起来无比智障的戏码，就算他在商圈里见惯了大世面，还是觉得接受得有些牵强。

今天真刺激。

虽然他的大脑还在缓冲当中，但毕竟是陶酥提出来的解决方法，从明面上看，好像也不赖。

蔺平和拿过钥匙，就去开窗子的防护栏了。

十一月的北京，夜里已经很凉了，刚一开窗子，一阵凉风就吹在了脸上。

“我走了，你怎么办？”跳下窗子之后，蔺平和回过头来问她。

“虽然是一楼，但是，我不敢跳啊。你先走吧，反正我哥也不会把我怎么样。”陶酥笑着对他说，“我……我真的没事，就是还有很多话想告诉你，可是……没有时间说了，你以后还会跟我出来玩儿吗？”

“你先下来。”蔺平和对她说，“你下来，我就告诉你。”

“可是，我不敢跳……有点高……”陶酥有些害怕。

因为这栋公寓所在的小区比较高档，虽然是一楼，但也不算矮。

“你稍微出来一点。”蔺平和对她说，示意她把头从防护栏开启的小门里探出来。

陶酥小心翼翼地挪了挪，肩膀就探出来了。

夜晚的凉风与漆黑让陶酥有些害怕，她一边往外探头，一边开口道："你快走吧，我真的不敢……啊……"

话还没说完，她就看到男人朝自己伸出手，把她从窗台上抱了下来。

"害怕吗？"蔺平和抱着她，一只手臂环着她的腿，另一只手托着她的后背，让她将身上的重心放在他的胳膊上。

陶酥现在相当于坐在他的胳膊上，所以，比他稍微高出了一些。

她垂下眼眸，看着男人，整个人沉浸在他温热的怀抱里，心跳没来由地有些加速。

"不、不害怕……"她磕磕绊绊地回答着男人的问题，双手搭在他的肩膀上，长长的黑发垂在男人的胸膛上，浅淡的柠檬味儿和男人身上灼热的温度融在一起。

陶酥似乎意识到，现在两个人之间的距离太近了，于是连忙对他说："你、你先放我下来啊。"

听到她这样说，蔺平和才不舍地将怀里软绵绵的小姑娘放在地上。

"你还不走啊？"陶酥站稳之后，有些着急地问他，"是不是找不到出口？那我现在带你出去吧。"

陶酥以为，他把她从窗户上抱下来，是因为找不到离开的路。

她被男人撩得有点蒙，已经完全忘记了，自己上次被雨淋晕了，就是蔺平和带她回到这里的事情。

"不用，我认得路。"蔺平和对她说，"刚才在屋子里，跟你一直隔着门，想多看你一会儿。"

他是想多看看她，想抱一下她，仅此而已。

"这都天黑了，你也看不清啊……"陶酥小声地说，"想看的话，以后我们再约着出去就行了。我刚问的问题，你还没回答我，以后我约你，你还会出来吗？我会努力避开我哥的，你别怕他，他如果欺负你的话，我保护你！"

闻言，蔺平和突然笑了。

他伸出手，揉了揉她的头顶，然后把她圈进怀里，轻声对她说："我不怕他，我的身手怎么样，你不是知道吗？"

“那他要是再去你的公司找你麻烦，让你丢了工作，我养你！”陶酥伸出胳膊，努力环着男人的腰，她整个人都埋在对方的风衣里，闷着声音对他说，“所以，你不要因为他就不理我啊。”

“不会的，”蔺平和握着她的肩膀，然后垂下头看着她，对她承诺道，“我会一直待在你的声音可以传递到的地方。”

“我们又不住在一起……”

“可以打电话啊，我一直都在。”

他终于说出了陶酥最想听到的那句话。

这么多年来，陶酥一直在等待的，就是这句话。

——我一直都在。

——一直。

空气中弥漫着静谧的气息，视线隔着十一月清冷的月色，相互传递着某种令人怦然心动的信息。

“蔺哥……你还有什么话想对我说吗？”陶酥看着他的眼睛，认真地问道。

好奇怪，她感觉蔺平和应该也对她有些好感，为什么他就是不明说呢？

“确实还有一点，”蔺平和揉了揉太阳穴，然后安抚性地捏了捏她的小脸，对她说，“其实，你最近送给我的那些东西，都不是我想要的。”

玫瑰花、烛光晚餐、钻石，这些对蔺平和来说，都不重要。

“那你想要什么？”陶酥好奇地问他。

男人垂下眼眸，长长地叹了口气，然后伸出手摸了摸她白嫩的脖颈，挑逗的意味十足，然后对她说：“我想要你。”

陶酥看着男人纯黑色的眼睛，那里似乎又蓄起了一团火焰。

她很害怕男人眼睛里的那团火，总觉得很危险。

“可是，我……”她欲言又止，不知道该怎么回应他。

“先别着急，你下次跟我见面的时候，再回答我吧。”蔺平和收回手，然后对她说，“我先走了，你快回屋吧，天已经很黑了。”

陶酥点了点头，然后跑回单元门的楼梯口，转过身，看着那个男人正站在路灯下，暖黄色的灯光将他颀长的影子拉得更长了。

再远一点，陶酥就看到了穿着保安服装的一群人，正快速往这边移动。

“哎呀，我看到保安了！”陶酥连忙对他说，“我进屋了，你也快走吧，估计我哥刚刚说报警只是吓唬人的，但他真的找小区里的保安了。”

陶酥刷卡，进了单元门，临关门时，特意探出小脑袋，又看了两眼男人渐渐远离的背影。

她依依不舍地关上了门，然后跑回家里。

刚一推开门，她就看到方十四正僵着一张帅脸坐在客厅的沙发上。

“哥……”

“打住吧，我可不是你哥。”方十四气呼呼地翻了个白眼，“姓蔺的才是你哥吧，看你那么护着他，德行！”

“哥，我错了……”陶酥轻轻地走到客厅的角落里，然后跪坐在地板上，双手举过头顶，一副负荆请罪的样子。

方十四瞪了她一眼，然后拿过一个沙发垫，扔到她的面前：“要跪的话，跪在这上面吧，跪好了。”

“是！”陶酥接过沙发垫，垫在膝盖下，然后跪好，看着坐在沙发上的方十四，等待着他的发落。

可是，她等了好几分钟，方十四也没出声。

陶酥刚想开口询问，这时，玄关处突然就传来了开门的声音。

竟然是陶梓！

“姐……”完了，完了，居然连姐姐都惊动了。

看到姐姐进门的那一刻，陶酥的心突然就沉了下去。

哥哥再怎么奓毛都好说话，毕竟智商限制了他的杀伤力。

但是，姐姐就不一样了。

“小妹怎么跪着呢？”陶梓一进门，就看到跪在角落里的小姑娘，连忙露出笑容，朝她招手道，“快来姐姐这儿坐啊。”

陶酥战战兢兢地往沙发的方向走，慢吞吞地走到陶梓的身边。

“小妹有点紧张啊。”陶梓笑眯眯地伸出手，揽着她的肩膀，把她带到沙发上，用温柔得能掐出水的声音，询问道，“听十四说，你最近有点小问题，要不要跟我说，我帮你出出主意？”

“姐，这哪儿是小问题，这……”

“你闭嘴。”

陶梓看着陶酥，等着她把事情都交代清楚。

天真而单纯的小姑娘，怎么比得上这个在商场沉浮了多年的姐姐，她一五一十地全都说了。

就连刚刚蔺平和对自己说过的话，陶酥也一句不差地重复了一遍。

末了，陶酥有些困扰地问陶梓：“姐姐，你说蔺哥说这些话，是不是代表他喜欢我呀？”

“唉，小妹，虽然我不想打击你，但是，我还是要告诉你实话。”陶梓故作忧伤地撇过头，然后慢悠悠地说，“以我的经验来看，这个蔺平和啊，他根本不喜欢你，他只想要你的钱。”

“为、为什么这么说啊？”陶酥不解地问道。

“你想啊，你送他花、烛光晚餐、钻石，他居然都不要，他只要你这个人，这不就说明他对那些小东西完全不满足，他想要你所有的钱吗？”陶梓摇了摇头，一脸的悲痛欲绝，“不过，我们家小妹好可怜啊，第一次动心，居然就喜欢上了这样的人渣。”

方十四一脸震惊地看着陶梓，心中瞬间就溢出了敬仰之情。

“呜……可是，我真的好喜欢他啊，怎么办啊，姐？”浅灰色的眼睛突然就蒙上了一层水雾，陶酥都快急得哭了，“我该怎么办啊？虽然他不喜欢我，但是，我还是想和他在一起。”

“没事，姐帮你想办法。”陶梓眼珠一转，安抚性地拍了拍她的后背，然后对她说道，“不谈真爱就谈钱，姐给你的那张黑卡呢？”

闻言，陶酥连忙跑到卧室，从床底下翻出那张自己都舍不得用的黑卡。

然后，她又跑回了客厅。

“对了，就是这张。”陶梓拿过那张卡，然后一本正经地对她说道，“小妹，你记住，下次再见到他，直接把卡甩给他，反正他就是想要钱，你给他很多很多的钱，让他做你的男人，谁也不欠谁的，懂了吗？”

“懂了！”陶酥委屈地点了点头，牢牢地记住了姐姐的话。

晚上十点，陶梓安抚好了妹妹，关上了门，然后揪着弟弟的耳朵，把他揪到了小区的停车场。

“你还直接上门了？长本事了？我怎么跟你说的，你都忘了？”陶梓非常生气。

“你放开我！”方十四甩开她的手，然后揉了揉被揪得通红的耳朵，对她说，“我看你才有病，你教小妹这些是要干啥？她那小白兔属性，你还让她主动进狼窝，你是亲姐吗？！”

“我是啊，”陶梓点头，“我一直秉承着咱妈的教育理念，你有意见？”

方十四：不敢，不敢，没有，没有。

“其实，我明白你心里的想法，不就是想把真相和盘托出吗？但是，这样对小妹的成长来说，不算什么好事。”陶梓幽幽地叹了口气，“而且，蔺平和这个人，我们因为做生意的圈子不同，所以交往不深，只不过是打过几次照面而已。这个男人是很优秀的，如果他成了小妹的第一个男人，那么，小妹以后再去谈恋爱，眼光肯定会保持一个很高的标准。”

“你确定咱妈是这种教育理念？”方十四皱眉。

虽然他从小就没有跟母亲生活在一起，只是逢年过节时偶尔会见上几次面，但是，他真的没办法相信，一个女人会这样教育自己的女儿。

“我是她带大的，她姓陶，我也姓陶，我比你了解她。”陶梓按下了手里的车钥匙，开了锁，上车摇下车窗，对方十四继续说，“小妹这件事，你不要再插手了。哦，对了，你把这个给小妹，我公司那边还有点事情，着急回去，就不折腾一圈了。”

说完，她把车里的某个精致的木雕花小盒子扔给方十四。

作为一名职业电竞选手，手速和眼速都是一等一的，所以，方十四稳稳当当地接下了那个小盒子。

他还要赶凌晨的飞机，回日本继续打世界赛。

心里记挂着队友，方十四把东西交给陶酥，也就离开了，并没有打开那个盒子看看里面是什么东西。

这就苦了陶酥。

她从小到大一直都很听姐姐的话，这次姐姐让她把这个东西给蔺平和，她还真的有点不好意思。

她白嫩的小手打开了雕着精致花纹的小盒子，里面是几片已经风干了的玫瑰花瓣，花瓣上面是一个DUREX AIR。

陶酥拿着小小的DUREX AIR，俏丽的小脸唰地一下就红得滴血。

姐姐……她是认真的吗？

哥哥肯定不可能跟她开这种玩笑，估计是因为时间紧张，他连盒子的盖子都没打开，否则，这东西根本不可能落到她的手里。

她确实是非常喜欢蔺平和……但是……目前，她对蔺平和还没有那种想法。

陶酥已经二十岁了，说她对这方面的事情完全不了解，那绝对是不可能的。

更何况，她高中的三年都是在日本度过的。

在这样的国家待了三年，陶酥甚至比普通的二十岁女孩子更了解这方面的东西。

可是，这并不代表她本人会有这种乌七八糟的想法。

她对灯发誓，她对蔺平和最深的想法，就是想摸他的腹肌，除此之外，就没了。

真的，她没有什么更过分的想法了！

陶酥一边吹着头发，一边盯着那个小盒子出神。

她不知道，这一次，自己到底应不应该听姐姐的话。

以前，她很听哥哥姐姐的话，第一次对哥哥阳奉阴违，就是因为蔺平和。

不过，陶酥一直都觉得，姐姐跟哥哥不太一样，对于姐姐的话，她不敢不听，也不能不听。

智商决定威信，这话绝对是真理。

陶酥揉了揉热得发烫的小脸，然后把那个小盒子放进了书包里。

只不过，这个小盒子在她的书包里躺了将近半个月，也没有被送到能够使用它的那个男人的手里。

她已经决定听姐姐的话了，但她还没有做好心理准备。

毕竟，把DUREX AIR亲自送到一个男人的手里这种事……至少，现在的陶酥会觉得非常不好意思。

蔺平和最近大概也是很忙，所以也没有腾出时间来约陶酥出来，只不过，两个人睡前偶尔会发发信息、聊聊天。

而关于下次见面时的那个“想说的话”的约定，两个人也不约而同地在发短信的时候绝口不提。

终于，时间到了十二月，北京下了入冬之后的第一场雪。

看着窗外飘洒的雪花，陶酥觉得，自己应该鼓起勇气了。

于是，下课之后，她婉言谢绝了室友对她发出的一起去看电影的邀请，自己一个人走在学校空旷的操场上，看着簌簌而落的雪花，从风衣的口袋里掏出了手机。

停顿了几秒钟，她还是拨通了蔺平和的电话。

不一会儿，电话就被接通了。

男人低沉而性感的声线，带着电子般的音质，传入她的耳中。

夹杂着雪花的寒风卷起她的长发，在她微微卷曲的发尾上，镶嵌了好几枚漂亮的雪花。

“蔺哥……”陶酥小心翼翼地开口，“我想见你。”

“周末？”蔺平和问她。

“不，我今天就想见你，行吗？”陶酥说道。

她踌躇了小半个月，多一秒钟都不想等了。

思念像长着翅膀的小恶魔，来回揪扯着她的头发，让她每时每刻都在头疼。

“那你说时间和地点吧。”蔺平和应了她。

陶酥咬了咬唇，然后对他说：“我放学了就去你工作地点对面的那家咖啡厅等你，下班了，你就来吧。”

“好。”

“你一定要来啊！我会一直等你的！”

“一定去。”

“嗯……”

放下手机，陶酥还是觉得心里七上八下的。

她的担心，不仅仅是蔺平和不会赴约，更是一种浓烈的自我怀疑。

陶酥一直都在想，姐姐说的是真的吗？

为什么她一直都觉得，蔺平和不是那种只要钱的人呢？

她一直都那么相信姐姐的判断力，但这一刻，她开始怀疑了。

可是，如果蔺平和真的就是姐姐说的那样的人，她还能放手吗？

如果在几个月之前，她还能放手，可是现在，她已经放不下了。

她那么喜欢他，就算他只喜欢自己的钱，她也愿意把所有的钱都给他，只要他能一直陪在自己的身边。

陶酥一直都觉得，虽然都是妈妈带大的孩子，但她和姐姐不一样。

她不愿意流连于花丛中，只希望能够找到一个人，长长久久地陪着自己，这一切只是因为爱情，不是因为金钱。

到了现在，她似乎真的变成了自己最不想变成的那种人。

陶酥垂着头，上了公交车，到站之后，面色深沉地走进了那家咖啡厅。

她在靠窗的那个座位坐下，点了杯甜牛奶，然后抱着书包，目光飘到外面，看着大厅里那几个保安，希望能找到蔺平和的身影。

可惜，她没有找到。

或许是因为倒班，又或许是他在休息吧。

这样想着，陶酥抬起手腕，看了看手表上的时间——下午五点十分。

下一秒，咖啡厅门帘上挂着的铃铛，发出了清脆的声响。

陶酥下意识地抬起头，往门口的方向望过去，就看到男人穿着一件长而厚的黑色呢子大衣，进了屋。

他的肩膀上，还残留着几片尚未融化的雪花。

“蔺哥……”陶酥有些开心地从沙发上站起来，刚刚阴郁的气息，在看见蔺平和之后，瞬间就消散了大半。

蔺平和朝她点了点头，然后迅速走到她的对面，坐下，点了杯蓝山咖啡。

“怎么突然这么着急见我？”蔺平和看着她微微蹙起的眉头，有些好奇地问道。

“其实也不是很着急……”陶酥欲言又止，眼神飘忽不定，不敢看他，还总想着转移话题，“你今天很忙吗？来这里会不会影响工作？”

“不忙。”蔺平和对她说，“你叫我出来，就不影响工作。”

听到他这样说，陶酥突然心里一暖。

她在内心给自己加油打气，然后，鼓起了勇气，再一次抬起头。

“蔺哥，这次我约你出来，有一件很重要的事情要跟你说。”陶酥一本正经道，“就是上次我们分别时，我们约好了下次见面的时候要说的话。”

闻言，蔺平和挑眉，颇有兴趣地看着她，平淡的语气中竟然带了一丝不易察觉的期待，然后对她说道：“那你说，我听着。”

侍者端上了那杯蓝山咖啡，但蔺平和不为所动，深邃而纯黑的眼眸，牢牢地锁定在面前小姑娘的身上。

他满心期待着她的告白。

然后，他就可以告诉她，他喜欢了她好多年。

恋爱的长途车似乎就要步入正轨了。

可是，临到停车进站的那一瞬间，陶酥的脑回路再一次跑偏了。

蔺平和看着她抱着书包，右手从书包里掏出钱夹子。

这一刻，他的记忆似乎回到了三个月之前，他与她久别重逢的那一个瞬间。

这一次，白嫩的小手没有翻出三十张红色钞票，而是从钱夹子里抽出一张黑卡，递了过来。

然后，蔺平和就听到她对他说：“今晚你可以来我家吗？”

他的目光落在她单纯而俏丽的小脸上，那双浅灰色的眼眸柔柔地望着他，带着一丝紧张，也带着一丝期待。

绯红的双颊，樱花色的唇瓣，她整个人看起来可口极了。

蔺平和觉得，这其中肯定是有什么误会。

他记得，上一次自己已经跟她说得很清楚了。

那么直白的话，陶酥再怎么说也是成年人了，不可能听不懂。

而且，除了最开始做模特那次，蔺平和都没有收过她的钱，上次收到的那张卡，也在去艺术广场那次还给她了，并解释清楚了。

现在看来，他好像还应该解释一下，自己并不缺钱的这个事实。

可还没等他开口，陶酥就把那张卡推到他的面前，然后又递过来一个雕着精致花纹的小盒子。

这一次，蔺平和发现她的手有轻微的颤抖，似乎比刚刚还要紧张。

蔺平和好奇地接了过去，打开盖子之后，他的手也不可控制地抖了一下。

想到这里是公共场合，蔺平和连忙把盖子盖上，灼热而深沉的目光望了过去，就发现小姑娘的脸颊比刚刚红了好几分。

那样羞涩的样子，简直让他难以相信，这个东西是她亲手递过来的。

陶酥低着头，双手紧张地捏着百褶裙的下摆，用轻得不能再轻的声音，再一次问出了刚刚的那个问题："今晚你可以来我家吗？"

第十二章 生理期

蔺平和觉得，从上一次两个人分别到现在，这段时间里，肯定有哪个人给陶酥洗脑了。

他辛辛苦苦地把金钱从两个人之间的关系里剔除，兜兜转转了好几个月，居然又回到了原点。

他抬起头，视线落在陶酥低垂着的小脑袋上，然后在内心深处无奈地叹了口气。

她觉得害羞的话，干吗要把那个东西和卡一起递过来啊？

“有时候，我真的想把你的小脑袋撬开，”蔺平和对她说道，“看看里面到底有什么东西。”

闻言，陶酥连忙抬起头，绯红色的小脸唰地一下就白了几分，然后她捂住了自己的头，对他说道：“杀人是犯法的……”

“我只是用一个比喻，”蔺平和看着她，轻笑了一下，“东西我都收下，满意了？”

“真的吗？”

“真的。”

蔺平和一本正经地点了点头。

他确实想过拒绝这些东西，毕竟，在一段感情中，名分比什么都重要。

可是，名分能追到妹子吗？

答：不能。

所以，要名分有什么用。

“那你收拾一下东西，晚一点我来这儿接你。”陶酥伸出手指，一样一样地帮他数着，“衣服和洗漱用品什么的，可以直接去超市买新的。床呢，我觉得我睡的床挺大的，就不用买新的了。衣柜我一会儿帮你买一个新的，让工作人员直接送到家里来……”

“等等，”蔺平和出言打断她，“这是什么意思？”

只是陪睡一晚而已，怎么要准备这么多东西？

“让你搬来和我一起住呀。”陶酥眨了眨眼睛，然后对他说，“我名下只有学校旁边那一处房产，没有别墅，所以，要委屈你跟我一起住两居室的公寓了……”

说到这里，陶酥还觉得挺对不起他的。

她记得，跟过姐姐的男人，分手后要么能得到一栋别墅，要么能得到一辆豪车。

可是，她又不是总裁，虽然家里有钱，但是，属于自己的财富并不多。

她觉得自己并不能给蔺平和很优渥的生活。

“我和你一起住？”幸福来得有点太突然，蔺平和甚至有点接受不了。

“是的。你是不是觉得那套房子太小了，不高兴啊？”看到男人疑惑的眼神，陶酥有些担心自己刚刚的猜测就是男人心里所想的。

他会不会嫌弃她很穷啊。

陶酥十分担忧。

“没有，”蔺平和连忙否认，然后像是不敢相信似的，再一次跟她确认，“你真的让我和你一起住？”

“是啊，”陶酥点点头，“你愿意吗？”

“我愿意。”像是丝毫不给她反悔的时间一样，蔺平和还没等她的话音落地，就连忙给出了肯定的答案。

他没想到自己竟然能够登堂入室。

两年之前，他完全不敢想象的事情，现在竟然发生了。

“那、那就……”陶酥从沙发上站起来，红着脸看着他，然后对他说，

“你先去收拾一下东西，半个小时之后，我来你的公司门口接你。”

“等……”

“待会儿见！”

说完，陶酥就抱着书包跑开了。

她的动作太快了，蔺平和一句话都没来得及说完，就被她扔在了咖啡厅里。

静谧的空气中，还飘荡着门口铃铛晃动的响声。

声音越来越微弱，也昭示着小姑娘离开的时间越来越久。

蔺平和垂下眼眸，看着面前桌上的那杯蓝山咖啡，已经慢慢地开始不再冒热气了。

他心里有点乱，早就没心情喝咖啡了。

于是，蔺平和从座位上站起来，准备去前台结账，却不料，侍者告知他账单已经被陶酥结过了。

这一瞬间，他那种被人包养了的感觉，才真的落到了实处。

蔺平和站在咖啡厅的门口，突然就没什么闲心思去处理办公室里堆积如山的文件了。

他拨通了助理的电话，让他把自己的行李整理好，送到公司的门口。

半个小时后，下班后仍然留守在工作岗位上兢兢业业加着班的工作人员，就有幸看到了这样的一幕。

那辆行踪不定的红色法拉利，再一次出现在了公司的门口。

蔺平和拖着拉杆箱，上了那辆车。

然后，法拉利就把蔺平和带走了。

车上，陶酥的心情很复杂，有七分开心，两分沉重，还有一分小小的期待。

她开心，是因为，她现在终于名不正言不顺地跟蔺平和在一起了，沉重，是因为名不正言不顺，至于期待……

她还不知道，也想象不到，今晚会如何度过。

握着方向盘的小手有些发抖，陶酥尽量让自己别想太多，专心开车。

好在她驾龄不算短，对这台车子的驾驶细节也很习惯，所以也十分安全。

十二月的北京，天黑得很早，到家的时候，还不到晚上七点，天色竟然已经完全黑下去了。

陶酥摇着手里的钥匙，在前面走，蔺平和拉着拉杆箱，跟在她的后面。

从停车场走到单元门，又从单元门走进屋里。

“其实，我已经提前准备了。”陶酥蹲在玄关前的柜子里，帮他拿了一双尺码合适的新拖鞋，放到地板上，然后对他说，“我能想到的，都帮你准备了，浴室的台子和柜子空出来了一半，你可以放你用的东西。我平时不怎么看电视，所以，电视归你，无论是看球赛，还是看新闻，我都不会和你抢。家政阿姨每周一下午都会来收拾屋子，以前我不住这里，现在你在这里住了，我会让阿姨来时，提前问你一声，嗯……剩下的还有什么问题，你可以跟我说，我会尽量做好的。”

既然上一次蔺平和说不喜欢她送的东西，她干脆就把那本“恋爱教材”还给了封蜜。

她现在做的这些，有一半是参考陶梓平日里的作风，还有一半是自己悟出来的。

看着小姑娘把他安顿得明明白白，他不知怎的，竟然有一种“这样好像也不错”的感觉。

原来，出卖肉体，居然有这么大的功效吗？

如果可以选择的话，他还真的想试一下，每天什么都不用做，只需要躺在床上，等着小姑娘扑过来的那种生活。

这是蔺平和在遇见陶酥之后，再一次觉得有钱是一种负担。

“蔺哥？你怎么不说话？”见他沉默了很久，陶酥有些担心地问道。

“没什么。”蔺平和摇了摇头，然后对她说，“我先去洗漱了。”

“哦……”陶酥伸出手，白嫩柔软的指尖指了指，对他说，“在那边。”

说完，蔺平和便从整理好的行李中拿出睡衣，往浴室的方向走去。

距离小姑娘稍微远了一些之后，他的大脑才渐渐冷静了下来，发觉这屋子里的温度偏高。

他把换洗的衣服放在浴室门口的架子上，然后脱掉了风衣和西装，迈开长腿，三两步走到玄关处，挂在衣架上。

然后，只穿着白衬衫的蔺平和，不知怎的，就发觉身后有一道微微发烫的视线，一直盯着他。

他解着扣子的手停了下来，微微侧过身，余光就瞥见那个眼睛瞪得圆圆的小姑娘。

那双浅灰色的大眼睛，一眨不眨地盯着他看，丝毫不遮掩。

在察觉到被他发现了的时候，那双眼睛才笨拙地躲开了他的视线，然后垂下头，黑色的长发中露出一双红得不行的耳尖。

看到她想看又不敢看的样子，蔺平和突然觉得有些好笑。

陶酥手忙脚乱地去收拾茶几上的东西，原本摆放得整整齐齐的报刊、杂志，在她紧张的动作下，一股脑地从茶几上掉在了地板上。

她红着脸，蹲在地板上，慢慢地去捡那些散落在地板上的报刊、杂志。

这些杂志，都刊登有她画过的插画，最上面那几本是新刊，刊登的恰好是她遇见蔺平和之后画出来的那些画。

她的心脏怦怦地跳着，她在心里告诉自己，快一点收拾好，千万别被他发现。

可是，蔺平和已经发现她在偷偷地看着他了。

陶酥的手刚刚摸到最后一本书，想捡起来，却不料这本书被另一只更有力气的手抢了过去。

那是最新的十一月刊，封面上赫然是一个穿着水手服的姑娘，扯着一个穿着西装的男人的领带，两人鼻尖相贴，差一点点就吻上了的样子。

“别看！”陶酥一边说，一边想抢过来。

但是，男人的身手更加灵活，躲过了她的手，然后仔细地看着封面上的那幅画。

“我想看。”蔺平和再一次躲开她，然后晃了晃手里的杂志，对她说道，“我不像你，我想看就看。”

“你……”陶酥被他一语双关的这句话，怼得没话说了。

紧接着，男人仍然不肯轻易放过她，反而一步一步地逼近她。

陶酥有些害怕，不停地往后退，小腿撞到了柔软的沙发，然后腿一软，直接坐在了沙发上。

本就比他矮上那么多，这一坐下，比他矮得就更多了。

陶酥仰起头，怀里抱着那一堆轻小说杂志，浅灰色的眼眸瞬间就蒙上了一层水雾。

虽然他早就知道，她当初会那样做，就是因为她要画插画，可是……

那些杂志都非常有日本特色，她不希望藺平和知道，自己平时画的插画，都是被刊登在那些杂志上。

毕竟，国内大多数人都接受不了这个东西。

她非常害怕藺平和发现之后会讨厌她。

“想要这个吗？”藺平和晃了晃手里的杂志，看她伸手来抢，轻易地躲开，然后继续说，“说实话。”

“想要！”陶酥急得不行，抢了好几次都没抢到，干脆不抢了，伸着手对他说道，“我说实话了，你快点还给我！”

听到她这样说，藺平和十分信守承诺，把杂志还给了她。

陶酥抱着那一堆杂志，从沙发上站起来，迈开腿，就想跑回卧室，把那些东西都塞到床底下。

她实在是太不谨慎了，明明提前收拾了屋子，怎么会忘记把这些东西处理掉呢？

可是，藺平和偏偏就不让她如愿。

他伸出手，握住了小姑娘柔软的肩头，稍一用力，就把她按了回去，让她继续坐在沙发上。

男人弯着腰，一双长腿从侧面看笔直而修长，跟模特一样。

他慢慢地贴近她，挺翘的鼻子贴着她柔软的小鼻尖，只剩下一点点距离。

然后，陶酥就听见面前的男人用那个低沉而性感的声音，意味深长地对她说：“跟我说实话，你还想看什么？嗯？”

男人灼热的气息距离她很近很近，弄得她透不过气来。

她往后躲，直到后背贴在了沙发背上，男人与她仍旧维持着这样的距离。

柔软的手腕被男人分别按在沙发靠背上，怀里抱着的杂志，哗啦啦全洒在了沙发上。

最终，她只能认输般地说出了实话：“我说。我想看的话……你就真的会脱吗？”

闻言，蔺平和松开了钳制着她手腕的双手。

他慢慢直起身，站在她的面前，与她维持着一个相对安全的距离。

陶酥小心翼翼地抬起头，不期然地就撞进了男人那双纯黑色的眼睛里。

男人领口的两粒扣子已经解开了，露出凸起的喉结，和若隐若现的锁骨。

纯黑色的眼眸一眨不眨地盯着她，她坐在沙发上，动也不敢动，只能用圆溜溜的大眼睛直直地看着他。

她看着他慢慢地抬起手，放在衬衫上的第三粒扣子上，她的心脏跳动的速度也开始变得越来越快，开始期待着扣子被解开后，会看到的景色。

可是，几秒钟后，蔺平和并没有解开扣子，双手再一次垂在了身体两侧。

男人微微眯着眼睛，朝她抬了抬下巴，目光中带着某种诱惑与挑衅，对她说道："想看的话，就自己动手。"

听了他的话，陶酥先是一顿，大而明亮的浅灰色眼睛眨了两下，然后，她甩掉拖鞋，像小动物一样灵巧地转身，就站在了沙发上。

沙发的高度还算好，足以让她和蔺平和的视线平行。

身高上不被压制，陶酥甚至觉得多了某种自信。

她慢慢地伸出微微颤抖着的小手，暗自给自己打气，最终，摸到了男人衬衫上的第三粒扣子。

这个时候，她应该怎么做？

混沌的大脑开始下意识地搜寻着，曾经储存过的那些记忆。

此时，深受那本言情小说荼毒的陶酥，似乎又陷入了某种怪圈。

她觉得，自己这个时候，不应该是解扣子，而是应该霸气地用手扯开他的衣襟，让那些扣子全部从衬衫上崩开，然后把男人压在沙发上，带着邪魅的笑容抚摸他英俊的面孔。

可是……这毕竟不是小说啊。

别说把蔺平和压在沙发上，就算是扯开那几粒扣子，对于陶酥来说，也是一个根本不可能完成的挑战。

想到此，陶酥有些失落地垂下了头。

蔺平和看着她低下头的样子，觉得有些奇怪。

他忍不住伸出手，抬起她的小脸。

娇俏绯红的小脸上，带着一丝怅然，就连她手上的动作都停了下来。

微凉柔软的小手，隔着衬衫那层薄薄的布料，贴在第三粒纽扣的位置上，那里刚好在他的心口处。

柔软的指尖不着痕迹地摩擦着他衬衫上的布料，应该是无意识的动作，却像幼猫挥着柔软的爪子，挠得人心里发痒。

他不知道小姑娘现在究竟为了什么而惆怅。

但是，看到她那样的表情，蔺平和突然就心疼了。

他抬起手，拂过她顺滑而柔软的长发，然后握住了那双小手，带着她的手，去解开自己衬衫上的扣子。

但是，扣子刚刚解开了一粒，陶酥就嗖地一下抽回了自己的手。

抬起眼眸，她看了一眼男人的脸，然后迅速地转身，捂着脸，背对着他蹲在沙发上。

她长长的黑发也垂在沙发上，从后面看起来，像黑色的瀑布。

“又不想看了？”蔺平和问道。

他越来越觉得自己不够了解陶酥。

蔺平和很确定，她刚刚的那种期待的目光，就是想看。

可是，不知道为什么，现在她却突然收手了。

当然，如果他知道，陶酥只是在为自己的力气太小，不能把他压在沙发上扯碎他的衬衫而遗憾和难过，他的三观绝对会被再度刷新到新境界。

说到底，还是言情小说害人不浅。

可是，蔺平和现在并不知道陶酥心里在想些什么，所以，他只能这样关切地询问她。

听到男人关心的问话，陶酥先是一僵，但是，也没有回头看他。

她只是缩得更小了，并且将头抵在沙发靠背上，双手抱住膝盖，彻底缩成了一个球。

然后，微弱的声音就传入了蔺平和的耳中，她对他说：“现在先……不看了，你先去洗吧，嗯……洗完再说。”

陶酥仍旧背对着她，脸埋在沙发上，声音有些闷闷的。

与她认识了好几个月，对于她这种撩完了就跑的“恶劣行为”，蔺平和似乎已经习惯了。

所以，男人听完了她的话之后，也没再多说些什么，只是有些哭笑不得地拍了一下她的小脑袋，惩罚性地揉了揉她的头发。

“你啊，”他的大手顺着她的头发滑了进去，捏了捏她红得不行的、小巧的耳尖，然后用带着笑意的声音对她说，“真是要人命。”

说完，蔺平和就转身离开了。

他站在浴室的门口，慢悠悠地解开自己衬衫上的扣子，精致而漂亮的麦色肌肉，一点一点地暴露在空气中。

他鹰隼一样锐利的黑色眼睛直直地盯着陶酥的背影，想着她听到脱衣服的细微声音，或许会转过头来看他。

却不料，她还真就一言不发地背对着他蹲在沙发上，一动不动。

最终，蔺平和只能把脱下来的衬衫扔进门口的衣篓中，然后抱着睡衣进了浴室。

听到关门声，陶酥才转过头。

她捧着自己发烫的小脸，小心翼翼地下了沙发，然后慢慢地走到浴室的门口。

隔着一道薄薄的门，陶酥能轻易地听到浴室里传来的哗哗的水声。

浴室里暖色的光线，透过磨砂玻璃映在客厅的地板上，再配合上不间断的流水声，总有一种少儿不宜的感觉。

所以说，跟姐姐相比，她实在是差得太远了。

陶酥蹲在浴室的门口，手指偷偷地戳着那个放着衣篓的架子，开启自我反思模式。

她每次都是这样，有贼心，没贼胆儿，一到关键时刻就掉链子，不是想这个，就是想那个。

这一次，蔺平和都那样主动了，她还是没能做些什么。

她和姐姐都是一个妈生的，做人的差距怎么就这么大呢？

思及此，陶酥站起来，双手握拳，在身前上下捶了两下空气，算是给自己加油。

然后，她再一次走到茶几的旁边，把那些杂志都整理好，然后一股脑地都塞到沙发下面，又把蔺平和的行李整理了一下。

他的东西很少，衣服也只有两三套而已，而且都是西装，还都是她买给他的那些。

陶酥拿来衣架，将他的衣服逐件挂好，然后把那些衣服都挂回卧室新买的衣柜里。

挂好衣服后，陶酥撇过头，就看到自己卧室里的那张大床。

这屋子里的床是她自己选的，当时刚上大学，她很嫌弃寝室里又窄又硬的床，所以干脆任性了一次，买了张2米×2米的King size(特大号)大床。

后来，她也渐渐习惯了学校里的生活，反而觉得这张床有点奢侈了。

不过，也幸好当时买了这么大的床，要不然，蔺平和今晚就没有合适的床可以睡了。

谁让他长得那么高，普通的床肯定短了吧。

一边这样想着，陶酥一边从衣柜最下层取出了自己的睡衣。

她抱着干净的睡衣，再一次回到客厅，浴室里的水流声还是没有停。

于是，陶酥拍了拍脸颊，努力让自己镇静一下，然后坐在沙发上，打开了电视。

看着电视里毫无营养的泡沫剧，陶酥的脑子乱成了一团，像怎么理也理不好的麻线。

“你无情，你无耻，你无理取闹”重复了六次之后，浴室的门被人从里面推开了。

陶酥像一只受了惊的小兔子，腾地一下从沙发上站起来，拿起遥控器，迅速关了电视，然后侧过身，视线粘在刚刚洗完澡的男人身上。

他的身上似乎还带着水汽，黑色的发梢还滴着水，透明的水滴顺着他的脖颈，滑过了形状优美的喉结与锁骨。

“你、你洗完了啊……”陶酥看着他，小声地说道。

“嗯，洗完了。”蔺平和点头，然后用毛巾擦了擦滴着水的头发，往客厅走，一边走，一边说，“我习惯用凉水洗，热水还没动过，不用再烧了。”

说完，他直接坐在沙发上，不着痕迹地坐在她的身边。

“你不冷吗？”陶酥听到他的话之后，有些好奇，也有些担忧，于是伸出手摸了摸他的头发，果然是凉水的温度，“现在可是十二月啊。”

“不冷，我一直都是这样的习惯，”蔺平和对她说，“别担心。”

也对，他的身体素质确实过硬，强得不像是正常人。

“那好吧……”陶酥点了点头，然后抱起沙发上的衣服，往浴室走，“我也去洗了。”

她不明白，为什么男人身上都是浅浅的凉意，却让她感觉到了灼热的气息。

所以，她想快点进浴室，在那个密闭的空间里，在没有蔺平和的空间里，好好地想一想。

可是，当她走到浴室的门口，身后就传来了一个声音。

“等等，”男人从沙发上站起来，然后慢慢地走向她，并对她说，“你……稍微快点儿。”

“我知道了……”陶酥轻轻地答应了他。

不知怎的，她的心跳又开始加快了。

她迈开步子，想进浴室，却不料男人已经走到了她的身后。

下一秒，陶酥就听到男人的大手拍在她头顶的门框的、沉闷的声音。

然后，她就感觉到，一条有力的胳膊揽住了她的腰，将她带进了一个泛着凉意的怀抱里。

这份凉意中，夹杂着强烈的荷尔蒙气息，让她的头晕晕的。

紧接着，她就感觉到男人将下巴贴在她的头顶，然后用低沉的声音对她说道：“你想要什么，今晚我都可以给你。”

陶酥觉得，自己的耳中已经隐隐发出了嗡嗡的声音。

她一只手抱着换洗的衣服，空闲下来的另一只手，想去拽开蔺平和揽在她腰上的大手。

柔软的指尖在碰到男人手背上温热的皮肤后，像触了电似的迅速移开。

然后，她感受到男人将她抱得更紧了。

“你先放开我啊……我要洗澡。”陶酥缩了缩脖子，然后小心翼翼地扯着他的袖子，努力地想从他的怀里逃出来。

蔺平和没说话，仍然抱着她不撒手。

“我会快点洗完的。”陶酥小声地对他说，“真的，我保证。”

闻言，揽在她腰上的那条有力的胳膊一顿，她趁着这个空当，灵巧地蹲下，然后侧身，从他的怀里跑了出去。

陶酥转过身，抱着睡衣抬起头看，就看到男人一只手撑着门框，高大的身影堵在门口，让她瞬间就多了一丝陷入密室危机的感觉。

好奇怪，他什么时候变得这么缠人了？

几秒钟后，陶酥觉得这么一直僵持着也不是个办法，于是，干脆伸出手去推他。

柔软的小手放在男人宽阔的胸膛上，用力地把他往门外推，隔着那层薄薄的衣料，她甚至能感受到对方手感上佳的胸肌。

“你倒是出去啊，你在这里站着，我怎么洗？”陶酥抬起头，有些委屈地望着他。

蔺平和垂下眼眸，极有深意地看了她一眼，然后顺着她手上微不足道的力气，离开了浴室的门口。

临走时，他体贴地帮她带上了门。

看到门被关上了之后，陶酥悬着的那颗心总算是落了下来。

虽然，她今天找蔺平和之前，已经鼓起了勇气，但是，事情真的进展到了最关键的一步时，她居然没来由地有些害怕。

她不止一次地询问自己，现在的一切，真的是自己想要的吗？

如果不是的话，那么，她该怎么改变现在的状况？

陶酥坐在盛满了热水的浴缸里，想了很久。

因为封蜜给她的那本《霸道总裁爱上我》，被她前前后后看了不下十遍，而且每次看都会重新做批注，以至于她现在闭上眼睛，满脑子都是那本小说里的情节。

既然故事里男主角和女主角的互动没有了参考价值，那么，男二号和女二号呢？

那本小说里的女二号是一名十八线小演员，男二号是影视公司的老板，原本是一个娱乐圈潜规则的故事，但是，男二号一直都没有和女二号睡觉，反倒是用大把大把的资源捧她……

后来，男二号和女二号名正言顺地在一起了。

陶酥觉得，这个关于潜规则的副线故事，好像更符合自己和蔺平和的情况。

所以，真正的重点在于，只给钱不睡觉吗？

陶酥思考了一会儿，觉得自己分析得非常有道理。

将身上的泡沫冲干净之后，陶酥穿上睡衣，站在浴室的镜子前面，拍了拍自己的脸颊，给自己加油打气，然后推开了浴室的门。

越靠近卧室，陶酥的心跳速度就越快。

她深吸了一口气，然后猛地推开了卧室的门，就看到占据着她全部思维的那个男人，此时此刻正躺在她的床上。

男人靠着床头的枕头，手里拿着一本金融杂志，暖色的灯光柔和了他棱角分明的面孔，整个人都仿佛被笼罩上一抹温柔的颜色。

“上来啊。”蔺平和抬起头，随手将那本杂志放下，然后对她这样说着。

陶酥慢腾腾地从门口蹭到床边，然后伸出手，抱起自己的小枕头，另一只手努力地扯着自己的被子。

她这动作幅度虽然不大，但蔺平和一直都在盯着她，怎么可能发现不了。

男人伸手拉住了她的被子，制止了她的动作，然后挑眉，纯黑色的眼睛微眯，轻声问道：“你做什么？”

她被他直白而露骨的目光吓得手一抖，被子就从她的手里掉了下去，软绵绵地搭在床的边沿，看起来可怜兮兮的。

“没、没做什么，我就是觉得……有点……热，”陶酥红着脸，垂着头，不敢看他，磕磕绊绊地继续说，“所以，我还是去隔壁睡吧……”

静默。

空气中是几秒钟的静默。

蔺平和没有说话，只是直直地看着她。

紧接着，他扔掉手里的被子，然后长腿一迈，从床上下来，走到衣柜的旁边，拎出自己厚厚的风衣披在小姑娘的肩膀上。

陶酥抬起头，狐疑地望了过去，就看到男人立刻转身，走到了卧室的窗子旁边，二话不说地开了窗。

十二月的北京，已经很冷了。

更何况，白天还下了雪。

带着刺骨凉意的寒风从窗户吹进来。

幸好她现在披着男人的风衣，否则，真的是要被冻死了。

她虽然下半身不怕冷，但是，上半身每次都要裹得厚厚的。

反倒是蔺平和，一点都不怕冷，他站在窗口，夜风吹起他的发。

然后，他转过身对她说："现在不热了。"

陶酥："……"

是，不热了，可是，难道不觉得冷吗？！

陶酥震惊地望着他，看着男人站在窗边的风口里，连呼吸之间都泛出了白气。

她不敢再说什么"热不热"的话题了。

她小心翼翼地走到他的身边，然后看了一眼男人毫无波澜的纯黑色眼眸，伸出手，迅速将窗子关上。

"我不热了。"她晃了晃男人的袖子，然后有些担心地摸了摸他的大手，幸好温度还是熟悉的热度，这才放心下来，对他说道，"你别再开窗户了。"

陶酥扯了扯他的袖子，但是，男人仍然没什么回应。

他的五官轮廓很深，脸上如果没什么笑意的话，看起来会令人觉得严肃而正经，甚至，还会多出一丝让人敬而远之的冰冷。

陶酥以为他是生气了。

毕竟，金主也是需要诚信的啊，出尔反尔，会不会让他觉得没有安全感？

这样想着，陶酥不禁伸出胳膊抱住了他。

他身上的睡衣被冷风吹得很凉很凉，摸上去有些冰冰的，但幸好身上的温度较高，过一阵子也就回温了。

陶酥抱着他的腰，娇俏的小脸埋在男人宽阔的胸膛，耳朵贴在他的左胸处，听着男人节拍平稳的心跳声。

或许是因为用了沐浴乳，男人的身上还带着淡淡的薄荷味儿，冰凉的薄荷味儿裹着他身上特有的荷尔蒙气息，让陶酥觉得有些着迷。

她环着男人窄窄的腰的手臂，大概是出于某种安慰性质的心理，一下一下轻轻地摸着他的后腰。

蔺平和被她不经意间的这种动作，撩拨得心痒。

他垂下眼眸，看着抱着自己的女孩。

她身上披着他的风衣，柔软的身子贴在他的身上，像被人抱在怀里的猫咪。

丝丝缕缕的轻柔呼吸，透过薄薄的睡衣，甚至能拂过他的心脏。

蔺平和伸出手，将她身上的那件风衣掀开，扔到床边的椅子靠背上，然后趁着她晃神的空当，把她整个人抱了起来。

莫名其妙被抱起来的陶酥，脑子有点晕，她呆愣了一会儿，才后知后觉地伸出胳膊，环住了男人的脖子。

他的两只胳膊分别托着小姑娘的后背和膝窝，她穿着睡裙，他温热的手掌直接触摸到她露在空气中的白嫩皮肤，绵软细腻的触感，像高档的绸缎。

陶酥环着他的脖子，浅灰色的眼睛下意识地望过去，就撞进了男人纯黑色的眼眸中。

他的眼眶有些泛红，凸起的喉结滚动了一下，纯黑的眼眸直直地望着她，像锋利的钩子，将她整个人都钩住了，一丝一毫都不敢转移视线。

陶酥不禁缩了缩脖子。

可是，还没等她说些什么，男人就抱着她往床边走，然后，她就被他扔到了柔软的床铺上。

男人宽阔的肩膀挡住了卧室里的光线，他逆着光的样子，让陶酥的心跳不禁停掉了一拍。

“等……等一下……”陶酥被他的样子吓到了，连忙出言喊停。

“如果我说不等呢？”蔺平和眯着眼睛，看着她粉嫩的唇瓣，第一次表现出很强势的一面。

他等了这么久，这次没有理由再等了。

曾经，那么多次的交往中，她都是撩完了就跑，让他哭笑不得。

这一次，她亲自把他领进家里，让他躺在她的床上，难道就是为了跟他说“等一下”这种话吗？

开什么玩笑！

“我真的有一点点问题……很重要的问题！”陶酥都快急哭了，她费力地挣脱着男人的束缚，可是，那点力量对于蔺平和来说，毫无用处。

“很重要的问题就是，你给我钱，然后要睡我，不是吗？”

话音刚落，男人灼热的吻，就落在了她的唇上。

男人的动作突然就僵了。

“我都说了让你等一下啊！”软糯的声音甚至带了哭腔。

她用力地推开了男人僵着的手，然后从床上爬了下来，往卫生间的方向跑去，像一只被狼追着的小兔子，速度快得惊人。

蔺平和跪在床上，抬起手，看着手指上那抹刺目的红色，非常想把上帝从天上拖下来揍一顿。

他站起来，心情十分郁闷。

他阴着脸，用干净的那只手推开了卧室的门，然后去客房的卫生间洗手。

处理完这些乱七八糟的事情之后，蔺平和坐在客厅的沙发上，抱着胳膊盯着卫生间，等着小姑娘出来。

陶酥把自己收拾得干干净净之后，一推开门，就看到刚刚抱着自己的男人，冷着一张脸，坐在沙发上看着她。

“你别着急啊……”陶酥慢腾腾地走到他的面前，然后坐在他的身边，推了推他的胳膊，安慰道，“很快的，也就五六天，我不会反悔的，你别担心……你还住在我家，还睡在我的床上，好不好？”

陶酥怕他觉得，自己对这件事情后悔了，于是连忙向他表示，自己绝对不会反悔。

只是，她这样说完，男人的脸色依然阴沉着，表情看起来有点吓人。

于是，陶酥继续对他说：“不是说我今晚要什么，你就给我什么吗？板着个棺材板儿脸干吗啊，你说话不算数吗？”

“算数。”蔺平和侧过头，看着坐在自己身边的小姑娘，冷着脸问她，“你想要什么？”

“我肚子有点痛……”陶酥趴在他的胳膊上，软绵绵地对他说，“我想要喝红糖水，行吗？”

闻言，男人盯着那双浅灰色的眼睛，看了几秒。

然后，他伸出手，惩罚性地捏了一下女孩红润柔软的脸蛋。

“回床上躺着去，”他对她说，“我给你煮。”

陶酥听了他的话，甜甜地笑了一下，然后蹭了一下男人的肩膀，一蹦一跳地跑回卧室了。

蔺平和看着她的背影，总觉得哪里不对。

她那轻快的脚步，怎么看都不像是肚子痛的样子啊！

事实上，陶酥的肚子确实不是很痛。

但是，她很感激突如其来的这个意外，让她有一个缓冲的余地。

果然“恋爱教材”这个头衔不是白说的，陶酥遇到的所有关于恋爱的问题，都能在里面找到答案。

她想，和蔺平和同居是一回事，但是，真的戳破那层窗户纸，应该找一个更合适的时机。

可是，如果今晚他们没有睡在一起，那么，蔺平和会不会怀疑她要反悔？

刚刚他贴上来的动作那么热切，纯黑色的眼睛像鹰一样锐利，一副要把她生吞活剥了的样子。

谈个恋爱真的很麻烦。

两人提前睡了，怕他觉得没名分，缺乏安全感；不提前睡的话，又怕他以为她不喜欢他。

陶酥很苦恼。

蔺平和推门进来的那一瞬间，陶酥突然眼前一亮。

她想到了解决方案。

“给你，”蔺平和把盛着红糖水的小碗递给她，然后对她说，“小心烫。”

陶酥点了点头，然后接过他手里的碗，用勺子舀着，一点一点地喝。

蔺平和坐在床边，深邃的目光望着她，充满了无奈。

陶酥一边喝，一边小心翼翼地用余光打量着他。

喝完了之后，她跑到浴室重新刷了牙，然后又迅速地钻进了被窝里。

毛茸茸的小脑袋从被窝里探出来，柔软的小手从被子的边沿伸过去，握住了男人的大手。

浅灰色的眼睛眨了眨，然后她对他说：“今晚你可以抱着我睡吗？”

第十三章 晚安吻

蔺平和觉得，小姑娘最近非常有长进。

以前是撩完了就跑，今天，她撩完了没跑，却让他碰不了她。

现在的她，就像被放在玻璃罩里的美餐，只能看，不能吃。

对于这种毫无人性的行为，蔺平和表示，只能看就只能看，总比连看都看不到强。

于是，蔺平和没有甩开她的手，而是反手握了回去。

白皙的皮肤柔软而细嫩，令他爱不释手。

陶酥往床边蹭了蹭，关了床头灯，卧室里突然就陷入了一片昏暗。

黑暗中，困意渐渐来袭。

身边有了一个温暖的热源，陶酥总会下意识地往那个方向靠。

她钻进那个温热的怀抱中，贴在男人温暖结实的胸膛上，如同置身于温泉中一样，舒服而充满了安全感，头顶是男人平稳的呼吸声，腰上横过来的胳膊有力而温柔。

陶酥闭着眼睛，忍不住摸了摸男人放在她肚子上的大手，一下又一下，像小猫挠在他心脏最柔软的位置上似的。

“睡觉还不老实。”蔺平和隔着被子抱着她，横在她腰上的手，反而握住了她“作恶”的小手，“肚子不疼了？”

“嗯……”陶酥咕噜了一声，然后小声说，“喝完红糖水就不疼了。”

“那你不睡觉？”

“睡，马上就睡。”

说完，陶酥就闭上了眼睛，不再说话。

可是，她真的睡不着。

她不知道为什么，男人身上的温度越来越高，从最初的温暖舒服，变成了灼人的热度，烫得她睡不着。

几分钟后，男人松开了她的手，然后迅速下了床。

“你干吗啊……”陶酥转过身，看着蔺平和站在床边的样子，好奇地问他，“不睡觉了？”

“睡。”蔺平和长舒一口气，然后从床上拿过自己的枕头和被子，用左手夹住，右手替陶酥掖了掖被子，对她说道，“我去客卧睡。”

关灯有一阵子了，陶酥的眼睛也渐渐适应了漆黑的环境。

她侧过身，看着清冷的月光透过纱质的窗帘，映在男人的脸上。

他黑色的眼眸中折射出浅白色的月光，那里面似乎蕴藏着某种令她看不懂的情愫。

“我走了。”蔺平和拎着被子和枕头，往门外走。

“蔺哥！”陶酥叫了他一声。

闻言，蔺平和停下了离开的步子，但是没有回头。

他错了，如果吃不到的话，最好也不要再看了。

这是真理。

“还有事？”蔺平和问她。

“你……真的要走吗？”陶酥缩在被窝里，小心翼翼地问他。

她不知道男人心里现在在想些什么。

明明刚才还好好的，为什么突然就要走？

蔺平和没说话，陶酥的心里就更慌了。

“你可以别走吗？”陶酥对他说道。

“……”蔺平和背对着她，没说话，仍然拉开了卧室的门，最后对她说，“晚安。”

关上门，他就离开了。

他将被子和枕头扔到客房的床上，躺下，心中那股火怎么也消不下去。

臂弯和胸口似乎还残存着女孩身上柔软的触感，在黑暗的长夜中，令他无法控制地一遍又一遍回想，越想，心底的火就燃得越旺。

与无法平静下来的蔺平和相比，陶酥就显得十分冷静，冷静到可以分析问题的地步。

自从认识蔺平和，这个男人从来都没有对她的请求置之不理过。

这是第一次，他拒绝了她。

特别是，她隐隐觉得，从她刚刚在床上推开蔺平和的那一瞬间起，那个男人似乎就有些生气。

突如其来的变化，让陶酥难以理解，又有些害怕。

可是，再怎么困难的问题，也抵抗不过睡意。

十几分钟后，陶酥便陷入了沉睡中。

第二天一早，没了室友帮忙督促，她又起晚了。

手忙脚乱地洗漱后，跑到客厅里，她准备从冰箱里随便拿两片面包吃一口，就跑去上课。不料，餐桌上放着热气腾腾的早餐。

陶酥揉了揉眼睛，有些不敢相信自己看到的场景。

“愣着干什么，吃完了快点去上课啊。”蔺平和坐在餐桌前，一边给她倒牛奶，一边对她说道。

陶酥看着他，男人英俊的面孔上，挂着两个极为明显的黑眼圈。

奇怪，他昨晚睡得不好吗？

时间太紧了，匆匆忙忙吃完早餐，陶酥就背着书包去上课了。

她放学回到家里，发现蔺平和并不在家，但让她觉得安心的是，他的东西还在她的家里。

看样子，他并没有离开的打算。

只不过，他晚上回来之后，仍然不肯进她的卧室。

无论她怎么撒娇卖萌，这个男人就是不肯就范，坚持要在客卧睡，一连三天，夜夜如此。

于是，陶酥去找陶梓“谈人生”。

在她的心目中，姐姐的存在相当于超级英雄。

只有她想不到的，没有姐姐办不到的。

陶酥抽时间去了一趟陶梓的公司，但是，刚到办公室的门口，就发现里面有点不对劲。

办公室的门没有关，所以，陶酥能清楚地听到里面的人在说些什么。

“你疯了，这个节骨眼要公布和我的关系？什么关系？金钱关系吗？”陶梓坐在椅子上，抬起下巴，高傲地看着站在办公桌前的男生，虽然都是问句，但态度咄咄逼人。

陶酥扒在门缝边，小心翼翼地往里面看。

这一看，她就吓了一跳。

里面那个男生，就是最近大热的流量小生何故！

“我是认真的，我喜欢你。”何故双手拍在办公桌上，对陶梓说道，“你应该知道我是什么身份，我父亲和你在商场上多有来往，金钱关系根本就不成立。如果一定要提钱，我会把你花在我身上的钱都还给你，然后我再重新开始追求你，行吗？”

“不行，”陶梓当机立断，拒绝了他的提议，“我从来都没想过和你发生什么其他复杂的关系，”她冷眼看了一眼对面的男生，然后对他说，“现在干脆连这层关系也断了吧。你出去。”

陶梓毫不犹豫地下了逐客令。

何故阴沉着脸从办公室里出来了。

路过陶酥时，他还特意艰难地扯出一丝微笑，算是打招呼。

他看起来是个挺好的人，姐姐干吗要拒绝呢？

她一边想着，一边抬起手想敲门。

但是，还没等敲出声音，她就停了下来。

刚刚何故对姐姐说的那些话，她都听到了。

所以，她在想，蔺平和对自己，会不会像何故对姐姐一样，除了金钱关系之外，还有其他的想法？

虽然她觉得，这件需要确认的事情，存在的概率微乎其微。

但是，陶酥仍然决定抱着不撞南墙不回头的勇气，去试一试。

思及此，她决定先不找姐姐了。

既然问题已经有了一些头绪，她已经二十岁了，就应该试着自己去解决。

陶酥离开了陶梓的公司，又坐上了公交车。

她的耳朵里塞着耳机，清浅悠长的弦乐传入耳中，也让她的心渐渐地静了下来。

这时，口袋里的手机震动了一下。

她翻出手机，看到那个名为“曲戈”的联系人，给她发了一条微信消息。

“小宝贝儿，这期插画，要不要画‘床咚’？”

陶酥想了想，俏丽的小脸微微红了一下，然后回复了她的消息。

“我这边可以……作者怎么说？”

“我现在就去问她一下。”

因为插画不仅仅属于画手的个人创作，更重要的是与轻小说的情节和人设相配，所以插画师在作画之前，肯定要参考小说作者的建议。

她等了半天，曲戈也没有回消息。

公交车都到站了。

陶酥把手机揣好，然后下了车。

她仍然没有回寝室，在同寝四个人组建的那个讨论组里，跟室友们汇报了一下今晚不回寝室的消息。

结果，她又面临了一连串的八卦轰炸。

“饼干宝宝是不是有男朋友了呀？”

“赌一包辣条，绝对是在外面有狗了。”

“赌一碗烤冷面，有狗了，肯定的！”

陶酥：“……”

被室友们的八卦举动闹得有些头疼，陶酥索性留下一句“我这周都不回去了，你们慢慢猜吧”，然后就退出了聊天软件。

她倒是真的想让藺平和做自己的男朋友，可是……

这种看起来就很肮脏的金钱交易，怎么想都和名正言顺的“男朋友”三个字沾不上边吧？

她叹了口气，然后翻出钥匙开门进了屋。

藺平和不在家。

陶酥扔掉书包，泄气地躺在沙发上。

正当她放空自己的时候，衣服口袋里的手机突然响了。

她拿出来一看，是曲戈给她回复了消息。

“亲爱的，我刚才问了作者，她说好！”

“截稿日期呢？”

“和以前一样。不过作者说，希望你保持上次的色气指数，画面上的光线最好暗一点，你注意调一下色调就好了。”

“明白。”

陶酥记下了这些细节，然后给曲戈发了个“OK”的表情。

正当她想着，该怎么跟蔺平和说“床咚”这件事的时候，手机又响了。

原来，是蔺平和给她发了短信。

他说，今晚要很晚才回来，让她不用等他了。

陶酥不知道，他说的“很晚”有多晚，反正，她已经下定了决心，今晚一定要等到他。

晚上十一点整，玄关处终于传来了动静。

陶酥轻手轻脚地从床上爬起来，然后抱着枕头站在卧室门口。

她伸出手，啪的一声，按亮了卧室里的灯。

蔺平和被她吓了一跳。

“这么晚了还没睡？”他问她。

“没，在等你。”陶酥抱着枕头，抬起那双明亮的大眼睛，柔柔地望了过去，“有件事想问你。”

男人将大衣挂在玄关处的衣架子上，然后转过身，视线落在女孩的身上。

“什么事？”他有些好奇，究竟是什么重要的事情，让她等到这么晚。

“你先进来。”陶酥走到他的面前，牵着他的袖子往客厅走，一边走，一边说，“很重要的事情，希望你可以如实告诉我……也希望你别觉得我自作多情。”

听了她的话，蔺平和有些奇怪。

他被小姑娘牵着，按照她指引的方向，坐在了沙发上。

陶酥看到他落座后，小跑几步到茶几对面的沙发上坐好，明亮的大眼睛柔柔地望着他。

她的手蜷曲在胸前，看起来非常紧张，胸口起伏的频率也很大，小脸微红，好像还有一丝害羞。

陶酥攥着拳头，鼓起了有生以来最大的勇气，向他询问道：“蔺哥，你喜欢我吗？”

听到陶酥的话，蔺平和先是一愣，继而有些不可置信地皱了皱眉。

短短的三天，她的小脑袋怎么就突然开窍了？

他围在她的身边，前前后后转了三个月，她只是想包养他。

而她现在只用了三天的时间，就察觉到他真心喜欢她？

这不是有鬼了吗？

蔺平和没办法相信，她说的“喜欢”，就是自己理解中的那个“喜欢”。

他不敢直接回答，只能反问她：“你什么意思？”

听到蔺平和这样问，陶酥也有些愣。

什么意思？就是字面上的意思啊！

陶酥好奇地眨了下眼睛，然后从沙发上站起来，慢腾腾地挪到男人的身边，靠着他坐下，然后对他说：“就是很单纯的问题，你到底喜不喜欢我啊？不喜欢就直接说不喜欢……又没什么关系……我就是问问……”

越往后说，她的声音越小。

陶酥有些无奈地垂下头，毛茸茸的小脑袋一下一下地撞着男人的胳膊，委屈巴巴地对他说着。

她只是单纯地想知道蔺平和是不是真的喜欢她，仅此而已。

就算他说“不喜欢”，陶酥也不会觉得失落。

反正，现在他们只是单纯而肮脏的金钱关系。

她毫无希望地等待着男人的回应。

几秒钟后，蔺平和对她说：“我喜欢你。”

听到男人的告白，陶酥抬起头，浅灰色的眼睛睁得大大的，不可置信地看着他。

“真、真的吗？”

“真的。”

“发自肺腑的？”

“是，发自肺腑的。”

“你等我一下！”陶酥腾地一下从他的身边站起来，一边绕着沙发转了两圈，一边捏着下巴思考着男人刚刚说的话。

思考告一段落，陶酥站在蔺平和坐着的沙发后面，伸出双手拍在沙发靠背上，然后探过上身，弯着腰，盯着男人的眼睛说道：“你把黑卡给我。”

蔺平和被她认真的眼神盯得有点发毛，没来得及思考她这个举动有什么深层的意义，就直接把钱包里的黑卡掏出来，还给了她。

陶酥接过黑卡，然后绕到沙发的前面，小腿抵在茶几上，直面着男人站好，表情严肃，一语不发。

几秒钟后，陶酥再一次开口问道：“现在你还喜欢我吗？”

蔺平和：“……”

难道她觉得，他说喜欢她，是因为钱吗？

蔺大总裁有生以来第一次觉得自己被金钱侮辱了。

“你什么意思？”蔺平和微微皱眉，有些不悦地看着她。

陶酥咬了咬唇，然后一本正经道：“就是想知道，你是喜欢我的人，还是喜欢我的钱。”

这个问题虽然很尖锐，但陶酥觉得，还是要说明白比较好。

其实，她已经做好了心理准备。

她知道蔺平和真心喜欢自己的概率微乎其微，但就是不想放弃这微乎其微的概率，大不了继续这种肮脏的金钱关系。

“你说呢？”蔺平和把问题又抛了回去。

他从沙发上站起来，突然冒出来的怒气，让陶酥觉得有些害怕。

她慢慢地向后退，越过茶几和沙发，然后继续向后退，再往后，就是客厅的墙壁了。

最终，陶酥整个人都被他逼到了角落里。

后背贴在冰凉的墙壁上，虽然隔着毛衣，却仍然让陶酥觉得心脏发凉。

她有些心虚地抬起头，浅灰色的眼睛就对上了一双深邃的黑色眸子。

“我、我是在问你问题啊，你让我说什么？”陶酥伸出手，白皙柔软的指尖戳了戳男人的胸膛，想要把他往后推，让他离自己远一点。

但是，这点力气对他来说，没有丝毫用处。

蔺平和用一只手就抓住了她的双腕，另一只手咚的一声拍在了她脸颊一侧的墙壁上。

墙体和手掌接触时，发出了闷闷的声音，让陶酥的心脏禁不住抖了一下。

男人弯下腰，温热的额头贴在了她的头顶，然后对她说："当然是喜欢你的人。"

带着薄荷味儿的热气洒在她的额头和鼻尖上，耳边是男人对她的告白。

她的双腕还被他握着，男人手掌里灼热的温度传递到她的手腕上，烫得她双颊发红。

"那张黑卡我真的不给你了啊……你还喜欢我吗？"陶酥小心翼翼地试探着问他。

软糯的声音带着细微的颤抖，她的声音明明那么轻，却带着重重的力气，每一个字都砸在了男人的心脏上。

"喜欢。"他毫不犹豫地回答了她的问题。

"以后我摸你的腹肌也不给钱了，你还喜欢我吗？"

"喜欢。"

"真的不给钱了，我还要你抱着我睡觉，你还喜欢我吗？"

"喜欢。"

"我想吃你做的生滚鸡蛋粥，免费的那种，你还喜欢我吗？"

"喜欢。"

"那……"

"喜欢。"

"我还什么都没说！"陶酥对他说道。

"不管，"蔺平和放开了她的手腕，然后另一只手也放在她脸颊另一侧的墙壁上，额头贴着她的额头，看着她的眼睛，一字一句地对她说道，"因为我真的喜欢你。"

"有多喜欢？是不是像兔子喜欢胡萝卜一样的喜欢啊？"陶酥不敢

看他的眼睛，只能慌张地垂下眼眸，看着自己的鞋尖，这样问他。

话刚说完，陶酥也算是服了自己。

这种脑残的话，她是怎么想出来的？一定会被蔺哥嘲笑了吧……

可是，等了好几秒，她都没有听到男人嘲笑她。

反倒是她的腰上突然就多出来一双手，那双手很有力，将她整个人都抱了起来。

然后，她就感觉整个人悬在半空中，后背贴着冰凉的墙壁，胸口贴上了一具温热的躯体。

她……被男人按在了墙上。

虽然触碰不到地面的感觉不太好，但她的视线终于和蔺平和持平了。

“你要干吗啊……”陶酥环着他的肩膀，因为缺失安全感，她只能紧紧地抱着他，防止自己掉下去。

蔺平和看着她，感受着女孩身上特有的柔软触感，然后对她说：“像兔子喜欢胡萝卜一样？”

明明是很幼稚的话，但蔺平和觉得，这种说法和自己内心深处的某个想法极为契合。

他也不介意用实际行动告诉陶酥，他对她的喜欢，绝对不会逊色于兔子对胡萝卜的喜欢。

“嗯……这个形容好像有点幼稚，不如换一个说法？”陶酥提议道。

“不用，我觉得挺好。”蔺平和拒绝了她的提议。

然后，男人低下头，将一个轻柔的吻印在了她白皙的脖颈上。

温热的气息喷在她的脖子上，让她整个人都软在他的怀里，就连环在男人肩膀上的胳膊都没什么力气。

她慢慢地往下滑。

蔺平和伸出手抱住她，防止她滑得太厉害。

只不过，上面也没闲着。

男人咬住了她脖子上柔嫩的皮肤，温热濡湿的触感和灼热的气息，交织在她脖颈处那一小片皮肤上，让她忍不住发出了某种细微而悦耳的声音。

“嗯……”陶酥闷哼着，然后伸出软绵绵的小手，努力去推男人的肩膀，“这样感觉好奇怪啊，干、干吗这样……”

蔺平和没理她，却慢慢加重了嘴上的力气。

“哎呀，好疼啊。”陶酥被他弄得有些疼，不禁喊出了声，“我把黑卡给你，你别再咬我了，真的疼……”

听到她这样说，蔺平和就心软了。

他依依不舍地放开了那片柔软的皮肤，然后将她安安稳稳地放在地板上。

他有些担心地伸出手，拨开了她的黑色长发，就看到脖颈处那片白皙的皮肤上，有一个非常显眼的红色痕迹。

他对自己的杰作非常满意。

但是，陶酥就不满意了。

她举起小拳头，用力地捶了一下男人的胳膊，然后气鼓鼓地瞪着他，对他说道：“你刚刚在干吗啊？我被你弄得疼死了！”

“你让我这样做的。”男人迅速摆出一副理直气壮的样子。

“我什么时候让你咬我了？”陶酥气结。

“像兔子喜欢胡萝卜一样，”蔺平和指出了这句脑残的话，振振有词道，“我只是咬，还没吃呢。”

陶酥：“……”

还、还想吃？

听到这种内涵丰富的词，陶酥连耳尖都红了。

她觉得，这个话题还是不要继续下去了，否则，自己应该也讨不到什么便宜。

于是，陶酥试着转移话题：“那、那我能知道，你是从什么时候开始喜欢我的吗？”

“第一次见面的时候。”蔺平和答道。

“嗯？这么早吗？”陶酥被他吓到了，“我都不知道……你怎么不早点跟我说啊？”

如果他早一点告诉她，那么她也不会被姐姐的话绕进去，白白浪费了这么多纠结、徘徊、犹豫的时间。

不过，说到底，她自己的问题才是最重要的。

如果她能对自己更自信一些，或许就会早一点跟他说。

“有很多原因，”蔺平和皱了皱眉，思考着该怎么跟她说实话，“毕竟朋友和男朋友是两个不同的概念，怕你接受不了。”

“我连这种不正常的关系都能接受，恋爱这么正常的关系，有什么接受不了的。”陶酥都要气笑了，“如果我今天没有心血来潮问你一下，你准备什么时候告诉我啊？”

“其实，这也是我想问的问题。”蔺平和反问她，“你为什么到了现在才问我？”

“嗯……就是上次在酒吧里……”陶酥垂下头，不好意思地小声对他说，“我以为你后来吻我，是被我缠得没办法，所以就一直不敢说……”

“小傻子。”蔺平和拍了一下她的脑袋。

“干吗说我傻啊！”陶酥气呼呼地拍开了他的手，然后瞪着他说，“说到底，还不是因为你接受了那张黑卡，我真的以为你只喜欢我的钱，我当时真的很伤心啊！”

闻言，蔺平和直起身，居高临下地看着她，对她说道：“我也很生气，你怎么会觉得我是那种人？”

“嗯……好吧……对不起……”陶酥的气焰一下子就弱了。

换位思考一下，蔺平和是真的喜欢她，当时她递给他那两样东西，他是以多么复杂的心情收下的呢？

肯定不会好受吧，他原本就不是那种爱钱的人。

陶酥觉得自己实在是太过分了。

于是，为了表达歉意和忏悔，陶酥慢腾腾地掏出手里的黑卡，塞到蔺平和的手里，然后对他说：“这次的话，是以女朋友的身份对你说的。”

蔺平和挑眉，不知道她这又是唱的哪一出。

紧接着，陶酥继续道：“别生气了，拿去刷，随便刷，刷到你不生气为止。”

“收下啊。”陶酥还在催着他收下那张黑卡。

蔺平和垂下眼眸，有些不解地望着她，然后问道：“刚刚不是要收回去吗？”

“刚刚是想知道你到底喜不喜欢我呀，”陶酥一本正经道，“而且，你是我的男朋友，我有钱，给你花，这不是很正常的吗？”

“你不要生气啊。”陶酥以为他不开心了，于是连忙安抚他，“我没有谈过恋爱，这种事情也不想完全依靠姐姐，我也想自己努力试着去恋爱。如果我有哪里做得不对，你可以告诉我……我是真的想知道，你到底喜不喜欢我……”

蔺平和听着她的话，整颗心都软了下去。

陶酥抬起头，浅灰色的眼睛看着男人英俊的面孔，继续对他说：“以后我一定好好对你，一心一意地喜欢你，除了你，不会再喜欢其他人了！”

蔺平和心底虽然有所触动，但理智仍旧占据着上风。

蔺平和清楚地知道，如果现在不把这份持续了三个多月的金钱关系彻底掐死，那么，他和小姑娘今后的交往过程中，绝对还会出现这种问题。

于是，蔺平和将那张黑卡推回陶酥的手里，十分认真地对她说：“我们是交往关系，不是其他的关系，你不用给我钱。”

“那……你还愿意跟我一起住吗？”陶酥捏着那张黑卡，小心翼翼地问他。

“我和你一起住是因为我喜欢你，又不是因为钱。”蔺平和哭笑不得地揉了揉她的头顶，然后对她说，“只要你想让我陪着你，我就会一直陪着你。”

他知道眼前的小姑娘最需要的是什么，也知道她为什么会需要这份“一直”的承诺。

而他也愿意给她这样的承诺，并且用一生来践行这个诺言。

听到这些话，陶酥不禁伸出手抱住了男人的腰。

她将绯红的小脸埋在他的胸口，柔软的脸蛋轻轻地蹭着他的衬衫。

“我还有件事情，想让你帮忙，你愿意吗？”

“你说。”

男人伸出手环住她，将她揽在怀里，柔软馨香的小姑娘趴在他的怀里，闷闷的声音传入他的耳中。

像是得到了某种特赦令，陶酥放开了他，脸上挂着浅浅的笑意。

“你先进来，”陶酥走到他的面前，牵着他的袖子，往自己的卧室走，一边走，一边说，“还是关于插画的事情，我需要参考。”

蔺平和走到她的卧室门口，没来由地就想到了三天前的那个晚上，在这间屋子里发生过的事情。

于是，他脚步一顿。

“蔺哥，你会‘床咚’吧？”陶酥拽不动他，干脆放开手，然后对他说，“就像三天前那样，再来一次行吗？我画插画需要参考那个动作欸。”

蔺平和垂下眼眸，看着那双纯真的眼睛，总觉得自己又被她下套了。

紧接着，陶酥关掉了卧室里的顶灯，只留下一盏亮度微弱的床头灯。

然后，她转身跑回床上，装出一副案板上待宰的鱼的样子。

“我在很认真地工作啊，你快点配合我一下，”陶酥枕在枕头上，床头灯细微的光洒在那双浅灰色的眼睛里，竟然带了一丝不易被人察觉的诱惑，“来‘床咚’我。”

闻言，蔺平和毫不犹豫地走进了卧室。

这一次，他没有被人牵着，而是自己主动地走了进去。

他站在床边，看着躺在床上的小姑娘，浅蓝色的睡裙在暖色的床头灯光下，泛出一种迷人而奇异的色调。

浅灰色的眼睛眨啊眨，看得人心痒难耐。

“你、你把领带解开啊，”陶酥看着他衣冠楚楚的样子，抱怨似的对他说，“还有扣子也解开一点。这可是‘床咚’欸，弄得太正经了，我没有灵感好吗！”

蔺平和听了她的鬼话，扯开了领带和衬衫上最上面的两粒扣子。

凸起的喉结像某种漂亮的雕塑，陶酥有些没忍住，伸出手去摸了一下。

下一秒，她作恶的小手就被男人捉住了。

“别动，”他对她说，“你的手就没有老实的时候。”

他攥住了女孩柔软的双手，然后将她的两只手腕按在她的头顶，长长的黑发散在浅粉色的被子上，浅灰色的眼睛一眨不眨地望着他，那里面薄薄的水汽映着暖色的床头灯光，显得格外动人。

“你得给我留一只手啊，”白嫩的手腕轻轻地晃了两下，她想要挣脱他的束缚，“我这次要拍照，没有手怎么举自拍杆？”

闻言，蔺平和一顿。

“自拍杆”这三个字一出现，暧昧而旖旎的气息瞬间就消散了大半。

蔺平和没说话，仍然攥着她的手腕不肯撒手。

“放开我啊，”陶酥用力地抽了抽手腕，想从男人的束缚中挣脱出来，“蔺哥，你听到我的话了吗？”

陶酥倒不是害怕，只是有些好奇地望着他。

她觉得很奇怪，明明以前蔺平和很听她的话，为什么自从搬进她的家里之后，一切都变得和以前不一样了呢？

蔺平和垂下眼眸，看着那双亮晶晶的大眼睛，然后无奈地放开了她的手腕，将床头柜上放着的自拍杆塞到她的手里。

“继续，你来指挥？”蔺平和问她。

“是啊，”陶酥点点头，费力地将镜头调整到一个最佳的角度，然后对蔺平和说道，“你……稍微离我近一点。”

她软绵绵的小手搭在他的肩膀上，微微地将男人往自己前面钩，让他离自己近一些。

蔺平和的双手撑在她脸颊两侧的被子上，然后慢慢地俯下了身，距离她越来越近，近到能感受到她绵软的呼吸，近到可以看到她卷翘纤长的睫毛。

“停，”陶酥一直盯着屏幕，在男人距离她很近的一个瞬间，迅速喊停，然后对他说，“稍微坚持一下，保持住这个动作，马上。”

陶酥一眨不眨地盯着那个画面，然后又稍微调整了一下镜头的角度，最终按下了拍摄的按钮。

拍完之后，陶酥长舒了一口气。

“好啦……嗯？”她刚想说，拍完了，让男人从床上起来，却不料对方完全没有给她反应的空当，而是就着这个危险而亲密的距离，继续靠近她。

她一直侧着脸盯着屏幕，所以，白皙的脖颈全部暴露在男人的眼下。

她卷翘的睫毛从侧面望过去，随着眨眼的动作，像扇动两把小扇子一样。

小巧的耳垂透着淡淡的粉嫩光泽，看起来可口极了。

蔺平和不禁吻在了她微微泛着粉色的耳垂上。

灼热的气息洒在她的脸颊附近，滚烫的触感包裹住了她敏感的耳垂，让她忍不住小声地嗯了一声。

紧接着，她便开始生理性地缩着肩膀，想要逃离这份甜蜜的负担。

蓦地，女孩不断缩着的肩膀，被男人的大手按住，直接按在了床上。

她不得不正眼看他，然后撞进了男人纯黑色的眼睛里。

“已经拍完了啊，”陶酥看着他的眼睛，有些委屈又有些不解地对他说，“干吗一直不放开我？”

男人低下头，吻了一下她柔软的鼻尖，然后对她说：“模特的工作结束了，但是，还有男朋友的工作没完成。”

“男朋友的工作是什么呀……”听了他的话，陶酥更加不解了。

“你不知道？”蔺平和的唇贴在她的耳边，带着烫人热度的气息洒在她的脸颊一侧，“那我来告诉你，男朋友的工作是什么。”

说完，他又吻住了女孩粉色的耳垂。

陶酥又不是幼儿园的小朋友，男朋友的“工作”是什么，她很清楚。

只是……

“那你先去洗澡啊。”陶酥伸出手，抵在男人的胸膛上，用尽了全身的力气，想把他推开，“你从外面回来很脏的好吗，洗完了再碰我。”

她真是拍完照片就翻脸不认人。

被嫌弃了的男人不着痕迹地皱了皱眉，然后放开了她，从床上下来，垂下眼眸看着她，一言不发。

没了压倒性力量的束缚，陶酥也迅速从床上爬起来。

她跪坐在自己的床上，抱着枕头，继续对蔺平和说道：“你看我干什么，还不去洗澡？”

“洗完了就能碰你？”蔺平和挑眉。

“能……吧？”陶酥歪了歪头，有些不自信地回答着他的问题。

“小骗子，”蔺平和伸出手，弹了一下她白瓷般的额头，然后对她说，“你的那个走了吗？”

“还……没……有……”被揭穿了谎言的陶酥有些不好意思地低下头，然后，像是想到了什么有意思的事情似的，猛地抬起头，看着男人的眼睛，笑眯眯地对他说，“那你要浴血奋战吗？”

“别乱用成语，”他略微用力地拍了一下她的脑袋，带着淡淡的惩罚性的意味，继而说道，“我去客房的浴室洗澡了，晚安。”

“嗯……就是这样吗？”陶酥见他快要离开的样子，连忙伸出手拽住了他的袖子，挽留道，“你就没有其他的事情要和我说吗？我是你新上任的女朋友欸，新官上任还三把火呢，你一把火都不给我？”

“谚语也不能乱用。”蔺平和侧过身，看着小姑娘笑眯眯的样子，对她说，“我确实有些重要的事情要跟你说……”

“什么事？”

“不过，我这段时间有些忙，可能要出趟远门，大概十几天之后回来，回来之后，我会好好跟你说的。”

“哦……”陶酥有些懵懵懂懂地点了点头，“那你去洗澡吧，我要睡了，明天我还要上课呢。”

虽然她不知道蔺平和要对自己说什么，但是，看到他突然严肃起来的样子，总觉得自己再开玩笑不太好。

于是，她乖巧地钻进了被窝里，不再同他开玩笑了。

浅粉色的被子边沿，露出一双浅灰色的眼睛。

暖色的床头灯映在女孩泛着水汽的眼睛里，显得格外好看。

白嫩的小手拽着被子，水葱般的手指露在外面。

蔺平和不禁弯下腰，然后将一个轻柔的吻落在了她的额头上。

看到她那双明亮的眼睛，蔺平和就觉得，有些事情还是要早一点跟她说清楚比较好。

“晚安。”

陶酥看着男人离开的背影，心底就浮现出了一个疑问。

他究竟……要对她说些什么呢？

第二天一早，陶酥起床之后却发现蔺平和已经不在家里了。

厨房里有他留给她的早餐，还冒着热气。

他没有留字条，家里有关他的东西也少了很多，应该是一大早就出门了。

蔺平和昨晚跟她说过，要出差一段日子。

虽然陶酥完全想不到，保安的工作为什么还会有出差的任务。

不过，一切还是等他回来再说吧。

蔺平和不在，陶酥整个人都有点心不在焉的。

上午的理论课上，她甚至满脑子都是蔺平和，什么艺术思潮、艺术流派、艺术作品，在她的脑子里统统变成了一锅糨糊。

男人将她按在床上时，那双漆黑的眼眸，如同烙印般印刻在她的脑海中，每每闭上眼睛，心跳就如同上了发条一样，怦怦地加速跳着。

“陶酥，在不在？”教授着艺术理论课程的教授拿着点名册，站在讲台上提问，“起来回答一下这个问题。”

艺术理论课是大课，有两百多人同时上课，老师自然不可能记得每一个学生，点名又要花上半节课的时间，所以经常会以提问的方式打考勤，顺便记录平时成绩。

突然被点到名的陶酥正在神游着，完全不知道老师刚刚问了什么，站起来之后，像座不会说话的小雕塑，愣在那里，不知道该怎么开口。

“现实主义作品，随便说两个就行！”室友压低声音，小心翼翼地提示着她。

这种毫无难度的问题，随便回答一些作品就可以，所以室友也没有多想，直接就把问题告诉她了。

可偏偏她满脑子里都是蔺平和。

他身上的肌肉线条，如同富氧泉水中的藻类一样，疯狂地侵占着她的神经，让她的脑子里除了他之外，再也容不下其他的东西了。

于是，陶酥连想都没想，直接就说出了五个字：“《月光奏鸣曲》。”

短暂的沉默之后，教室里发出了爆炸般的笑声。

“酥酥，你疯了吗？！”室友使劲戳了一下她的大腿，“什么《月光奏鸣曲》啊！你不说油画，说戏剧、小说也行，说什么音乐啊！”

她是真的疯了。

跟蔺平和有关的艺术作品，她最先想到的就是他弹过的那首《月光奏鸣曲》。

“这位同学，你坐着冷静一下，一会儿我再提问你。”老师的笑容僵在了脸上，在点名册上记下了她。

艺术理论课的老师，是学校里出了名的老教授，为人很慈祥。

平时成绩也是需要记录在案的，如果以陶酥刚刚的表现，肯定是要被记为零分，所以，他只能等一会儿重新提问她，让她把平时的得分拿到手。

出了这么一档子事儿，陶酥也不敢再走神了。

她重新坐在座位上，看了看室友的教材，翻到了老师正在讲课的那一页，然后努力把蔺平和的事情从自己的脑子里清出去，专心致志地听课。

下课之后，陶酥又原形毕露了。

“酥酥啊？你怎么了？”室友看着她魂不守舍的样子，有些担心地问她。

“啊？我没事啊……什么怎么了？”陶酥在室友的推搡下，好不容易回过神来，然后连忙反问道。

“你还问我们，你自己看看你现在在做什么吧。”寝室长翻了个白眼，示意她看着她面前的碗盘。

垂下眼眸，陶酥也被自己吓了一跳。

她不喜欢吃青椒，但喜欢青椒肉丝里面肉丝的味道，所以每次都会把青椒挑出来，单独吃肉丝。

可是，现在青椒还好好地放在碗里，倒是肉丝被她挑到了装食物垃圾的小盘子里。

“你这个魂不守舍的样子……是恋爱了，还是失恋了？”寝室长担忧地问她。

“算是恋爱了吧。”陶酥歪了歪头，然后对她们说道，“我交了男朋友，就在昨天。”

“哇！恭喜酥酥脱单！”

“有图吗？有真相吗？”

“是哪里的人啊？是咱们学院的，还是别的学院的，还是其他学校的？”

……

陶酥看着七嘴八舌讨论着她终身大事的室友们，在她们决定好“伴娘的站位问题”之前，率先打断了她们的争吵。

“好啦，你们别吵了。”陶酥揉了揉眼睛，有些无奈地说道，“怎么我交了男朋友，你们比自己交了男朋友还激动啊？”

“因为我们都是青梅竹马，你是天降男友啊，天降男友听起来就很刺激、很神秘！”寝室长激动地说。

室友和她们的男朋友，算下来也相处了四五年的样子。

比起刚刚恋爱的陶酥，确实青梅竹马的刺激感比不过天降男友。

“其实，你们都见过啊，一点都不神秘，”陶酥幽幽地说，“就是刚开学的时候我找的那个模特，你们说腹肌好看的那个……”

“那不就是在酒吧里遇见的那个男人吗？”

“感觉脾气不太好的样子，看起来有点扑克脸欸。”

“而且他的个子也太高了，你们接吻的时候……”

“你们的关注点好奇怪啊！”陶酥红着脸打断了室友们的话，“拜托，这种事情不要说，不对，连想都不要想好不好啊！”

这种事情，她自己都不好意思回想，现在被人当面提出来，她当然觉得很害羞。

身高一直都是陶酥在纠结的问题，不过，她和蔺平和接吻的次数也不少了，好像还真的没有意识到身高差这个问题。

她忍不住回想了一下与他在一起的时光。

好像他们站着接吻的时候，蔺平和总会把她举起来，然后放到某个高一点的位置上，要不然就是在床上、沙发上这种不会被身高差影响到的地方。

他会不会觉得她的个子太矮，做什么都不方便啊？

因为室友提出的这个问题，陶酥又开启了患得患失的模式。

下午没有课，陶酥吃过午饭后就离开了学校。

自从跟蔺平和开始同居之后，陶酥就再也没有回寝室住了。

虽然她经常在聊天软件的讨论组里被室友们调戏，但她还是愿意守在那套公寓里，等着蔺平和回来。

似乎，他搬进来之后，那个普通的两居室公寓，都变得更加温暖了，像家一样，带着吸引着倦鸟归巢的魔力。

蔺平和这次出差好像很忙，连消息都会延迟一两天才能回复她，更没有时间和她视频聊天或是打电话。

作为一个成年人，哪怕是第一次谈恋爱，思念近乎成疾，但陶酥也依然没有缠着他。

成年人谈恋爱，应该理智一些才对吧？

而且，她已经决定跟蔺平和正式交往了，那么，她有义务，也有必要让姐姐和哥哥接受蔺平和的存在。

时间悄然流逝，转眼间，十二月也快过去了。

日子濒临圣诞节，学校的期末考试也快到了，所有的课程都结课了。

于是，陶酥干脆搬回了别墅住，陪姐姐过圣诞节。

他们的家庭成员背景比较特殊，姐姐生在北欧、长在北欧，习惯把圣诞节当成新年来过。

而哥哥作为一个地地道道的北京人，自然只认春节这一个新年。

至于陶酥，她在日本待了好几年，早就已经习惯把元旦当作新年了。

所以，家里从圣诞节开始，过新年的气氛会一直持续到春节后的好多天。

对于这种复杂的背景，陶酥非常喜欢——这代表着她可以收到一份圣诞礼物和两份新年红包。

只不过，今年的情况有点特殊。

特殊就特殊在，陶酥一边吃着火鸡，一边把特殊身份的蔺平和搬了出来。

“姐，哥，我有件事想跟你们说。”陶酥擦了擦嘴，见饭桌上气氛正好，于是小心翼翼地开口道，“我有男朋友了。”

听到她这样说，方十四腾地一下从椅子上站了起来，但还没开口说话，就被陶梓拦下了。

陶梓看着陶酥的小脸，笑眯眯地问她：“是哪家的男生啊？我们认识吗？”

“算认识……吧。”陶酥皱了皱眉，然后对面前的两个人说，“你们听说过的……就是蔺平和……姐，我已经考察过他了，他是真的喜欢我，并不是想要我的钱。”陶酥的样子看起来认真极了，“你们都误会他了。”

“误会什么，他是骗——你踩我干吗？！”方十四刚一开口，就被陶梓狠狠地踩了一脚。

陶梓赏了他一个白眼，然后脸上笑眯眯的样子就消失了，取而代之的，是比陶酥更加认真的表情，然后对她说道："小妹啊，你是知道的，姐从来都不反对你出去玩男人。"

"……我不是玩，我是认真的！"陶酥一本正经道。

"认真的才不行啊。"陶梓对她说，"外面那些男人，你结婚了之后，想怎么玩儿都行，送别墅、送车，姐都同意，但就是不能给他们名分。你可是我们陶家未来的接班人，必须要找一个和咱们家门当户对的男人结婚啊。"

"可是……姐，我只喜欢他啊。"陶酥沉默了半天，组织好了语言，然后对陶梓表明心意，"我不要其他的男人，我只要他一个，不行吗？"

"不行。"陶梓拒绝得毫不留情，"你要他，还是要你现在拥有的一切，自己做选择吧。"

陶梓放下刀叉，冷眼看着陶酥，逼她做出艰难的抉择。

"欸，我说大过年的，你别这么……"方十四看着自家妹妹委屈的样子，有些心疼，于是连忙对陶梓说，"过完年再说呗，反正她跟那个蔺平和也不是一天两天的事情了，从长计议啊，从长计议……"

"以前你不是比我闹得还厉害吗，怎么，现在心软了？"陶梓斜睨了方十四一眼，皮笑肉不笑地反问他。

"也不是心软……就是……"方十四看着委屈巴巴的妹妹，也不知道该怎么说。

"小妹，想清楚吧，为了那样一个男人，放弃你现在拥有的一切，真的值得吗？"陶梓静下心来，慢慢地对她说，"没有自己的公寓，只能一直住在寝室里；没有车，高峰期的时候只能硬着头皮挤地铁和公交车；买颜料和画笔的时候，还要担心没有钱吃饭。最重要的是……"

陶梓从座位上站起来，然后走到她的身边，轻轻地拍了一下她的肩膀，轻声对她说："你真的有自信，当你穷得一分钱都没有的时候，蔺平和还会和你在一起？"

第十四章

好想你

陶梓的话，像一根有毒的针，扎在了陶酥的心脏上。

她虽然可以肯定蔺平和并不是因为她有钱才喜欢她，但是，如果她没有了家庭背景这层光环，她真的还有自信站在他的面前吗？

陶酥喜欢的油画，是一个很烧钱的专业，用个形象一点的比喻，这个专业可以称之为“钞票焚烧炉”。

她会成为蔺平和的拖累，让他不够乐观的经济情况雪上加霜。

“姐……”陶酥瞬间就红了眼眶，抬起头，委屈地看着陶梓。

“你知道我不是那种容易心软的人，”陶梓摸了摸自家妹妹的头顶，但态度丝毫不见回暖，“所以，你自己做选择吧，是要那个男人，还是要你在陶家的身份。”

哥哥随了他父亲的姓氏，又是他的父亲那边唯一的儿子，自然和陶家这边的家业没什么关系。

而姐姐则不同，她继承了外公的一切，掌控着陶家所有的财产。

况且，自从哥哥的父亲过世之后，方家的企业有不少也捏在姐姐的手里。

虽然姐姐不贪图别人家里的财力，但比起把智商全部用在游戏上的哥哥，企业还是放在姐姐那里更安全、更可靠。

如果姐姐下了狠心，陶酥真的要无家可归了。

“你愣着干吗？”方十四也着急了，连忙对她说，“你快点说你马上就和那个姓蔺的分手啊！这大过年的，你要在外面无家可归吗？！”

“可是，哥……”陶酥咬了咬唇，欲言又止。

“你别影响她思考，”陶梓斜睨了方十四一眼，并对他说，“她都二十岁了，也该自己做出选择，并且为自己的选择承担责任了。”

陶梓话音一落，客厅里就弥漫着令人窒息的沉默。

方十四着急地看着自家妹妹，但顾虑着说一不二的陶梓，也不敢多说些什么。

陶梓说完话之后，就又回到自己的座位上，云淡风轻地切着牛排。

陶酥突然就觉得自己要被整个世界抛弃了。

同时，她也觉得自己特别差劲。

为什么言情小说里，因为女主角而被迫放弃家族企业继承权的男主角，能够头也不回地走得那么潇洒？而她却迟迟不敢下定决心。

她没有勇气，也没有能力，在失去了家庭的庇佑之后，仍旧能安稳体面地活下去。

是因为她太过弱小，还是因为她对蔺平和的感情不够深？

不，她对蔺平和的感情是绝对很深的。

她那么喜欢他，甚至为了和他在一起，做了自己曾经最讨厌的那种事——用钱去摆平一切。

那么，这一次，她能为了蔺平和，放弃自己所拥有的一切吗？

名为理智的大脑细胞，一直告诉她，不能放弃这些，穷得只剩下爱情的人生，太悲剧了。

但是，她跟蔺平和开始正式交往，只有半个多月的时间，她实在不想放弃这份来之不易的恋情。

“其实，你心里已经有了答案，只是犹豫着怎么说出口吧？”陶梓放下咖啡杯，坐在椅子上，漂亮的桃花眼泛着潋滟的光波，直直地看着她，并对她说，“说吧，我不会生气，也不会反悔，你想和他在一起，我绝对不拦着。”

“好……”陶酥犹豫着，终于鼓起勇气，抬起头直视着自己的姐姐，然后对她说道，“我选择蔺哥，我会放弃在这里的一切。”

“很好，”陶梓甚至为她拍了两下手，以示鼓励，“那么，现在就把你的钥匙交出来吧。”

陶酥看着她，慢腾腾地从书包里拿出几把钥匙，是陶家的几栋别墅和她在学校附近那间两居室公寓的钥匙。

“车钥匙呢？”陶梓继续说道。

闻言，陶酥把那辆法拉利的车钥匙也掏了出来。

“你的那些副卡，我今晚会打电话给秘书，让她告诉银行那边，给你冻结，从现在起，你和陶家就没有任何关系了。”陶梓神色淡然，一副波澜不惊的样子。

“姐！”方十四实在是看不下去了，“她还是个学生，你这样让她怎么生活？！”

陶梓不理会他，看着陶酥继续说：“学校那边你不用担心，学费我会按时帮你交，不过，生活费就要你自己想办法了，让藺平和养着你也好，自己做兼职也好，都看你自己的了。如果你回心转意，只要和他分手，你就还是我妹妹，还是陶家的继承人。时候不早了，我就不留你了，慢走不送。”

说完，陶梓放下刀叉，转身就上楼了。

临走前，陶梓还特意看了方十四一眼，示意他不要多嘴。

客厅里只留下圣诞晚餐残余着的香气和冷淡的气氛。

“妹妹……”

“哥，你不用劝我了。”陶酥打断了方十四的话，“这是我自己的决定，我想和他在一起。”

留下这句话，陶酥便从座位上站起来，准备离开了。

“等等，”方十四叫住她，“我送你回学校。”

“没事的，哥，我自己可以。”

“你还叫我哥，就听我的话。”方十四难得坚持了一回，“这里根本没有出租车，地铁也离得那么远，这大晚上的，我真的不放心。”

换位思考，陶酥也理解哥哥的心情。

于是，她点了点头，跟在哥哥的身后，上了哥哥的车。

一路上，两个人都没有说话。

陶酥自责极了，明明是好好的圣诞夜，却因为自己，弄得全家人都不开心。

特别是姐姐，好不容易加班了好几天，才腾出时间来好好过圣诞节，却因为自己的任性，让这个家变得分崩离析。

“这两天也刚好要期末考试，你就留在学校好好复习吧。”方十四把车子停在陶酥寝室的楼下，对她说道，“放寒假封寝了之后……我帮你想办法，总不至于让你没地方住。”

“这些事我自己想办法吧。”陶酥对他说，“你不是决定退役了吗？有很多采访，一定很忙，而且公司运营的网站还要大转型……别操心我了。”

“我就你这么一个妹妹，不操心你，我都睡不好觉了。”方十四叹了口气，“快回寝室吧，再过一会儿就熄灯了。”

“好，那我先走了。”陶酥下了车，然后隔着窗子跟他挥了挥手，“哥哥再见。”

跟方十四道过别之后，陶酥就上楼了。

虽然时间已经很晚了，但室友们个个都是夜猫子，趴在床上看电视剧、综艺节目，看得不亦乐乎。

陶酥一言不发地洗漱完之后，也爬上了床。

她心情不太好，特别是听到住在自己旁边的寝室长在和她的男朋友发微信语音，她就更觉得难过了。

蔺平和出差已经半个多月的时间了。

她已经太久没有听到他的声音，也太久没有触摸到他的身体。

思念像潮水般，疯狂地在她的脑海中翻滚。

陶酥翻出手机，在聊天软件中找到那个名为“蔺哥”的联系人，然后给他发了一条消息。

“蔺哥，你在哪里？”

她很想发“我好想你”“我想见你”，但是，她知道自己不能影响他工作，这样会显得非常幼稚，很讨人嫌。

陶酥等了很久，也没有等到蔺平和的回复。

潮水般的思念也抵挡不住强烈的困意，所以，在等待回复的同时，陶酥也渐渐地睡过去了。

第二天一大早，陶酥不知道为什么，突然就醒了。

她平时那么喜欢睡懒觉，现在竟然一丝睡意也没有了。

她翻出手机，聊天软件里仍然没有蔺平和的回信。

他是有多忙，一夜过去了，也没有回复自己的消息。

思及此，陶酥再也忍不住了。

她带着手机走出了寝室，在走廊空无一人的角落中，贴着冰凉的墙壁蹲下，拨通了蔺平和的电话。

但是，电话里传来了冰冷而机械的女声，告诉她无人接听的消息。

陶酥咬了咬唇，倔强地不肯掉眼泪，然后给蔺平和发了一条消息。

“蔺哥，我好想你，我想见你。”

一整天的时间，陶酥都闷闷不乐，因为蔺平和一直都没有回复她的消息。

思念与担忧与时俱增，每过一分钟，陶酥都觉得，喘不过气来的感觉更严重了一分。

晚上九点，陶酥终于收到了蔺平和的消息。

“抱歉，这几天实在太忙了。”

“月末肯定会回去，以后再也不会离开这么久了。”

看到这两条消息，陶酥突然就红了眼眶。

等她的情绪稍微平复了一些之后，寝室长才开口问她，到底发生了什么。

她删删减减一些不太重要的家庭信息，把事情告诉了室友们。

“热恋期嘛，肯定是想时时刻刻在一起的。”寝室长安慰道，“我跟我男朋友热恋期的时候，最长有六十多天没有打过电话，只是偶尔发信息，不过，也不能每天都看手机，经常隔好几天才回复，当时真的很难受。”

“是啊，酥酥的委屈我觉得蛮正常的。”另外一个室友也安慰她，“等你男朋友出差回来了，你可以打他骂他，反正听你说的，他对你那么好，肯定也会很心疼你吧。”

“那我现在很想他，怎么办啊……”陶酥委屈地说。

“也没几天了，不是最迟月末回来吗，今天都二十六号了。”寝室长说，“久别之后的重逢，别有一番风味哦，偶尔也要尝试一下新鲜的情趣才行啊。”

“你这个女人怎么这么污！”

“姜还是老的辣，知道什么是情趣啊。”

“你们两个都给我闭嘴！”

……

不理会室友们有一搭没一搭的玩笑话，陶酥转身爬上了床铺。

她也明白分别是很短暂的，可她还是觉得很难过啊。

她真的只是想要一个能够长长久久地陪伴着自己的人，这个想法……好像确实有点过分了？

这个世界上，除了自己的影子，真的会有人一辈子都不会离开自己吗？

陶酥这样想着，竟然也渐渐地睡过去了。

接下来的日子里，专业课和公共课的期末考试轮番轰炸，陶酥也把蔺平和的事情暂时抛在了脑后。

三十一号上午，最后一门课程的考试结束之后，思念再一次占据了她的大脑。

吃过午饭，陶酥神色恹恹地往寝室走，口袋里的手机却突然响了。

她心情不佳，懒得看来电提示，直接就接起了电话。

下一秒，手机里突然就传来了那个令她朝思暮想的声音。

“我回来了，”他对她说，“刚到你的学校门口，你在上课吗？还是……先见我？”

“你在学校门口别动！”陶酥握着手机，对他说道，“我马上去找你！”

分别的时间明明只有短暂的半个多月，但对于陶酥来说，却显得那么漫长。

曾经，她也不是天天与他见面，为了躲开哥哥的捣乱，他们甚至有一个月的时间都没有见过面。

但那个时候，思念似乎并没有像现在这样泛滥成灾。

陶酥挂断了电话，把手机放回包包里，然后加快了行走的速度，后来，直接就变成了小跑。

美术学院的教学楼距离学校的前门很远，她跑了十多分钟，才跑到门口。

她跑得很累，忍不住伸出手扶着学校大门旁的大理石柱子，一点一点地平复着由于运动过于激烈带来的后遗症。

陶酥有些近视，但度数不算太高，平时在外面也不戴眼镜。

她抬起头，隔着一条马路，横穿过川流不息的车辆，就看到蔺平和正站在马路对面的人行横道上。

他的个子在人群中显眼极了，陶酥扫过去一眼就找到了他。

可是，陶酥的个子不高，隐匿在人群中，蔺平和找了好久，都没有找到她。

陶酥穿过公路上的过街天桥，学校门口的天桥上有许多小摊，人流量也很密集。

但她从这人海中穿越过去，一点一点地靠近他。

“蔺哥！”陶酥一边下着台阶，一边朝蔺平和招手。

男人灵敏的耳朵，在嘈杂的人群里，轻易地就捕捉到了她的声音。

然后，他回过头，就被小姑娘撞了个满怀。

她纤细的胳膊环着他的腰，小脸埋在他的胸膛，蔺平和忍不住伸出手，摸了摸她柔软顺滑的黑色长发。

“这么想我？”男人的话里带着些微的笑意，听起来似乎心情不错。

“想你这个大骗子！”陶酥控诉道。

陶酥的手隔着他的大衣，想捏一下他腰上的肉，但柔软的小手在男人的衣服上揪了半天，除了把大衣抓出了好几道褶皱之外，再无其他的痕迹。

陶酥气急了，她放开蔺平和，然后伸手去扯他大衣上的扣子，这种当众扒别人衣服的举动着实有些大胆，惹得路过的人纷纷注目。

蔺平和也不阻止她，任凭她扯开自己的大衣，然后将冰凉的小手伸进他的衣服里面。

他以为她是冷了，想贴在自己身上暖一暖，没想到伸进衣服里面的小手直接摸上了他的腰，狠狠地掐了一下，疼得他倒吸了一口凉气。

“为什么掐我？”蔺平和疼得微微皱眉，不解地问她。

“大骗子！”陶酥捶了他一下，“这么久都不回来，还说会一直陪着我，骗人，骗人！”

蔺平和垂下眼眸，看着红了眼眶的小姑娘，心疼得不行，连忙把她带进怀里，安慰道：“这真的是最后一次了，以后再也不会离开你这么久。”

他这次去美国，只是想从父亲的一位朋友手里买回公司百分之二的股份，这件事非常重要，关系到蔺家在董事会中的地位，所以，他不得不亲自跑一趟。

只是，他没想到陶酥会这么难过。

他原本的打算，是把公司的事情都处理完了之后，再慢慢地接近她。

可是，人算不如天算，他没想到自己一次普通的下级视察，竟然就和陶酥产生了千丝万缕的关系。

再怎么精明的算计，都不如上苍赐予的机会。

所以，蔺平和才决定将计就计，从那时起就慢慢地靠近她。

“其实，我一直想问，”陶酥的小脸埋在他的胸口，用闷闷的声音问他，“为什么保安还要出差那么久啊？你去做什么了？”

蔺平和一顿，然后神色突然变得低迷了一些，继而对她说：“其实，这和我临走前跟你说，要告诉你的那件重要的事情有关。”

“什么事情啊？”陶酥抬起头问他。

“找个可以坐下的地方说话吧。回家？”蔺平和看了看马路上的景象，十二月末的北京很冷，完全不适合在露天的地方说事儿。

“关于我的家……我也有件事情想告诉你。”陶酥想到前几天在家里发生的事情，心里盘算着该怎么跟蔺平和说，“我们去前面的那家咖啡厅吧，那家在巷子最里面，平时都没什么人。”

说完，陶酥就扯着他的袖子，带着他往咖啡厅的方向走。

与此同时，天桥的另一边。

视力极佳的方十四，眼睁睁地看着自家妹妹就这样牵着狼走了，心里急得不行，脑海里又浮现出陶梓前一阵交代给他的那些话。

“你要是真的担心小妹，就去他们学校，说要帮他们翻新学生公寓，早点让学生们离校封寝。”送走陶酥之后，陶梓这样对他说，“这样还能让他们快点分手。”

“你把她手里的钥匙都拿走了，封寝了，她去睡大马路吗？”方十四皱着眉，质问着她。

“你是不是傻？”陶梓简直要被他气笑了，“我问你，你觉得蔺平和喜欢她吗？”

“喜欢吧……”方十四有些不确定地说道。

毕竟，他跟蔺平和并不认识，也不了解对方的为人。反倒是，他很清楚，自家妹妹有多喜欢蔺平和。

“肯定特别喜欢啊。”陶梓吐了口烟圈，淡淡地说道，“这么多年了，我都没听说过他和哪个女人有什么关系，我让秘书去他们公司里打听了一下，小妹可是头一个呢。”

“只是第一个，能说明什么？”方十四不解。

“唉，我只是想让你知道，他很喜欢小妹。他既然喜欢，你觉得他会让小妹去睡大马路吗？”陶梓反问道。

“那睡哪里？”方十四皱着眉想了想，然后像是想到了什么，一拍桌子就站了起来，激动地说道，“你让咱妹去蔺平和家里住？那是狼窝欸，你清醒一点！你还是人吗？！”

“你给我冷静一点。”陶梓被他吼得头疼，“蔺平和的家，可就在咱家附近呢。住几千万的别墅，搬砖工？保安？笑话吧。”

“所以，你的意思是让他自己原形毕露？”

“就是这样。然后小妹就会发现，这段时间以来，蔺平和一直都在骗她。她一定很生气，很伤心，然后两个人顺理成章地分手，这样不好吗？”

“好、好、好！太好了！”

“她主动提出来的分手，总比你和封蜜的那个笨蛋弟弟做的那些蠢事有效果多了吧。唉，我跟封蜜也是倒了大霉，怎么都摊上了个傻弟弟。”

傻弟弟方十四：“……”

至此，回忆结束。

前几天他特意去了陶酥的学校，去办陶梓交代的这项任务。

事情进展得很顺利，今天，陶酥的学校就会封寝。

美术学院的考试安排得很晚，所以直到今天才考完了最后一科，其他学院基本上前几天就都考完了，不少学生也离校了。

方十四担忧地看了一眼妹妹消失的那个方向，然后便开车离开了。

他的心情有些沉重，因为，他不知道，自己为陶酥做的这些事，到底是不是正确的。

曾经，他只是不想让妹妹找一个搬砖工做男朋友，并不是说仅仅因为对方穷，所以觉得对方配不上自己的妹妹。穷不可怕，可怕的是穷的原因，或许是家庭的原因，或许是对方自己的原因。

正如陶梓所说，随便玩玩可以只看脸，但是结婚不能。

结婚，意味着陶酥要接受那个人的全部，他的家庭自然包含在这个“全部”的范围中。

蔺平和的为人怎么样，他不了解，但既然陶酥会喜欢蔺平和，他相信，这个男人怎么样也不会很差。

可是，他担心的是蔺平和的家庭环境会让陶酥今后变得不幸。

令人变得贫穷的家庭，一定是不幸的。

后来，他发现这个男人跟陶酥可以称得上是“门当户对”，家庭背景完全没有问题，至于个人能力……听陶梓说，也是个厉害得吓人的人。

只不过，另一根刺就扎了进来。

那就是谎言。

蔺平和一直都在骗陶酥。

而在此时，陶酥和蔺平和进了咖啡厅。

陶酥在吧台点了一杯甜牛奶和一杯冰美式咖啡，然后就拉着蔺平和朝最里面的那个位置走去。

她坐在桌子一侧的沙发长椅上，蔺平和看她坐下了之后，想坐到她的对面，却不料揪着他衣袖的那双小手死死地扯着他，就是不撒手。

他回过头，看着小姑娘仍旧红着眼眶，大而明亮的浅灰色眼睛里蓄着一团水汽，好像下一秒就要哭出来似的。

“你坐在我的旁边行吗？”她用软软的声音恳求他。

她的话音刚落，蔺平和的心脏颤了一下。

甚至，他又开始自责，为什么自己这一次事情办得不顺利，会离开她这么久。

明明，他们刚刚开始正式交往；明明，她那么依赖他，想和他在一起的时间多一些。

于是，蔺平和收回了迈过去的步子，直接就坐在了她的身边。

原本就是四人座的桌子，所以，这张沙发椅很长，蔺平和坐在她旁边也不显得挤。

蔺平和脱了大衣，将黑色的大衣挂在桌子旁边的衣架上，刚一坐下，陶酥就扑了过来。

她似乎很喜欢这种亲昵的动作，和普通的女生不一样，她对这种亲密的肢体接触，一点都不抗拒。

哪怕他去吻她的脖子、吻她的耳垂、吻她的唇，她也没有很强硬地拒绝他，完全不像是刚刚跟他交往十几天的样子。

陶酥趴在他的胳膊上，小手摸上了他的腹肌。一时之间，他竟然不知道，他是应该吃腹肌的醋，还是应该把她吻得没力气再想他的腹肌。

蔺平和捏着女孩柔软的手腕，将她的手从自己的身上移开。

"回家再摸。"他对她说，"对了，你刚刚说，要跟我说什么事？"

陶酥直起身，然后看着他的眼睛，对他说道："我应该很快就要无家可归了。"

听了她的话，蔺平和皱了皱眉，想不明白她是什么意思。

正好这时，陶酥的手机响了。

她接起电话，原来是室友叫她回寝室收拾东西，学校准备封寝了。

陶酥这几天一直在想着蔺平和与期末考试的事情，完全把提前封寝这件事抛在了脑后。

挂断电话，陶酥皱着眉，一本正经地对蔺平和说道："蔺哥，我现在一贫如洗了，没有车，没有房，也没有黑卡，你还愿意跟我在一起吗？"

听了她的话，蔺平和已经到了嘴边的坦白就都咽了回去。

"无家可归是什么意思？"蔺平和不着痕迹地皱了皱眉，不明白她说的话是什么意思。

"就是字面上的意思。"陶酥坐在他的身边，有些低迷地垂下头，继续说道，"我姐不同意我们两个在一起，所以……"

“所以，你为了和我在一起，就被扫地出门了？”蔺平和不敢相信，向她确认着。

“哇，蔺哥，你怎么这么聪明？”陶酥很诧异，他竟然能完全猜到事情的走向，“你怎么知道我被我姐扫地出门了？”

蔺平和皱眉，他只是随口一猜，刚好前一阵弟弟借给了他一本言情小说。

他对这种小说并不感兴趣，只是听说那本言情小说陶酥翻看了N遍，上面还有她细心的批注，所以，他也逐一翻看了——她的批注。

既然，陶酥是按照那本小说里的套路来追他，那么，接下来被扫地出门的话，肯定跟小说里的男主角的处境相似啊。

可是，他要怎么做？

两个有钱人为了爱情，一起去过苦日子，住地下室、睡大马路吗？

他怎么舍得让小姑娘睡马路。

蔺平和垂下眼眸，看了看陶酥，心底对尚未有过生意往来的陶梓肃然起敬。

她应该是早就知道了他的身份，但一直按兵不动，一上来就放了个大招。

若不是他已经决定对陶酥坦白一切，现在还真的被她这一招将军了。

“先不说那个了。”蔺平和看着她，继续说道，“扫地出门的概念是什么样？你不能再回家了，还是……”

“就是你知道的我有的那些，都没有了。”陶酥举起手，翻转了两下，示意两手空空，“别墅不能回，学校旁边的房子被没收，车钥匙上缴，所有银行卡都被冻结，刚刚我听室友在电话里说，寝室翻新要提前封寝。”她抬起手腕，看了看手表上的时间，然后继续对蔺平和说道，“也就是说，还有四个小时，我就要睡马路了。”

闻言，男人微微蹙起的眉峰拧得更紧了。

陶梓的心是真的狠，居然切断了自己亲妹妹的所有后路。

如果他今天没有及时赶回来，那么，陶酥该怎么办？真的去睡马路吗？

“那你要来我家住吗？”蔺平和问她。

如果她无家可归，那么，去他家里住是最好的选择。

“可以吗？”陶酥有些不确定地问他，“你放心，我会勤工俭学养活自己，不给你添麻烦。我姐说学费还会按时帮我交，生活费我自己想办法……到了你家之后，我打地铺就行了。”

陶酥一点一点地帮蔺平和计算着。

在她的认知中，蔺平和的经济状况不好，可能连套房都租不起。

北京租房子这么贵，以他的经济条件，能租上一个单间都算不错了，弄不好，他有可能住地下室。

不过，既然在市里住着，应该距离学校不算太远，倒也方便她上学了。

“你睡床。”蔺平和对她说。

“不、不、不，”陶酥连忙摆手，“你要上班，得好好休息，你睡床。”

“行。”蔺平和点头，“那就一起睡床吧。”

她眨了眨眼睛，看着男人的眼睛，总觉得有什么陷阱。

单间的话，肯定放不下太大的床吧，根本就睡不下两个人。

陶酥这样想着，也就漫不经心地答应了。

她完全预料不到，心机颇深的某人在与她分别之后，迅速让助理去家具市场买了张全新的大床。

“我先回寝室收拾行李箱了……”陶酥抱了他一下，然后又在他的身上蹭了蹭，才从沙发上站起来，准备往外走，“你把你住的地址给我，我自己过去吧。”

“不用，”蔺平和摇头，“一会儿我去你寝室楼下接你，你提前十分钟给我打电话，我家离这里挺远的。”

挺远的？

他不是在这附近工作吗？

无论是建筑工地，还是那个公司，都离她的学校很近，他怎么会住得很远？

“还有件事，”蔺平和顿了顿，然后对她说，“我家可能跟你想象中的不太一样，你别被吓到。”

陶酥好奇地看着他，见他也没有再多解释些什么的打算，只能懵懂地点了点头。

她早就做好了心理准备，完全不会被吓到，最不济，就是住地下室。

陶酥已经决定好，要开始过苦日子了。

这样想着，她离开了咖啡厅。

她回到寝室后，就看到室友们正在一边吐槽着朝令夕改的学校，一边忙着收拾东西。

“酥酥回来了啊，”寝室长见她进门，连忙招呼她，“快收拾吧，还有两三个小时一楼的阿姨就要来催了。”

陶酥点点头，真是屋漏偏逢连夜雨。

幸好蔺平和今天回北京了，否则，她身上的现金，住酒店也撑不了几天。

“奇怪了，封景今天怎么没说要来接你？”寝室长问她，“以前他不是都开车在咱们公寓楼下等你吗？”

“他……生我的气了。”陶酥顿了顿，然后说，“说起来，他已经很久没有联系我了，虽然我并不觉得自己哪里做得特别过分……”

想到封景，陶酥的心情有点低落。

“你们到底为什么吵架啊？不是感情挺好的吗？”寝室长是个超级话痨，就算在收拾行李，嘴上也闲不住，“说说看？”

“算是……感情问题吧？”陶酥有些不确定地说着，“还挺复杂的，我最近也没什么时间，等我稍微闲下来了，我去找他好好谈谈吧。”

“你们分手了？”

“？”

陶酥被这个突如其来的问题问得发蒙。

分手？他们什么时候交往了啊？

“跟你说个八卦，你别生气啊。”寝室长对她说，“其实我们一直都觉得你跟封景蛮配的，系花跟校草欸，而且还都是学油画的，青梅竹马、两小无猜、干柴烈火、比翼双……”

“停、停、停！”陶酥连忙制止寝室长接下来的话，“我说过了，我已经有男朋友了啊。”

“就是，老大，你别乱点鸳鸯谱了。”另一个室友连忙说道，“虽然封景长得也帅，但是酥酥的男朋友也不差啊，而且身材又好，个子还高，跟酥酥站在一起就是最萌身高差，多好啊。”

“你们啊，就是没过过穷日子。”寝室长惆怅地说，“校草虽然没有八块腹肌，但他有豪车、别墅、大游艇啊，每次接酥酥开的都是几百万的兰博基尼。酥酥的男朋友再帅，能去银行刷脸取钱吗？”

室友们：“……”

陶酥：“……”

“可是，我喜欢他啊，所以，我愿意和他过苦日子。”陶酥回答得斩钉截铁，毫不犹豫。

室友们对于她这个说法，看法不一，有人赞同，也有人不看好。

但无论别人如何议论，陶酥既然已经下定决心跟蔺平和在一起，那么，她就绝对不会退缩。

她已经决定，寒假的时候要去做零工赚些钱。

要知道，画油画的工具都贵得吓人，姐姐替她交了学费，却不会帮她买颜料、画笔，她不能让自己成为蔺平和的负担。

这时，陶酥放在桌子上的手机响了。

她不再和室友说笑，转身接起了电话。

“蔺哥？你这么快就到了吗？”陶酥看到来电显示的名字后，接起电话就这样问他。

“不急，你慢慢收拾，我在寝室楼下等你。”

“好，我尽快收拾，收拾完了，我就下去找你。”陶酥这样说着，然后就撂下了电话。

嗅着八卦气息而来的室友们，都围在她的身边，一脸“求八卦”的表情望着她。

“看什么啊，”陶酥无奈地笑了，“他说要来接我，行李太多，我自己拿不动啊。”

“‘他’是谁呀？”

“男朋友？”

……

“是，我的男朋友。”陶酥点头。

“我要去看！”

“我也要去！”

“我得去考察一下。”寝室长摸着完全不存在的胡子，一本正经道，“穷就算了，只要人品好，能给咱们系花幸福，我就勉强同意了吧。”

就这样，另外三个室友扔开自己的行李，然后跟着陶酥，还帮她拿了一个拉杆箱，一起下了楼。

只不过，让所有人都没想到的是，公寓楼下竟然停了一辆看起来就贵得吓死人的黑色豪车。

“饼干宝宝，你不是说你男朋友很穷吗？”

“这、这、这是啥牌子啊？吓死人了。”

“啊，我想起来了！咱们学校计科院的大神学长也有一辆这样的车，好像是……保时捷？”

……

和炸成一锅的室友们不同，陶酥整个人都僵在了原地。

她不说话，而且一动不动，只是站在原地看着蔺平和……旁边的车。

这车她有点印象，不是哥哥给他用来装有钱人的道具吗？怎么还在他的手里？

男人靠在车门上站着，他身上带着贵气，穿着黑色的长大衣，肩宽腿长，一双深邃的黑色眼眸在冬日午后阳光的映照下，显得格外夺人心魄。

在看到等待了许久的小姑娘之后，蔺平和直起身，然后迈开长腿，向她走来。

“把行李给我。”蔺平和走到她的面前，然后朝她伸出手。

“哦，好，给你。”陶酥愣了一下，紧接着就把手里的拉杆箱递给了蔺平和，她又想起了室友们手里的拉杆箱，然后继续说，“还有我室友手里的。”

蔺平和看了她一眼，然后接过另一个女生手里的拉杆箱。

他单手拎着两个沉甸甸的拉杆箱，继而对陶酥的室友微微点了点头，没有说话，算是打招呼，礼貌且不失分寸。

紧接着，他用另一只空闲的手打开了副驾驶座的车门，对陶酥说：“上车。”

陶酥的大脑还处于发蒙状态，她无意识地点了点头，坐上了副驾驶座，目光呆愣地跟室友挥手道别。

身后传来了拉杆箱被塞到车子后备厢里的声音。

几秒钟后，蔺平和就坐到了她的身边。

他轻车熟路地启动了车子，在校园里，蔺平和把车速控制在最低挡的位置，小心翼翼地避开了学校里三三两两的学生，看起来贵得吓人的车子在校园里磨磨蹭蹭了十多分钟，才驶出学校的大门。

在北京这个交通堵塞的大城市里，这一次难得没有堵车。

一个多小时后，蔺平和载着陶酥顺利地抵达了二号地铁线附近的别墅区。

这地方陶酥再熟悉不过了，几天前，她就是被姐姐从这里赶出来。

“你带我来这里干吗？”陶酥幽幽地说，“我已经被我姐赶出家门了啊……”

只不过，车子路过了她家的那栋别墅，停在了另一处别墅的门口。

“不是要住在我家吗？”蔺平和将车子熄火后，对她说道，“下车进屋吧。”

陶酥侧过头，看着男人英俊的侧脸。

他脸上没什么表情，看起来一副平淡的模样。

那表情和几个月之前她开着法拉利带他去商场买西装的时候重叠在了一起。

陶酥下了车之后，就站在那栋别墅的小台阶上面。

她看着蔺平和单手拎着她沉沉的拉杆箱，然后用空闲着的手，拿出车钥匙，按下了锁车的按钮。

紧接着，那辆贵得吓死人的黑色保时捷上面的小车灯，就闪了两下。

然后，车子被锁上了。

“这车……”

“我的。”

“那……这别墅……”

“也是我的。”

“……”

第十五章

你是谁

陶酥站在小台阶上，看着男人拎着自己的拉杆箱进了别墅，也呆呆地跟着他进了屋。

温暖的空调暖气吹在脸上，让她在寒冷的十二月的尾巴里，感受到了充足的暖意。

她看到男人将拉杆箱放在客厅的茶几旁边，然后坐在沙发上，手里拎着一串钥匙，眼眸平静而深邃，薄唇抿成直线。

“以后你就住在我这里，想自己住，我就把行李帮你放在客卧里。”蔺平和顿了顿，暗色的眼眸颇有深意地看了她一眼，然后继续说，“想跟我一起住的话，我就把你的行李拎到我的卧室，床是新买的，很大，两个人完全睡得下。”

最后，他把那些钥匙逐一放在茶几上，一边放，还一边说……

“别墅的钥匙，就是这栋房子的。”一把钥匙被拍在了茶几上。

“车钥匙，不喜欢保时捷的话，明天我们去买新的。”另一把钥匙也被拍在了茶几上。

“副卡办着比较麻烦，助理还在银行弄，这些天，你先刷这张。”蔺平和将一张储蓄卡放在茶几上，然后对她说，“密码是你的生日。”

陶酥：“……”

她站在茶几的另一端，看着坐在沙发上的男人。

这一刻，他变得好陌生，让陶酥觉得，自己仿佛从来都没有见过他似的。

陶酥心里憋着好多话，想对他说，却不知道第一句话该说什么。

是“剧本拿反了”，还是“你去抢银行了”？

抑或者是“我是谁，我在哪儿，发生了什么”？

这些好像都不是最重要的问题。

最重要的是……

“你到底是谁？”陶酥看着男人纯黑色的眼睛，语气是难得的平静，但声音里带着细微的颤抖。

听到她这个问题，蔺平和从沙发上站起来，然后绕过茶几，走到她的身边，一言不发地垂下眼眸看着他。

“你说啊，你到底是谁？”陶酥眸色如常，浅灰色的眼睛里没有半丝感情的色彩，平静得像无风天气中的清澈湖面。

看到她这般模样，蔺平和只能在心底默默地叹了口气。

他原本是打算好好跟她说一说，然后再把她带回来。

只是，没想到她的学校竟然提前封寝，而他今晚在公司里还有一些事情需要处理，只能先把她安顿在家里。

蔺平和也想过，让助理租一间廉价的公寓，等他忙过这阵子再跟陶酥解释清楚，再搬到别墅。

可是，一来，他舍不得让小姑娘受半点物质上的委屈；二来，他觉得自己的身份早晚要让她知道，不能再继续隐瞒下去了。

他预想了好多种小姑娘会说出口的质问，却不料她没有歇斯底里，也没有大哭大闹，只是很平淡地用对待陌生人的态度问他到底是谁。

那颗为了她软下来的心脏，此刻被这句尖锐的针一样的话，刺得生疼。

蔺平和执起她柔软的小手，然后解开了自己衬衫下面的几粒纽扣，将她的手放在自己温热而紧致的腹肌上，看着她的眼睛说：“一千万的保险，你也不记得了吗？”

“不、不、不，那份保险是我给我男朋友买的。”她浅灰色的眼眸蒙上了一层水汽，连声音里都带了委屈的哭腔，“你不是我的男朋友，他是一个很好的人，虽然穷，但是对我特别好，从来不会骗我，一直都很宠我……”

蔺平和听着她絮絮叨叨的话，心里那条紧绷的弦，继续绷得越来越紧。

他刚想开口，为自己辩驳两句，却不料助理突然就推门进来了。

“蔺总，银行那边说办理副卡的事……”

助理刚进客厅，就看到自己的顶头上司衣衫不整地站在一个小姑娘的面前，那句话也就卡在了嗓子里。

更诡异的是，那小姑娘的手还伸进了他的衬衫里，一时之间，助理也分不清到底是谁在耍流氓。

“你不会敲门吗？”蔺平和皱了皱眉，神色略显愠怒。

“对不起，蔺总。”助理连忙道歉，“我还没有习惯您家里已经有了女朋友这件事。”

蔺平和一直都是单身，父母又都离世了，自从弟弟上了大学之后，他就一直都是一个人住。

为了提高办事效率，他把家里的钥匙给了助理，也特意嘱咐过助理，在别墅这里不用敲门，可以直接进来处理事情。

今天还真的怪不到助理的身上。

不过，要命的是，助理临走前还留下了一句：“请您继续。”

……继续个屁！

蔺平和皱着眉，助理离开后，他垂下眼眸看着小姑娘微红的耳尖。

她整个人都在轻微地发抖，像一只受到了惊吓的小动物。

他忍不住伸出胳膊想把她抱进怀里。

然而，陶酥打开了他的手。

柔软细嫩的手掌拍在他的手背上，虽然不甚疼痛，但也让他感受到了一些被拒绝后的苦涩。

“蔺、总？”绵软的声线念出了助理对他的这个称谓，让他心头一震，“你才不是我男朋友，你是大骗子。”

这一次，她说出的“大骗子”三个字，和上一次不一样，没有了那份热恋期撒娇般的感觉，只剩下了一丝淡淡的愁绪。

她真的生气了。

蔺平和突然就着急了起来，他刚想开口替自己解释，却无话可说。

因为，他骗了她，无论是出于什么原因，他都是骗了她，而且，骗了她这么久。

陶酥抽回自己的手，然后抬起头，眼眶红红的，透明的泪珠倔强地不肯掉下来。

她的脸颊也红红的，大概是因为刚刚被助理撞见了，有些不好意思。

“陶酥。”蔺平和唤了一声她的名字。

男人的音色如同大提琴般缱绻低沉，像一根柔软而干燥的稻草，轻轻地撩拨着她的心房。

好奇怪，他明明把她骗得这么惨，但是，听到他唤着她的名字，她怎么还是会觉得怦然心动。

陶酥轻轻地将手贴在自己的心脏处，那里跳动着的速度也越来越快。

她抬起头，看着男人深邃的眼眸，纯黑色的眸子收敛着一丝她看不懂的灼热，让她的心脏跳得更快了。

“你别说话，”陶酥打断了他即将说出口的解释，然后对他说，“我不想听你说话。”

她想，如果自己再听他说话、听他的辩驳，自己的所有原则都要消失殆尽了。

她一定会控制不住自己扑进他的怀里。

毕竟，他们已经那么久没有见面了。

可是，她不能这样放任自己的感情泛滥成灾，不去管那些更加重要的原则性问题。

生活不是言情小说。

要爱情，但也要原则。

她或许天真，但绝对不能当一个眼里、心里只有爱情的白痴。

哪怕她做不到姐姐那样将感情狠狠地踩在理智的脚下，却也不能让感情远远地凌驾于理智之上。

“我想自己待一会儿，”陶酥低着头，强迫自己不去看他，然后对他说，“你别来找我。”

说完，她就垂着头，去了蔺平和之前告诉她的那间客卧。

蔺平和看着小姑娘渐渐消失在二楼转角处的背影，心中五味杂陈。

他知道自己应该给她一些时间，让她消化一下这突如其来的真相。

他这么久没有见她，思念的情绪一点都不比她少。他要给她足够的时间，让她接受这些事实，然后，再用尽一切努力，请求她的谅解。

这时，敲门声响了起来。

“进来。”蔺平和揉了揉不停跳动着的太阳穴，让助理进来说话。

公司里的那些事情还等着他去处理。

无奈，他只能在临走前看了一眼楼梯的拐角，然后和助理一起出门了。

他在刚刚那几分钟里，想过不离开这里，公司的事情尽量往后推一推，至少，今晚跨年，他想陪着陶酥。

可是，看到她那个样子，蔺平和才决定让她自己待一会儿。

他心里一直都想着陶酥，公司的事情处理得并不顺利。

不过，万幸的是，蔺平和终于在半夜零点之前赶回家里了。

他知道陶酥一直习惯过日本的新年，所以，特意努力在半夜零点前赶回来，想和她一起过年。

这个新年里，她的身边没有亲人，但还有他，他不希望她把这份不佳的心情带到新的一年。

然而，这份不佳的心情，注定要盘旋在跨年的时刻了。

陶酥抱着膝盖，靠着门，坐在地毯上，眼泪啪嗒啪嗒地往下掉。

她无论如何也接受不了，自己放弃了那么多才保住的爱情，居然会是这样的。

难怪他从来都是一副无欲无求的样子，原来是因为他的身份与地位决定了他什么都有。

难怪他和普通的搬砖工截然不同，因为，他根本就不是搬砖工。

难怪他会把《月光奏鸣曲》弹得那么好。

知晓了他的真实身份之后，曾经弥漫在蔺平和身上的神秘之处，便统统有了答案。

笃笃笃。

陶酥没说话，门外的人又敲了两下。

她不知道该怎么面对蔺平和，索性一声不吭地蹲在这间密闭的屋子里。

卧室像一座安全而静谧的孤岛，将她困在其中，她不想出去，别人也无法进来。

她想一直沉湎在这座孤岛中，不再出去，也不再面对任何人。

突然，严密的结界被人从外面撕开了一条缝隙。

冰冷而新鲜的空气从大敞四开的窗户吹进来，刮在陶酥的脸上。

十二月末的冷空气，吹在她泪痕尚未干涸的脸上，产生了细微的疼痛感。

蔺平和翻窗进来了。

陶酥被吓得从地毯上站了起来，她的后背紧紧地贴着门板，下意识地往后缩，却早已没有了退路。

冷风吹在身上，单薄的里衣完全抵御不住寒气，陶酥吸了吸哭得红红的鼻子，然后打了个喷嚏。

怕她着凉，蔺平和从窗台上跳下来之后，就关上了窗户。

这里是二楼，他或许是为了翻窗子方便一些，所以没有穿大衣，身上和陶酥一样，只穿了一层单薄的衬衫，但他一点都没有着凉的样子。

陶酥看着眼前的这个男人。

他逆着清冷的月光，向她缓缓走来，不够明亮的月辉，勾勒出他挺拔的身影。

最终，他停在她的面前，高大的身影投出一大片阴影，将她整个人都笼罩在他的影子之中。

“刚刚我敲门，怎么不说话？”他关切地问她。

“……”陶酥仍然不说话，只是用那双哭得红红的眼睛一眨不眨地看着他。

被那双明亮而红肿的眼眸盯着，蔺平和的心仿佛被一只有力的手狠狠地握了一下。

他心疼得要死，忍不住伸出胳膊抱住了她。

感受着臂弯中柔软馨香的身体，蔺平和把她抱得更紧了。

他像是害怕她会就此离开自己似的，有力的胳膊箍在小姑娘纤细的腰上，薄薄的里衣被他勒出了一道又一道细密的褶皱。

陶酥想推开他，但无奈他胳膊上的力气太大了，她根本推不开。

于是，她只能委屈地伸出胳膊，环住男人窄窄的腰，将脸埋在他宽阔而温暖的胸膛。

感受到衣襟上渐渐濡湿的触感，蔺平和心头一震，然后连忙放开了她。

他按下门口的吊灯开关，房间里瞬间就明亮了起来。

他低着头，看到小姑娘被突如其来的光亮弄得眯了一下眼睛，然后，慢慢睁开，红肿的眼睛里是一双漂亮的灰色眼珠。

“别哭了，”蔺平和沉着嗓子对她说，“对不起，真的对不起，你想让我怎么样都行，就是别再哭了，好吗？”

他早就说过，他什么都不怕，就怕看到她的眼泪。

自从他认识陶酥，她只哭过三次，偏偏这三次都是因为他。

带着薄茧的指腹轻轻地抚过她红肿的眼角，拭去了咸涩的眼泪。

可是，下一秒，又有新的泪珠落了下来。

眼泪轻轻地砸在他的手上，却像重如千斤的大鼎，砸在了他的心上。

他不知道该怎么安慰她，也不知道该怎么做才能获得她的原谅，所以，不敢轻举妄动。

小扇子一样的睫毛纤长而卷翘，随着她眨眼的动作，沾上了好几滴透明的水珠，湿润的睫毛显得更加长了。

她每眨一次眼睛，睫毛上的水珠就像有了生命一样，轻轻地颤动了一下，让他的心跟着顿了一下。

“以前我只是以为我没有房子、没有车、也没有钱，”陶酥一边抽搭着，一边对他说，“现在，我连男朋友都没有了。”

“我……”

“你别说话！”陶酥突然提高了嗓音，软绵绵的音色带着浓重的鼻音，与其说是生气，听起来更像是撒娇，“你听我说完……”

但是，撒娇也只是听起来像而已。

她的声音和她的人一样柔软，尾音拖得很长，而且声音越来越小，听起来有着棉花糖一样细腻的质感。

但她说话的内容，让蔺平和心惊不已。

陶酥抬起头，不着痕迹地推开了他的手，然后用那双红红的眼睛看着他，对他说道："我们……分手吧。"

陶酥是一个很矛盾的姑娘。

富裕的背景和优渥的环境并不能让她驻足，就算姐姐说她是陶家的继承人，她也没有什么太大的感触。

继承人的身份是她原本就不想要的，唯一让她觉得不舍的，大概就是那份血浓于水的亲情吧。

只是，她没有想过，和蔺平和交往这件事，会严重到让姐姐将她赶出家门。

尽管如此，她仍然接受了这一切。

她将那份眷恋与不舍埋在心里最深处，然后鼓起勇气，去牵起那个男人的手，想要和他一起走完一生。

但是，她不能接受蔺平和骗了她，而且还骗了她这么久。

欺骗像一块尖锐的石子，投入心湖中，砸碎了湖面上美丽但虚幻的"水月"。

她终于从这场镜花水月中回过神来，发现这一切都是谎言。

无数的失落与委屈一起涌上心头。

陶酥知道，"分手"这个词不应该轻易说出口，但是……现在的自己已经没办法再用原来的心情来面对蔺平和了。

她可以和他一起住一居室的小公寓，甚至是地下室也无所畏惧。

她可以出去做兼职，去艺术广场为路人写生赚钱。

她可以放弃优渥的生活，和他一起过清苦的日子，只要他一直都能陪在自己的身边。

但是，她不能接受他骗了自己。

说完"分手"两个字之后，陶酥心里闪过一丝不易察觉的后悔，但在失落与伤心汹涌地席卷而来之后，这丝后悔也被淹没在了心底。

反倒是蔺平和被她的这句"分手"吓得不轻。

"别闹。"男人的神色一下子就冷了下来，他握着女孩白嫩柔软的手腕，无论她怎样挣脱，他都不肯放手。

“我没跟你闹，我是认真的。”陶酥实在是挣脱不开他的束缚，索性破罐子破摔，任由他攥着自己的手腕，抬起红肿的眼，浅灰色的眼睛看着他，一字一句道，“分手吧。”

“不分，”蔺平和毫不犹豫地接过了她的话，“我不同意分手。”

陶酥又挣扎了两下，但是男人手上的力道实在是太大了。

她屏住呼吸，用了全部的力气，那张因为哭得太久而微微泛着苍白的小脸，都因为用力过猛而涨得通红。

可是，即便这样，她也没有挣脱开他的束缚。

“你放开我，”陶酥冷着声调跟他说，声音里还带着浓重的鼻音，刚哭过的后遗症非常明显，“你放开我啊。”

“不放。”蔺平和回答得很快，而且语气强硬，不容她有丝毫的拒绝。

……这个大骗子，神气什么！

陶酥委屈巴巴地抽着自己的手腕，酸胀的触感从手腕处传到了大脑皮层。

好奇怪，明明骗人的是他，怎么到了现在，他反而摆出一副被甩了的不甘表情。

“你弄疼我了！”陶酥使出了撒手锏，红肿的双眼再一次泛起一层浓郁的水雾，可怜兮兮地望着他，“自己什么手劲儿，自己心里没点数吗？”

于是，心里非常有数的蔺平和连忙放开了她，然后小心翼翼地抬起她的手，看着女孩白嫩的双腕上那两道明显的红痕之后，心疼地皱起了眉。

他知道自己的力气一直都很大，平时跟她亲昵的时候，一直都打着十二分的精神，努力控制着自己的手劲儿，生怕哪个瞬间忘记了这一茬，把她弄疼了。

这一次，听到她说分手，蔺平和便什么都顾不得了，自然也把这茬忘得一干二净。

陶酥瞪了他一眼，然后将自己的手从他的掌心抽了回来。

和前几次不一样，这一次她是真的被弄得很疼，连带着手腕上的红色痕迹，都比前几次深了一些。

她的体质比较特殊，伤口极不容易愈合，而且留在身体上的痕迹，也要比普通人停留的时间更长一些。

这种特殊的体质，对于天生力气就大得吓人的蔺平和来说，绝对是一个甜蜜的挑战。

就像现在，他明明很想把她抱进屋里，不让她走，可是，又怕自己手劲儿控制不好，伤到她。

“我走了。”陶酥扔下这句话，就转过身，推开房门准备离开。

门刚被推开，她的一条腿刚迈出门外，右腕就又被人从身后握住。

蔺平和这一次努力地控制了力道，可她的手腕刚刚就被他捏得生疼，现在稍微碰一下都觉得不适，这就导致男人再一次握上了她手腕的瞬间，静谧的空气中就传来女孩倒吸一口凉气的声音。

也正是因为这样的声音，惊得蔺平和连忙松开了她的手腕。

“你要去哪儿？”见她头也不回就要走，蔺平和还不敢碰她，只能担忧地问她。

“不知道……”她的语气听起来很难过，但偏偏说出来的话带着呆萌的感觉，“不知道该去哪儿。”

“那……”

“我去拿拉杆箱。”扔下这句话，陶酥便彻底出了门。

蔺平和跟在她的后面，也出了卧室。

他站在女孩的身后，只有四五米的距离，不近，但也不远。

维持着这个既能清楚地看着她又能让她觉得安全的距离，蔺平和不敢轻举妄动。

他现在终于亲自体会到了那个名为“骑虎难下”的成语究竟是什么意思。

早知如此，他就应该早一点把事情和盘托出。

可是，如果她一早就知道他的真实身份，她还会毫无顾忌地靠近自己、喜欢上自己吗？

他现在最需要想的事情，是怎样才能让陶酥原谅他。

陶酥的东西很多，所以，有两个很大的拉杆箱。

每当开学和放假的时候，都是封景开着那辆招摇的兰博基尼去女生寝室楼下接她。

封家的别墅区不在这一片，封景每次都是把她送回家之后，才驱车离开的。

哦，对了，想到封景，陶酥才意识到这件事情的严重性。

封景不会还喜欢这个大骗子吧？

陶酥暗自想了想，决定过两天心情好转之后，跟封景揭露这个大骗子的底牌，免得自己的竹马也被骗了。

她的小脑袋想的这些稀奇古怪的事情，蔺平和当然不知道。

蔺平和只是看着她阴晴不定的小脸，平日里从来不会被人影响到的心情，随着她的表情变化而七上八下。

她拉着两个沉甸甸的拉杆箱，软手软脚的，连动作都慢吞吞的。

所以，她在别墅的门口捣鼓了好几分钟，才把门打开。

冬夜的冷风，瞬间就吹进了屋子。

她迎着冷风，毫不犹豫地走了出去。

蔺平和拿起大衣，匆匆忙忙地穿上，也跟着她出去了。

陶酥越过男人那辆贵得吓人的保时捷，负气般别过头，往另一边走了。

“等等，”蔺平和没敢碰她，只能扯住她大衣的领子，“天太黑了，你去哪儿，我送你。”

“不要你送，”陶酥放下拉杆箱，空出了手，扯回自己的领子，然后对他说，“我自己走。”

闻言，蔺平和便不知道该说些什么了。

她的态度那么冷淡，红肿着的眼睛像无声的控诉，好像每一秒都在对他说“你这个大骗子”“你欺负我”“你把我气哭了”。

于是，他也不再说话，也没了别的动作，但是又担心她，不可能看着她在深夜里独自离开，更何况，她还拖着两个那么大的拉杆箱……

陶酥看了他一眼，然后又拖着拉杆箱继续往前走。

蔺平和一言不发地跟在她的后面，看了看她向前走的方向，估摸着她是要走回陶家的别墅。

陶家的别墅距离这里不算远，但这仅限于开车——毕竟，没有哪个住别墅的人家，没有代步车。

如果步行的话，需要的时间绝对不算短。

蔺平和走在她的后面，看着小姑娘踉跄地拖着两个沉甸甸的拉杆箱，栗色毛呢短裙被夜里冰凉的冷风吹起一个漂亮的弧度。

她今天穿了黑色的过膝靴和小短裙，裙摆边沿到膝盖上方那一截白嫩的腿暴露在冰凉的冷空气里。

冬天也要露腿穿短裙是陶酥在日本养成的习惯。

蔺平和跟在她的身后，眯着眼睛，看着她腿上柔嫩的皮肤泛着莹莹的光，又一阵冷风吹了过来，看着小姑娘露在冰冷空气里的皮肤，身体素质好得不像个正常人的蔺平和，竟然觉得有些冷。

他迈开长腿，只是几步就走到了陶酥的身边，然后不由分说地抢过她手里的拉杆箱，单手拎住，另一只胳膊横过她的腰，将她整个人扛了起来。

一阵天旋地转之后，陶酥缓了好久才回过神来。

她扬起小拳头想捶他的肩膀，结果拳头还没落下，就被男人塞进了温暖的车子里。

“坐好了，我送你回家。”

好不容易坐上了车，陶酥也不老实，来回扑腾着想下车。

“别动，”蔺平和启动了车子，然后对她说，“不是要回陶家吗，我送你。”

陶酥不理他，只是伸出手去开门，却不料车锁在驾驶位那处的开关已经被锁死，她怎么掰都掰不开。

踩油门之前，蔺平和转过身给她系安全带，结果小姑娘拒不配合。

“你再不老实，我就亲你了。”男人离她很近，长而有力的胳膊绕过她的身前，扯过安全带，一边对她这样说着。

闻言，陶酥立刻就停了下来。

长而卷翘的睫毛随着眨眼的动作扑扇了几下，大概是因为第一次见到蔺平和这样强硬的态度，她被他吓到了。

于是，她乖乖地任凭他给自己系好安全带。

“我知道，现在我说什么，你都听不进去。”蔺平和一边开车，一边对她说。

“我也知道，你不想看到我。”

“我骗你是真的，但我喜欢你也是真的。”

“你不想在我这里，我送你回家，等你心情好一些了，我再去找你。”

“你让我做什么都可以，但是，我绝对不同意分手。”

他平时是那样寡言的一个人，但现在说了这么多话。

陶酥不说话，亮晶晶的泪珠在眼睛里打转。

她以前都没有发现，他竟然是一个这么强势的人。

无论她说什么，他都会毫不犹豫地答应，提出什么请求或是要求，他都会满足自己。

但是，这一次，他不再顺着自己。

他说什么都不肯分手。

黑色的保时捷停在了陶家的门口，复古的欧式别墅在午夜显得格外肃穆。

陶酥解开安全带，按了两下车锁，结果还是锁死的，完全打不开。

她转过头，浅灰色的眼睛看了看蔺平和，示意他开锁。

“等一会儿，”男人凑近她，将灰色的西装围在她的腰上，盖上那一截白嫩的腿，然后对她说，“以后入冬了就别穿这么少了。”

说完，他下了车，穿好大衣，走到陶酥那边的副驾驶座，打开车门，又去车后把小姑娘的拉杆箱拎了出来。

陶酥去抢他手里的拉杆箱，结果怎么也抢不到。

最后，她只能认命地接受了现实，用潋滟着水光的眼睛瞪了他一眼。

走到别墅门口，陶酥伸出手按响了门铃。

不一会儿，门就被打开了。

方十四刚一推开门，就看到自己的妹妹站在门口，身后还站了个面色冰冷的男人。

被这突如其来的不速之客弄得有点蒙，方十四缓了五秒钟，才回过神来。

他低下头，看着自家妹妹哭得红红的眼睛，还有腰上围着的那件很明显就属于站在她身后那个男人的西装，瞬间就脑补了三万字的不可描述的情节。

“开着门吹冷风做什么，赶快进屋啊。”陶梓在客厅里提高了音量问道，“快递还是外卖？”

“是咱妹啊！”方十四朝屋里喊了一声，“还有那个姓蔺的。”

陶梓正坐在沙发上看文件，听到弟弟说的话，摘下了眼镜，然后走到玄关，看了一眼外面的人，高傲地扬了扬下巴，对他们说道：“都进来说话。”

视线落在了陶酥的身上，她补了一句：“暂时的。”

“姐！”陶酥一委屈，就扑到了陶梓的身上，眼泪糊了她一身，“我要跟他分手，我以后只要姐姐，别的都不要了，呜呜呜。”

看陶酥哭成这样，方十四转过头，瞪了一眼蔺平和，一副要吃人的恐怖表情。

“我不同意分手，”蔺平和迎着方十四吓人的表情，毫不在意地继续说，“她心情不好，过两天我再来找她。”末了，蔺平和又重复了一遍，“我们没分手，我不同意分手。打扰了，告辞。”

说完，蔺平和就离开了。

“欸欸，你回来，你给我把话说清楚！”方十四连拖鞋都没来得及换，就想推门追出去。

“别去了，”陶梓出声拦住了他，“先问问小妹是什么情况吧。”

一头热的方十四听了陶梓的话，看了看女孩红肿的双眼，这才跟在两个人身后进了客厅。

客厅里，陶酥哭够了之后休息了一会儿，把事情的经过一五一十地说了一遍。

虽然分手是单方面的，但是，既然分手了，陶梓自然把前几天拿走的东西都还给了陶酥。

已经是深夜了，往年这个时候，陶酥都在开开心心地过年，而现在哭得这么伤心。

陶梓心里也有不忍，但幸好事情都按照她预料的那样进行着。

至于蔺平和那边，陶梓一点都不担心。

生意场上是什么样的世界，陶梓比任何人都清楚。蔺平和身价那么高，见识过的狂蜂浪蝶只多不少。

她可以理解蔺平和对陶酥上心的原因，无非就是她这个搞艺术的妹妹，大脑回路和普通的名媛淑女不一样罢了。

就像吃惯了法国大餐，突然来了一桌热腾腾的火锅，新奇又好吃的属性自然占据了上风。

只要陶酥想分手，那么，最终这段感情只会成为蔺平和这样的男人生命中一段特殊的记忆，久而久之，存在心底，不会再复苏。

更何况，听说他最近还要跑一趟南非谈生意，等再回国的时候，他对陶酥的感情也会变淡了很多吧。

陶梓没有料到，蔺平和喜欢陶酥根本就不是这几个月的事情，而是在很久之前，他就已经认定了她。

陶酥整个一月份都待在家里，每天除了画画，就是发呆。

方十四看着心疼，干脆带她打游戏，结果她游戏天赋太差，怎么教也教不好。

陶梓倒是看得开，想着过了这阵子就好了，年后再带她去北欧玩一圈，估计心情也差不多就缓过来了。

一月末的时候，蔺平和去了陶家。

事情过去了将近一个月，方十四从最开始时看到他就想上去打一架的心情，变成了一边吹胡子瞪眼，一边安稳地坐在沙发上，看着他和陶梓这两个道貌岸然的衣冠禽兽谈生意。

陶梓知道他醉翁之意不在酒，但送上门的买卖哪有拒绝的道理，更何况，商人趋利，有钱不赚就是亏本。

只不过，临走前，蔺平和提到了陶酥。

“你就死心吧，我是不会让你和她说话的！”还没等陶梓开口，方十四就忍不住了，“月初的时候，我找了我们公司里电脑技术最好的人，重新装了我家的安保程序，就算是苍蝇也别想飞进来。”

“蔺总，其实是这样的，”陶梓一笑，然后对蔺平和说，“我妹妹最近状态不是很好，确实不太方便会客，以后有机会再说吧。”

蔺平和颇有深意地看了看陶家客厅里通往二楼的台阶，视线扫过面前的两个人，然后微微颔首，示意打扰了，最后一言不发地离开了别墅。

“他……就这么走了？！”方十四被他的态度气得不轻，“咱妹都哭成那样了，他就算不跪下来求我要见咱妹儿一面，也不能就这么走了吧？！”

“他跪下求你，你会让他见小妹吗？”陶梓反问。

“当然不会，我可是她的亲哥，不能看着她再跳火坑。”方十四一脸不屑，指桑骂槐，“不像有些人啊，掉钱眼儿里了。”

“十四啊，”陶梓不理会他阴阳怪气的那句话，笑眯眯地对他说，“难道你就一点都不同情蔺总吗，好歹你们都是放心不下前女友的人，不惺惺相惜一下？”

至今还没追回前女友的方十四：“……”

蔺平和倒不是不想见陶酥，恰恰相反，他想得要发疯了。

可是，只有理智才是有用的东西。

他知道无论是陶梓，还是方十四，都不可能让陶酥见他，而他给陶酥打了无数次电话，对方就是不接。

站在陶家的门口，看着那扇还拉着粉色窗帘的窗子，再加上陶梓刚刚的话，蔺平和可以确定，陶酥就在家里。

回到公司，蔺平和让助理把公司内控部的所有员工都找到办公室，然后一起去了别墅区。

公司内控部里不乏精英，也不乏电脑高手，但是，正如方十四所说，陶家别墅新装的防盗系统实在是太复杂了，根本没有人破译得了。

蔺平和对着电脑皱眉，这些程序问题他一窍不通，难道……真的就没有办法了吗？

最终，实在是没有办法，蔺平和解散了内控部的员工们，坐在客厅里，靠着沙发靠背，揉了揉突突跳着的太阳穴。

他想见她一面，还要跟特务接头一样。

从前，为了躲避方十四，他们就要顾忌很多，现在恢复了身份，又要去破译别人家的防盗系统。

蔺平和长长地叹了口气，然后翻出手机，从通信录里翻出了那个和他有着一样姓氏的名字。

“云州，你回家一趟，我有事找你。”电话一通，蔺平和就这样说道。

蔺云州是他那个在国外留学的弟弟，专攻计算机技术，从小就有连跳三级的英勇壮举，二十出头的年纪，博士都快毕业了。

接到了哥哥的电话，蔺云州忙完学校的项目，就开车回到家。

了解了事情的大致经过之后，蔺云州一连上电脑，就发现了一个神奇的问题。

“哥，你让我破译防盗系统的那栋别墅里……是不是有个人叫方十四？”蔺云州皱着眉，抬起头问他。

“你怎么知道？”蔺平和也疑惑了，“你们认识？”

“他算是我做兼职的公司的老板，”蔺云州点点头，然后说道，“因为这个防盗系统是我月初那阵亲自安装的，十四说，有个变态觊觎他家妹妹……那个变态不会就是你吧？”

蔺平和：“……”

“你居然默认了！”蔺云州整个人都不好了，“你没事觊觎人家小姑娘干吗啊，她今年好像只有十九岁，还是二十岁？你这么大年纪了，不觉得羞耻吗？！”

“我是你亲哥，”蔺平和强调着，“你帮他，还是帮我？”

“帮你是肯定的，但是，你得告诉我，我破译了之后，你打算干什么？”蔺云州问道。

蔺家兄弟的感情还算不错，虽然弟弟十几岁就去国外留学，今年才回国，年幼时也经常打架，但经历了一夜之间就失去了双亲的痛苦之后，只剩下彼此一个血亲的两个人，一直都很重视对方。

更何况，蔺云州相信自家哥哥的人品，至少，他肯定不会是方十四描述中的那个变态。

结果，现实就开始啪啪打脸。

“我见不到她，”蔺平和一本正经地说道，“所以，只能今晚翻窗户去找她。”

听了哥哥的话，蔺云州放在键盘上的手指，没来由地踌躇了一下。

他这是在助纣为虐吗？

“哥，你先冷静一下。”蔺云州好言相劝，“你想想自己的身份，翻窗户真的不合适，被传出去了，你以后……”

“没有她，就没有以后。”蔺平和认真地说，“再说，我也不是第一次翻窗户了。”

蔺云州皱眉：“我知道啊，那不是小时候的事情了吗，现在你这身价……”

“现在也翻过。”蔺平和回忆着，与陶酥相识后，自己做过的出格的事，“她第一天认识我的时候，我抱着她翻过她学校的后门，后来翻过她在学校附近公寓里的窗户。和她吵架那天，她在家里的客房，我敲门，她不开，我又翻了一次窗户。”

蔺云州：……那你真的很棒哦。

“行吧，”蔺云州放弃劝说他，改变了策略，“那你告诉我，你翻窗进去干吗，我可不能帮着你祸害良家少女。”

“我去跟她道歉。”蔺平和答道。

“道歉？”

“嗯。”

“这么正经的事情，为什么不能用一个正经的方式去办？”

“被逼无奈。”

蔺云州看着自家哥哥认真的样子，要不是早就知道真相，打死他，他也无法相信蔺平和准备去翻人家小姑娘卧室的窗户。

本着人道主义精神，蔺云州又问了几个问题，确定了蔺平和确实不是去做什么伤天害理、摧残良家少女的事情之后，就坐在电脑前开始破译陶家别墅的防盗系统。

这种自己出题、自己破局的感觉非常微妙。

晚上十点，陶家别墅的防盗系统彻底被蔺云州攻破了。

他坐在客厅，看着自家哥哥衣冠楚楚的样子，不知怎的，硬是从那张严肃而冷淡的脸上读出了“斯文败类”这四个字。

“哥，你真的要去啊？要不，再考虑考虑？”

“不用。”

“今天十四在家里直播，你小心一点啊，被警察抓走了，可别说你是我哥，我不会去保释你的，太丢人了。”

“……”你就不能盼我点儿好？

蔺平和垂下眼眸，扫了一眼坐在沙发上的青年，然后一言不发地走了。

与此同时，陶酥刚刚洗漱完，换好了睡裙爬上了床，已经准备睡了。

因为不是一楼，别墅区的防盗系统又很好，陶酥平时找灵感经常看天空，所以，没有安那些铁栅栏，这就方便了蔺平和。

他身手敏捷地翻了进来，看着地板上雪白的羊毛毯，小心翼翼地把鞋子放在窗台上，然后掀开窗帘，跳进了卧室。

陶酥原本就闭上眼没多久，就算他再怎么轻手轻脚，也还是有着窸窸窣窣的声音。

迷迷糊糊的，陶酥缓缓睁开了眼睛，浅灰色的眼眸眯成了新月形，昏暗的卧室里，透过稀疏清明的月光，她隐隐约约看到了一个熟悉的影子。

这个熟悉的人影慢慢地走过来，然后站在了她的床边。

蔺、蔺平和？！

陶酥的大脑瞬间就被这个认知洗刷了一遍。

顿时，她睡意全无，迅速从被窝里爬起来往后退，抱着枕头往床头的方向缩，像某种受到惊吓的小动物，湿漉漉的眼睛震惊地望着站在自己床前的男人。

“别怕，是我。”他的声音故意压得很低很沉，好像怕被其他人发现似的。

借着清冷的月光，陶酥看清了他的脸，深邃的五官在月光下更显得像雕塑一样俊美，高高的鼻梁被月光映出一小片阴影，落在鼻翼的另一侧。

“你……你怎么进来的？”陶酥抱着枕头，小心翼翼地问他。

“你知道的，”蔺平和慢慢弯下腰，距离她越来越近，抬起手撑在她的床头上，看着她的眼睛说，“你不让我进屋，我只能翻窗，像上次一样。”

他的目光落在她的身上，绣着荷叶边的睡裙领子开口很大，露出白皙精致的锁骨，在月光的照耀下显得更加诱人。

“这是我家，”陶酥强调着，“上次是你家。你翻我家的窗户，叫私闯民宅。”

“我今天闯了，”蔺平和对她说，“你要报警抓我吗？”

陶酥：“……”

她本以为自己会很讨厌他，毕竟他骗了自己这么久，可是，一见到他，心脏里住着的那只小兔子又开始跳了。

只是，现在的一切都跟以前不一样了。

他不再是那个可以陪她逛艺术广场的普通人了，他和姐姐一样，会很忙，也很有钱，在这个社会上，他有了“蔺总”这个听起来就很忙的称呼，他不是她认知中的蔺平和了。

而蔺平和此时的心情，与陶酥有些相似。

他的内心也充满了矛盾。

风度与修养告诉他，现在的所作所为有违君子之道，可是，他压抑不住因为长久见不到她而生出来的思念。

他想见她、想触摸她、想亲吻她。

这些想法在他的脑子里不停地盘旋着，让他没有多余的精力去经营那些绅士风度。

他像一匹饿了很久的狼，一点一点地逼近她，那双纯黑色的眼睛，在黑夜中闪烁出某种危险的光。

陶酥眨了下眼睛，胸腔里的那颗心脏又控制不住地开始加速跳动，她看着男人的眼睛，忍不住缩了缩脖子。

虽然他说报警，但是……

浅灰色的眼睛闪了一下，然后她对他说：“你先离我远点儿……我哥就在楼下，你别太过分了。”

她吸着鼻子威胁人的样子，实在是没有什么威慑力，不仅让人没有危机感，更让人升起一种想要欺负她的念头。

蔺平和曲起腿，上了她的床。

感受到自己的床塌下去一块，即便在黑暗中，她也能猜到男人现在在做什么。

陶酥有些害怕地挪了挪位置，她把枕头抱在身体的前面，当作盾牌，然后向床的另一边退。

可是，她越退，男人就逼得越近。

床虽然很宽，但也架不住两个人的拉锯战。

不一会儿，陶酥身后的手就扶到了空气上，整个人都往后倒。

眼看着就要掉下床，蔺平和连忙伸出手捞起她的腰，将她整个人带回床上。她重新躺在床上，枕头因为刚刚的小插曲，掉在了地板上。

陶酥抬起头，就看到男人的两只手正撑着她脸颊两侧的床头上，那双深邃的黑色眼睛正一眨不眨地盯着她。

接二连三的意外，终于让她忍不住想开口叫出声。

然而，声音还没发出来，一只干燥而温热的手掌就捂住了她的嘴。

她浅灰色的眼睛瞬间睁大，白嫩的双手想去推开男人的手腕，结果被一起捉住，按在了头顶的床铺上。

蔺平和看着她的长发凌乱地散在床铺上，想要叫出来的声音也被他制止住，粉色的睡裙被折腾出了一道又一道褶皱，宽大的领口侧歪，露出白皙圆润的肩膀。

她的胸腔剧烈地起伏着，漂亮的锁骨也跟着不停地颤抖，像一只巨大的蝴蝶。

她温热的鼻息喷洒在他的手指上，静谧的空气里飘着幼猫一样细细的呜咽声，紧接着，他就看到小姑娘的眼眶突然红了一圈。

这时，蔺平和的心突然就沉了下去。

他好像……真的成了变态。

第十六章 不分手

陶酥柔软的小手用力地挣脱着他的束缚，这份于他而言毫无威胁的力量，已经是她全部的力量了。

“别喊，也别跑，我就放开你，”蔺平和对她说着，“我真的有话想对你说。”

他说完这句话，小姑娘红着眼眶点头如捣蒜。

他松开了手，然后从她的身上撤了回去，重新站在床边。

她慢腾腾地从床上爬起来，跪坐在床铺上，睡衣被折腾得皱皱巴巴的，领子歪得厉害，白皙圆润的右肩全都露了出来。

她好像被吓得不轻，连领子都忘记提上去了，只是抬起头，呆呆地望着站在床前的男人。

蔺平和伸出手，将她的睡衣领子弄正，然后替她理了理凌乱的长发，将挡在脸颊上的碎发别在耳后，然后对她说：“抱歉，把你吓坏了。”

听到他这样说，陶酥才突然回过神来，她迅速向床头的方向退了退，拉开了与男人之间的距离。

“你别过来，你有话就说，”陶酥看着他，软绵绵的声音带了一丝颤抖，“说完了，你就走。”

“好，那我说了。”蔺平和垂下眼眸，见她摆出了这样一副防卫的态度，苦涩的感觉瞬间就涌上了心头，“我喜欢你。”

“……哦。”

“所以不分手。”

“……”

陶酥抱着被子，柳叶一样的眉微微蹙起，沉默了片刻，然后对他说道：“先不说咱们两个上个月已经分手了，就单说上一句，你既然喜欢我，为什么骗我？”

“我怕……”蔺平和难得地犹豫了。

“你怕什么？”这回轮到陶酥咄咄逼人了。

男人皱了皱眉，最终还是说了实话：“我怕你不喜欢我。”

“？”陶酥满头问号。

“你不是说，不喜欢有钱的男人吗？”蔺平和解释道，“如果一开始我就是这样的身份，你会允许我接近你，还会喜欢我吗？”

“那是谁给你的自信，让你觉得，我会喜欢一个骗子？”

“……”

“你一边骗着我，一边享受着我追你的那些物质和感情，会让你觉得很有成就感吗？”

“……”

“对你来说，我算什么，角色扮演时的玩伴？”

“……”

陶酥越说越委屈，越说越激动。

她一想到自己喜欢上蔺平和之后，用心做的每一件追求他的事情，现在都变成了一个巨大的笑话。

不仅仅是追求他，甚至，从他们第一次见面起，他就一直站在一个高高的位置，俯瞰着她如同跳梁小丑般的杂耍。

她的三千块钱，对于身价高得离谱的蔺平和来说，完全不值一提。

他那么有钱，那么有社会地位，在风云莫测的生意场上，翻手为云，覆手为雨，她只是微不足道的雨滴，却妄想成为他的“依靠”。

陶酥越说，胆子越大，索性把被子扔开，从床上爬起来，站在蔺平和的面前，借着床铺的高度，近乎和他平视。

“跟我在一起的时候，你出差那么久，你真的在意过我吗？我姐姐的身份应该和你差不多，她就有很多……嗯……反正你们有钱人都会玩这个玩那个，我都知道，你别想骗我。”陶酥说着说着，眼眶就更红了，温热的泪珠啪嗒啪嗒地掉下来，边哭边说，“你根本就没有像我喜欢你那么喜欢我，而且你还骗我，你站在我面前，就让我觉得自己是个傻子，被你骗得团团转，然后你在外面还有别的人……呜呜呜。”

蔺平和看着她哭，心疼得不行。

他任她委屈地絮絮叨叨，也任她苛责打骂，原谅她的胡乱猜测和莫名其妙扣过来的大帽子。

但是……向来作风清白的蔺平和，莫名其妙被定义为“外面有很多情人”的情场浪子，让他不得不出言打断了陶酥的话。

“我没有别人，我只有你。”他抬起左手，擦掉女孩脸颊上的泪珠，对她说，“别的罪名，我都可以认下来，只要你觉得解气，但是，这个我真的不能认。我只有你一个人，只喜欢你，只要你。”

“可是，有钱人不是都这样的吗……”陶酥吸了吸鼻子，挂着水珠的睫毛眨了一下，然后说，“就算现在没有，你以前也没有吗？”

“没有，”蔺平和摇头，“不信的话，你可以去我的公司打听一下，从来都没有女人去过我的办公室，我也没有坐过任何女人的车，除了你。”

浅灰色的眼睛含着一汪水，陶酥咬了咬唇，没再说话。

蔺平和摸了摸她的头顶，然后继续说：“而且，并不是所有的有钱人都像你姐姐一样，你看你哥哥，他也没有那些乱七八糟的关系啊。”

虽然在感情的路上，蔺平和被这位未来的大舅子阻挠了好几次，但此时此刻，他无比感谢洁身自好的大舅子，给了他一个有望重新做人的机会。

“那……还有……”陶酥吸了吸鼻子，小扇子一样的睫毛扇了一下，眼睛里的那汪水就变成了泪珠，唰地一下掉了下来。

“还有什么啊？”看到她又哭了，蔺平和也有些急了。

“还有……我那么喜欢你，都可以说‘分手’，你为什么不同意啊？”陶酥哭着问他。

大概是注意力全用来哭和消化男人刚刚的话了，所以，陶酥都没有注意到，自己已经被他抱住这件事。

“你根本就没有那么喜欢我，为什么就不能放了我？我这一阵子看不到你，最开始很难受，现在好不容易不那么难受了，你又出现了。我看到你，就想起自己曾经做的那些蠢事，觉得自己好傻，然后，我的心脏也不听话了，我的眼泪也不听话了，整个人都变得好奇怪……”陶酥又开始絮絮叨叨，委屈得说起话来都没了逻辑，“你不再见我，我也不再见你，这样不行吗？”

“不行。”蔺平和毫不犹豫地否定了她的问题，“我喜欢你那么久，再也不想放开你了。”

“只有几个月而已啊……”陶酥揉了揉湿漉漉的眼睛，这样说着，“我也是这样，我只要看不到你，我就可以努力忘记你。”

“但是，我不行。”蔺平和向前倾了倾身子，抵住了女孩白瓷般光洁的额头，认真地说，“我说过，从我第一次见到你，就喜欢你了，但是，我第一次见你不是在几个月前，而是在几年前。”

“几年前？”

“是的，”蔺平和继续说，“你都不记得了，两年前我在酒吧碰到你，你来找我说话，还给了我一盒牛奶和一张支票。”

“……”还有这事儿？

陶酥努力搜寻着记忆，却怎么也想不起这段往事。

“支票上有你的签名，我现在还存着，如果你不信的话，我可以带你去看。”蔺平和言之凿凿，让她不得不信。

见她不再说话，但仍是用那双湿漉漉的眼睛望着自己，蔺平和稍微放开了她一点，然后继续对她说：“我觉得你曾经做过的每一件事，都非常可爱，如果你觉得丢脸，那么，我会重新做一遍给你看。”

“什么意思？”陶酥有些不解。

“现在我们正式分手，然后，我会用真正的身份重新追求你，直到你答应为止。”

“……”

其实，这也是蔺平和想了很久，才做出的决定。

最初，他就不应该顺理成章地投机取巧，见她误会了自己的身份，索性就一路让她误会下去，只为了接近她。

他用虚假的身份，和她在一起，自然算不上名正言顺。

那么，这一次他要用真实的身份再靠近她，和她在一起。

“我为什么要答应你追我？”陶酥皱了皱眉，有些搞不懂他在想什么，“既然已经分手了，我们就没必要再见面了吧。”

“如果你不同意，我们就不分手。”蔺平和一本正经道。

“……你这人怎么不讲道理啊？！”陶酥都被他气笑了。

这个人到底在想些什么啊，凭什么她就一定要同意让他追自己？

她现在完全……完全不想见到他啊！

“你为什么要试图跟一个私闯民宅的男人讲道理？”男人揽着她纤细的腰，胳膊微微发力，将她整个人带进自己的怀里，趁她没反应过来，迅速在她柔软的唇瓣上偷了个吻，“如果你不同意，我不仅不分手，还要亲你。”

“……你、你、你！你真不要脸！”陶酥捂着自己的唇，用闷闷的声音对他说，“我不同意，你说什么我都不同意，我再也不想见到你了！”

蔺平和看着怀里的小姑娘，她捂着嘴和鼻子，只露出一双大而明亮的眼睛，眼眶红红的，委屈地望着他。

他微微地眯了眯眼睛，纯黑色的眼眸打量着小姑娘，藏起了明晃晃的狼尾巴，然后装出一副疑惑的表情，向她询问道：“你喜欢我吗？”

陶酥看了看他，湿漉漉的眼睛看向别的地方，不敢再看他，然后说：“不喜欢。”

蔺平和没有继续追问同样的问题，也没有探究她说的到底是不是真话，只是继续问出了下一个问题：“那你讨厌我吗？”

“……”

陶酥没说话。

“不说话，就当你默认了，如果讨厌我的话，想报仇吗？”

他藏在背后的狼尾巴慢慢探出了一点，可是陶酥没有发觉。

“我追你的这段时间，你让我做什么都可以，你可以尽情地命令我、报复我、折磨我，这样不好吗？”他循循善诱的每一句话，都像一个柔软的钩子，在陶酥没有察觉到的情况下，把她钩进他的罗网。

从她刚刚的表现来看，蔺平和可以确定，她依然喜欢着自己。

只不过，是他骗她骗得太过火了，让她实在难过，以至于没办法重新接受他。

所以，他才想到了这个方法，不仅可以让她重新接受自己，还可以让他们两个人之间的关系有一个新的开始。

只要她还喜欢自己，有了这样一个新的开始，那么，他就有信心，可以让她再一次回到自己的身边。

“做什么都可以吗？”小白兔上钩了。

“做什么都可以。”大尾巴狼继续放钩子。

“……那好吧，”陶酥觉得他的提议很有意思，决定先答应看看，“现在你就开始追我了吗？”

“是的。”蔺平和满口答应。

“那……你先放开我。”陶酥开始发号施令。

蔺平和配合地拿开了胳膊，证明自己所言不虚。

陶酥重新在床上站稳，然后对他说道：“好了，从现在开始，你不许抱我，也不许亲我，还有，你马上原路返回，我要睡觉了。”

蔺平和所言不虚，只要是陶酥说的话，他都照做不误。

女孩的话音刚落，他就非常听话地转身离开了。

他回到家后，虽然面上仍旧没什么表情，但蔺云州能看出来，自家哥哥现在的心情很不错，他要是真的长了尾巴，估计早就翘上天了。

反倒是陶酥，虽然躺在床上，但翻来覆去就是睡不着。

陶酥觉得自己很奇怪，明明应该就此和蔺平和划清界限，可是当他再一次出现在自己面前，她却控制不住心脏里住着的那只小兔子。

被男人带着薄茧的指腹触摸过的皮肤，到现在都是滚烫的，陶酥从被窝里伸出手，摸了摸自己的唇，那上面似乎还残存着男人身上淡淡的薄荷味儿。

陶酥内心深处觉得，他变得和以前不一样了。

这种改变，她并不讨厌，只是有些……紧张，而且还有一丝害怕。

没错，害怕。

恢复了真实身份的蔺平和让她觉得有些害怕。

他像一个补充了唯一缺憾的完美的人，就像被修复了的维纳斯雕塑，完美无缺。

除此之外，更重要的是，蔺平和越发强势的态度也让陶酥有些害怕。

他以前对她可以说得上是“千依百顺”，无论她说什么，这个男人从来都没有对她说过一个“不”字，更没有越过她的许可做任何事。

现在他经常在自己尚未做出反应之前，就对她为所欲为。

这一点在他们刚刚开始交往之后，就隐隐有了一些苗头，到了现在，到了今晚，他居然光明正大地吻了她。

陶酥甚至怀疑，如果她没有答应男人今晚的请求，他会不会做出一些她完全想象不到的荒唐事？

可是……害怕是真的，但她发现，自己怎么也讨厌不起来。

但她也不想就这样顺着他的意思，她被骗得这么惨，如果不打击报复一下，她真的不甘心。

反正他已经说了，在重新追求她的这段时间里，她让他做什么都可以，这么好的机会，她要好好想想该怎么利用。

结果，这一想，她就想到了后半夜两三点钟，而后才迷迷糊糊地睡了过去。

可是，刚睡不到四个小时，陶酥就醒了。

她的睡眠质量原本就不是很好，所以才会尽量保证生物钟的稳定，除非为了赶稿子，否则，她很少熬夜，因为一旦熬夜，她的睡眠时间就会被急剧压缩。

原本就算是醒了，她也不会很快清醒起来，但是今早的情况有些特殊。

“你……又翻窗？”陶酥揉了揉眼睛，看到坐在床边的男人之后，用初醒后带着倦意的软绵绵的声音问他。

“我晨跑完了，顺便来看看你。”他回答得无比自然，让陶酥察觉不到有什么异样。

可是……

请不要把私闯民宅用“我顺便去买了个茶叶蛋”这样家常的语气说出来好吗？！

陶酥从床上坐起来，然后眯着眼睛打量着男人，他身上穿着宽松的浅灰色运动服，比起往日里穿着西装时的一丝不苟，少了几分严肃，多了几分温和。

“大清早的，折腾些什么啊……”陶酥打了个慵懒的哈欠，然后嘟囔着，“你不忙吗？”

“忙，但是想来看你，”他说得特别真诚，“你不喜欢吗？”

“……如果可以选择的话，我还是比较喜欢睁开眼最先看到的是天花板。”

“可是，你已经同意让我追你了，”蔺平和一本正经道，“所以，要允许我给自己创造追求你的机会啊，如果见不到你的面，我怎么追你？”

“……”他好像说得挺有道理，陶酥无法辩驳。

正当想着该怎么反驳他的时候，她却被推到了床头板上。

床头板上包了一层柔软的天鹅绒，后背靠在上面并不会觉得难受，但是她感觉到一阵温热的气息慢慢地靠了过来。

她抬起眼眸，就看到男人距离她很近很近的英俊面孔。

“不许亲我！”陶酥迅速反应了过来。

她顾不得自己已经红成了一片的脸颊，只知道随着男人靠得越来越近，她又想起了昨晚的事情，唇瓣上拂过男人温热的鼻息，让她瞬间连脖子都红了一片，甚至延伸到了锁骨处。

“不许亲我！”她提高了音量，又重复了一遍刚刚的话。

“不亲，不亲。”男人拉开了和她之间的距离，但握着她手腕的手没有移开。

见他离自己远了一些，陶酥才在心底稍稍地松了一口气。

她伸出未被男人桎梏着的那只手，将他往后推，试图让他离自己再远一些。

结果，她非但没有把他推得离自己远一点，反而被对方捉住了手腕，双腕都被控制住的感觉一点都不好。

她看到男人慢慢地靠近她，薄而微凉的唇贴着她脸颊一侧的碎发，暧昧地擦了过去，停在了她的耳垂旁边。

大脑中回忆起上一次被他吻住耳垂的事情，陶酥挣了两下，也没有挣开，于是再度开口道：“哪里都不许亲！”

他真的哪里都没亲，以实际行动践行着昨晚做出的承诺。

只不过，他凑在女孩的耳边，对着她粉嫩的耳垂，轻轻地吹了一丝气。

灼热的气息像无孔不入的细碎羽毛，拂过她的耳垂，落在她露在空气中的颈侧和耳后的皮肤上。

细腻白皙的皮肤瞬间就染上了一层浓郁的粉色。

比起唇上温热的触碰，若有若无的热气似乎更让她难以招架。

只是被吹了一下，陶酥就瞬间软绵绵地没了力气。

她任凭男人攥着她的手腕，一句话都说不出来。

最终，她为了躲开吹在耳边的气流，主动地往前凑，正好钻进了男人的怀里。

笃笃笃。

这时，突然就响起了敲门声。

"妹儿啊，起床了没？"方十四的声音透过红木质地的门板，传入了陶酥的耳中。

"嗯……起、起了……"陶酥被折腾得一整句话都说不出来，断断续续的声音，听起来还带着软绵绵的鼻音。

方十四耳尖，听出了好像有什么不对的地方，于是连忙问道："你怎么了？起来了的话，开门让我进去看看你。"

闻言，陶酥突然就僵住了。

她趴在蔺平和的怀里，一听到方十四要进来，小小的身子突然就僵住了。

蔺平和怕把她逗得过了火，又惹她不开心，也见好就收地不再闹她。

"没、没什么事啊，我其实还没起床……"陶酥好不容易恢复了正常，靠在床头，抬高音量，朝门口说道，"你等我一下。"

说完，浅灰色的眼眸狠狠地瞪了一眼面前的男人，然后小声说："愣着干吗，快点放开我，然后走啊，让我哥看到怎么办？！"

"你是不是感冒了啊？听你的声音有点鼻音，"方十四站在门口说，"你在床上躺着吧，我去隔壁拿备用钥匙自己开门就好了。"

"啊？啊……哥，你等一下啊！"陶酥想出言制止，却不料门口已经传来了渐行渐远的脚步声。

蔺平和放开了她的双腕，她连忙从床上爬起来，拽着他的袖子往窗台旁边走，一边走，一边说："你快走，一会儿我哥就进来了。"

结果，蔺平和还没换好室外的鞋子，陶酥就听到方十四又回来了，门口也传出钥匙插进锁眼的声音。

"不行，已经来不及了，"陶酥慌乱地拽着蔺平和，把他带到了衣橱间前，"你进里面躲着，一会儿我把我哥糊弄走了，你赶快离开啊。"

说完，她就扯上了衣橱间的屏风。

陶酥的卧室很大，衣橱间是开放式的，只是用一块屏风挡住，里面一共有六排柜子，还有一个化妆台，都是陶梓帮她设计的。

方十四推开门之后，就看到自家妹妹没有老老实实地躺在床上，而是站在门口，有些紧张地望着他。

"你怎么了？没事儿吧？"方十四担忧地问她。

也不怪他担心，因为陶酥现在的样子实在是太奇怪了。

她娇俏的小脸红得近乎滴血，连脖子上的皮肤都红了一片，睡裙皱皱巴巴的，领口的荷叶边还有几道明显的褶皱。

最重要的是，她的气息很凌乱，胸口剧烈地起伏着。

方十四皱了皱眉，伸出手摸了摸女孩肤质细腻的额头，感觉略烫之后，对她说："你是不是发烧了？昨晚着凉了？"

陶酥摇了摇头。

见她嘴硬不承认的样子，方十四又开始唠叨："我就说你大冬天的，穿什么露胳膊露腿儿的睡裙，给我穿长袖长裤不好吗？还有，外头下着大雪，还敢穿短裙出去嘚瑟？是梁静茹给你的勇气吗？大冬天的，你露着大腿在外面瞎晃悠，我看着你都冷，去趟日本给你厉害得都看不起我们大北京的雪了是不是？"

"我真没生病啊，哥……"陶酥无奈地皱了皱眉，然后对他说，"我刚才、刚才是在床上打滚儿来着，运动得有点累，一会儿就好了。"

"那你今天还去我的公司吗？"方十四挑眉问道。

"去、去、去！我都答应沙糖姐姐，今天要给她签名版的插画集了！"陶酥兴冲冲地对他说。

前一阵她打算追蔺平和，在微博上发消息求助粉丝们，刚好看到了一个大V号的评论，戳进去一看，就发现这个账号的个人认证信息就是哥哥公司的执行长沙糖。

跟沙糖随便聊了两句，陶酥与她颇为投缘，再加上她是自己多年的粉丝，陶酥便决定把自己的插画集送给她做见面礼，顺便来个线下“面基”。

不过，此次“面基”，她主要是想向沙糖请教一下关于恋爱的问题。

陶酥认识的年轻女性不算多。

曲戈没谈过恋爱，所以PASS；室友们不知道她和蔺平和的真实身份，所以PASS；姐姐上一次出的主意差点让她误会了蔺平和的为人，所以PASS；封蜜姐的“恋爱教材”……往事多提都是黑历史，所以也PASS。

这样算下来，陶酥也只能找刚认识不久的沙糖了。

至少，她是哥哥公司里的员工，终归是靠得住的人吧。

只是，当陶酥看到方十四坐在她的电脑桌前之后，那份安心瞬间就变成了惊恐。

“哥……你不出去吗？我们不是一会儿要出门吗？我要洗漱、换衣服了……”陶酥看着方十四打开了她的电脑，有些害怕。

“你洗你的呗，我又不去你屋里的浴室，也不去衣橱间，正好你前两天说你电脑有点卡，我趁着这个空当帮你看看。我这次去公司挺忙的，你一会儿自己开车回家吧。”方十四一边说，一边开了机，然后继续说，“估计我得很久不着家了，姐最近也忙，年前就你一个人在家里了，注意安全啊。”

听了他的话，陶酥也不好再说什么。

毕竟，是她请哥哥帮忙修电脑的，因为她最近画画的时候，电脑总是莫名地卡顿，非常影响手感。

只是……

洗漱是没问题的，但是，换衣服……

陶酥先是红了红脸颊，然后没来由地抖了一下。

她该怎么换……那衣橱间里，可是有个大活人在里面啊！

陶酥洗漱完毕后，走到方十四的身边，再一次跟他确认道：“哥，还没弄完吗？”

“我又不是云州，能给你修好就不错了，催什么催。”方十四看了她一眼，洗漱完毕之后，她的脸倒没有刚才那么红了，看起来很正常，于是他伸出手摸了一下她的额头，“嗯，还真没发烧，快点去换衣服吧，换好了，我们就走。”

闻言，陶酥看了看丝毫没有离开的打算的哥哥，然后认命地垂下了头。

她迈着沉重的步伐，一步一步地往衣橱间走，将屏风拉开了一条小小的缝，然后钻了进去。

刚一进去，她就落入一个温热的怀抱。

外面，方十四还扯着脖子喊了一句：“麻溜儿地换啊，你这电脑也快修好了。”

陶酥愤愤地吐了吐舌头，没理方十四，然后伸出手推着抱着她的男人，企图让他离自己远一点。

可是，她不敢说话。

衣橱间是开放式的，无论她将声音压得多低，方十四在外面都能听到。

她推了半天，也没把蔺平和推开。

陶酥突然想起来了，这家伙肯定在钻空子，因为她不能说话，所以他就可以为所欲为了。

她在心底冷哼一声，然后翻出手机，在备忘录上打上了一行字。

“放我下来！！！”

为表愤怒，她还特意在后面加上了三个感叹号。

蔺平和十分配合地放开了她，然后两个人也颇有默契地一声不吭，互相望着对方。

陶酥抬起头，看着男人深邃的纯黑色眼睛，不知道为什么，就是从那里读出了“洗眼恭看”的意思。

于是，她再一次拿起手机，打了一行字，然后举起来给他看。

“看什么看！你要盯着我换衣服吗？！”

蔺平和看着她手机上的文字，然后将目光移到她羞红了的小脸上，薄薄的唇畔扬起一丝不易察觉的弧度，然后非常不要脸地点了点头。

紧接着，陶酥连耳尖都红了。

女孩细白的手指羞得发颤，然后她手忙脚乱地删掉那些文字，又打了一句话，鼓着脸颊，气呼呼地举起来。

“转过去！不许看！”

陶酥举着手机，脸蛋红红的，浅灰色的眼睛瞪了他一下，气呼呼的样子看起来像一只没什么杀伤力的小猫，正磨着爪子准备挠人。

蔺平和抿了抿唇，笑意怎么压也压不下去。

男人果然是一种天生迷恋于征服快感的生物，他甚至觉得现在追求小姑娘的过程，比曾经她温顺地扑向他的那些日子要愉快许多。

不过，既然话已经放了出去，蔺平和依然决定把自己的风度捡起来。

他略有深意地看了陶酥一眼，然后，十分绅士地转过身去，不再看她。

陶酥看着男人宽阔而高大的背影，双手放在睡裙的拉链上，犹豫了半天，也没敢拉下来。

不知怎的，她总担心这个家伙会突然转过身来。

这时，方十四修完了电脑，又在外面喊了一句：“妹儿啊，我给你修好了，你赶紧换完衣服出来找我啊，今儿你开车，我晚上不回家了。”

话音刚落，衣橱间外面就传过来一阵脚步声，紧接着，卧室的门被开启又被关上，方十四出去了。

呼——陶酥长舒一口气，放开了睡裙上的拉链，悄悄地扒在屏风的后面，往外面看，确定方十四已经离开了之后，转过头对蔺平和说，“快走吧，我哥出去了。”

只是，男人像脚上生了根似的，就是不走。

“我求你快点走吧，”陶酥恳求他，“我哥手里有我卧室的备用钥匙，随时可能返回来，要是让他看到……”

“你同意让我追你了？”蔺平和对她说道。

这句话听起来和她刚刚说的话毫无关联。

“是啊，我同意了，”陶酥疑惑道，“这和你不走有关系吗？”

“你要给我追你的机会，”蔺平和步步为营道，“今晚有时间吗？”

“……你这是在约我？”

“是。”

“……我能不去吗？”

“那我晚上来你的屋子里找你，”他纯黑色的眼睛看向她红润的唇瓣上，然后颇有暗示性地看着她，继续道，“多晚都要等到你。”

“……”

陶酥皱了皱眉，被他突如其来的无赖行径逼得没办法，于是只能答应了他：“那好吧，晚上我回来了，去你的公司找你。但是，有一点，你以后不许翻我卧室的窗户！”

“成交。”

商人的属性就是趋利，既然他得到了自己最想要的，那么，其他的都可以先暂时放一放。

做好了约定，蔺平和就离开了。

陶酥换好衣服，也下了楼。

她跟方十四一道去了竹子 TV 的办公楼，方十四刚一进公司，就忙得不成样子，她也很乖地不去打扰他，转而去敲响了执行长办公室的门。

埃罗芒阿先生的签名版插画集，让沙糖非常开心，具体表现为对陶酥知无不言、言无不尽。

“情况就是这样，明明是我占据着主动权，可是，一直都被他玩得团团转。沙糖姐姐，我该怎么办才好啊？”陶酥这样问她。

昨晚答应了蔺平和，让他重新追求自己，理论上来讲，所有的条件都是对自己有利，可这短短的几个小时里，她仍然觉得自己在被这个男人牵着鼻子走。

“你想……坑他一次？”沙糖挑眉，有些疑惑地问她。

“也不是坑……就是觉得，自己总被他牵着鼻子走，特别没面子。”陶酥坐在沙发上，有些郁闷，“以前我追他的时候，就很被动，现在变成他追我，我依然很被动，很不爽啊。”

她似乎是想起了那些令人面红心跳的过往，小脸红了个彻底，只不过她还没有察觉到。

沙糖看着她的样子，衡量了一下利弊，然后给她出了主意：“你太年轻了啊，肯定玩不过他，要不要考虑来一个成人点的办法？”

“成人？”陶酥眨了眨眼睛。

“听你的形容，他应该是喜欢你的，你要不要考虑先撩过去，等他被撩起来之后，你就马上撤，看得到、摸得到就是吃不到的感觉，非常让人揪心哦。”沙糖小心翼翼地给她提出了建议。

“沙糖姐姐，能稍微……说得具体一点吗？”陶酥眼露真诚，认真地向沙糖求教。

沙糖轻咳一声，然后靠过去，小声地跟她说了一大堆。

十分钟后，小姑娘的脸红得近乎滴血，从执行长的办公室里走了出来。

她似乎有些飘飘的样子，路过公共办公区时，撞到了三把办公椅，踢到了两个花盆，甚至直直地撞上一个人，过了好几秒才反应过来。

她顾不得其他，只能弯腰说了声“抱歉”，就灰溜溜地一路小跑出来。

陶酥跑出竹子TV的办公楼之后，躲在车里消化着刚刚被沙糖灌入大脑中的那些爆炸般的信息。

果然……沙糖不愧是她的粉丝，“老司机”属性真的深。

陶酥本以为，沙糖和自己性别相同，应该不会像其他男性粉丝那样“公然飙车直到被吊销驾照”。

可是，她没想到，沙糖的“老司机”属性比普通的粉丝更加深。

沙糖给她提出来的那个整人的方法，实在是太劲爆了，劲爆得让她不敢拿出手。

她拍了拍自己涨红的脸颊，平复了一些怦怦跳着的心跳，开着车在北京内环里绕了好几圈，心脏的跳动速度才慢慢地恢复正常。

冬天的北京入夜很快，陶酥都没来得及做些什么，天就擦黑了。

她看了看手机上的时间，又揉了揉咕咕叫的肚子，决定还是先去找蔺平和。

陶酥在心里气得不行。

无论是答应他重新追求自己，还是今晚的约会，每一件事都像是男人设下的圈套。

更可气的是，她发现自己完全不能彻底地讨厌他。

陶酥鼓着脸颊，气呼呼地翻出手机，给蔺平和发了条信息，告诉他自己已经到了他公司的楼下。

几分钟后，她的视线里就出现了一个熟悉的高大身影。

蔺平和出来了。

他轻车熟路地上了陶酥的车，坐在副驾驶座上，以一种无比熟悉的语气问她：“饿不饿？”

陶酥别过头，不想跟他说话，只可惜，肚子却出卖了她，自顾自地唱起了空城计。

蔺平和笑了笑，然后对她说：“去上一次的法餐厅吃吧，我请你。或者……”他的视线落在她的身上，继续说，“你上我的车，这一次我请你，像上次你请我一样。”

她倒是想看看，这个男人还想玩出什么花样。

所以，陶酥也乐得奉陪。

她把车子停在蔺平和公司的停车场，然后跟着他，上了那辆黑色的保时捷。

大概是心里很乱，陶酥竟然忘记系安全带。

蔺平和见状，想帮她系好，结果，她见他突然欺身过来，还以为又要发生什么，白皙的脸颊唰地一下就红了。

男人离她很近，温热的气息洒在她的颈侧，让她下意识地缩了缩脖子，睫毛扑扇了两下，诧异的模样看起来可爱极了。

将安全带系好之后，蔺平和依然保持着这个暧昧的距离，目光落在她红润的脸颊上，那双浅灰色的眼睛，正羞涩而不安地望着他。

他轻笑一声，忍不住逗她，对她说道：“这是在等我亲你吗？”

第十七章

回家了

陶酥看着距离自己很近很近的男人，那句撩人的话像长了翅膀的红色喷雾，只是几秒钟的时间，她整个人都红得像一只煮熟的虾子。

她连忙用手捂住嘴，大而明亮的浅灰色眼睛看着他，用闷闷的声音对他说道："才、才没有，你离我远点儿。"

蔺平和轻笑，也不准备再逗她，于是慢慢地拉开了与她之间的距离，然后专心致志地开车了。

黑色的保时捷停在了陶酥最为熟悉的那家法餐厅门口。

陶酥坐在副驾驶座上，看着眼熟的店门，突然觉得心情有些微妙。

正当她出神的时候，身侧的车门被人从外面拉开了。

"下车吧。"蔺平和垂下眼眸看她，对她说道。

她跟在男人的身边，往餐厅里面走。

身旁的男人似乎很体贴，还特意放慢了步子，方便矮个子的女孩走得不那么累。

同样的地点、同样的位置、同样的菜单、同样的音乐……

所有的一切都与上次相同。

空气里飘着高贵典雅的古典主义钢琴曲，上好的红酒在透明的玻璃杯里，显得格外好看。

陶酥一边切着牛排，一边用余光小心翼翼地打量着坐在自己对面的男人。

他的举止高贵而优雅，和上次一模一样，如果说上一次她还在好奇他完美的就餐礼仪从何而来，那么这一次，一切都变得顺理成章了。

这时，钢琴声突然停了。

侍者推着一辆餐车过来，上面放着一束娇艳欲滴的玫瑰花，整整九十九朵。

“居然连包装纸的花纹都和上次一样……你是怎么做到的？！”陶酥看着与记忆中分毫不差的花束，真的被吓到了。

侍者将花束推过来之后，和钢琴手一同离开了，整层餐厅里，只剩下了他们两个人。

“北京的花店还真是挺多的，”蔺平和笑了笑，“找到那家花店倒是耽误了不少时间。”

于他而言，一束花并不算贵，但他花在这上面的心思，才真正值钱。

男人拿起那束花，走到陶酥的身边，然后递给了她。

陶酥放下用餐的刀叉，接过了这束于她而言大得夸张的玫瑰花，捧在怀里，抬起头，眼睛一眨不眨地看着他。

按照她记忆中的发展情况，接下来岂不是就要……

“我这么认真地追你，你难道不准备给我一点奖励吗？”蔺平和站在她面前，循循善诱的话语像涂满了蜂蜜的诱饵，引她上钩。

陶酥吃力地将那束花放在桌子上，然后从椅子上站起来。

他们之间的身高差太大了，而陶酥又不喜欢穿太高的高跟鞋，以至于她即便站起来，也仍然需要仰着头，才能看到蔺平和的脸。

她伸出胳膊，轻轻地抱了一下站在自己面前的这个男人。

他的身上带着淡淡的薄荷味儿，隔着一层薄薄的衬衫，陶酥能感受到男人身上的温热涌了过来。

这种温热的触感令她有些眩晕，连头皮都有些发麻。

还没等陶酥反应过来，她就被对面的人抱了起来。

他将她抱起，娇软的女孩几乎是坐在了他的胳膊上，失重感与腾空感让她下意识地伸出手，环住了他的脖子，浅灰色的眼睛中带了丝诧异的神色。

随即，湿漉漉的眼眸中便闪过一丝害羞的光泽。

“你、你放我下来啊……”她终于拥有了与他平视的高度，但不敢看他，连一句完整的话都说不出来。

“奖励，”蔺平和盯着她，一字一句道，“这才算奖励，我的胃口可比你想象中的要大多了。”

陶酥看了看他，小脸微红，含着水光的灰色眼眸闪了一下，然后伸过胳膊抱住了他。

“那……这样行了吗？”陶酥贴在他的耳边，细声细语地问他。

蔺平和抱着娇柔的姑娘，手指不经意间擦过她露在空气中的腿上细嫩的皮肤。

“还不错。”蔺平和对她说道。

“那你可以放我下来了吗……”她小声问他，“虽然知道不会摔下来，但我还是有点害怕……”

与其说是恐高，陶酥现在更害怕的是她内心深处正在悄悄改变的某种心情。

刚刚发现蔺平和的真实身份时，心里的那股火，让她忘记了自己是真心喜欢他这件事。

到了现在，那股火随着时间的流逝，渐渐变得微弱了起来，陶酥才意识到喜欢他的那份心情依然存在着。

她讨厌蔺平和的真实身份。

她有信心和一个没钱的蔺平和在一起，却没信心和一个身价高得吓人的男人在一起，即便他现在正在追她，即便他现在追她追得很认真。

她这样想着，然后被男人安稳地放回了椅子上。

个子高的人真的是自带升降梯，比起几个月前在这里找椅子补充身高值的自己，蔺平和在做这些事情时，比她做得好多了。

“蔺哥，你今天晚上没有工作吗？”陶酥切着牛排，看似不经意地问他。

“没有，”蔺平和对她说，“放心，今晚我都有时间。”

他似乎对上一次出差回来后见到的蹙着眉委屈的小姑娘印象十分深刻。

那种泫然欲泣的表情，他再也不想从她的脸上看到了。

“那你送我回家吗？”陶酥看着玻璃酒瓶里色泽诱人的红酒，期盼地问他。

“可以，”蔺平和点头，“想喝就喝吧。”

只不过，他记得她的酒量好像并不好。

等好不容易吃完了长达几个小时的法餐，陶酥也直接趴在了桌子上。

“嗯……好烦啊，回家之后又要一个人住那么大的房子。”她低着头趴在桌子上，声音闷闷的。

蔺平和看着她醉成软泥的样子，就知道餐后甜点她一定是吃不了了，于是叫来侍者，刷卡结账，准备带她离开餐厅。

“走了，回家了。”他拦腰扶起她，对她说道。

结果，她垂着脑袋，直接扑到了他的身上，将自己所有的重量都压了过去。

“不想回……”她软声软语地说着话，听起来勾人得不行。

“那你要去我家吗？”蔺平和试探性地问她，诱拐意味十足。

“不去……”陶酥抱着男人精瘦的腰，毛茸茸的小脑袋埋在他的胸前，似乎嗅到了某种危险的信息，重复着拒绝了一遍，“我不去你家。”

“那你想去哪儿？”蔺平和揽着她的腰，微微俯下身，凑在她的耳边小声问她。

“还是……回我家吧，别墅那儿……”陶酥用仅存的意识指挥着男人将她送回自己的家里。

说完这句话，她就闭上了那双浅灰色的眼睛。

蔺平和无奈，只能将她拦腰抱了起来。

醉了的小姑娘十分配合地让他抱着，并且还环住了他的脖子，靠在他的肩膀上，找了个舒服的位置贴着，卷翘的睫毛颤了两下，然后安心地躺在他的怀里，不再折腾了。

蔺平和垂下眼眸，看着她。

她今天穿了短靴，靴子的皮革刚刚遮住小腿，泛着粉色的膝盖和白嫩的腿都露在外面。

也不知道为什么，她明明都回国这么久了，冬天穿短裙的习惯还是没能改掉。

蔺平和皱了皱眉，将大衣盖在她的身上，然后抱着她走出了餐厅。

顺利地将她带回别墅区，蔺平和想问她拿钥匙，但是，看着醉得不行的女孩，他决定还是自己找。

找到钥匙之后，他又顺利地牵着小姑娘柔软的手，在门口的防盗系统上输入了指纹，两个人才终于进了别墅。

蔺平和来过陶家的别墅，而且还不止一次，找到她的卧室并不是什么难事。

只不过，别的事情就比较麻烦了……

好比现在，小姑娘躺在床上，但拽着他袖子的那只手死活不放开。

他尝试着拽出自己的衬衫袖子，却不料她不但没放手，还慢慢地睁开了眼睛。

柔柔的水光漾在她的眼睛里，像缀满了星星。

然后，蔺平和就听见她用棉花糖一样柔软的声音对自己说："你能不能别走啊，我不想一个人待在家里……"

醉了的小姑娘格外黏人。

这一点，蔺平和早有印象。

他还知道陶酥骨子里是个很缺乏安全感的人，尽管她尚未成年时就孤身一人去海外留学，可很多时候，她仍然希望有一个人能陪在身边。

这种心情，她平日里清醒的时候不会表现出来，毕竟已经是个成年人了。

可是，一旦大脑神经被酒精麻痹，一个人内心深处的期盼就充分显现了出来。

他顺着小姑娘手上的力道，坐在了她的床边，任凭她拽着自己的袖子，也不准备走了。

她醉成这样，他今早听方十四说，年前她都会一个人在家，他怎么放心得下。

可他毕竟没有喝酒，绅士风度还是要有的。

于是，蔺平和翻出小姑娘的手机，给方十四打了个电话。

电话一接通，蔺平和刚刚自报家门完毕之后，电话另一端的方十四瞬间就爆发了。

“我晕，你怎么用我妹的电话？！你把她怎么了？！你这个禽兽，不许碰她！”连珠炮一样说完了这三句话之后，方十四突然回过神来，然后连忙说起了软话，“大哥，你高抬贵手放了她，你要多少钱，我都给你。”

蔺平和：……这人好像是个傻子。

“她喝醉了，现在在家里，”蔺平和不理会他过山车般的态度转变，继续说道，“是你回来，还是找家政阿姨？”

“啧，我现在走不开啊，”方十四皱了皱眉，“家政阿姨吧……一会儿家政阿姨到了，你就走啊。我手边的事情忙完了，会连夜赶回去，你要是对我妹做了什么，我做鬼都不会放过你！”

末了，方十四想了想，又补了一句好听的话：“不管怎么说，还是谢谢你送我妹回家……她给你添麻烦了。”

说完，没等蔺平和再说些什么，电话就被挂断了。

不出半个小时，家政阿姨就敲门了。

蔺平和坐在客厅里，等家政阿姨工作完了之后，也没有离开陶家的打算。

既然方十四会回来，那么，他就在这里等着，反正他准备重新追回陶酥，免不了要在意陶酥家人的意思。

他并不希望，小姑娘因为跟自己在一起，又被家里人赶了出去。

陶梓的名号他是听过的，只是两个人的生意往来实在少，所以一直都没什么交集。

蔺平和的公司主要跟建筑工地打交道，而陶梓在影视圈混得风生水起。

虽然不知道陶家和方家究竟有什么千丝万缕的关系，但蔺平和想，方十四总比陶梓要容易攻破得多。

况且，他对方十四还略有了解，毕竟他的弟弟就在方十四的公司里做兼职游戏主播。

与蔺平和缜密的心思相比，陶酥的心境就简单多了。

她满心想的都是自己和蔺平和到底会怎么样，别的事情早就不在她的操心范围之内了。

舒舒服服地睡了一夜之后，天大亮，陶酥才从被窝里爬起来。

她的脑袋有些晕，大概是宿醉的缘故。

陶酥揉着眼睛，从卧室里走出来，赤着脚穿着粉色的棉拖鞋，慢腾腾地走下了楼。

“你醒了啊，”男人站在料理台前，系着藏蓝色的围裙，抬起头看到了她，“快去洗漱，回来喝粥。”

“你……你怎么在我家？”看到蔺平和之后，陶酥的睡意突然就散了大半。

她有些诧异地盯着面前的男人，用初醒后软绵绵的声音质问着他。

“是你让我留下的。”蔺平和如实答道，“昨晚，你拉着我的袖子，不让我走。”

“你胡说！”陶酥打死都不肯承认，低下头看到自己身上的睡衣之后，小脸腾地一下红成了苹果，“你脱我衣服干吗？”

“我没有。”第二次被冤枉了的蔺平和，似乎已经习惯了这种事。

他毫不紧张地为自己伸张正义，顺便把粥端到了餐桌上。

“我家地暖的温度特别高，所以冬天在家只穿睡裙，从来不会穿这套，不是你脱的，是谁脱的？这屋子里还有别人吗？”

“家政阿姨，”蔺平和看着她，顿了顿，然后继续说，“几个小时之前走了。”

陶酥：……这个场景和台词好像似曾相识？

看着男人气定神闲的英俊面孔，陶酥捂着脸跑回了卧室。

进了浴室，打开水龙头把凉水泼到脸上，试图让自己的大脑冷静一些，顺便给脸颊降降温。

洗漱完毕之后，她换好衣服，又回到了客厅。

整理好了心情之后，陶酥坐在餐桌前，才有闲心思打量起蔺平和。

他换了宽松的灰色运动服，看起来是刚刚晨跑完的样子。昨晚到底发生了什么，她已经记不太清楚了，最终清醒的意识里，是色泽诱人的九分熟牛排。

陶酥一边小口小口地喝着生滚鸡蛋粥，一边用余光小心翼翼地打量着坐在餐桌对面的男人。

他看起来似乎心情颇好，不知道发生了什么开心的事儿。

“你不吃吗？”本着人道主义精神，陶酥极不情愿地关心了他一句。

“你睡着的时候，我吃过了。”蔺平和对她说，“你吃吧。”

“哦，”陶酥趴在粥碗旁边，拿着勺子一点一点地搅着粥碗里的鸡蛋黄，米黄色的蛋黄融进滚烫的白粥里，然后她继续问，“昨晚发生什么事了吗？”你看起来心情很好的样子。

当然，后面那句话，她没有问出口。

“昨晚你不让我走。”

“……我是说你发生了什么事？”陶酥红着脸打断了他的话，然后把重点绕回他的身上。

“昨晚吗？”像是自问的句子，尾音上挑，带了一丝吊人胃口的感觉，他继而道，“昨晚你哥回来了。”

“……”

“我跟他说，你是跟我出去吃饭才醉成那样的。”

“……”

“你哥的身手真的挺不错，比封景强太多了。”

“……”所以你们昨晚是打架了吗？

陶酥担忧地望了过去，这份担忧，连她自己都没意识到。

她甚至忘了担心自己，要是哥哥将这件事跟姐姐说了，自己有可能又要被赶出家门了。

“你没事吧？”她小心翼翼地问他。

“没事，”蔺平和答道，“我们没打架，放心。”

“那你干吗说他身手不错！你要吓死我了！”陶酥腾地一下从椅子上站起来，提高了音量，语气里带了些担忧后的委屈。

“你不关心最后的结果吗？他现在可不在家里，你一点都不好奇？”男人循循善诱地抛出了一个又一个问题。

“好奇什么……”陶酥撇撇嘴，重新坐回椅子上，继续喝粥，然后说，“反正追我是你的事情，答不答应是我的事情，只要我不答应，我哥也不会把我怎么样。”

蔺平和看着她倔强的小脸，思绪不禁回到几个小时之前的午夜。

方十四推门进来，一脸凶神恶煞，活像全世界都欠了他一个亿似的。

“我妹呢？！我妹呢？！你把她怎么了？！”

“她睡下了。”蔺平和坐在沙发上，淡然地说，“你声音太大了，会吵醒她。”

“我告诉你，不要觉得你是云州的哥哥，我就会对你客气。你敢动我妹，我把你揍得连云州都认不出来！”

“你的心情，我可以理解，但是……”男人话锋一转，淡然的表情瞬间笼罩上一层无比认真的色彩，“我不会因为你的几句话，就轻易放手。”

“那你想怎么样？”

“坐下谈？”

方十四看着他，见对方没有挽袖子动粗的准备，再加上顾念蔺云州的面子，方十四冷哼一声，坐到了他的对面。

作为兄长，方十四的脑回路并不复杂，他只是希望陶酥幸福。

这种幸福并不是他认为的幸福，而是陶酥想要的幸福。

作为一个交往对象，蔺平和无疑是完美的。

只是，隐藏身份的事情像一根刺，让方十四怀疑他以后会不会又搞出什么幺蛾子。

蔺平和跟方十四谈了很久，也说了很多。

最终，方十四看在自家妹妹的面子上，决定暂时对他考察一段时间。

“我告诉你，你要是再骗我妹，我肯定饶不了你。”方十四对他强调，“如果不是看在我妹那么喜欢你的分儿上，我打死也不会同意的，就是我姐那边……”

方十四欲言又止，看起来似乎有些为难。

“这是我需要做的事，”蔺平和对他说，“我来解决。”

“好，我姐可没我这么好说话，你自己多用点心思吧。”方十四皱了皱眉，继而说道，“不要以为你喜欢我妹好多年就有多了不起，我妹喜欢你可是喜欢惨了，你趁她睡着可以去看她书桌上第二个抽屉里的素描本，她没见你的这段时间……唉，不说了，你自己去看吧。”

方十四欲言又止，最终还是没有把话说完。

他应该真的很忙，哪怕连夜赶回来，也没有多待片刻，去陶酥的卧室看了看，就又开车离开了。

至于那个被搁置在黑暗无光的抽屉中的素描本，此刻被蔺平和拿到了阳光下。

他将浅灰色封皮的素描本放在餐桌上，纯黑色的眼眸略有深意地看了坐在对面的陶酥一眼，然后一边翻开素描本，一边对她说："如果你一直都不答应的话，可能永远都只能画去年的我了。"

"你偷翻我的东西！"陶酥看到他面前的本子之后，急得羞红了脸。

"错，不是偷翻，是光明正大地翻。"蔺平和垂下眼眸，不去看她，却继续说道，"倒是你，在偷偷地画我。"

画本封面上标注着新一年的日期，里面的每一页都画着男人赤裸着上身的样子，八块腹肌的肌肉线条流畅而漂亮。

他单手拎着素描本，绕过餐桌，走到陶酥的身边。

他温热的手掌覆上了她柔软的肩膀，然后低头，附在她的耳边轻轻地说："想看真的吗？"

听到男人的话之后，陶酥手里的勺子就啪的一声掉进了粥碗里。

"我、我……"陶酥踌躇了半天，也没说出来一句完整的话。

她该怎么说？

她该说想看，还是该说不想看？

好像，怎么说都不太对的样子。

陶酥红着脸，看着男人隐隐带着笑意的英俊面孔，心跳没来由地开始加速。

她失策了，就不应该答应让他追自己。

他随便说一句话，或是随意地出现在她的面前，她的视线都会控制不住地粘在他的身上。

而现在，他还在认真地追自己，这简直就是要把自己撩出心脏病来的节奏。

看着小姑娘羞红了的娇俏面孔，蔺平和忍不住轻笑一声。

这笑里带着快要溢出来的宠溺，却让陶酥觉得更害羞了。

“你、你别笑啊，笑什么笑，有什么好笑的！”陶酥委屈地说道。

“我没有在笑你害羞的样子，”男人嘴角噙着一丝明显的笑意，然后此地无银三百两地对她保证道，“真的，我保证。”

陶酥：“……”

“你把素描本还给我！”陶酥伸出手去抢他手里的素描本，抢到之后连忙护在了怀里，抱得死死的，不再让他有任何拿到手的机会。

“每天都画我，这么想我吗？”蔺平和伸出手，摸了摸小姑娘毛茸茸的头顶。

“没……不对，”陶酥刚想嘴硬着不肯承认，可她转念一想，这样回答显得太过刻意，于是中途改了口，“这和你有什么关系？”

“让我想想，和我有什么关系……”蔺平和故作思考的模样，微微皱着眉，用一副思虑已久的神色对着她，继续说道，“你画的是我，难道还跟我没关系？”

“……那你想怎么样？”

“你不应该给我报酬吗？”

“哦……”陶酥点了点头，所谓的肖像权她是懂的，再说她和蔺平和最初相识的契机，也是这个，“那你要多少钱啊……”

说到这里，陶酥就有些没底气了。

以前，不过是几千块钱的事情，但是现在，一切都变得复杂了起来。

因为，蔺平和的真实身份不是搬砖工，也不是模特，他的身价……根本没办法用金钱来衡量。

“你觉得我值多少？”蔺平和似乎是逗她逗上了瘾，看她又害羞又紧张的样子，简直可爱得不行。

“我、我也不知道啊，”陶酥撇撇嘴，然后委屈巴巴地看着他，“你那么有钱，还要我的钱干吗，我的钱完全没你多啊。”

陶酥现在觉得委屈极了。

这个人真的太过分了，他的身价比她高那么多，居然还向她要钱。

或者说……他是要把自己施加在他身上的事情，原封不动地重演一遍？

既然已经把烛光晚餐和九十九朵红玫瑰的事情重新演绎了一遍，那么……第一次见面时的场景，他不会也想重新演绎一遍吧？

“你到底要多少钱啊，如果我有的话，我都给你，但是……但是你不能……”陶酥有些害怕地抱住了自己的肩膀，然后小心翼翼地说，“你不能让我肉偿啊，我身上没有肌肉，一点都不好看，真的。”

她说得认真极了，生怕蔺平和像当初的自己一样，塞过来三千块钱就让她脱衣服。

她现在想来，这个相识的契机真的太垃圾了。

男人垂下眼眸。

“你在想些什么呢。”看到她这么害怕的样子，蔺平和都不敢再逗她了，于是连忙解释道，“只是有件事想拜托你，别有太大的压力。”

她的脑回路每一次都和普通人不一样，这让男人觉得既惊喜又担心。

他真的很怕自己哪句话让她多想，又把她惹哭。

“什么事啊……”她试探性的目光望了过来，带着怯生生的感觉。

“我有点东西忘在家里了，也不是什么着急用的东西，哪天我们都有时间的时候去取就行。”蔺平和对她说。

“家里？”

“是啊，在我们的家里。”

好像已经很久……没有人对她说“家”这个字了。

小的时候在北欧，妈妈总是对她说，中国才是她的家。

可是，她回国没多久，妈妈就去世了，外公和外婆也没有撑上几年，也相继离世。

哥哥高中没毕业就去韩国打职业赛了，姐姐在她的印象里，从来都没有闲下来过。

后来，她去了日本；再后来，她又回国了。

可是，这一切并没有什么太大的变化，回国之后她仍然经常一个人住着空旷的大房子。就算在寝室，一到周末，室友们也会跟男朋友出去玩，她就算不回别墅，在寝室里也一直都是一个人。

对于“家”的感觉，陶酥从小就没有什么实质性的体会。

“那你想什么时候去啊？”陶酥问道。

大概是因为太开心了，陶酥居然忘记了，自己已经给过蔺平和备用钥匙这件事，从而默认了和他一起去的邀约。

“下周末？”蔺平和挑了一个日子。

“行。”陶酥点点头，然后说，“那就下周末吧，我去你的公司找你，刚好把我的车开回来。”

她还记得她的法拉利，想着自己最近也不打算离开别墅区，用不到车，等顺路的时候再把车取回来也可以。

蔺平和看着她细心盘算的模样，心底那个计划也渐渐有了雏形。

“我听你哥说，年前这段时间你都要自己一个人待在家？”

“是啊……那又怎么样？”陶酥被他的问题弄得糊里糊涂，随即，像是想起了什么似的，又警戒了起来，“你上次不是已经答应我不再翻窗户了吗？”

“我不去你的屋。”他这样说着，看着小姑娘突然松了一口气的样子，然后继续补了一句，“我是问你，要不要去我家住？”

“我为什么要去你家住？”陶酥皱了皱眉，有些不太懂他话里的意思。

蔺平和抬起眼眸，看了看她手边的素描本，然后对她说：“年前你接了很多插画的单子，都画完了吗？”

“还差三张……怎么了？”陶酥狐疑地问他。

当时她为了跟蔺平和在一起，被姐姐扫地出门，迫于生计，也为了今后手头能宽裕一些，特意跟曲戈说了一声，以后什么风格的插画她都愿意接。

虽然现在她已经回家了，可是杂志是有固定的制作周期的，她当时接下来的好多单子，现在也要逐一交上去。

做人要讲究诚信，她不能因为现在手边宽裕了，就失信于人。

所以，即便接了很多插画单子，她仍然努力、保质保量地完成。

“我记得有两个单子是哥特风的，你画完了吗？”男人抛出一个无比现实的问题。

“……还没。”陶酥沉默了几秒钟，然后只能低下头，委屈巴巴地承认了。

岂止是没有完成，她现在一点灵感都没有。

陶酥胆子很小，别说看恐怖片，就连恐怖小说都不怎么敢看，上次为了画那张哥特风的插画，去看了《孤堡惊情》，已经把她吓得半死了。

要不是被姐姐赶出家门，她怎么也不可能再接这种风格的单子了……

说到底，还是都怪面前的这个人！

“工作要按时完成才行。”

“……是。”

“不能拖稿。”

“……是。”

“自己一个人能行吗？”

“……”

他明知道她很怕看恐怖片，还这样问，到底想怎么样？！

陶酥腾地一下从椅子上站起来，然后愤愤地盯着站在自己面前的男人。

“……行。”陶酥低下头，看着自己脚上的兔子头棉拖鞋，有气无力地做着最后的挣扎。

“现在敢一个人看恐怖片了吗？”

“……敢了。”

“可是，晚上也不会有人回来，你哥不是说，这里年前只有你一个人住吗？”

“我知道……”

“这次还看《孤堡惊情》吗？”

“呜……你别再说了。”听到恐怖片的名字，被尘封的数个月前记忆又涌了出来，诡异的背景音乐似乎又在耳边响了起来，她一边摇着头，一边说道，“别说了，别说了！”

“那你要不要去我家？”

“……去。”

最终，小姑娘迫于恐惧的心理，只能向男人服软。

她也想挺直腰杆，不落入男人的圈套，可是，他就是吃定了她会害怕那些虚无缥缈、并不真实存在于这个世界上的东西。

而且，被男人勾起了几个月前的观影回忆之后，她现在都有点害怕了。

“我、我今天晚上就可以去吗？”陶酥小心翼翼地问他。

明明是自己不情愿，可她现在害怕被男人拒绝。

如果他真的拒绝了她，她今晚该怎么办才好……

陶酥一边害怕着，一边忐忑地等待着男人的回答。

出乎她的意料，蔺平和不仅没有拒绝，反而看起来还挺开心。

“可以，”蔺平和点头，然后对她说，“你白天收拾一下，晚上下班了，我来接你过去。”

第十八章
甜牛奶

天色尚早，就算陶酥心里真的害怕，也不会表现得很明显。

但是，正如蔺平和所言，哥哥和姐姐年前都不会回家，让她一个人住在那么大的别墅……

陶酥是一个无神论者。

当然，这话她只敢在白天说。

到了晚上，她肯定是认怂。

所以，这一次陶酥难得没有推托蔺平和的邀请，十分有自知之明地收拾好了简单的行李，到了晚上，就被他接走了。

因为想着几个月前的《孤堡惊情》，所以，陶酥晚上的胃口并不是很好，她没吃几口饭菜，就觉得吃不下了。

但不知道为什么，她莫名地想喝点东西。

“蔺哥，你家有什么喝的东西吗，不要咖啡和茶，甜一点的有吗？”陶酥趴在饭桌上，小心翼翼地询问道。

“保鲜层里有牛奶，专门给你买的，去拿吧。”蔺平和看了她一眼，这样对她说道。

得到了肯定的答复之后，陶酥跳下椅子，然后一路小跑到了厨房，打开冰箱的保鲜层，就看到了整整一层的纸盒包装的牛奶。

奇怪，这是她最喜欢的牛奶，因为是外国的牌子，所以除了家人之外，不会有人特意帮她准备。

她记得自己没有跟蔺平和说过这件事，他怎么会知道？

“你……也喜欢这个牌子？”陶酥拎着一盒牛奶，回到餐桌前，晃了晃手里的牛奶盒，上面“适龄人群三至五岁”的英文标志格外醒目。

适合小孩子喝的牛奶会比成年人喝的盒装牛奶味道更浅、更甜一些，而且更好吸收，陶酥在日本待久了，吃多了生冷的东西，胃功能不是很好，所以比较喜欢这个牌子。

但是，无论如何，她都没办法相信，蔺平和这样的人竟然会喜欢这种幼儿专用的牛奶。

“还行，”蔺平和点点头，示意自己并不讨厌这些，然后继续说，“但我记得你喜欢这个，所以今天就买了些。”

“我和你说过这个牌子吗？”陶酥好奇地问他。

“没。”蔺平和对她说，“只不过，你第一次见我的时候，就随手给了我这个，我觉得这应该是你喜欢的吧。”

“？”第一次见面？

听到他的话，陶酥歪了歪头，思绪不由得飘回半年前的那一天。

他们第一次见面，她给了他什么？除了三千块钱之外，就没什么其他的了。

而且，她好像也没有对他说过什么牛奶之类的话题，对他说的第一句话是——请问跟我一天要多少钱。

往事涌入脑海，陶酥的脸腾地一下就红了。

“不是你印象中的第一次见面，”蔺平和看到她的表情，大概也能猜到她现在在想些什么，于是对她说，“我第一次见你，是在将近三年前，也是那家酒吧。”

“酒吧？”陶酥有些好奇。

“是，酒吧。”蔺平和点头，然后继续对她说，“我那天状态不是很好，因为公司的事不是很顺利，你那天也醉了，我猜你可能把我当成破产或是失业的人，所以安慰我，给了我一张一千万的支票，还有……”一边说着，蔺平和一边扬了扬下巴，看着她手上的牛奶，继而道，“一盒跟现在你手上拿着的一模一样的牛奶。”

闻言，陶酥陷入了沉思。

按照蔺平和说的那个时间，她应该刚回国不久，也就是刚刚高中毕业的年纪。

她那一阵子好像确实去了那家酒吧，为了庆生……

那天她刚好成年，所以喝了蛮多的酒，具体发生了什么，她一点都记不起来了。

无论怎样努力回想，她好像也只能回忆起一个大致的、模糊的残影。

可是，那时的场景让蔺平和记了这么久，还记得这么牢。

“那……你从那个时候就开始喜欢我了吗？”陶酥特意咬重了“喜欢”二字，偷偷地抬起头，小心翼翼地看着男人的表情，小声地问他。

“嗯，”蔺平和肯定了她的猜测，继而说道，“第一次遇见你的时候，你穿的是学生制服，个子也不算高，让人感觉年纪很小。我怕吓到你，再加上公司当时确实有很多棘手的事情，就没有第一时间去追你。”

“……”

“后来，公司发展得稍微好了一些，我刚想追你，却发现你不喜欢我这个类型的异性。”

他慢慢回忆着暗恋的光景，像是要把自己整个人都剖析给她看似的，说的每一句话都无比诚恳。

“因为了解到你的成长环境，我也能理解，你为什么会喜欢穷一点的异性，所以，我很怕自己贸然出现，会让你马上把我 PASS 掉。直到那天，你自发地误会了我的身份，所以……”

“所以你就将错就错，没有阻止我误会你的身份？”陶酥试探性地问他。

“是，当时只是希望能离你更近一点。这种想法太迫切了，以至于忘记了欺骗会让你那么伤心。”他说得坦诚而饱含歉意，并带着一丝让人不易察觉的心疼与温柔，“如果时光可以倒流，我宁愿被你立刻 PASS 出局，也不会再骗你。”

“……”陶酥吸了下吸管，甜而不腻的牛奶化在舌尖上，她眨了下眼睛，然后对他说道，“你不觉得我喜欢的异性类型很古怪吗？”

“喜欢什么样的异性，是你的自由，别的人无权指手画脚，当然也包括我。”蔺平和认真地说，“我只能努力让自己在其他方面做得更好，来弥补这方面的不足。”

“你是不是……傻？”陶酥忍不住笑了，“怎么会有人觉得，有钱是一种不足？”

她还是第一次被人这样认同着，明明……无论是哥哥，还是姐姐，听到她的择偶标准之后，都会笑她古怪，要么就是笑她年纪小不懂事。

“事实就是如此啊。”蔺平和无奈地说，“比起现在，你更喜欢我以前的假身份，不是吗？至少在这之前，你会主动邀我去你家过夜，而现在，你对我的态度还不足以说明问题吗？”

“不要再说这个了……”陶酥被他的剖白弄得不自在，于是连忙转移话题，“你这几天一直都围着我转，工作没问题吗？完成了吗？”

“今天的还没，但是带回家了，一会儿去书房看。”

“哦……这样啊，怎么不在公司看啊？”

“不是要陪你吗？”

“……”

自然而毫无停顿的这句话，让陶酥的心脏没来由地颤了一下。

他仿佛永远都知道她最想要的东西是什么，然后将她最想要的东西，捧到她的面前。

“我去洗澡了。”留下这句话，陶酥捧着牛奶就跑回了卧室。

她一口气喝完盒子里的牛奶，然后红着脸整理着自己的行李。

那句“不是要陪你吗”，在她的脑海中挥之不去，似乎一直都在她的耳畔回响。

抱着居家服，陶酥站在卧室的地毯上，双手隔着居家服和身上的那件薄毛衣，摸上了自己的心脏处。

那里跳得很快，像揣了只小兔子。

她不得不承认，自己是真的喜欢他，他说的每一句话，都有着让她心跳加速的魔力。

甚至，那双纯黑色的眼睛看向自己的时候，都让她变得不知道该如何自处。

“到底为什么要一直被他牵着鼻子走啊……”陶酥侧过头，尚未拉上窗帘的窗户玻璃，映出了她红红的小脸。

她心里的抱怨也忍不住说出了口。

陶酥气鼓鼓地抱着居家服走到窗户旁边，赌气般地拉上了窗帘，似乎这样就看不到脸红心跳的自己了。

然后，她就去洗漱了。

喜欢上一个人，是一件又甜蜜又恐怖的事情。

从前，她胆子也小，只不过再怎么害怕，她都能自己找方法扛过去。

她经常求助朋友，但如果朋友实在不方便或是没时间，她也会自己一个人想办法，要么躲在衣柜里，要么躲在桌子下面。

她不是那种喜欢麻烦别人的性格，所以大部分时间，都会自己一个人默默地挺过去。

可是，自从喜欢上了蔺平和之后，她发现自己变得和以前不一样了。

她变得越来越习惯依赖着他，而他对她的依赖几乎都包容着，这让她变得越来越有恃无恐，越来越离不开他。

虽然刚刚进屋时，她明确地表明自己一个人住客卧没问题，但当她关了灯，想要一个人挺过去的时候，又退缩了。

她躲在衣柜里，却忍受不了那里面不够流通的、不够新鲜的空气。

她躲在桌子下面，却忍受不了桌角的坚硬。

于是，陶酥掀开眼罩，抱着薄被和枕头，离开了客卧，像一只等待着庇佑的小动物，主动地在别墅里寻找着蔺平和。

她循着光源向前走，最终站在了书房门口。

她抬起手，轻轻地敲了敲门，听到里面的男人说了声“进来”之后，便毫不客气地进了屋。

“这么晚了还不睡？”蔺平和看着她连被子都抱来了，心里也能猜到她接下来想怎么样，于是不慌不忙地问她。

“你不也没睡吗？”陶酥顺着他的话，接了下去，“我看你书房里的沙发也挺大的，我就躺在这儿吧，毕竟你今天是因为我才没有完成工作。”她找理由找得相当有逻辑，“我陪你一起加班。”

“也好，”蔺平和配合着说道，“那你就陪我加班吧。”

加班其实是一件很枯燥的事情。

陶酥本来就有些困。

她缩在被窝里，戴着眼罩，然后将头转向沙发靠背的那一边，只留给男人一个毛茸茸的后脑勺。

蔺平和处理完工作之后，看到睡熟了的小姑娘，小心翼翼地把她抱回了卧室。

隔天一早，陶酥从床上醒来后，呆愣了半天，才发现自己不知道什么时候被抱回了屋。

蔺平和似乎越来越忙，白天陶酥基本都是一个人在别墅里。

某天晚上，男人回来得很早，太阳还没落山，他就带着光盘回家了。

为了感谢他的收留之恩，陶酥决定，这次的恐怖片由蔺平和来挑，他选了恐怖片中的经典之作——《贞子》。

“害怕吗？”片头刚开始，蔺平和就侧过头问她。

陶酥轻轻地瞪了他一下，然后倔强地转过头。

蔺平和也不恼，只是坐在她的身边。

十分钟后，怀里就钻进来一个软绵绵的小姑娘。

“你冷吗？”陶酥趴在他的怀里，小心翼翼地问他。

“有点儿冷。”他无比配合地接过了陶酥的话，然后有力的胳膊稍微收了收，就将她整个人揽在怀里，“你帮我暖和一下？”

陶酥抬起头，看了看男人噙着笑意的英俊面孔，然后红着脸点了点头，十分安心地缩在他的怀里，不再跑了。

只不过，她缩在男人的怀里，也不怎么老实。

有了一个“人体避恐”设备之后，陶酥在看恐怖片的过程中，变得越发有恃无恐了起来。

用个通俗点的说法，她简直没有尊重恐怖片的存在价值。

她柔软的小手一直攥着男人的衬衫，窝在他怀里的身子娇小而灵活。稍微感觉到有些吓人的时候，她就迅速把绯红的小脸埋在他的胸膛，然后等渲染恐怖气息的音乐声过去了之后，又眼巴巴地看向了液晶电视。

她一来二去这般折腾，硬是把男人衬衫上的扣子扯开了两粒。

他回家之后不习惯系领带，结果就给了小姑娘可乘之机。

麦色胸肌隐藏在黑色的衬衫领口之下，被扯开了两粒扣子之后，曾经在布料下若隐若现的肌肉线条，全都暴露在了空气中。

陶酥忽略了客厅里恐怖片中的鬼叫声，浅灰色的眼睛盯着男人领口处露出来的胸肌，下意识就伸出手摸了进去。

紧接着，软绵绵的小手就被男人制止住了。

“不是为了工作吗，怎么这么不认真？”蔺平和垂下眼眸，纯黑色的眼眸不露喜怒地望着她。

“我、我帮你系扣子。”陶酥轻咳了一声，绯红着小脸，刚刚探进男人衬衫里的小手迅速搭在了他的衬衫领子处，像模像样地系着扣子，“你别多想啊，我看电影挺认真的。”

蔺平和不再接她的话，只是默默地看着小姑娘把自己的扣子一粒一粒地系好，抱着他的胳膊继续看电影了。

这个简短的小插曲过去之后，陶酥依然维持着“看一眼，躲一下”的恐怖片观影模式。她把蔺平和当成避难的港湾，电影情节稍微有点吓人，就把小脸埋到他的胸口。

结果，一整部电影看下来，别说找灵感了，她连电影中的女主角长什么样子，都没什么印象。

无奈，陶酥只能趴在蔺平和的怀里，又看了一遍《孤堡惊情》。

一部电影的时间就很长，何况是看了两部。

等她把《孤堡惊情》看得差不多的时候，也就到了睡觉的时间。

蔺平和垂下眼眸，看着窝在自己怀里的女孩微微闭着眼睛，长而卷翘的睫毛轻轻颤动着。

他小心翼翼地抱起她，把她抱回卧室，却不料刚把她放在床上时，衬衫的领口就被一只小手捉住了。

“你是想让我陪你？”蔺平和弯着腰，任凭她攥着自己的领口，然后贴在她的耳边轻轻地说道。

大提琴一样缱绻低沉的声音，在没有灯光的夜里仿佛带了一丝诱惑的感觉。

“没……”女孩凑到他的耳边，吹气如兰，小声地说道，“我在撩你啊。”

一边说着，陶酥一边眨了一下浅灰色的眼睛。

她非常认真地将沙糖告诉她的事情逐一在蔺平和的面前演绎一遍。

自从他开始追她，似乎每一天都是她被撩得面红耳赤。

想当初，两个人的不纯洁关系还是陶酥一手策划着开始的，这次变成了被动的局面，小姑娘实在是觉得不爽。

这样想着，陶酥干脆将唇瓣贴在他的耳边，柔软的唇若有若无地触碰着男人的耳郭，然后在他的耳边，轻轻地隔空亲了一下，虽然没有亲到，但是亲的声音无孔不入地钻进了男人的耳中，听起来好像真的被亲了一样。

声音很小很小，却在男人的心脏里掀起了滔天巨浪。

纯黑色的眼眸一暗，他曲起膝盖，上了小姑娘的床，然后就着她攥着自己领口的力气，贴在了她的身上。

高挺的鼻梁抵上了小姑娘柔软的鼻尖，只差几毫米的距离，他就要亲到她了。

紧接着，粉嫩的唇瓣轻轻地啄了一下他的嘴角。

见此情状，蔺平和突然有些好奇。

这哪能算是撩，简直就是明晃晃的“勾引”。

“你知道自己在做什么吗？”蔺平和笑着问她。

陶酥躺在床上，浅灰色的眼睛含羞带怯地四处飘啊飘，偶尔会扫视到男人的眼睛，却不敢真的和他对视。

她没有回答男人的问题，只是抬起手，摸上了他衬衫上的扣子，然后灵巧地将它们一粒一粒地解开。

柔软的指尖钻进衬衫里，顺着麦色胸肌慢慢下移，直到男人的眸色变得越发深沉，如同蓄着一团漆黑的火焰。蔺平和握住了女孩纤细白皙的手腕，阻止了她手上的小动作，垂下眼眸低下头吻了过去，却意外地吻在了女孩柔软的掌心上。

她的另一只手及时地捂住了自己的唇，让男人这个带着情欲气息的热吻落在了她错综复杂的掌纹里。

“蔺哥，你忘了吗？”陶酥朝他眨了眨眼睛，颇为无辜地说道，“月初这几天是我的生理期呀。”

蔺平和垂下眼眸，看着那双浅灰色的眼睛闪烁着狡黠的光芒，突然觉得自己被下套了。

如果说上一次撞上了这个特殊的日子，是一个意外，那么，他可以确认，这一次肯定是陶酥蓄谋已久的套路。

男人伸出手，抚摸她白嫩的脸颊，白皙的皮肤上晕着浓郁的粉红色，格外好看。

然后，他对她说："你真的以为我不敢碰你？"

带着薄茧的手掌慢慢下移，抚过她纤细的脖颈，停在了她精致而漂亮的锁骨上，然后，男人修长的手指挑开了女孩睡裙领口的荷叶边。

"欸……"陶酥有些不可置信地看着他的眼睛，然后对他说，"你在想什么啊？！"

修长的手指停在原处，虽然没有继续向下探，但也没有回归到安全的位置上去，像一柄悬在头上的利刃，不知道什么时候就会落下。

"这个问题应该是我问你才对，"蔺平和不慌不忙地看着她，然后说，"生理期对我做这些事，你想干什么？"

"……"我想撩你啊，凭什么只有我被撩得晕头转向的份，嘤嘤嘤。

她咬了咬粉色的下唇，却倔强地不肯开口。

难道要说，只有她一个人脸红心跳不公平？

这也太幼稚了，她不好意思说出来。

蔺平和见她别过头，装作负气的害羞样子，也不再吓唬她，收回了自己的手，然后迈开长腿，从床上下来，站在她的床边，摸了摸她的头顶。

失去了男人的束缚，陶酥连忙扯过一个抱枕蒙在脸上，然后慢慢地往下拽，只露出一双亮晶晶的眼睛，侧过头看着站在自己床边的蔺平和。

他眉头微蹙，胸口处的起伏有些剧烈，每次呼吸的间隔，衬衫上的布料都会被他的胸肌撑出几条明显的印记。

"你……生气了吗？"看到他蹙起的眉峰，陶酥突然有些担心自己玩过了火，惹他不高兴了。

虽然是他撩她在先……

虽然是他说她怎么折腾，他都无所谓……

虽然……

但是，做人要懂得分寸，陶酥有点害怕自己把事情搞得不可收拾。

“有一点，不过，没关系。”蔺平和看了看她，然后隔着她额前那层薄薄的空气刘海，摸了一下她的额头，对她说，“我可是商人啊，等过了这几天，我会连本带利地讨回来。”

陶酥觉得，自从那一晚之后，蔺平和似乎很刻意地与她保持着距离。

虽然白天不会有什么太明显的表现，但到了晚上，他就尽量避免和陶酥有身体接触。

只不过，他的目光不时地落在她的身上，而且频率还不低，这就让她有些慌了。

她开始怀疑，沙糖告诉她的这个方法，最终会不会作茧自缚……

临近年关，所有的企业都很忙，她离开家好几天了，哥哥和姐姐也没有发现，只是偶尔会打电话、发消息问她有没有什么事情，可见他们两个人真的一次都没有回过家。

她没有把自己住在蔺平和家里的这件事告诉他们，心底偶尔会涌上一层淡淡的负罪感。

而蔺平和依然保持着朝九晚五、一周双休的频率，如果在公司里有没有完成的工作，他会带回家处理，只不过辛苦了助理要多跑几趟别墅区。

周末，蔺平和如约空出了一整天的时间。

陶酥带着他去了学校旁边的那套公寓，好几个月没有来过这里，但请了家政阿姨定时来搞卫生，屋子里仍然很干净，房间里的空气味道也很清新，甚至还带着一丝玫瑰香气。

奇怪，她没有跟家政阿姨说，要熏玫瑰香薰啊，怎么屋子里会有这种香味儿？

陶酥好奇地看了一眼蔺平和，男人的脸上仍旧是波澜不惊的平淡神色。

她皱了皱眉，不经意间瞥见虚掩着的卧室门。

更奇怪了，她记得自己的卧室门从来都不关，怎么会变成虚掩着的样子？

她好奇地往卧室的方向走了过去。

陶酥伸出手，轻轻地推开了卧室的门，映入眼帘的就是满屋子的红色。

娇艳欲滴的红玫瑰铺满了整间卧室，从窗台到门口，满满的全是红色的花朵，只留下一点点空隙供人走进屋子，就连床上都铺满了玫瑰花瓣。

这壮观程度，一点都不比她用红玫瑰塞满了保安休息室的场面差，甚至更加壮观。

因为上一次她准备好这些，蔺平和并没有什么特别的反应，以至于她觉得，那本“恋爱教材”里的方法，也没有那么管用。

而现在，她清晰地感受到自己的心跳在慢慢加速，她才发现，这个方法原来这么有用。

她慢慢走进卧室，看着满屋子的红玫瑰，娇艳欲滴的花朵每一枝都在诉说着眷恋与爱慕。

像是想到了什么似的，陶酥猛地转身，然后想跑出门，结果被横在门前的一条胳膊拦住了。

这一拦，她就彻底地被堵在了卧室里，没办法出去。

陶酥侧过头，就看到男人喜怒不形于色的英俊面孔，他脸上的表情很淡然，一副无事发生的样子，好像拦住她的人不是他似的。

见他拦住了自己，陶酥也深知自己拼力气是拼不过他的，于是干脆以退为进，稍微曲了曲膝盖，弯腰从他的臂弯下钻了出去。

紧接着，她又被拦下了。

只不过，这一次拦住她的东西不是胳膊，而是一个吊坠。

男人的手伸到她的面前。

他松开了拳头，一条白金质地的链子就唰地一下垂了下来，刚好在她的眼前晃来晃去。

吊坠上的钻石，在陶酥眼前闪烁着耀眼的光芒。

陶酥眯着眼睛仔细地看了几秒，就发现这根本就不是吊坠，而是一枚钻戒被串在了一条白金链子上。

所以这是？

求、求婚吗？

陶酥眨了下眼睛，转过头，看到男人认真而温柔的表情。

不是说追她吗？怎么就突然变成了求婚？偷懒还能更明显一点

吗？！

她刚想询问，结果对方先一步开口了。

“特意去南非找到的，总算比你上次拿出来的大了一点。”蔺平和看着她，然后继续说，“稍微给我留些表现的机会啊，你知道找一个比你送我的那颗还要大的钻石有多难吗？”

陶酥：……

“所以……这只是复刻我以前的行为，不是……”陶酥欲言又止。

“不是什么？”

“就是，那个……”陶酥垂下头，不好意思继续说下去。

蔺平和垂下眼眸，听着她渐渐弱下去的声音，平日里没什么表情的面孔上突然就漾出了一丝微弱的笑意。

“我当然希望你能答应我的求婚，”蔺平和揉了揉她的头顶，然后继续说，“但是，我不希望给你太大的压力。”

她伸出手，接过了男人手中串着钻石的白金链子，漂亮且耀眼的钻石捏在手心里，触感冰凉而坚硬。

蔺平和看到她收下戒指，心底的那块石头总算是放了下来。

他长舒一口气，然后继续对她说：“我知道，你对我真正的身份会有很多顾虑，所以我想给你足够的时间，去适应和思考。”

男人宽大的手掌顺着女孩丝绸般柔软顺滑的发丝滑了下来，然后将她多余的碎发别在了耳后，继续道：“戒指你先收下，什么时候想戴，什么时候再取下来，如果一直不想戴的话……”

他的话里多了一丝宠溺和妥协，似乎将所有的主动权，都在这一刻交到了陶酥的手里。

“如果一直不想戴的话……”陶酥重复了一遍他最后一句话，等待着男人的答复。

“那我就一直等着你，”他对她说，“等着你愿意戴上它的那一天。”

男人修长的手指绕着她长长的发丝缠了两圈，那缕卷曲的头发，就像女孩此刻千回百转的内心。

陶酥抬起头，浅灰色的眼睛看着他，那晶亮的目光让她看起来像一只等待着被人顺毛的幼猫。

她咬了咬下唇，然后像是下定了某种决心似的，向前稍稍探了探身子。

最终，她伸出胳膊，轻轻地环住男人的腰，娇俏的小脸埋在他的胸膛。

“那我们……就交往试试吧。”女孩柔软的脸颊隔着风衣贴在男人的心脏处，她的声音带着细微的颤抖，像是做出了一个生命中最重要的决定似的，有些期待又有些害怕。

听到她这样说，男人纯黑色的眼睛里突然就泛出了一丝光亮。

“好，”他放开她的头发，然后将她揽在怀里，轻声说道，“我们试试看。”

再一次交往，对于陶酥来说，是一件未知的事情。

真正的蔺平和对陶酥来说，既熟悉又陌生。

她认识他几个月了，甚至有过同床共枕的经历，本应该对他十分了解。

但是，他这一次以全新的身份跟她交往，又让她觉得格外陌生。

得到了小姑娘的首肯之后，蔺平和很高兴。

他把她抱起来，放在了化妆台上。

化妆台的高度适中，陶酥坐在上面，刚好变成了可以和他接吻的身高差。

只不过，还没有碰到那两片肖想已久的唇瓣，他就看到了女孩微微蹙起的眉峰。

“没钱的男朋友可以吻你，有钱的男朋友就不行？”他简直要被她气笑了。

“不是啊……”陶酥一边皱着眉，一边向他解释，“我、我就是还有点不习惯，你变得这么有钱，又是玫瑰又是钻石的……你让我稍微适应一下啊。”

蔺平和揽着她的腰，女孩纤细的腰肢贴在他的手掌上，有一种难以言喻的柔软触感。

男人垂下眼眸，看到她欲言又止的表情，湿漉漉的浅灰色眼睛时而与他对视，时而看向别的地方。

他伸出手，抚上了她的脸颊，让她直视着自己的眼睛，然后问道：“你想怎么适应？”

“你看！你又这么对我！”陶酥只能直视着他，然后对他说，“你跟以前都不一样了，还不让我多适应一会儿！”

“如果你觉得不适应，我以后可以少花钱。”他想了很久，只能想出这一个原因。

“不仅仅是钱的问题啦，虽然钱确实是一个大问题……”陶酥鼓了鼓脸颊，然后犹豫了几秒钟，最终还是和盘托出，“就是……我觉得你整个人的性格跟以前好像不太一样。”

男人皱了皱眉，然后放开了她，站在化妆台前看着她，颇有兴趣地等待着她接下来的话。

“我感觉，你现在对我特别……嗯，怎么说呢，”陶酥顿了顿，然后继续说，“就是态度上稍微有点强硬？其实不是有点，是很强硬。”

陶酥看着男人那双纯黑色的眼睛，然后揉了揉自己的脸颊，思考着他恢复真实身份后的转变，一条一条地总结着，就像在罗列他的罪状：“现在的你，会给我下套、会给我挖坑，比如你让我想起看恐怖片的记忆，把我骗到你家，嗯……虽然说‘骗’有点难听啦，但是，我真的感觉最近一直都被你牵着鼻子走。还有，还有……”

“还有？”蔺平和挑眉，他真的是没想到，她居然能罗列出自己这么多的“罪状”。

“还有……”陶酥重复了好几遍，然后低下了头，耳尖瞬间就染上了一层漂亮的粉色，最后用轻不可闻的声音说，“会强吻我。”

这句话的语气说不上是愤慨，也说不上是歇斯底里，但终归还是有那么一丝丝不甘心，以及一点点撒娇？

陶酥小心翼翼地抬起头，看了看男人波澜不惊的表情，然后补了一句：“而且还不止一次。”

第十九章

遇见你

蔺平和看着她略显激动的样子，知道她一定还有话要说。

于是，他只是沉默地看着她，等着她继续说那些话。

“你以前都不会这样对我，你以前……以前不管我说什么，你都会听的！”陶酥这样说着，甚至还有些激动，于是抬起头看着他的眼睛，继续说，“总之，我就是觉得你现在变得很过分，好像……好像没有以前那么喜欢我了，也没有以前那么温柔，就像变了一个人似的……”

陶酥坐在化妆台上，倔强地仰起脸，白皙的小脸上绯红一片，浅灰色的眼睛里漾着一汪水，湿漉漉的模样看起来像一只柔软的小猫，而且，还是在喵喵叫嚣着的小猫。

她也知道这些改变算不得什么，或许放在其他的情侣身上，都不会有所察觉。

如果不是发现了蔺平和的真实身份，特别留意了在这之前和之后他的细微不同，陶酥也不会刻意去思考这种变化。

当她发现蔺平和的真实身份时，她就很担心，因为他的世界已经骤然发生了翻天覆地的变化。

曾经，陶酥以为他的天空很小很小，算得上明亮的星星只有自己一个人。

可是，他能看到的天空其实很大，甚至比自己的还大，还会有很多自己触及不到、想象不到的地方。

说到底，她只是一个半吊子的富二代，本质上并没有多优秀。

在蔺平和的人际圈里，应该多得是像姐姐那么优秀的人吧。

既然这样，她还会是他的天空之中最明亮的星星吗？

她……真的是他生命里最好的选择吗？

这种担忧与不自信，连陶酥自己都没有察觉出来。

听了她的话，蔺平和突然就觉得自己也有些话不得不说了。

“第一次，你摸完了我就跑；第二次，你强吻了之后就睡；第三次，你说要睡我，结果就赶上了生理期……”蔺平和噙着笑，十分配合她的话，反过来开始一条一条地罗列起她的“罪证”，“第四次……”

“停、停、停！”陶酥打断了他的话，小脸红得快要滴血，然后反驳道，“我现在在说你，干吗扯到我的身上？再说……你不是答应我了，追我的这段时间里都听我的吗？”

“我们已经开始交往了，”蔺平和笑着说，“你刚刚同意的。”

陶酥突然觉得自己又被摆了一道。

她怎么就这么轻易地答应了他？

“那……既然重新开始交往了，以前的事情，我们都不计较了，不好吗？”她曾经做过的事情，被他这么逐一罗列出来，她都不好意思再为自己平反了。

甚至，她连“被他追”这张唯一的保命符都没有了。

所以，陶酥只能用那双大而明亮的眼睛望着他，摆出一副可怜兮兮的表情，希望他能不再计较。

只可惜……

“你觉得好吗？”蔺平和挑眉，没有正面回答她的问题，而且把疑问又抛了回去。

“好像……不太好……”陶酥干笑了两声，看着男人灼热而危险的纯黑色眼睛，突然就想起了几天前他对自己说的话，然后小心翼翼地恳求道，“那你利息少收一点行吗？上次那件事距离现在也只有四五天，你别太……嗯！”

别太过分。

最后两个字还没说出口，陶酥就被突然欺身上前的男人堵住了嘴。

她乖巧地仰着头，任由他捧着她的后脑，不断地加深这个吻。

陶酥被他吻得失了神，像一叶小舟漂在下着暴风雨的大海上，无依无靠，毫无安全感。

她像失了全部力气似的，慢慢地往下坠，直到她快要滑到化妆台下面，然后被男人一只手捞了回来。

他将她抱起，有力的胳膊托着她小小的身体。

这样一颠簸，两个人的唇也被迫分离。

陶酥生怕他再吻过来，于是趁着这个空当，连忙环着他的肩膀抱住了他，并且将下巴抵在男人宽阔的肩膀上，毛茸茸的碎发轻轻地擦过他的耳朵，然后小口小口地喘着气。

蔺平和能感受到她频率过快的呼吸声，像一台低功率的加热小电扇，不停地在他的耳边转啊转。

过了一会儿，她似乎是缓过来了一些，呼吸的频率已经没有那么快了。

“应该行了吧，我刚刚都觉得自己快被憋死了。”陶酥趴在他的肩膀上，在他的耳边委屈地说着。

女孩软绵绵的声音，带着棉花糖一样细腻甜美的质感，求饶的话像没什么杀伤力的小爪子，一点一点地撩拨着他的心弦。

“第一次和第二次可以抵消了，还有第三次和第四次呢……”见她可怜兮兮的样子，蔺平和干脆以退为进，继而说道，“你以前说想睡我，都是骗我的？”

“不、不是啊……”

听到他这样说，陶酥就有些慌了。

她没有骗他，喜欢他是真的，想睡他当然也是真的。

“第三次是因为我也……我当时一直在想你的事情，忘记了自己的生理期，”陶酥认认真真地对他解释着，“第四次我只是单纯地……嗯，就是……我最近总是被你牵着鼻子走嘛，感觉有点不爽，所以……对不起！”

陶酥被他抱得很稳，就算没有搭着他的肩膀，也不会掉下来。

于是，她大胆地收回了手，在自己身前双手合十，做出一副求饶的动作，祈求他的原谅。

白金质地的链子从她的指缝中露出一点点，随着她的动作发出了细微的沙沙声。

“只有对不起？”他似乎铁了心要为难她，无论她怎么说，就是不肯轻易放过她。

陶酥深知，这种撩完了就跑的行为十分可耻。

她原本也不是那种非常扭捏的人，甚至经常主动出手撩拨对方，只不过害羞的心情还是会有的。

但是……

“你可不可以给我一个小时，”陶酥揪着他的衬衫，小声地说，“让我换一套粉色的内衣行吗？

蔺平和突然就被她惊得说不出话来。

他是非常典型的中国男人式思维，从来都没有想过，陶酥会纠结这种事情。

蔺平和甚至在说出那句“只有对不起”之后，都有一丝后悔，他怕这句话会给陶酥造成某种心理压力，从而并非百分之百真心地同意这种事。

就算他忍耐了很久，他也不希望小姑娘和他做这种事时，会带有一丝一毫的不甘。

只不过，他还是低估了陶酥脑回路的清奇程度。

明明是这么重要的事情，就这样被她略过了重点，转而去研究一个没什么营养的问题。

“你先放我下来。”陶酥敲了敲他肌肉结实的手臂，然后从他的怀里跳到地板上。

她把那枚钻戒放在化妆台的某个小盒子里，然后转身去衣柜里翻东西，一边翻，一边说：“虽然我对这种事也有些了解，但是，没有实战经验，我会尽量参考男性的审美来搭配的，当然，你如果有什么建议，也可以跟我说。”

语毕，陶酥从衣柜的抽屉里翻出了两条粉色的……胖次（内裤）。

娇俏的小脸绯红一片，看起来非常害羞，可是仍然执着于询问他的意见。

“蔺哥，你喜欢系带式的，还是普通式的？”陶酥红着脸把那两样东西举到他的面前，一副任君挑选的模样。

她不好意思地别过头，不敢去看他，模样看起来软绵绵的。

“……”被她这么一问，蔺平和也有些不好意思了，他看着小姑娘侧过去的小脸，明明是连耳尖都羞红的样子，怎么会问出这样的问题。

心里怀揣着这样的问题，但他还是十分配合地做出了选择：“系带的吧。”

“嗯……好的。”陶酥点了点头，然后把那条带着长长的粉色丝带的胖次（内裤）放在衣篓里，继而转过头又去衣柜里翻东西。

蔺平和垂下眼眸，目光落在了衣篓里那块小小的布料上，突然就觉得，心跳的速度比每一次都快。

不知道是因为事情进展得太过顺利，还是因为小姑娘的脑回路和普通人差得太多。

总之，他现在的心情很复杂。

“蔺哥，和那条胖次（内裤）配套的内衣是蕾丝的欸，你要是不喜欢的话，我可以换成蝴蝶结的，但是蝴蝶结那件的扣子有点复杂，你会解吗？你要不要先试试看能不能解……开？”

砰的一声，卧室的门就被关上了。

陶酥拎着两件粉色的内衣，有些不解地皱了皱眉，然后跑到门口，稍稍打开一条缝隙，就看到蔺平和正背对着她站在门口。

她空闲着的手指戳了一下男人坚实的后背，然后小声地问：“你先选一下啊，怎么出去了？”

没想到她竟然追了出来。

蔺平和皱了皱眉，然后转过身，目光落在小姑娘单纯而诱人的面孔上，声音低沉而暗哑，带了一丝危险的意味：“你穿什么都好，再问我的话，我就不给你准备的时间了。”

“哦……”陶酥缩了缩脖子，有些害怕地点了点头。

然后她关上门，刚想去浴室洗漱，顺便换衣服，但是想到门外的蔺平和之后，又不怕死地拉开了门，无比关切地对他说：“那你在外面的浴室洗完了，在我屋子里等我哦，我……我生理期刚过。你别担心，我这次肯定不会再放你鸽子了。”

说完，还没等蔺平和反应过来，陶酥就迅速关上了门。

莫名其妙被承诺和安抚了一顿的蔺平和，有些摸不着头脑。

这种事情……为什么变成他被安慰了？

陶酥怀揣着忐忑的心情，换好了内衣，然后裹上了长长的浴袍，走出了浴室。

她推开门的时候，就看到男人正靠着床头，坐在铺满了玫瑰花瓣的床铺上看金融类的杂志。

听到浴室门被人推开的声音后，蔺平和下意识地望了过来。

最先映入眼帘的，就是小姑娘那张被热气蒸得泛出漂亮粉红色的小脸。

她慢腾腾地从浴室走到床边，沿路都是娇艳欲滴的红玫瑰，玫瑰的香气和她身上清爽的柠檬味儿混合在一起。

蔺平和放下杂志，纯黑色的眼睛一眨不眨地盯着她。

陶酥站在床边，似乎有点紧张，她背在身后的两只手纠缠在一起，左手的手指说什么也不肯放过右手的手指。

湿漉漉的浅灰色眼睛四处乱看，扫过床铺上的玫瑰花瓣，扫过泛着暖橘色光晕的床头灯，最终将视线落在了男人从浴袍领口露出来的结实胸肌上。

她甩掉粉色的兔子头拖鞋，然后直接就扑进了男人的怀里，伸出白嫩的小手环着他的脖子。

蔺平和揽着她的腰，将她抱在怀里，耳边是小姑娘急促而不稳的呼吸声，像是带着丝丝的不安。

她软软地靠在他的肩膀上，蔺平和伸出手摸了摸她还泛着潮气的发丝，似乎是因为着急出来，没有好好地用吹风机吹干。

“害怕吗？”他柔声问她。

“有点……”陶酥点了点头。

就在蔺平和准备放开她的时候，她又接着补了一句：“你是不是不喜欢粉红色啊？”

“……”

“？”

男人纯黑色的眼睛看向她绯红的小脸，看着她吸着鼻子的样子，委屈得像一只被抢了毛线团的小猫。

“你在害怕我不喜欢粉红色？”蔺平和有些哭笑不得。

“是啊。”说完，她还重重地点了点头。

“没关系。”蔺平和轻笑一声。

“嗯……”陶酥点了点头，然后害羞地别过脸。

她稍微翻了个身，就滚到了床铺上，长长的黑色发丝散在铺满了花瓣的枕头上，小脸绯红一片。

然后，她不好意思地抽过枕头，蒙在了自己的脸上。

随后，她就听到男人在她耳边轻轻地笑了一声。

夜很长……

直到第二天日上三竿，陶酥才从睡梦中慢慢转醒。

她的肚子饿得咕咕叫，揉着眼睛，想从被子里爬出来吃点东西。

陶酥下了床，赤着脚踩在羊绒毯上，屋子里的玫瑰已经被清理了出去，只留下一些散落的花瓣。

陶酥伸出手，摸了摸自己白嫩的肚皮，长长地呼出一口气。

下一秒，男人就推门进了卧室。

陶酥看着镜子，朝他眨了眨眼睛。

男人站在门口，表情严肃而内疚。

陶酥转过身，走到他的面前，安抚性地朝他眨了一下眼睛，然后说：“你帮我做点粥行吗，我饿了。”

男人垂下眼眸，看着她浅灰色的眼睛，点了点头，转身去厨房了。

煮粥的时候，蔺平和微微侧过头，用余光打量着坐在餐桌前的小姑娘。

她一边刷着手机，一边哼着曲调，莲藕一样的小腿在椅子前晃啊晃，看起来真的没什么异样。

粥锅开了，蔺平和在里面放了一个生鸡蛋。他戴好厨用手套，将盛着白粥的砂锅端到了餐桌上。

陶酥看到粥熟了之后，趿拉着拖鞋跑去厨房里拿碗筷。

她捧着碗筷回到桌前，就看到男人微微蹙着眉的模样。

“蔺哥，你是不是要去忙工作啊？我今天起晚了，是不是耽误你了啊……”陶酥有些不好意思地说，虽然晚起并非她的本意。

“没事，我等一会儿去公司也来得及。”他纯黑色的眼睛打量着她，然后问她，“你真的没事吗，要不要去医院？”

“我真的没事。”陶酥一边盛粥，一边说，“我的肤质很奇怪，有时候被木梳不小心碰到，都会留下很重的红印，好几个小时都消不掉，你别担心。”

说完，饥肠辘辘的陶酥就开始吃东西了。

她似乎根本没有把这件事放在心上，吃得十分开心。

一餐过后，陶酥躺在沙发上摸着有些撑的胃，蔺平和在厨房收拾东西。

她听着厨房里洗碗的声音，突然就想到了一件重要的事情。

“啊！我想到了一件事！”陶酥迅速从沙发上坐起来，然后拍了一下自己的脑袋，“我该怎么跟我姐说啊……”

她穿上拖鞋，一路小跑，就跑到了厨房。

“我还没跟我姐、我哥说我们的事情欸，上次我跟你交往，我是圣诞节跟我姐说的，她就把我赶出来了，现在马上就要过春节了……”陶酥吸了吸鼻子，有些委屈地说，“我又要在新年里无家可归了。”

今年的春节比较晚，竟然拖到了二月份。

她倒不是想瞒着，左右生米已经煮成了熟饭，更何况，她必须给蔺平和一个名分。

只是，姐姐和哥哥毕竟是她在这个世界上仅剩的亲人，她不希望自己的恋情得不到家人的认可和祝福。

“你哥同意了。”蔺平和冲掉手上的泡沫，把洗完的碗筷放回架子上，漫不经心地对陶酥说，“他同意我们在一起了。”

“哦……嗯？嗯嗯？”陶酥起初没反应过来，而后意识到了他说的话之后，震惊得无以复加，“你说我哥同意了？”

“是，还有你姐也同意了。”紧接着，他又扔出来一枚重磅炸弹。

“你说什么？”陶酥被这个地震级的消息惊呆了。

两个小时前，陶梓刚刚开完早会，就听秘书说蔺平和在等她。

她大致也能猜到对方想跟自己说些什么，无外乎就是她那个妹妹。

只不过，还没等她开口，那个男人就先一步占据了先机。

“听说你今年春节要去美国？”

“……”

“既然你不能陪陶酥过春节，那我陪她，你也不会反对吧。”

“……小赵，”陶梓打断了他的话，然后对秘书说，“去给蔺先生煮一杯咖啡，我们要谈的话似乎很多。”

她带着蔺平和去了距离总裁办公室最近的那间小会议室。

咖啡上了桌，秘书就非常体贴地离开，并为两个人带上了门。

陶梓端着咖啡，语气平淡，似乎对这件事有着绝对的把握，“虽然我跟你不熟，但这方面男人都一个样，你又早知道我不同意你跟我妹的事儿，现在硬着头皮找过来，是想给她一个名分？”

蔺平和没说话，只是等着她把话说完。

“你真以为生米煮成熟饭了，我就会同意？”陶梓放下咖啡杯，继续道，“你做梦。”

……

“那我姐最后到底怎么同意的呀？你快说啊，快说啊！”陶酥听了一半，催着他继续说下去。

“你可以去问她啊。”蔺平和揉了揉她的头顶，然后说，“我要去公司了，晚上会争取早一点回来陪你。”

说完，他拎起大衣就往外走。

陶酥马上就冲了过去。

她伸出手抱住了他，环着他的腰，不让他离开：“你别走，你告诉我之后再走行不行啊。”

陶酥放软了声音，棉花糖质感的声音听起来像是在撒娇。

“真想知道？”蔺平和移开她的手，然后转过身，垂下眼眸看着她，疑问的句子带了丝诱拐的意味。

“嗯嗯！你快告诉我！”陶酥小鸡啄米般地点头。

“就这么白白地告诉你，我会觉得亏啊。”蔺平和伸出手，摸了摸她的头发，手指卷起她的发梢，带到了自己的面前，然后松手，头发落了回去，继而说，“你想空手套白狼？”

“哇，你这个人！”陶酥气鼓鼓地捶了他一下，“这么有钱，还跟我这么计较，真是无商不奸！”

蔺平和不接她的话，等着她抛出筹码，来和自己做交换。

陶酥垂着头，揪着自己的发梢，有些束手无策地咬着自己的下唇。

以前不过是几千块钱的事情，但是现在，在恢复了真实身份的蔺平和的面前，肯定不顶用了吧。

那……他想要什么？

这样想着，陶酥抬起了头。

她伸出手，抓住了男人的领带，稍稍用了一丝力气。

蔺平和也配合地弯下了腰，距离她很近很近。

然后，陶酥红着脸，轻轻地在他的脸颊上亲了一下。

就像蜻蜓点水一样，只是一小下，她就迅速地撤离了。

“这、这样行吗？”陶酥放开他的领带，湿漉漉的眼睛小心翼翼地看着他，卷翘纤长的睫毛像两把小刷子，随着她眨眼的幅度，上下刷了两下，整个人都带上了一丝期盼的小雀跃。

男人笑了，薄薄的唇扬起一丝明显的弧度，他摇了摇头，示意陶酥，这些远远不够。

他重新直起腰，伸出手，温热的大掌抚过女孩红润柔软的脸颊，带着薄茧的手指摸上了她粉嫩的唇瓣，用指腹在她的唇上轻轻地摩擦着。

他想要她的吻。

简直不要脸！

陶酥又羞又气，索性不再和他讨价还价，想着大不了一辈子都不知道，也不想再让他占便宜。

她柔软的小手啪的一声拍掉男人抚摸着她唇瓣的手，然后气鼓鼓地瞪了他一眼，转过身就跑回了卧室。

最后，她砰的一声关上了卧室的门。

在他出门前，陶酥又将门打开了一条小缝。

她将小小的脑袋探了出来，长长的黑发垂在她的身侧，纤细白嫩的手指搭在门板上，朝玄关的方向吐了吐舌头，做了个鬼脸。

“哼！”

做完了鬼脸，陶酥负气般地哼了一声，又把门严严实实地关上了。

蔺平和笑着摇了摇头，出门了。

他驱车往公司的方向去，思绪又回到了几个小时之前。

“我不知道你为什么不同意我们在一起，但是，如果你真的希望她活得开心，就请你好好考虑一下。”蔺平和放下咖啡杯，严肃地对她说，“你是她的亲人，她希望自己的恋情能够得到亲人的认可和祝福，所以我才会来找你。”

“你这种话，骗她还有用，”陶梓笑了笑，“我怎么会相信，一个认识了不到半年的男人，会为了她付出这么多？”

“不是半年，是三年，我喜欢她已经三年了。”

“三年？她刚回国的时候，你就喜欢她了？”

“是。”

“……”

这一点，陶梓倒是没有想到。

毕竟，陶酥从来都没有对她说过这些事情。

“我不太了解陶家的情况，但大致可以推测出，对于陶酥，你有什么样的想法。”蔺平和看着陶梓，对她说，“你希望她变得更优秀，甚至像你一样优秀，为了让她有所成长和进步，你可以看着她哭、看着她痛苦，都不会心软。”

“工作和她，我会选择她；出差和她，我也会选择她；应酬和她，我依然会选择她。”

“而你，做不到这一点。”

“我不知道在你的生命中，最重要的人或事究竟是什么，可我知道，那肯定不会是陶酥。”

“但是，我跟你不一样。”

“于我而言，她是最重要的，我舍不得看到她有一丝丝难过，舍不得看到她掉一滴眼泪，我也不管她是否优秀，我只是喜欢她。”

“在我这里，她只能幸福，别的都不行。”

……

这些话，蔺平和没打算告诉陶酥。

他知道她经历了昨晚的事情之后，没那么容易就吻自己，所以才那样暗示她。

毕竟，这些话只是听起来好听，生命没有走到最后一刻，没有人能确定这些话的真假。

他想用一辈子的行动，来践行自己的诺言。

当天晚上，陶酥接到了方十四的电话。

今年春节，哥哥似乎打算跟未来的嫂子去拜见岳父岳母。

对于这种好事，陶酥当然乐见其成。

只不过，方十四在跟陶梓确定好行程之后，得知对方春节时也不在国内，就有了打退堂鼓的意思。

“哥，你不能这样啊，你如果又把我未来的嫂子弄丢了，我会很伤心的。”陶酥出言相劝，“我真的没事，你们别担心。”

“我怎么能不担心？！虽然我同意你和那个姓蔺的交往了，但是，这大过年的，留你一个人在家，他要是对你做了什么，咋办啊？”方十四担忧地说，“我还是跟苗苗说一下吧，她也挺喜欢你的，应该能理解。”

“真的没事啊，蔺哥对我很好的。”陶酥皱着眉，担忧到手的嫂子有可能要飞了，于是连忙跑到客厅，站在蔺平和的面前，继续说道，“不信的话，我让蔺哥跟你说呀，他会好好照顾我的。”

说完，陶酥伸出手按下了手机的静音模式，坐在沙发上，蹭了蹭男人的肩膀，撒着娇说道：“拜托你跟我哥好好说一下，可千万别说咱们已经住在一起的事情啊。”

“我就这么见不得人？”蔺平和不着痕迹地皱了皱眉。

“不是啦，就是我还没准备好，该怎么跟我哥说……而且他要跟我未来的嫂子回老家看父母，我哥那个人，脑子跟缺根弦似的，他要是一直担心我，把见家长这么重要的事情搞砸了怎么办？”陶酥小心翼翼地跟他解释道，“我姐以前说过，就我哥那智商，基本上可以告别脱单了，好不容易有个好姑娘眼瞎看上他，我不能给他们捣乱。”

她的态度真诚而认真，但这话听起来，怎么就这么别扭。

“手机给我。”蔺平和看了她一眼，然后朝她要手机。

陶酥笑眯眯地把手机递给他，然后满心期待地等着他给自己圆话。

男人看着眼睛亮晶晶的小姑娘，没来由地就想起了自己这段算得上是坎坷的情路中有多少荆棘是电话另一端的人搞出来的，顿时就改变了想法。

“喂？”他朝电话的另一端打了个招呼，然后等着对面的人说话。

“蔺平和？喀，蔺总是吧，”好歹算是妹妹名正言顺的男朋友，方十四指名道姓的似乎不太礼貌，于是便有些别扭地改了称呼，继而说道，“我妹说过年这阵子你照顾她？不过，我先警告你啊，你不许欺负她，也不许骗她，否则，我不会放过你的！”

“方总，你看看手机上的时间，现在几点了？”蔺平和语气平淡地抛出了这个问题。

电话另一端的方十四，在听到这句话之后，下意识地拿下手机，看了看屏幕上的时间，有点摸不着头脑。

“晚上十点啊，怎么了？”方十四不解地问道。

“晚上十点，我在她的家里，”蔺平和似乎早就知道他现在的处境，话里都带了一丝挑衅的意味，“我能欺负她什么？又能骗她什么？”

“……”

电话两端是死一般的沉寂。

与此同时，在陶酥学校附近的那套两居室小公寓的客厅里，蔺平和把手机还给了陶酥之后，继续看杂志，也不管小姑娘一脸蒙的表情。

过了好一会儿，陶酥才反应过来，“能骗什么”是什么意思。

在意识到那层含义之后，又想起了昨天晚上发生的事情，她俏丽的小脸当场就红成了一片。

继而想象到哥哥联想出这层含义之后，会怎样暴跳如雷，陶酥就深感到手的嫂子又要被折腾没了。

“你这人怎么这样啊！”陶酥伸出手去扯男人的睡衣领子，质问着他，“我让你跟他保证，你怎么还挑衅他？！”

“我向他保证，他会相信？”

蔺平和放下杂志，抓住她揪着自己衣服的两只小手，另一只手揽过她的腰，让她距离自己很近很近。

他纯黑色的眼睛一眨不眨地盯着她，继而说道：“再说了，这么晚你还让他接我的电话，不是摆明了想让他知道吗？”

“可是，我哥那个智商……”陶酥挣了两下，也没有挣脱他的束缚，再加上这件事确实是自己考虑不周，于是声音也渐渐低了下来，只能为自己做最后的辩解。

“不要小看男人，”蔺平和对她说道，“这种事，他肯定比你预想中的清楚多了。”

“可是，他万一真的回来了，我未来的嫂子……你赔我！”陶酥委屈巴巴地看着他，浅灰色的眼睛湿漉漉的，看起来有些可怜兮兮。

他细细地描绘着白嫩皮肤上面的印记，微微眯起的纯黑色眼睛里，闪过一丝狼一样的光芒。

“就算他真的回来，也来不及了。”男人慢慢地凑近她，灼热的气息距离她越来越近，最后他贴在她泛着粉色的耳朵上，轻声说道，“因为，你马上又要被我欺负了。”

方十四最终还是被揪着耳朵上了高铁，没能回来。

只是，他发了好多条长达六十秒的微信语音给陶酥。

但当陶酥听到自家哥哥给出的防狼语音时，她已经被大尾巴狼啃得连骨头都不剩了。

侧头看了一眼似乎还在沉睡着的男人，陶酥小心翼翼地把手机贴在耳朵上，听着哥哥发来的语音消息。

结果，她还没听几秒，就被身后的男人连人带被子搂进了怀里，动弹不得。

“你醒了呀，”陶酥看着他微眯着的黑色眼眸，继续说，“要吃早饭吗？”

“吃什么？”

“包子，油条，豆浆，还是西式的？”

“吃日式的。”

“日式早餐有点麻烦欸，而且附近也没有日本料理店。”

蔺平和看着她认真思考的样子，然后低下头，吻了一下她柔软顺滑的额发，对她说道："那就吃你。"

"……你果然跟我哥说的一样。"陶酥羞红了脸，气鼓鼓地说，"流氓！土匪！"

"嗯，还有呢？"

"无耻！败类！"

"多谢夸奖。"

"……"

隔天下午，陶酥去找陶梓。

她还是很好奇，蔺平和究竟说了什么，才让陶梓同意他们两个的事情。

她从陶梓的办公室里走出来的时候，冬日午间的太阳正烈。

她的脑海中不禁回响着那句话——她只能幸福，别的都不行。

陶酥把这句话，在自己的心里反复念叨了几遍。

这是一种直白而强烈的示爱，带着不容拒绝的深情，让陶酥觉得，自己心里的那些小心思，跟蔺平和的心情一比，简直上不了台面。

她回到自己的卧室，从化妆台的盒子里翻出那枚戒指，拎着那条白金质地的链子，迎着窗外的光线，用手机拍了张照片，发给了蔺平和，还顺便发过去一条语音消息。

"你要不要来帮我戴一下？"

几分钟后，手机震动了一下。

陶酥滑开锁屏，就看到微信提示信息里，显示着一个"好"字。

她抱着手机，在床上打了个滚，甜甜的笑就漾在了脸上。

曾经，她以为这段感情一直都是自己在主动地付出着，却不想，他的深情远远超出自己的想象。

他一点都不在意自己身上的附加价值，在这个光怪陆离的世界中，他透过纷繁的表象，只是认定了她这个人。

心里像揣了一只小兔子，无论她怎么平复，都静不下心来。

晚上，蔺平和下班回家。陶酥抬起头，就看到男人穿着黑色的长风衣站在门口。

她跑向玄关，伸出胳膊环住他的脖子，整个人吊在他的身上，亲昵得像一只软绵绵的考拉。

“怎么了？这么热情？”蔺平和托着她的腿，防止她掉下来，然后往沙发的方向走。

陶酥瞪了他一眼，继而说：“是别的事情……”

“什么事？”

“咯咯。”陶酥轻咳了一声，然后在沙发上坐好，对他说，“我白天去找我姐了，你不告诉我的事情，我都知道了。”

“所以？”男人看着她，有些好奇地问。

陶酥抿着唇，粉嫩的唇瓣被这份力气抿出了淡淡的白色。

白皙的脸颊迅速升温，漂亮的红色一路蔓延到了耳尖的位置。

她慢慢地凑近他，用柔软的唇轻轻地吻了一下他之后，又迅速地缩了回去。

他把她从沙发上捞了起来，揽着她的腰，大手摸着她的后颈，想要一个更深的吻，结果，却被一个亮晶晶的东西吸引了视线。

“蔺哥，这个东西挂在脖子上太重了，你愿意帮我戴在手上吗？”白嫩纤长的手指捏着那条白金质地的链子，浅灰色的眼睛望着他，柔声问他。

他从她手中接过链子，然后将戒指从上面拿下来，执起她的手，将那枚璀璨的钻石戒指戴在了她的无名指上。

“为什么突然就同意了？”他抱着她柔软纤细的腰，有些好奇。

“刚刚不是说了吗，我去问了我姐。”陶酥看着他，小声说，“我知道我姐为什么同意我们在一起了，这又不是什么坏事，你干吗不自己告诉我呀。”

“我当时就可以告诉你，可惜你没有给我这个机会，”他笑着说，“而且还朝我做鬼脸，忘了？”

“没……”陶酥侧身靠在他的肩膀上，抬起手，看着无名指上耀眼的光芒，继而说，“不过，我听我姐的语气，她好像不太相信你说的那些话欸，但是为什么还同意了呢，真的不懂她在想什么。”

蔺平和揽着她的腰，让她安稳地靠在自己的身上，另一只手摸了摸她柔软的额发。

小姑娘略带怅然的口吻，让他觉得有些心疼。

“我说了什么，你都不用在意。”蔺平和对她说，“你需要在意的，是我有没有在你身边。”

他知道她最想要的东西是什么。

只是，一生这么长，不到生命的最后一刻，关于一生的诺言，都是不真实的。

“话说，我们什么时候办婚礼啊？”陶酥窝在他的怀里，已经开始默默地期盼着那个甜蜜而隆重的场面，“可是，我还没毕业欸，要不然先订婚？”

“都听你的。”他握着她的手，十指交叠，一生都不想放开。

“其实……我还有个问题。”

“什么？”

“你看啊，你几年前就知道我了，可是，我去年才认识你，你能告诉我，遇见我之前，你是什么样的吗？”

她直起身子，侧过头凝视着男人纯黑色的眼睛。

深邃而温柔的目光如同穿越了时空，将她引领到那个记忆模糊的初见瞬间。

……

遇见你之前，我身无软肋，无所畏惧。

遇见你之后，我披荆斩棘，只为了你。

第二十章

后记

对于陶酥来说，挑婚纱是一件甜蜜而苦恼的事情。

甜蜜当然是因为她快要嫁给自己喜欢的男人了，苦恼则是因为，她的身高限制了她的选择。

“婚纱欸，肯定要及地的长款才好看。”薄禾据理力争。

“不过，以酥酥的身高来看，露出膝盖的短款才更好看啊，酥酥的身材比例好，短款显得个子高。”沙糖也不甘示弱。

“那就先试短的吧……”陶酥揉了揉太阳穴，深谙自己身高是硬伤的事实，决定先试试短款。

作为朋友圈里的“团宠”，陶酥的婚礼几乎达到了万众瞩目的程度，不仅仅是她的朋友，哥哥和姐姐的朋友也都参与了进来。

陶酥的婚纱由大陶酥四届的设计学院的师姐设计，这位师姐是沙糖姐姐的同届校友，作为预约期排满了全年的著名婚纱设计师，硬是挤出档期，为陶酥亲自设计了一长一短两款婚纱。

两款婚纱无论长短，都美不胜收。

陶酥换好了短款出来之后，薄禾瞬间眼前一亮。

她简直可爱到爆炸。

“十四啊，你快点进来，”沙糖朝外面喊了一声，“过来，让酥酥参考一下。”

闻言，方十四便进了屋。

“现在退婚还来得及不？”方十四皱了皱眉，“妹啊，我跟你姐都不介意养你一辈子……啊，疼！你干吗？”

他的话还没说完，就被薄禾举着杂志拍了一下后脑勺。

侧过头，他看见她瞪大的眼睛，就讪讪地闭了嘴，安静地做一个参考比例的衣架子。

“果然还是要长款才行，”看到陶酥站在方十四旁边的情况，沙糖深觉可惜，“明明短款更衬酥酥啊。”

“没办法，十四的身高已经有一米八四了，蔺总比他还高几厘米，酥酥本来就长得嫩，这要是再穿上短款，两个人站在一起……”薄禾欲言又止，然后看了看沙糖。

两个人相对而视，然后点了点头。

紧接着，一个人负责把酥酥推进更衣室换婚纱，另一个人负责把方十四扔出去。

虽然短款穿着很可爱，但是，身高差在那里摆着，总不能让宾客觉得，蔺总娶了一个未成年的小姑娘吧。

于是，陶酥的婚纱就这样被敲定为长款的。

婚礼当天，陶酥累得连眼皮都懒得抬了。

早上太阳还没出来，她就被人从被窝里拽出来，做头发、化妆、换衣服，折腾了好几个小时。

完美的妆容掩盖了她脸上的疲劳痕迹，只不过，还是被蔺平和发现了。

男人的大手揽着她的腰，让她靠在自己的身上稍微歇一歇，一起听着牧师的祝词。

婚礼的流程结束后，蔺平和拦住宾客们，让陶酥有了休息的空当。

等回到卧室时，他就看到小姑娘卸了妆，但没来得及换下婚纱，就直接躺在床上睡着了。

他不忍心叫醒她，却情不自禁地伸出手，摸了摸她的脸颊。

结果，她却醒了过来。

“先睡吧，大不了明天再飞去瑞典。”蔺平和轻轻地摸了一下她的头顶，柔声对她说。

陶酥揉了揉眼睛，然后拽着他的胳膊，借着他的力气从床上坐了起来，长长的黑发披在身后，雪白的头纱被她压出了一层又一层的细密褶皱。

眯着眼睛看了一眼，她有些嫌弃地把头纱摘了下来，扔在床头柜上，被水晶发夹束起来的一小缕长发也随之松散，垂了下来。

她的发质和她的人一样软，而且又很顺，发量偏少，根本用不着发胶，就可以完美地固定住，松开发夹就又恢复了原状，长而柔顺的黑发垂下来，显得整个人都软软的。

“不行，订好了今晚的飞机，不能改。”陶酥打了个哈欠，然后用带着困倦的鼻音的声音小声说道，“再说了，这几天一直都在准备婚礼，我都没怎么看到你，我特别想你。留在北京的话，我哥肯定要来找我，他已经退役了，每天都闲在家……嗯……再说了，我还想去小时候住的地方看看，好久都没去了。”

瑞典是陶酥的出生地。

自从回国之后，陶酥便极少有机会再回到那里，这次刚好度蜜月的地点选择了那里，陶酥已经期待很久了。

“那你收拾一下东西，我们就出发？”他的车还停在别墅的楼下，他们想走的话，随时都可以走。

“嗯！”陶酥抬起头，环着他的脖子，甜甜地在男人英俊的脸颊上亲了一下，然后美滋滋地跑去换衣服了。

结果，刚出门不到五秒钟，她就穿着婚纱折回来了。

“我刚到楼梯口就看到我哥在上楼，”陶酥有些慌张，“他昨天还跟我说，男人刚结婚的这几天非常危险，要带我走，呜呜呜，我不想被他抓到，怎么办？”

“你的行李呢？”蔺平和问她。

“收拾好了，都在屋子里。”陶酥拍了拍床边的拉杆箱，然后说，“但是，我现在换衣服也来不及了，他很快就要进来了。”

蔺平和抬起手，摸了摸她额前那层薄薄的空气刘海，示意她安心。

然后，他走到窗边，看着没有护栏的窗户，心里便有了数。

“翻窗户吧，反正二楼也没有护栏。”蔺平和一边打开纱窗，一边对她说着。

“可是……太高了啊，我不敢翻，我又不是你……而且我……”还没换衣服。

陶酥站在床边，看着男人的背影，非常犹豫。

她原本就不擅长这个，更何况现在还穿着婚纱，甚至，为了配合蔺平和的身高，她今天穿了十八厘米的高跟鞋，防水台就有五厘米高，走在平地上都觉得摇摇晃晃的，何况是翻窗户。

蔺平和看着她急得快要哭出来的样子，突然忍不住笑了。

他走到她的身边，然后将她稳稳地抱在怀里，对她说：“不是告诉过你了，要相信我。”

男人将她放在宽大而干净的大理石质地的窗台上，别墅的窗户很大，就算她穿着婚纱，也能毫不费力地将整个身子探出去。

蔺平和单手拎着她的高跟鞋，一个侧身，就轻易地从二楼的房间里脱了身。

他站在别墅外面的草地上，朝坐在窗台上的陶酥打了个手势，示意自己会接住她。

陶酥向下看了看，顿时觉得有些头晕。

二楼啊，这可不是闹着玩儿的，这高度甚至比学校的后门还要高一些。

这时，门外已经传来了脚步声，陶酥知道，是方十四要进屋了。

她向外望出去，就看到男人站在楼下，轻轻地对她说了一句话，那声音很浅很轻，却随着春季里轻柔的风，飘在了她的耳边，让她能清晰地听见。

他说：“相信我。”

卧室的门把手已经有了动静，陶酥咬了咬唇，狠下心，抱起了婚纱的裙摆，然后从窗子内探出头，最终还是跳出去了。

紧接着，她就落入了一个温热的怀抱。

她抬起头，就看到男人一脸意料之中的自信表情。

他抱着她，托着她膝窝的手还拎着她的高跟鞋。

陶酥被他安安稳稳地放到副驾驶座上，然后他替她关上了车门。

黑色的保时捷载着穿着白色婚纱的新娘，驶出了别墅，驶向机场。

北京比瑞典快了六个小时，以至于两个人到了瑞典之后，还要倒时差。

他们坐了几个小时的飞机，本来北京时间都可以睡了，可惜到了瑞典，天还是大亮的。

蔺平和的身体素质一直都很好，也不差这几个小时，筹备和举行婚礼时，他明明比陶酥还忙，却没有觉得累。

陶酥在飞机上睡得一塌糊涂，下了飞机之后，反而没那么困了。

两个人去酒店办完了入住手续之后，陶酥才想起给手机开机。

她刚一开机，手机就不要命一样地响了起来，全都是方十四发来的消息或者未接电话。

陶酥有些歉疚地吐了吐舌头，虽然她提前跟哥哥报备过，婚礼结束的当天就要跟蔺平和飞去瑞典，但他好像……没同意。

对，方十四不同意。

只可惜，嫁出去的妹妹泼出去的水，胳膊肘往外拐是一定的事。

所以，陶酥只能可怜兮兮地给方十四发了条消息请罪，又给姐姐发了报平安的消息，才稍微安心一些。

她在机场换了衣服，价值不菲的婚纱被蔺平和的秘书拿回家里，妥善保管了。

而现在，两个人就准备摒除一切外界消息，开始为期三十天的蜜月旅行。

洗漱完毕后，两个人躺在床上，陶酥抱着他，脑袋放在他的肩膀上，百无聊赖地刷着微博。

虽然什么都不说，但陶酥很享受和他在一起的每一秒钟。

她翻到收藏过的帖子，于是又翻出来看了一下。

关于“男人根本不喜欢幼稚的粉红色”这个帖子，至今仍然有人在下面乐此不疲地讨论着。

“蔺哥……”陶酥趴在他的身上，软绵绵地唤了他一声。

“嗯？”男人回应她。

“你到底喜不喜欢粉红色啊？”陶酥在他的眼前晃了晃手机，然后给他粗略地翻译了一下，“我按照这上面说的，有换过颜色，可是，我感觉对你来说都是一样的……也没什么太大的差别。难道你有其他喜欢的颜色？可以提前告诉我啊。”

听了她的话，蔺平和放下了手里的金融杂志，垂下眼眸看了看她微微蹙起的柳叶眉。

“真的想要听我的建议？”他贴在她的耳边，大提琴一样低沉而缱绻的声线，带着丝丝诱拐的意味。

“你说啊，你不说，我怎么知道……”陶酥红着脸，视线乱飘，不敢看他。

虽然已经结了婚，无论多么亲密的事情都做过了，可她还是会觉得有些不好意思。

“我的建议是……”他轻声道，“Free Bra。”

（全文完）